目次

あるいは修羅の十億年

——ごきげんよう、本《フイクシヨン》を読む阿修羅たち。
今からシミュレーションをはじめるよ。ごらん。

1　あしあと（熊谷亜沙見のレポート）

ワークショップ「何が東京湾に上陸するかを見てみよう」への回答

潮が引いて、たぶん干潮のおよそ一時間後にだと思うけれども、私は汀《みぎわ》にあしあとを見つける。

あしあとは続いている。海側から。

その生き物は、干潮時に、ぎりぎり陸の最前線まで行ったのだ。その濡れた砂浜までが東京の領土で、そこから先は海のものであるところへ。

そして戻ってきた。

何のあしあとだろう？　鳥よりは全然大きい。そして蹄《ひづめ》がある。分かれている。割れているのだ。

鹿？　どうしてだか私の脳裡には、鹿が徘徊しているイメージが浮かんだ。

追跡した。私はあしあとを追跡した。視線は、当然だけれども下方に釘付《くぎづ》けになっていて、私は、あまり周囲を気にしない。

あしあとの間隔がひらきはじめた。歩幅がひらいたのだ。跳躍？

私は駆ける。すると、その先であしあとの種類が変わっている。私はひどく混乱する。指のようなものが幾つも付いたあしあとだ、新種のそれは。大きさは、前の生き物とさほど変わらない。猿？　どうして鹿が——私はすでに鹿だと断定していた——猿と入れ替わらなければならないのか。あしあとは、どんどん続いている、しかし砂浜というか前浜を、ふらふら徘徊するように続いている、そして丘を登る。一種の砂丘を。

私はその砂丘を、ハッハッ、ハッハッと荒い息を吐きながら越えた。

するとあしあとは、反対側で丘を下りながら、また入れ替わった。途中で。

子供の靴あとに変わっていた。無数の子供たちの、スニーカーやら何やらのあしあとに。五人分はあった、いや十人分、——もっと。

散らばっている。

私は丘から、それを見下ろした。子供たちが駆けたあとの模様を。

どうしてだか、その子供たちが全員、死者なのだと私にはわかった。私にはわかった。この東京湾には無数の死者たちがいる。それが時おり、上陸するのだ。

2　二つの水上都市といちばん最初の大きな鯨

このレストホームは総合医療センターと美術館のちょうど中間にあるのだと少女はメキシコ人に説明した。もちろん通訳の口を通してだった。通訳を介するとメキシコ人は少女の顔よりも通訳の顔をひんぱんに見てしまう。少女のほうが先に、通訳よりもメキシコ人の顔を見なければちゃんと会話をしたことにはならないのだと気づいた。そのメキシコ人の名前はガブリエル・メンドーサ・Vといって美術家だった。Vはウべと読む。しかしガブリエルと呼んでほしいと本人は少女に言った。いっぽうで通訳はこの美術家をガボと呼んでいた。ガボ、ガボと呼んでいた。たぶんそれが愛称なのだろうと少女は見当をつけた。少女は、自分が名乗る時に漢字についての説明がまったく要らないことに驚いた。少女の名前は谷崎宇卵といって下のほうの名はうらんと読まれるのだが通訳はなんら補足の言葉を足さずに、ウラン、タニサキと言い切った。谷崎がタニザキとまともに濁らずにタニサキとなってしまった奇異さもあったがそれよりも下の名前が音声だけのウランである点に眩暈《めまい》がした。やっとあたしはロボットに成長したんだと思った。完璧に発達を遂げた。

少女はロボットであることを世間に知らしめるために宇卵と名前を換えていたのだ。

ただし片仮名のウランでは幼稚なアイドル名にも似た谷崎ウランにしかならないから宇と卵の二文字を宛《あ》てた。だがこのメキシコ人の前ではどうやら最初からウランでよかった。他に選択肢がなかった。このことはやはり驚異である。ウランまたはウラン・タニサキ。ほとんど未知の、新しい人物が創り出されたのだ。そしてこれはロボット少女である。ウランは、あたしがロボットであることをいつこのメキシコ人に言おうかと考えた。漢字のない国から来た美術家にいつ頃告白しようかと考えてどこか探るような目付きでガブリエル・メンドーサ・Vを見た。

ガブリエルは部屋を見回していた。もっと療養所らしい場所を想像したんだが、とスペイン語で通訳に言った、観葉植物以外はそうした雰囲気でもないな。この子もパジャマ姿ではないし、そもそも僕たち二人にも面会人らしさがない。ところで、この子は美術館がとても馴染み深い建物だと思っているから応募したのかい？　今そう言いたかったのかな？　それから、訳してほしいとのニュアンスを込めて母親の苗字は訊《き》いた。通訳が「お母さんの旧姓、わかりますか？」と日本語で尋ねてから、遅れてガブリエルはウランを見た。ウランの顔を、探るように。

「浦添」

「ウラソエだそうです」と通訳が言った。

ガブリエルは復唱したがそれはウラン・ウラソーエ・タニサキという三つの音声の連

なりで浦添の添《そえ》に軽いアクセントが足されてもいた。さらにウランは自分の別人化が加速したと思った。ガブリエルは、しかし日本人には苗字は一つしかない、二つの苗字が言えるのに一つしかないなんて非合理だなと言って、それを通訳が訳した。ウランはこのことには答えずに、それでも表情で笑った。するとガブリエルは笑い返した。やっと顔だけで会話が成立したとウランは思った。顔だけっていうか顔と顔同士で。それにしても皺《しわ》がいっぱいある、この顔、それともこれは皺というよりも彫りがいっぱいとか彫りが深いとかいうんだろうか、色が浅黒い、これは日灼《ひや》けなんだろうか、そういう人種？　この人、どこから来たって説明されてたっけ？　メキシコの、この東京みたいな首都って、どこ？

　いつからここにステイしているのかと訊かれた。だいたい二年とウランは答えた。それ以前には総合医療センターにいました、義務教育はそこで受けました。今、外出はできるのかと訊かれて調子がよければ週に三度はしますとも答えた。それにここ半年はだいたい調子はずっといいんです。ガブリエルの顔をちゃんと見ながら回答すると、メキシコ人は通訳を介する前にエスタビエンと言ってうなずいた。肯定だ、とウランは理解した。そこから本題に入った。話題が切り替わってからも、ガブリエルはこの異人種の少女に語りかける時には目や、口もとをしっかり見るようになっていた。時には口そのものに語りかけて、口そのものから返事をじかに得ようとしていた。

「ルールは一つだよ、ウラン。君の応募してきたシナリオには非常に光るところがあった、わずか数行のコンセプトだが光っていたので僕の注意を惹いた、それは決して洗練、技巧、そうしたものが前に出ていたからではないんだ。技巧、すなわちプロフェッショナリズムは僕の要求しているものではない。物語はね、幼稚でいいんだ。しかし通俗的では困る。通俗的というのは、非常に自国的に、内向きに、流通するということだ。応募案には実際のところ二、三のほとんど同じ筋書きがあふれていた。きっと東京の、というか日本のポピュラーな都市伝説なんだろうと思う。それは僕の求めるものじゃない。僕は、土地から生まれる神話を探しているが、そして、それを土地に暮らす人々と作品化、いや視覚化、いや体験化しようとしているが、それこそが真実のサイト・スペシフィックな美術だと確信しているけれども、だからこそ単なる都市伝説では駄目なんだ。都市伝説は、ほら、どこの街にも流入させられるだろう？　ほとんど等しい都市伝説が、百キロ離れた街と街に、千キロ隔たった街と街にもあったりする。そういうものだろう？　ここ日本でも、そうだろう？　それは土地を匿名化するだけだ。だからルールは一つだよ。本当にここに暮らし、この土地を知っている人間から放たれるシナリオ」

ガブリエルは側頭部をこんこんと指で叩いた。日本語に訳される速度を計算しながら、脳から放たれるんだと身振りで説明した。ここに暮らす人間の脳から放たれるのだと。ウランは、つまりたった一つのルールというのは自分で考えるかそうじゃないか、そして考えろということなのだと理解した。貰い物のシナリオは捨てろと言っているのだと理解した。「幼稚でいい」とガブリエルは改めて言ったが、もちろん通訳を通していた。ウランは「自分の話です」と通訳を介して説明した。それが、自分の作り出した物語であるとの正確な語感で訳されたかどうかはわからない。しかし通俗性を徹底的に否定する宣言になったことだけは体感としてわかった。ガブリエルのうなずきでわかったのだ。表情で語られたエスタビエン。

「東京には海がいっぱいあるんです」

「あるね」

「だから、東京の始まる前、始まる前っていうか生まれる前には、海と陸がありました」

「陸のほうが東京だね。後の」

「海岸線は、湾です。湾には、生き物が入り込みます。水中の生物です」

「魚だ」

「でも、それだけじゃないでしょう？　魚は、全部魚類だから。でも魚類だけじゃないでしょう？　海にいるのは、ほら多様な生物。大昔だったら爬虫類がいたはずだし。あの、ほらプレシオサウルスみたいな恐竜。肉食の、首長竜。そして恐竜の時代が終わってから、哺乳類がいます」

「哺乳類だ」

「はい。それがあたしのシナリオなの。ガブリエルさんは、それを他人《ひと》よりも光るって思ったんでしょう？　大型の哺乳類を出したことを。鯨を出したことを。でもあたしにはわかるの、本当に、最初の鯨がいたんだって。最初の」

「じゃあ、その歴史をいっしょに作ろう」

　ガボ、まずは応募したシナリオの概要からお願いすれば？　そう言ったのは通訳で、それもガブリエル・メンドーサ・Ｖに直接提案した。通訳は三十歳になるかならないかの日本人女性である。ウランは、原初の巨鯨の、それも超巨鯨の物語を口にし出した。現在地球上で最大の動物は水棲《すいせい》哺乳類であり絶滅危惧種のシロナガスクジラである。体長は稀に三十メートルを超え、その全身は流線型をしている。もちろん海面に現われるが普段は水深一〇〇メートルよりも深いところに暮らしている。だがたとえば恐竜の時代に爬虫類たちがあれほど巨大になっていたのだとしたら、古《いにし》えの鯨は確実にもっと大きかった。今のシロナガスクジラの何倍も大きかったとして妥当だし、それこそ陸棲のブロントサウルスと現生トカゲを比較すれば百倍だったとしても変ではない。その巨鯨が、いまだ東京湾とは呼ばれるはずもない湾に打ち上げられたのだとしたらとウランは語った。いえ打ち上げられたんです。それで、息絶えます。死骸になります。その死骸がどうなったかってことなんです。この頃、東京には人なんて住んでいません。ここは不毛でした。人間が暮らせる場所じゃなかったんです。あれです、土地が痩せていて農耕ができない。ちょっとだけ海岸線に、漁民がいただけ。村があっただけ。その人たちだって、都市の住民とは違います。侘《わび》しい村で男手が何十ってあったわけじゃないから捕鯨もしたことがなかった。捕鯨、捕鯨ってわかります？　こういうの、あんまり話すと日本人は未開だって責められるだけなのかな。ただ、海辺に打ち上げられた鯨は、誰だっていつだって世界のあちこちで、原始時代、きっと解体して食べました。本当に神様から与えられるみたいな海の幸だから。そして、今度は鯨のほうが神様になるんです、都市の神様です、そうです東京の。だって三十メートルをほとんど百倍した巨鯨でした。その肉が腐ると、痩せていた土地が肥えました。土壌が豊かになったんです。骨は、いっぱいの建材を与えました。その頃って木造の家々しかこの国、この国っていうかこの将来は日本になる列島にはなかったのに、まるで鉄骨の建物がいきなり発明されたみたい。いっきに骨造りの家屋が広まったんです。集合住宅もできます。都市です。鯨の骨の二階建てや三階建てのビルディング。そして忘れてはなりません、鯨の脂肪は油になります。それに、脳油《のうゆ》っていう、頭から採った油は固めれば蠟燭《ろうそく》にもなります。そうです、火が生まれたんです。その巨鯨は、シロナガスクジラとは違って歯があったから、あ、シロナガスクジラには歯茎が変形した髭《ひげ》しかないんですよ、それで、巨鯨には鋭い歯が何万本ってあったから、これが剣《つるぎ》になりました。戦争の準備もできたんです。戦争って、するだけじゃなくって、その、護《まも》りますから。都市を防備しますから。その都市って、もちろん、東京です。こうして東京は生まれたんです。日本の首都が。あ、もちろんいっぱい内臓もありましたよ。内臓はどうなったのかな。あたしはそこまでは歴史を準備できていない。きっと肝臓とかは薬になって、きっと医者の一族が生まれたんです。

「そして、心臓はどうなったのかな」

ウランは言って、通訳を待たずにガブリエルに問いかける目をした。ガブリエルは多少ならず圧倒されていた。シナリオはすでに応募時に倍する厚みが加えられていた。この子の想像力は何歳だ？　実際にはウランは十八年前に生まれていた。誕生直後から一年の半分以上は病院暮らしをしていた。東京都で生まれて都内で育ったことは事実だった。しかし東京の千葉県寄りのエリア、すなわち東部ばかりに縁があった。江東区内のその総合医療センターに移ったのが六歳になるほんの数日前、通うというよりも入院しているのが常態であったからそこの住人になったのだともいえた。名誉江東区民だ。本籍地は墨田区、住民票もここにあり出生時点での戸籍筆頭者はもうこの世にいない。父親は突然の疾患でウランが八歳の春に没した。享年は三十六だった。以来ウランの保護者は母親だけのはずだが現実には主治医が似た役割を演じた。この医者をウランは博士《はかせ》と呼ぶ。ガブリエルはこうしたウランの背景をもちろん知らないに等しい、なにしろ会ったばかりだ。しかし少女が内発的に神話を創造しているのだとは納得した。東京の、その公設美術館の招聘《しょうへい》によるプロジェクトでは目の前の少女と組まなければならない。ウラン・タニサキと、絶対に。

翌日からガブリエル・メンドーサ・Vとウランは外出をともにした。ウランのそれにガブリエルそしてガブリエルの通訳が付き合ったわけだが、その際に東京のネイティブとしてのウランの説明というのをガブリエルはあまり求めなかった。つまり観光じみた案内をウランにさせなかった。反対に架空都市であるところのメキシコの首都をガブリエルは案内した。こういうことだった。ガブリエルは東京のネイティブであるウランに、メキシコの首都はその名もメキシコ市《シティ》だと言った。僕は、最初に君が募集に応じて送付してきたものを目にした時に、もちろんそれを翻訳した文章をだけど、ウラン、たぶん妙な顔をしたよ。だってメキシコ市は水の上に建てられているからね。東京と海との関係とか、巨大な鯨のその死骸の上に建都されただとか、そういうのに反応したんだ。きっと反応したね。いや、メキシコ市は海抜二〇〇〇メートルを遥かに超えたところにあるから東京とは全然違うさ。でもね、空気、その、どうも空気というのが変わらない。その理由がわかるかい？　僕はわかったな、君に教えてもらえたって言っていい。今あるメキシコ市の前身はテノチティトランという湖上都市だったんだ。アステカ王国の首都だ、湖の上にあったんだよ。小島に。しかし十六世紀の初めにはその人口が二十万人から三十万人に膨らんでいた。そして、それからどうなったのかを説明すれば、スペイン人に侵略されて破壊された、スペイン人が征服者だったから、だから徹底的に。そしてテノチティトランのいわば死骸から現在のメキシコ市が生まれ落ちたんだ。湖はほとんど干拓されて、埋められてね。ほら、だから同じ匂いがするんじゃないかな？　空気がここ、この東京とメキシコ市では似通ってるんじゃないかな？

「本当に？」

「空気だけはね」

「他は違いますね？」

「ああ。ルーツって言ったらいいのかな、そこから生じる空気みたいなエレメント以外は、全然」

「何が違いますか？」

「歩く速度とかね」

「東京って、みんな速いでしょう？　あたしはスローモーションみたいな歩みだけれど」

「それは問題ないし、それに、実はメキシコ市のほうがみんな速かったりするよ。通勤する人たちの、通勤する時間帯はね」

「そうなの？」

「オフィス街だとそうだ。そもそもメキシコ市のほうが東京より規模が大きいよ」

「ふうん」

「街区ごとに雰囲気は異なる」

「それは、東京もそう」

「だろうね」

「あとは何が違いますか？」

「警察かな。東京はそんなに目立たないね。それに警官がマシンガンを持っていない。ライフルとか、弾帯も巻いていないし。僕はちょっとだけ逆に不安になるな、これで治安を守れるのかって。それから、ほら、犬にみんなリードが付けられてる。首輪もある。のら犬がいない。うろついていない犬たちの気配を感じちゃいそうだよ」

「いないものを感じるんですか」

「そうだね。街角に聖母像がないこととか、十字架のシンボルを見かけないとか」

「キリスト教だ」

「カソリック」

　ウランは説明されるままに足し算できた。不在のメキシコ市を眼前の東京に足すのだ。地下鉄の車輛は、もっと混雑するし音楽にあふれている、掏摸《すり》にあふれている、地下道には石の質感が足りなすぎる、街路には屋台が足りなすぎる、タコスとジュース・スタンド、それからタマレスとかトルタとか名前だけでは全然ウランには想像できない食べ物。東京にメキシコの首都が潜在しているわけではない、そのことは了解事項だった、だからウランは引き出さずに足した。いっぽうで共通の要素は一つひとつ確かめられていった。つまり運河と橋だ。船だ。そうしたルーツ側に寄り添う水の要素だ。江東区には、水上都市の景観が多々ある。それがウランの神話とガブリエルの現実的なホームタウンの建都以前をつなげる。二度めの外出で、ガブリエルにこの街がどう見えているのかに重心は移った。散策の重心がだ。ガブリエルは運河の貝殻についてウランに語ったし、あらゆる橋脚が、貝殻と共棲していることについてウランと語り合った。通訳がフジツボを訳せずに一瞬頭を悩ませた。ダイバーたちは鯨を発見するだろうかと言った。ここに原初の巨鯨が埋もれているとして、つまり遺骨でだよ、それを潜水すれば見出せるだろうか？　ウランはきっとクレーンが要りますと言った。ほら、貨物船の埠頭《ふとう》に設置されてるような岸壁クレーン。ああ、きっと要るねとガブリエルは答えた。ウランはシ、シ、と、ノを憶《おぼ》えた。前者が肯定、後者が否定。つまり「はい」と「いいえ」だがどうしてだかガブリエルはシだけは必ず二度繰り返す。散策の途上でふいにガソリン臭がした。それから数分後に液状化記念公園のある一画に出た。正式名は江東液状化メモリアルパーク、ここでは地面が隆起しているし、マンホールがその凸起する地面よりも何十センチも浮き上がり、蓋と土管の一部を宙に晒《さら》している。そして幾何学模様を描いていた。植え込みも上下している。わざとだ。悲劇を想い起こさせるためにだ。水道管から噴出する水が数種類の計算され尽くした放物線を描いて、池に降っていた。水を溜めていた。このメモリアルパークは東日本大震災の八年後にできたのだとガブリエルに説明したのは通訳だった。だから今から七年前になる、液状化現象というのは巨大ビルを沈めるし、ガス管や上下水道、通信ケーブルなどの地下埋設物を浮上させます。地盤が流動化するんです。ほら、英語の説明文ならばここのプレートにある。母子連《おやこ》れが数組遊んでいたが幼児たちが大地震に恐怖しているような印象はない。むしろキャッキャッという黄色い歓声には攻撃的な傾向しかない、池には裸婦像が建っている。この街は、どう見えるのか。故意に剝がされてはいるが安全対策は十分のアスファルト地帯を踏んだ。ガブリエルは自分ではディスカッションと見做《みな》しているウランとの会話を、むろん通訳を介してだが続けて、四度めの外出でこう纏《まと》めた。わかったよ、ウラン、これは獣骨を発掘するプロジェクトなんだ。その獣《けもの》とは、海の獣だ。それも神様のような海の獣だ。もちろん東京という都市にとっては神様だ、君がそう言ったからね。君は、神話の創造者なんだから断じていい。僕たちは数百人のボランティアを起用する。三つの美術大学が協力する、ここまでは決まっている、書類に落とし込むのはまだだが支援は表明されている。僕たちは、いいかい？　東京の礎《いしずえ》となった神話的な鯨の、全部の骨格を掘り起こす。もちろん残されている全部の、という限定付きだ。骨は、もう、ずいぶんと古代的な家屋のために使われたわけだからね。建材として、ね？　でも、その建築遺構も掘り出せる。最初にビデオ作品を作ろう、発掘現場のドキュメンタリー、もちろんアニメーションでもいいな。それから写真だ。テキストは、最終的には、聖典として出版する。だって神話だからね。美術館には巨鯨の骨格標本の、その一部が展示されるだろう。これはどうも凄いぞ。さて、じゃあ起動してみようか。僕たちは東京の土台となっている鯨を、この、この足下の地面から引っぱり出す。

「それがすなわちプロジェクトだ」

翌週、ウランは少し調子を崩した。総合医療センターには通院では済まなかったが、二日間と半日のわずかな入院だったので短期の入院よりも滞在と形容するほうが適切に思えた。博士がていねいにウランを診た。こうした瞬間、ウランは博士を父親だと思う。胸もいじられている。胸部がただのフラットな胸板でしかなかった年齢から乳房を膨らませた現在まで触れられつづけているし、割かれたり封じられたりを繰り返しているので抵抗感は皆無だ。それからレストホームに戻る。レストホームでの滞在は、ただの滞在だ。ステイだ。ガブリエルが見舞いに来た。通訳を通して訊いた、大丈夫なの？

「ほんのちょっと修理に戻っただけだから、大丈夫です」

ガブリエルは妙な顔をした。翻訳における小さな過誤が生じたのだろうとガブリエルが考えていることを、通訳が察して、修理って言ったんだよね今とウランに確かめた。

ウランは、神様のあの巨鯨だってプロジェクトを通じて実在し出すんだから、告白の時機はもう来たんだと思っていた。あたしが人間から人間とは別物に、ロボットに成長したんだって明かすのはここだと思っていた。だから言った。

「心臓音のチューニングをしただけ。うん、修理です。ガブリエルさん、あたしは人間以上なの。あたしはここに」

ウランは左胸をこんこんと指で叩いた。

「エネルギー出力のための装置を入れています。原子炉を。それはとても小型なの。日本人の技術の粋」

3　十七歳。空港から競馬場まで

この街はどう見えるのか。それを問われるのは東京には普段暮らしていない人間である。そのために外国人は当然ひんぱんに問われるが国内の上京者たちも同様に尋ねられる。質問者がいない場合にも回答する資格は有している。その六月、羽田空港に降り立った喜多村ヤソウはやはりその資格を持っていた。所持品のピックアップは終えた。ただし硬質プラスティック製のスーツケースではなかった、大型のリュックだった。荷物タグが付いている。背負えないものは不便だ、足手纏《あしでまと》いだと喜多村ヤソウは当たり前に思っている。それに馬にも乗れない。出発時にセキュリティ・チェックに止められなかったから超々ジュラルミン製の容器に入れた休眠菌糸は無事だった。取り上げられずにここに運び込めた。ここに、というのはさっきまでの機内のことだったし、東京に、という意味でもあった。ウェアラブル式のお洒落《しやれ》な放射線量計の携行はまったく咎《とが》められていない。羽田空港の正式名が東京国際空港であることを十七歳の喜多村ヤソウは知っていた。機内誌の説明で読んだばかりだった。しかし国際便で到着したわけではない。もしも、と少年は思った、俺が外国からの飛行機で来たんだったら入国審査とかそういうのを受けるんだろう、パスポートを出すんだろう、そうしたらあなたは喜多村泰雄ですねと言われる。いえヤソウです、泰雄ではありませんと言ったら咎められる。そして別室に連れていかれて菌糸だって発見されて、没収になったかもしれない。俺は強制送還されたかもしれない。でも俺は、国内便で来た、そんな俺をどこに送還する？

泰雄がヤソウ、ヤソウと呼ばれたのは単に通りがよかったからだろう。訛《なま》りの関係もあるのかもしれない、エという音が入った名前が全部イと呼ばれたりしている、たとえば冴子はサイコになった。そのサイコというのは二歳上の従姉《いとこ》だった。俺は、とヤソウは思った、英語で「サイコ」って言葉が精神病であることを指すんだって知った時には変に羨ましかった。それは醒《さ》めてる名前だなって感じたんだった。でも俺のほうにも醒めたところがあった、それはカウボーイが教えた。つまり、ヤソウは野草だし、野葬だろって。野草のことならば簡単にわかった、結局雑草だ。それもいいけれどもう一つが気にかかった。漢字で書いてもらったその二文字、野と葬のペア。説明を求めたらカウボーイは言ったんだ。お前、土葬は知ってるだろ。今は流行《はや》らないけれど墓場が土饅《どまん》頭《じゅう》になる。火葬はもちろん常識だな。で、それ以外だよ。死んじゃった人間をどうするかってことだよ。水葬だったら海や川に流す。そうやって葬る。あとは連想すればわかるんじゃないか？　野《の》に、葬る。どこかの野っ原に死体を放り出すんだ。すると禽獣《きんじゅう》が現われる、禽獣というのは鳥と獣だ。この辺だったら猪《いのしし》とか狸《たぬき》とか、そういう雑食性の連中で、そして猛禽類。夜ならば梟《ふくろう》な。そいつらが施しを受けるんだ。野葬っていうのはな、古代インドにあった由緒正しい葬式なんだよ。だから死体を野っ原にダラッと置き去りにして、禽獣に施す、その施しの心が大切って話になる。どうだ、お前どう思う？　ヤソウはこの説明を聞いた時は中学校に上がったばかりだったが、それエコだよと質問者に答えていた。カウボーイは、そうだ完璧にエコだ、これぞ生態系にやさしいと言って、その肉の分厚い掌《てのひら》でヤソウの頭を撫《な》でた。カウボーイの身長は一八七センチある。

羽田空港は東京都大田区の埋め立て地にある。二十四時間空港として機能している。ヤソウが着いたのは第二旅客ターミナルだった。その到着ロビー。視界には大量の人間があふれている。一見ただ乱然と動いているように見えながら実際のところは何種類かの動線を有しているにすぎない、それが数分間立ち止まることで看取された。高速バスはあちら京急電鉄はあちらモノレールはあちらとの表示。しかし乗り継ぎはこの瞬間のヤソウには不要だった。俺は東京をめざして来たんだからな、そしてここは東京国際空港なんだからな、つまり俺は目的地には到着しているんだからな。それでカウボーイは出発前の俺に何て言ったんだっけ？　休眠菌糸と俺のこの頭のためにどんなヒントを授けたんだっけ？　サイケデリック、そうだサイケデリックだった。いちばんサイケデリックな東京を見つけて、そこに行けってアドバイスした。ところでサイケデリックのその「サイケ」ってデリックの前の言葉、きっと冴子を訛らせた精神病なサイコに関係してるんだろうな。ヤソウは観察した、人間が大量にいると大雑把に認識されていたものが、どのような年齢層か、性別はどうか、単身なのかカップルなのか家族か等のユニットとしても把握され出した。偏らないというのが最初の結論だった。だが国籍は偏っている、第二旅客ターミナルには国際便の利用者は来ない、それもあって圧倒的に日本人ばかりが雑多にいる。国籍が単一であるのに雑多、という状況をヤソウは眺めた。列島の隅々から来ているのだし列島の隅々にバラバラと散りもするのだ。ここ東京に。ここ東京から。俺もそうであるように。ヤソウは出発ロビーに上がった。さらに上層もうろついた。レストランは利用者の本質を反映しているように雑多だった、和洋中に単純には分類されずタイ料理もベトナム料理も韓国料理もマレーシア料理もトルコ料理もイスラエル料理もある、和食はうどんだけでも関東風と関西風、それから北四国系と南四国系という四系列の専門店に分かれている。他には衣料品店、土産物屋、弁当屋、やはり弁当ですら百種類以上の〝各地《ローカル》弁当〟を誇っている。四十七種類のメニューを盛り込んだその名も都道府県弁当というのも大々的に売り出されていた。ヤソウは展望デッキに出た。滑走路があり飛行機の離着陸が見えた。当たり前だが飛行機の機体にすら種類があって、撮影ツールを手にする人間たちはどうやら目当ての機体に群がった。群がるというかレンズを向けた。ヤソウの視界に富士山はなかった。富士山はその展望デッキのいわば真裏に位置している。東京湾はあった。この空港が、東京湾を埋め立てて作られた人工の大地であり全体がまるごと人工空間なのだから、海は隣接して存在した。そして見渡せた。ヤソウは東京湾を挟んで、対岸が見渡せたのだ。世界の奥行きが変わる。高層ビルディングの連なりが描《か》き起こす稜線《りょうせん》があり幾種類もの橋があり、観覧車もあり、それから高さ六〇〇メートル超のタワーがあった。屹立《きつりつ》しているのが望めた。ヤソウは、俺は海に来た、俺は森から海に来たんだと思った。東京っていうのは海を征服したり海を真ん中に内蔵して拝みながら、ある。視線を右手にずらすと機体整備工場が見えた。

雨が降り出したので露天のデッキにはそれ以上はいられない。再び出発ロビーまで戻り、さらに順々に下りて地階もうろついた。一夜を過ごした。夜十時で閉まった展望デッキは朝は六時半には開放され直した。梅雨空は退却模様で飛行機はどの機体も曙光《しょこう》を銀色に反射していた。七時、一機が離陸する。完全に飛び立つまでをヤソウはじっと凝望した。そして宙に刻まれる航跡。

展望デッキに対する興味はそこまでだった。四日間、それからヤソウは第二旅客ターミナル・ビルの屋内にいた。到着の翌《あく》る日がちょうど日曜日だったのだが昼間のある時間帯にヤソウはやけに子供に注視された。じろじろ向き直ったりして観察されたりした。本当に小さい子供たちだった。ヤソウも少年という意味合いでは子供だが上限が六、七歳の幼児だ。しかも乳児もいた、ベビーカーの赤ん坊たちがヤソウを振り返る。一歳なのかゼロ歳なのか。俺は、とヤソウは思った、異物っぽいゴリゴリな不可視の物質を出してるんだろうな。全身から。この東京国際空港のターミナルには不適切な、それこそ線量計がピーピーピーって鳴りだす具合のを。そしたら、ああそうか、それは生体線量計だ、フルのバイオ工学の。メカニクスじゃない線量計。幼いって、全然なめたもんじゃないな。でも、俺はじゃあ気をつけないとな。観察するのは俺のほうだったろ、東京を？　東京や、この空港にいる東京所属の人間たちを。一時的にだってここにいたら全員、東京だ。

そこからヤソウは乳幼児から変に注目されないように意識する。気配の出し方のようなものに注意する。自覚的になればあんがい簡単に達成できた。わざとベビーカーの前や横に回り込んでも大丈夫だった。逆に相手を二歳児だ、三歳児だと観察し返せた。ヤソウには二歳の頃の記憶はない。ヤソウは近境の爆発音を聞かなかったし大地の揺れも感じなかった。実際には聞いていただろうし余震の一つひとつを体感したのは絶対だが、やはり知らない。それは隕石が落ちるように爆発したのだという。隕石が衝突したのだと考えた人間も何人も何十人もいたという。森は動揺した、もしかしたら翔《と》び立とうとするみたいだったかもしれない。二歳の時、ヤソウの母親はいた。十一歳の時、ヤソウの母親は身分を秘匿した自衛隊員二人とビーグル犬一匹を刺してから死んだ。いない母親の代わりにカウボーイが現われた。いわば養父だ。

「お前は日本にいるんじゃない」

カウボーイが言ったことがある。

「そうなの？　俺――」

「しー、耳をすませ。ほら」

「何？」

「まずは動物たちが騒いでるだろ」

「うん」

「それから、森のほうを聞け」

「植物たちが、その、ざわついたりするの？」

「聞け」

「ああ、枝とか、葉っぱ……そういうの風に吹かれてるし、鳴ってるね。きっと草叢《くさむら》も全体」

「動物がいて植物がいる。それから第三のがいる」

「第三のって」

「動物でも植物でもないんだから、お前、菌類に決まってるだろう」

「茸《きのこ》だ」

「それが森にいる。騒いでいるだろ？　そんな場所が、日本か」

二日めの夕方過ぎからの羽田空港、子供たちに注視されないヤソウは空港の各種警備員や警視庁管轄下の東京空港警察署員に不審に思われたりもせずに完全に観察する側に回った。するとじきに見極められた、いかに種々雑多だと感じられようとも日本人は一つの集合にやはり分類できる、だが、その先にも新しい分類が待っている。人種的な雰囲気が問われない、国籍が問われない、それでも三種類に明白に分けられた。その一、飛行機の利用客。その二、この空港でサービスを提供する側、空港内のテナントに勤務している人間、職員ということでは警察署員たちも含まれる。その三、これは簡単にいってしまえば一でも二でもない人間だった。どちらにも分類されない、すなわちゲートから出発もしなければ到着もせず、仕事にも就いていない、ただ羽田空港のこの第二旅客ターミナルのビルに来ている。いるのは数時間なのか半日なのか、もっとか。一のバリエーションである見送り、出迎えの人間たちの何割かもそうだったが、ここで遊んでいた。食べる、買うは当然だった。そして銀行もあればマッサージ店も、有名アミューズメントパークの出張スペースもあった。遊び場だらけだとも表現できて、その三の範《はん》疇《ちゅう》に入れられる人間を惹きつけていた。ヤソウは、連日ターミナル・ビルに滞在しつづける間にその三をいちばんの観察の対象とし出した。空路、東京に来る手合いでも東京から発つ手合いでもないし職場がここにあるわけでもないことがこの、三、をヤソウに自《おの》ずと選《え》り出させているらしい。東京の真実の住人を、これらだ、とヤソウは無意識に峻別《しゅんべつ》していたのだ。

四種類めにも気づいた。分類は三つまでで終わるはずだったが滞在のちょうど半分を過ぎた頃合いに浮かび上がった。これは第三のものに混じっていた。いや紛れていた。おそらくヤソウが気配の出し方に留意して、乳幼児からの妙な視線を浴びないように、また、警備関係者から不審がられないようにと終始その気配を殺すように努めていたことから、逆に察知できた。同様のふるまいがあったのだ。同様の留意があったのだ。そのことに勘づけた。ただし単独でうろついているという例はあまりない。たいてい家族の形を採った。父親がいる、母親がいる、そこに子供が一人いたり二人いたりする、それらの子供は全くの乳児か、すでに思慮分別あるだろう十代かのパターンに分けられる、祖父がいる時やあるいは祖母がいる時もあって、こうした場合は子供たちは孫になる。しかしそうした集団が擬似家族なのだという事実を、ヤソウはさっさと突き止めていた。ある少年が、同日の別の時間帯に、別の母親そして祖父に挟まれていたのだ。しかもニコニコ二人と手をつないでいた、真ん中に立って歩いて。ある少女は、前の日の夜には異なる父母といっしょにいた、それをヤソウは確信できた。なんだ、こいつら？　明らかに構成員は三桁いた。百数十人の巨大な擬似家族集団だった。それが要素を入れ替えている。子供の目線に立つならばパパだったりママだったりおじいちゃんだったりおばあちゃんだったりを。

その誰を追ってもよかった。追えばどうなるかもわかっていた。ヤソウは羽田空港外に案内される、分類四に属する人間ならば老若男女の誰でも、ここから、ここではない地点に案内するはずだった。それが次の東京だ。滞在五日め、午後の遅め、いや夕暮れ、ヤソウは懐かしい臭いを嗅いで追跡対象を決めた。その臭気は訛っている。視界に見出したのは子供だった、男の子でたぶん十二か十三の年頃、赤い野球帽をかぶっていて低く鼻唄を歌っている。独りでいる。左側の眉の数ミリ下に小さな傷痕があったのでヤソウは今までに三度は見かけた顔だと確認できた。そうだ、一度は祖母といた、そして二度めは二人めの祖母といて化粧がやけに濃かった、その祖母のほうが。三度めの記憶の旗《フラッグ》はなかったが、目に入れたことは確かだった。太鼓腹の父親といたっけ？　子供はエスカレータで降りる。地階に向かっている。ヤソウは追跡している、しかも尾行だからと距離を置いたりはしなかった、エスカレータでも真後ろに立った。その野球帽の子供が羽織るぶかぶかの大人用パーカの肩や、背中、それから裾に懐かしい毛を発見した。長い毛だ、栗色をしている、それが訛っている臭いの発生源なのだし幽《かす》かな臭気でもヤソウに気づかせていたのだと了解された。それは馬のたてがみだった。

地階にはモノレール乗り場があり自動改札に子供は向かっていた。吸い込まれた。ヤソウは切符売り場で終点までの切符を購入する、モノレールの車輛が走り終えるのは浜松町の駅と決まっていたから、手間取らなかった。見失うかと思ったが野球帽の真っ赤な色彩が標《しる》しとなって、追えた。大半がスーツケースを携える人波もそれほどヤソウを邪魔しなかった。子供と同じ車輛に乗る。駅のプラットフォームは地下一階よりもさらに深みにあって要するに地下鉄状態だった。それが続いた。三駅。カプセルの通路だなとヤソウは思った。しかも超高速だ。乗客は進行方向である前方向きの座席や後方向きの座席、内向きに相対した横長の座席の他、車窓から外を眺められる座席など実にランダムに座る、電車内にはスーツケース置き場もある、ヤソウは野球帽を目の隅に置きながら外向きの席に着いていた。視界はいきなり開けた。地上に出たのだ。出てからは高架になった。モノレールは宙《そら》を走る。そこにさまざまなサインがある、中層ビルディングの上部数階分を占める巨大スクリーン、フラッシュバックを多用した七秒CMが反復されている、天気予報のビット掲示板《かんけつ》と現在時刻の日本、及び六ヵ国か七ヵ国のそれを同時デジタル表示するサインも間歇的に現われる。すなわち出現しては消える。背景には多摩川がある。東京都と神奈川県の都県境を示すブイが空中に浮いている。多摩川のその上空に点々とだ。ブイはホバリング機能を有した簡易構造物で短い翼を有している。モノレールは再び地下に潜り、また出る、そこからは荘厳だけれども絶対的な音楽が欠けているような歪《いび》つなスペクタクル感に裏打ちされた情景が車窓に眺められつづけた、それが何なのかをヤソウに見極められない景観は当然多い。しかし合間に干潟と、物流基地、そのプログレッシブ建築、倉庫団地は捉えられた。運河も続いている。東京湾の西の縁にモノレールのその軌条は架設されているのだ。幾つめかの停車駅が近づいた。「東京ネオシティ競馬場前」と駅名はアナウンスされた。赤い野球帽が乗降扉のほうに移動したのが見えた、視界の隅に。ヤソウは座席から立った。扉が開いて、外気を嗅いで、すでにプラットフォームに出る前にヤソウには全部わかっていた。なんだ、競馬場って、ここで馬を飼ってるのか？

高架のプラットフォームからは足下に運河を覗《のぞ》き見ることができた。京浜運河だった。階段で改札口に下りる。馬の臭いは、それは一番の特徴としては馬糞《まぐそ》臭や尿臭ということだったが、もっとした。しかし潮風の匂いも混じっていてヤソウが感覚する懐かしさを裂いた。海に冒される森というイメージをヤソウは抱いたのだったが言葉にはならない、しかし潮気が病《やま》いのようには連想した。改札の構内に華やかなパネルがある、ほとんど壁一面を占める、「ウェルカム！　東京ネオシティ競馬」と多彩な馬のキャラクターを配しながら訴えている。キャラクターはもちろん漫画絵だ。ヤソウは野球帽を追い抜いた。自動改札のレーンに先に立って入るが切符を入れ忘れる、忘れたことを演じた。装置に引っかかった。後ろの子供も、同じレーンで詰まる。「あっ、ごめんな」と言ってから切符を出す。今度は装置に吐き出される。続いて改札を抜けてきた子供にさらに謝った。

「全然問題ないですよ」

野球帽の子供は言った。実に愛想がいい。眉の下の傷は間近で見ると意外に深い。しかし数年は前の怪我だというのは明らかだった。幅は一・五センチほど。

「あれ?」

「どうかしましたか?」

「いや、どうもしないんだけど、それって馬の毛?」

「どこに」

「肩」

子供は眉をひそめた。傷痕がわずかに吊り上がった。だがそれは集中力を発揮している証《あか》しのようにヤソウの目には映った。十二歳というよりも十四歳に見えるなとヤソウは思った。年齢なんて実際に訊かないとわかんないな。

「うわ、本当だ。毛ですね。気がつかなかったなあ。でも、この服、もらいものなの」

「競馬関係者の?」

「競馬ファンの。ただのファンのですよ。きっとパドックに入りびたる人だから、あの、あれだったんだ」

「パドックって何?」

「知らないの?」

子供は突然不審がった。それをヤソウは完璧に無視する。気づいていない、とふるまう。

「その野球帽さあ」

「何？」

返事には棘《とげ》があった。

「やっぱり野球ファンだって証しだろ？」

「賭けたこと、ないよ」

「どうして？」

「ねえ、お兄さん、ローティーンに賭博のねたを振ったら駄目でしょう。僕、まだ十三だよ。このキャップだってもらいもの。それにさ、パドックも知らねえ人にさ、競馬場前でコミュニケーション求められてもなあ」

「悪い。失礼したな」

「うん、おおむね失礼ですよ」

「でも競馬ファンと俺とで、どっちが馬を知ってるかなあ、なんて言ったりして」

「不思議な自慢だね。お兄さん、馬の毛がちゃんと馬の毛だってわかれたのは凄いよ。あとは、でも、いいじゃん。ちゃんとした騎手でもあるまいし。何を主張したいんだろう。面倒な人だね、さよなら」

挑発的に言い放ち、子供は歩み出した。ヤソウは苦笑いして見送る。それから、俺はどっかに荷物はそろそろ預けたほうがいいな、と背負った大型リュックを意識する。なんとなく、俺、あの子なんかが安いホテルとかシェアハウスを紹介してくれるんじゃないかって期待してたんだけどな。まあ金はまだほとんど使ってないんだから、どうにでもなるか。いずれにしても俺はモノレールに乗ってっていうか空港からとうとう乗り継いで、ここっていう地点までは来たな。終点、都心側の終点の浜松町にまでは行かずに途中下車して。それで、なんだこれ？　ヤソウは駅舎を出て、スロープ状の通路を下りながら驚いた。このモノレールの駅に隣接してるのって厩舎《きゅうしゃ》じゃないか。あのコンクリート塀の向こうが、即。東京ネオシティ競馬場？

東京ネオシティ競馬場はかつて大井競馬場といった。「東京シティ競馬」というのが当時の愛称であってこれがネオ付きの正式名となったのは競馬法改正後のことである。二〇一六年、同法はおよそ七十年ぶりに本格改正された。ただし骨子は変わらなかった。都道府県、または特別に指定された市町村はいわゆる馬券を発売して競馬を催してよい。これは公営ギャンブルである。同様の公営ギャンブルには他に競輪、競艇、オートレースがある。競馬法は日本国内で行なわれる競馬を「中央競馬」と「地方競馬」の二つに分けた。そして「地方競馬」が改正によって自由度を増した。これは国営競馬である「中央競馬」に、その実験的な成果を将来取り込んでいこうとの目論見《もくろみ》による。最大の改革となったのは施行権に関する規定で、この権利はもちろん都道府県か指定市町村に残ったが、運営面においては民間に丸ごと任せることも可能になった。経営形態が変わった。旧大井競馬場は、一九七三年に東京都が主催者の地位からの撤退を宣言してからは同じ東京都の二十三特別区がそのポジションを引き継いでいた。そして、ここに今度は外資が導入された。合弁会社が運営をスタートさせたのである。東京ネオシティ競馬インク。もともと旧大井競馬場は業界内のパイオニアだった。たとえば国内初のナイター・レースを催したのは旧大井で、その名称もきらきら《トウインクル》レースと愛らしく、これは発展的に継承されつづけている。夜十時出走、夜十一時出走、そしてミッドナイト出走と深夜化を進めてきた。このことで地元の勝島、東大井、南大井の界隈はまとめて眠らない街として知られ出し賑わうことになった。地域の活性化は東京ネオシティ競馬インクの最大の目標です、と謳《うた》われて、実験は加速した。実験とはすなわち未来の競馬のデザインである。最終的には「中央競馬」の様式転換につながって国家財政に寄与することである。そのためには競走馬そのものを加速すればよかった。しかし、機械的な馬体操作は許されない。これは厳正なギャンブルである。が、一律の交感神経興奮作動はどうなのか。そして発生工学を応用したものならばどうなのか？　年に数度、東京ステロイドS（ステークス）のシリーズが開催された。じき人工腱が許可された。前後ろ四本の脚の、膝から下にならば人工腱の使用は認められる。これはサラブレッドたちの驚くべき加速装置であって、観客席はつねに沸いた。ちなみに「地方競馬」では騎手が調教師を兼ねもする。脚力強靭《きょうじん》化した馬とのコミュニケーションは一部の人間にしか果たせていない。騎手も未来用にデザインされることが要求されている。

日は沈んでいた。しかし街じたいは異様に明るい。眠らない街、がコマーシャルな売り物になっていることをヤソウは知らない。駅から三〇〇メートルほど歩いたところで厩舎の臭いが弱まりはじめ、それから別種の臭気と熱気が湧き出した。視界の前方に首都高の1号羽田線がある。その下部、一般道がどうやら封鎖されている。しかも何百という人々の群がりのシルエットが看《み》て取れる。空港でもないのに？　掲げられる何十というプラカードと横断幕、それから拡声器の使用を認識してヤソウはああデモかと知った。そのデモは「しながわ区民公園」のかたわらを進み、どうやら途中で折れてから第一京浜に流れる、競馬場付属の無料パーキング前に佇《たたず》む中年の男女がそう語っていた。ヤソウの予測を裏切ったのは、そのデモが、ほとんど日本人を主体にしていないということだった。いきなり国外が現われた。報道クルーが歩道側からそのカメラを向けている対象は、バングラデシュ人、ベトナム人、フィリピン人、ブラジル人。他にもいるのだろうが示威行動をする声は英語と日本語、タガログ語に限られた。「なぜか限られています」とテレビ局の人間が言っているのをヤソウは聞いた。「本日は二十一時の解散予定ですが、数日後にも行進予定だと発表されています」と、どこか淡々とつまらなそうに報告していた。リポーターはマイクは握らずにヘッドセットを付けていた。ヤソウは、そういえば競馬場はまだこの歩道の反対側の敷地にずっと広がってるんじゃないか、そう思ってデモの別働隊のように数十メートルたらたら沿道を歩いた。と、警備員の立つ鉄扉が大通りではない側にあった、植えられた樹々《きぎ》に埋もれて。ちらっと視線を振る、警備員は仰々しくも三人いる、父親、父親、父親とヤソウはカウントした。そうだった、三人とも羽田空港で見かけているような記憶ともいえない記憶があった。疼《うず》いた。こいつらパパたちじゃないのか。

さて、こういう東京の、どこにサイケデリックがあるんだ？

ヤソウはその短い毛髪の頭を撫でる。数十日前にいちど剃《そ》りあげた頭を。

4　小型原子炉がミュージックを奏でる

　ウランはそもそも谷崎宇卵ではなかった。それは本名ではない。しかし宇卵という名前が必要とされた。ロボットになるために要ったのだしロボットとしての動力源も得たからだった。ウランの本名は谷崎友夏といって下の名前はゆかと読まれた。この友夏と交換した宇卵の、宇は宇宙の宇、卵はたまごだった。ウランがたまごからイメージするのは完璧な心臓である。そこには血管系のハブとしての要素がない、左右の心房と左右の心室に分かれていて三尖弁《さんせんべん》、僧帽弁《そうぼうべん》の機能を介して肺動脈と大動脈につながり、肺静脈と大静脈を引き受けていたりはしない。自立だ。たまごの心臓は自立するのだ。そのビジョンはしかし完全に自立した心臓は搏動《はくどう》を奏でるかとの問題を孕《はら》む。ウランは心搏数についてならば、こめかみに意識を集中するだけでカウントできた。右よりも左のこめかみのほうが、数をかぞえやすい。もしかしたら左側の側頭部はより大脳に近いのだろうか、あたしの脳味噌《のうみそ》の嵌《は》め込まれ方に、とウランはそんなことも思う。臓器がきちんと均衡を保って体内に入れられているとウランは信じていない。なにしろ心臓がそうだった。

　十五歳の秋、ウランは丸二日を要した手術で普通に運動できる肉体を手に入れた。ロボット化を希求する契機はもちろんここにあった。しかし、普通、という発想はウランには実は難しかった。その機能不全が先天性のものであったから、何かが欠けるとか弱るとか、損なわれる、それも他人と比較して、との考え方がまるで響かなかったのだ。すなわち普通に対する劣等感というのはなかった。が、別種のものは育まれていた。たとえば父親が三十代半ばで急逝したという事実が、それを養った。実父は心筋梗塞で斃《たお》れていた。健康であった心臓がウランの父親を殺したのである。ただし父親のその心臓が持っていた先天的な健全さは数年前から蝕《むしば》まれていた。恒常的に強いストレスが父親にはあった、それは、「普通の子の親」ではないことから来る心労、身体的な困憊《こんぱい》、そして経済的苦労である。三番めのものは精神的な消耗に拍車をかけた。医療費は嵩《かさ》み、それが将来的に軽減されるという見込みもなかったからだ。結果、ウランが八歳の時に実父は世を去った。当然ながら心臓の疾患で父親が死んだことはウランには伏せられたが、急逝の二ヵ月後には漠然とした情報が耳に入っていた。「いい心臓のほうが壊れちゃうなんてねえ」と親戚が囁《ささや》いていた。「お父さんのあの心臓、移植できる鮮度だったらよかったのに」と看護師のステーションで呟《つぶや》かれていた。父親を突然に喪失するという衝撃が未知の感情を伴いだした。罪の意識だった。普通だとか普通ではないとかの考え方には共鳴できないウランが、しかし間違った心臓が爆発することで父親は奪われたのだしそんな爆発は自分の心臓に起きればよかった、ううん、起きるはずだったと考えはじめた。だがこの罪悪感は前景化しない。なぜならば亡き父親はウランの心臓を気遣いつづけてきたのだし残された母親は今も気遣っているからだ。

　母親の経済的な窮地の脱し方は、ほとんどウランに語られなかった。しかし周囲の人間には露《あら》わなものとして映った。母親は、のちのウランの主治医の愛人となる道を選んだのである。迷いのない決断、いまだ三十《みそじ》前でその容姿も世間並みというよりはやや上であることを自覚して、これらをウランに利するように用いた。ウランは二人がやけに仲睦《なかむつ》まじいとは即認識した、だが母親のその愛人は大切な医者だった、その男が担当となって最先端の医療というか、ほぼ試験的なケースの検査と施術がしょっちゅう費用免除で施されていたし、これを実現させるために男が医療センター内で立ち回っていることも知るともなく知ったから、深く感謝した。母親も同様だろうと思い込もうとしていた。八歳から九歳、ウランは母親の情事を黙認したのである。そして奇妙な成り行きではあったが母親の愛人のその医者はウランを試験的な施術の対象患者とすることで、また、それらのオペを成功させることで、出世した。

　ウランは搏動をカウントする。だいたい一分間に六十搏《う》ち出す。ウランは主治医を「博士《はかせ》」と呼び出す。なにしろ心臓を完璧なものにトランスフォームさせる科学者に等しい。ウランの罪悪感は前景化されず、ウランが自発的に主治医を慕うことで母親の罪悪感も前景化されない。しかも主治医のその「博士」はウランの心臓の爆発を封じている。いつだって感謝し足りないのだ。十五歳、人工組織を用いた大掛かりな手術が実施される。これは内蔵される人工心臓の誕生に等しかった。まるでロボットになるみたいだとウランは思った。ううん、ロボットになろうとウランは思った。ロボットっていうのは開発者を父親視する、開発した人間を、そういうもんなんだって漫画で読んだ、古い漫画、前世紀の漫画で、何だっけ？　そこでは科学者がロボットの兄妹《きょうだい》の父親で、兄妹のそのボディには小型原子炉が埋め込まれている。胸に、だ。だから心臓に、だ。

術後ウランはひと冬を通してのケアを受ける。この間にウランは少女型ロボットの名前をぼんやりと思い出す。漫画それ自体の細部はあいまいで、それはどうでもよかった、自らに命名することに熱中した。そして宇と卵という二文字を見出す。博士を父親だと思うことで心臓の、たまごのビジョンはどんどん完璧になる。総合医療センターからレストホームに移った。十六歳、ウランはロボットである自身の創造、その創り直しの行為に環境の変化も連動させた。なにしろ普通に運動できるのだ、まだ慣れないにしても。普通？　歩き、見た。東京があった。それは江東区の東京だ。それは海辺の都市だ。この都市にも創世記はある。

十七歳から十八歳、ウランは海を呼吸して、空を観察し、陸《おか》のこともそうする。レストホームの部屋にいる時は窓からだって海を感じ取れる。付き添いもない歩行は何度繰り返しても新鮮でバスや地下鉄に乗るのも楽しかったが、遠出に関しては慎重でありつづけた。休憩所が込みの散策ルートがいいと判断して、この過程で美術館に目をつけた。展示空間にほとんど無分別といえそうな吹き抜けのある、巨大な、公立の美術館だった。安堵させる雰囲気があって、かつウランには観覧料免除制度が適用された。通っているうちにウランはある募集を目にした。海外の現代美術家とその美術館の共同プロジェクト、土地の「神話」の募集、現代東京の語り部となれるのは東京人のあなたなのです。応募用紙を持ち帰り、ひっくり返していると鯨が現われた。脳裡に。懸命にシナリオを考えようとしていたのとは全然違う、単にあっさり閃《ひらめ》いた。最初は鯨、それから鯨の死骸、それから東京湾、それから巨鯨、と連続して閃いて、そこに物語が見えることに驚いた。「あっ」と声をあげた。ウランは、物語にあふれていたのだ。その想像力は罪悪感の抑圧を基盤《マトリクス》とする。半ばは生存本能に近い。そもそも物語にあふれない十八歳の少女は原子炉を内蔵できない、その乳房の奥側になど。

応募から七週間後、この応募者の名義はもちろん谷崎宇卵になっていたのだが、連絡が来た。さらに三週間後、メキシコ人が実際に来た。レストホームのその部屋を通訳の女性とともに訪れた。この時ウランが抱いた感慨はこうだ。こうやってメキシコ人ですっていう人物が来たけれども、あたしは応募することで誰かを呼び招いているの？　あたしは巨鯨の死骸からあんなふうに物語を編むことで、誰かとか、何かとかをもしかしたら呼び招いてるの？　この東京に？

「今日はプロジェクターが僕たちのお供だ。観てもらえるかな、ウラン？　これだけど」

「あ、アニメーションだ。制作に入ったの、ガブリエルさん？」

ガブリエルは、ノ、と言った。通訳はその部分は訳さない。

「全然プロトタイプの段階なんだ。僕の水彩画をデータ化して、簡易に処理しただけ。しかし、それでも思いのほかイメージは摑めるんじゃないか」

映像は再生される、一瞬も澱《よど》まない。いや、滞るような画像変形のシーンはあるのだが意図的にそれらは挿入されていた。アニメーションはいわば高速と低速を折衷して自動展開されるスケッチブックだった。水彩画、そこには描き手であるガブリエル・メンドーサ・Ｖのその腕や掌や何本もの指の感触がある。むしろ他にはない、とウランには感じられた。鯨の透視図、それが東京に重ねられている。巨鯨だ、もちろん巨鯨だ、しかしどの程度の？　そうした疑問が生まれるや否や、画面内には子供たちが出現している。というか出現ずみだった、気づけばいた、それは探ろうとする子供たちだったのだ。神話的な鯨の物理的なスケールを。わざと顔や体のアウトラインが暈《ぼ》かされた絵柄だから判然とはしないけれども、日本人だ。日本の子供たちだ。そして探索というか発掘がある、掘られることで初めて巨鯨はどのように巨なのかが明かされる、ただし掘っているのは一人ひとりの子供たちである。手がかりが見出され、推測が駆使される、それらは子供たちの頭部からポコポコと噴き出す泡で示された。その泡がじき、あちらこちらで透視図に接触する、あの巨鯨の透視図に触れる、すると風船《バルーン》化するのは透視図だった。子供たちの思念にひっぱられて、こっちに移動する、あっちに移動する、膨らむ、しまいには分裂する。そう、透視図が複数と化した。そして、あらゆる透視図が子供たちの風船となり出す。子供たちは一人ひとり思っている、この都市はどういうサイズの水棲哺乳類の上に建てられたんだろうか？　下顎の骨で、肩胛骨《けんこうこつ》で、胸骨で、それ以外の特徴的な鯨骨《げいこつ》でわかるだろうか？　発掘することはすなわち想像することだった。一人ひとりが想像して、しだいに古代の鯨がただ一頭であるかは怪しいと集合的に感じられ出す。そうした懐疑が風船たちのブルブルいう動揺で手に取るようにわかる。が、それは断じて一頭であらねばならないのだ。神様のような最初の鯨なのだから！　ここから子供たちのすりあわせが始まる、情報とイマジネーションのすりあわせ、それはアニメーション上では風船同士の輪郭のコミュニケーションとして表わされる。膨らみ過ぎの鯨、縮まり過ぎの鯨、画面の右上方に寄り過ぎの鯨、幾種類もの透視図がわいわいがやがやと騒《ざわ》めいて討議する。そのさまは闘犬に似ていて、もしかしたら闘鯨と表現できて、しかし暴力性に欠けた。むしろ愉快だ。

「つまりね、それは鑑賞者の最終的な態度決定のあり方とも通じるんだ。このプロジェクトにどう向き合うか。作品化されたものにだよ。いったい何を、どの展示物を信じようか、どの想像力に与《くみ》しようかってね。こうした方向性の萌芽《ほうが》がここにはある」

「このアニメーションに？」
シ、シと言った。映像は風船のディスカッション風景に入っている。水彩の滲《にじ》むような色合いたちの決闘。
「子供を使うんですか」

「子供は使わない。実際のイベントには起用しない予定だ。しかし、どうだろう？　美術大学生たちのボランティアとしての採用は決まっているから、彼らをどう認識するか。子供か大人か。ウラン、君は十八歳だね。日本でも普通だったら同世代が大学に入れるね、十八、十九、これは子供の範疇か。もしかしたら大学側とミーティングすべき主題かもしれないな。いずれにしても、このプロトタイプ、このプロトタイプの段階で僕の発想というのが子供たちを求めた、これはプロジェクトが根源的に子供たちを必要としているんだって、やっぱり解析しうる。だってシナリオの提供者となったのが、ウラン、君だもの。君は、うん、きっぱりと肯定的に子供だ」

「肯定的に？」

ウランは通訳を見た。ポジティブに、と通訳は言い換えた。ポシティボと響いたスペイン語から直訳の日本語へ、そこから今度は日本のカタカナ語へ。

「ポジティブに子供だから大人を超越する。もちろん僕も。あるいはロボットの特権として人間を超える。そうだね？」

共犯者の表情がメキシコ人の顔にあった。極秘が共有されているよ、と物語られた。

アニメーションが終了した。

「プロジェクトの視覚化への道筋は、これで付けられた。あとは体験化だ。あのね、ウラン、発掘テントというのを僕たちは用意するよ」

「それは何ですか？」

「実在するサイトだね。美術館の外に、でも東京の内側に。現実の場所だ。東京の十数ポイントにこのサイトは用意されるだろう。でも、そこで何が行なわれているかは見えない」

「発掘でしょう、ガブリエルさん？」

「発掘だ。でも関係者以外は立ち入り絶対禁止のテントなんでね、見えない」

「面白そう」

「当局の許可をとるのが大変だろうけどね。でも想像させなきゃ。全部、想像力の問題なんだよ。歴史はいかに創作されるか？　原初の巨鯨はいかに実在した痕跡を現わすか？　歴史の創作、彼は歴史を創作した、彼女は歴史を創作する」

ガブリエルの口癖をウランは憶えた。もちろんスペイン語でだ。イストリアという単語が歴史のはずだった。それを意味する。それから口癖ではペアになっている、創るということ。これはクレアやクレオといった響きでだいたい語られた。創造物がクレアシオーン。ガブリエルは、しかし君は見える、君はこのプロジェクトに映像のほうで関わる、語り部のロボットとして出演する、口承、口承っていうのは歴史の書かれていない側面にじかにつながるね、それを担えるのは君だ、君だけ、オリジネーターだからね。そして語り部のロボットの役柄を演じている君、君という子供のロボットが語ることが、このプロジェクトの聖典となる。

あのね、口頭の、オラールの聖典というのは矛盾なのよ、通訳が日本語で付け加えた。

その日、ウランはメキシコ人美術家と初めて二人だけで東京を歩いた。通訳者がよんどころない事情で同行できず、急遽《きゅうきょ》そうした例外状況の外出となったのである。しかし当人たちはあまり気にしなかった。ウランもガブリエルも公共交通機関にはそれなりに乗り慣れていたし、タクシーを停めて乗車もできた。ガブリエルも日本語で「すみません、トウヨウチョウまで」等とは結構すらすら言えた。まずマリーナが見渡せる埋立て地と運河地帯に行った。さほど遠出ではない。二人は、もちろん会話によって意思疎通を図ることは九割方できなかった。しかし一割はできた。桟橋を少し見て回ってからウランがあっちに競技場がある、オリンピックの馬術会場にもなった陸上競技場がと言った。指をさしたので、そちらに向かうのだとガブリエルにはわかった。大通りは歩道橋を使って渡った。日本人の少女とメキシコ人の男の足下で車列がガーガー吠えながら流れた。一般道は混んでいる。いっぽうで競技場の背景の主要部分を彩った線《ライン》である首都高の、その高架道路には疎《まば》らな車の走りしかない。トレーラーがちらちら過《よ》ぎる。ウランは幅広の歩道橋の端のほうをスローに歩みながら、かたわらのガブリエルを見上げるようにして言った。

「ねえガボ」

「ウラン?」

「あたしね、今日はガブリエルさんのことをガボって呼ぼうと思って」

「僕を、ガボって言ったかな?」

「あ、前を歩いていいよ」

「そうやって堂々と日本語で話しかけられると、通じてるみたいだ」

「あたしたち、他の人からは遠目に完璧にコミュニケーションできてるんだって見えてるんだろうなあ」

「でも僕もずいぶん日本語は感じ取れるようになった、そうだなあ、なにしろ周りが全員それを話すからね」

「うん、ガボ」

「ほら、相槌《あいづち》になってる。そうだね?」

「何を返事していいか妄想するだけだけれど、そうだよ」

「じゃあ、気をつけて階段を下りよう」

「階段だね。気をつけよう」

「それでウランはどこをめざしてるんだろうな。その運動場？」

腕を伸ばしてガブリエルは指さす。すかさずウランは、シ、シと同意を伝える。

「あたし、一度も訊いてなかったけれど、そういえばガボって何歳ですか？」

「今はウランは、運動場の説明をしているのかな、僕に？」

「ええと、こうやってあたしの年齢を知らせたら、ガボ、質問が想像できる？　ほら、両手を開いて、これで十でしょ。それから、右手はちゃんと開いて五、左のほうは三本だけ、これで八」

「その合図、かなりの秘密が孕まれてそうだ」

「わかる？　十、そして、八」

「メッセージその一、メッセージその二」

「あたし、十八歳なんだけどなあ」

「そうか。ウランは運動がしたいんだね。僕は昔、バスケットボールをやっていたよ。十六歳までね。でも事情があってやめた。近所に悪い連中がいて、ちょっと球技全般がやばかった。変な話だろ？　いつか盗品を仕入れて商売をしている自動車整備工場のことと、そこを根城にしていたギャングたちのこと、話すよ」

「ガボ」

「やあウラン。ははは、この呼びかけだけは、しっかり通じるなあ」

「ほら、あんなに競技をしてる人たちがいる。さすが東京オリンピックにも使われた本格的な競技場だね」

「十六歳。それで、ウランは十八歳だもんな。十六歳というのは、僕は今から……二十七年前だ。二十七年も！」

それからガブリエルが秘密の合図をウランに送る。まずいったん、左手を拳にして右手は拳から二本の指だけを出す、それから右手の拳は二本を突き出したままで、左手をパッと開掌する。え、二十七歳？　ウランが微笑んだ。ずいぶん若いんだ、見た目よりも若いんですね、ガボ。皺と彫りがいっぱいなのに。

陸上競技をウランとガブリエルは眺める。競技者たちだ。正式なレースは行なわれていない。潮風にまみれるアスリートたちだなとガブリエルは言った。きっと古代アステカ人たちの間にも、こうした競技者はいたな。メキシコ市《シティ》のさ、前身であって死骸を提供したって説明したあの湖上都市を、僕は生きてもいないのに思い出すよ。でも潮風はなかったな、淡水湖だもの。ウランは走り幅跳びの踏切の練習に見入る。それから何かの競技の、助走ばかりを延々繰り返している若者に。ねえ見て、とガブリエルに言う。思いっ切り走ったり跳んだりするためには、きっと、思い切らない訓練が要るんだね、普段は。そう思うガボ？　するとガブリエルは、いいや僕は、生まれ変わりのあるなしはわからないな、キリスト教徒は復活するしね、と噛《か》み合わない返事をする。にっこり笑った。ウランも笑い返し、そもそも走るって、どういうことだろうね、と訊いた。あたしね、走ったことがないし。いつかこの原子力がエンジンの心臓なら、走れるかな。

「走れるかな」

そのひと言を発した直後に、風景が歪《ゆが》んだ。歪みは競技場の背景の線《ライン》が崩れることで生じた。ブレーキ音、甲高いクラクション、交通量はさほどでなかったはずなのに、首都高で喧騒《けんそう》。しかもそこに嘶《いなな》きが混じった。その音声がいちばん風景を歪曲《わいきょく》させたのだ。馬が駆けていた、明らかに馬が首都高を駆けていた、しかも馬上に人間がいた、乗っている、それから風景の前後にも歪みが生じる、遠近法がいっきに狂う、馬のサイズが増大する。馬が、宙《そら》に跳躍している。馬が、首都高から飛び下りている、しかも尋常な筋力ではない、一〇〇メートルは跳んだ。それが上方になのか前方になのかがウランにはわからない。しかし、来た、とだけは思った。馬は品種としてはサラブレッド、毛色は黒栗毛《くろくりげ》、それから騎手となっているのは男性だった。若い。少年。ガブリエルが叫んでいる。首都高とは反対側を指している。歩道橋が跨《また》いでいる大通りだろうがウランはそちらが見えない。見ない。数歩、踏み出した。数歩、整備されたトラックのほうに足を踏み出した。まるで馬を、トラックに誘導するみたいに。「そっち！」とウランは言った。

　競技場入口にぬうっと現われる車体がある、突入だ、バスに似ているがバスではなかった、競走馬輸送車、これは関係者や競馬ファンの間では馬バスと呼ばれる。これとは別方向で、サイレンが鳴り出した。いや、もっと以前から鳴り響いていた。だからサイレンは遠い、しかし、今は近い。黒栗毛のサラブレッドが、競技用トラックに入り、そこを信じられない速度で駆けて、同時に馬バスをめざした。実際には馭《ぎょ》されている、騎手に、それから騎手のその少年が転がり落ちた。

　ウランは駆け寄る。そうやって動いてしまってから、初めて、走るというのはこういうことなんだと知った。少年は転落したわけではない。受け身をとる用意をしていて、パッと立った。奇蹟《きせき》じみていた。何か、ぶつぶつ言っている。それが聞こえたことにも驚いた。これ、どこに隠れたらいいんだよと言っている。あいつ、あの馬、跳びすぎだよと言っている。それからウランを見る、眼前に認める。

「大丈夫？　顔色悪いよ」

　ウランは思う、あたしは何を呼び招いたの？　こうやってまた、何を、誰を？

　ここ、大井からはずいぶん遠いな、と短髪の少年は言った。少しイントネーションが妙だった。訛っていた。

5　きのこのくに（喜多村冴子の小説）

あたしはかきはじめた。ここがどんなところなのかをせつめいするために、かきはじめた。ここはわすれられたところだ。あまりにもすっかりわすれられたから、ここからは鳥も獣もにげだした。けれども森はそうしなかった。にげだしたいと森がねがったのかどうかは、わからない。いずれにしても森にはつばさがなかったし、あしがなかった。だから森はここにのこるしかなかった。

森がのこると木も草ものこった。

それからすこしだけ人ものこった。

じっさいのかずはわからない。草や木にくらべたらすこしだけ。

そんなすこしだけのあたしたちはビルをきょてんにしている。ほかにもあたしたちじゃない人たちがいろいろなところをきょてんにしている。こうりゅうはある。ビルにうまれたあたしたちはいろいろなことをおしえられた。けっきょくは鳥も獣もかえってきたこととか。それはジュウネンマエのことだとかニジュウネンマエのことだとかいわれている。

ながさのことをせつめいするのが、あたしはにがてだ。

ジュウネンマエというのはイチキロよりとおいのだろうか？

あたしはここがどんなところなのかをいおうとして、かきだした。もっとかんけつなせつめいもできる。ここはきのこのくにだ。ここには森があり、木がしげり草がしげり、鳥がさえずり獣がかけるのだけれども、きのこのくにだ。人もいるのだけれどもきのこのくにだ。

この断言は過剰に暴力的だろうか？


漢字を二つ以上つづけて入れると、やっと文明が生まれた気がする。

言葉にも文明化のレベルがあるのだ。

発展が。

あたしはそのことに気づいた。すこし勘違いしすぎていた。伝える相手のことを考えすぎていた。

じゃあ、あたしは文明を築きながら書こう。ここから、そうしよう。


ビルにあたしたちは暮らしている。ビルは昔からある。そこにビルがあるから、あたしたちはそこに住んでいるのだ。あたしたちがいるからビルがわざわざ建造されたというのとはすこし違う。それがあり、あたしたちが暮らす。あたしたちが暮らしていて、それがある。この「あたしたちとビル」の関係性にちゃんと思い至らないと、理解できることは何もない。

出ていく、とか、出ていかない、とか、そうした選択は時間の凄く後ろのほう、新しいほうからきている。あたしたちは、それが存在するから、そこに暮らしている。

あたしたちは森の人として生きている。


森はこんな場所だ。

倒木にイヌセンボンタケが群生している。きのこだ。

もちろん枯れ木にもいろんなものが生える。ヒラタケ、長い長いひだが垂れている。クリタケ、やっぱり群生していて笠《かさ》がひらく前には全部半球形をしている。きのこだ。

林床にはいろんなきのこがある。

もちろんあたしが名前を知らない種なんて、当然いっぱいある。でも、目を惹かれる。一センチの笠を持った、柄の長い、細いきのこが風に揺られたりしていると、あたしはじっと見る。

あたしは胞子が舞うのも観察する。たとえばホコリタケから。

あたしはキクラゲが倒木の樹幹から生えていると、撫でる。そのゼラチン質を。さわらないことにしているきのこもいっぱいある。

あたしはいろんなきのこを嗅いでみる。

けれども刺激臭というか、感じの悪い臭いを出している種もある。それらは、いちど経験というか学習したら、あたしは嗅がない。あたしは学習することに関しては勤勉なのだ。でも、あたしたちはだいたいそう。特にあたしたち女組は。あたしたち森の人の、このビルの女組は。

これはあたしの文章だから、あたしは書きたいことを書こう。あたしは見たり、聞いたりしたことばかりを書いているふりをやめよう。あたしは見ていないのに見通したり、聞いていないのにもう知っていたりすることがある。そうした直観は、生きるために必要なのだ。だからあたしには（もしかしたらあたしたちには）それがあり、あたしはつぎのようなことが書ける。

虫から生えるきのこがある。たとえばクモから。寄生していたのだ。そして宿主を殺して、生える。

動物の死骸からはいろんなきのこが生える。

たとえば一頭のイノシシがいる。もちろんこの森にはイノシシがいる。そんなイノシシが、走る、走る、どんどん走る。ほとんど使われることのない幹線道路じゃない車道や、かつて「区画」であったところや、それから「廃線」という言葉で知られているところを。

どうしてだか、走る。

それから死ぬ。

そうだ、それは死の疾走だったのだ。生命が絶える間際の。使い切ろうと意図しての。すると、一瞬に死は訪れて、それから二日、三日、もしかしたら四、五日かけて腐敗して、そのころ死骸にはすっかり菌が根付いている。きのこの菌糸は酸を出す。どんどんと自在に生育する。

そしてイノシシのその死骸から、幾種類かのきのこが生える。

あたしは植物の死骸のことも語る。

それも植物の部分的な死骸を。つまり落ち葉だ。森は、大量の落ち葉からできている。もしかしたら地表の高さで森を見るとき（あたしは実際そんなふうに観察することもある）、「森とは落ち葉の層である」といえるのかもしれない。そこから下にのびているのが森の根、上にのびているのが森の幹、枝、草のサイズでたとえたら茎。実際そうなのかもしれない。

落ち葉からはいろんなきのこが生える。

柄のなかが空っぽのサクラタケがそうだ。その他の多様なきのこがそうだ。きのこは、落ち葉を分解している。こうした種類のきのこたちはそうなのだ。分解からエネルギーを得ている。生きるためのエネルギー、栄養を。つまり死んだものを使って、生きている。

もちろん枯れ木だって植物の死骸だし、それから人間が活用していた木材だっておんなじだ。

だから、こんな情景がある。

たとえばあたしたちの暮らすビルからはずいぶん遠方に廃屋のエリアがある。そこは「町」だった。いまは森にのまれている。木造建築の家屋ばかりではないけれども、どの家々も、木材がどこかには使われている。壁や、収納の扉や。その壁からきのこが生える。畳からはとうに生えている。それも群生している。あるいは玄関さきの運動靴からも。

きのこは、食べたのだ、分解したのだ。死んでいるものを活《い》かしたのだ。

そして、そこには人は誰もいない。

そんなかつての「町」の情景を、あたしは自分の目では見ていない。まだ見ていない。

こうして書いたのだから、見通してはいるのだけれど。

森は、森そのものによって隔離されている。つまり隔てられている。外から。あたしたちは内側に生きている。外の人間というのは変だ。おかしなことをいっぱい言う。あたしたちがいるはずがないとか、生きているはずがない、とか、生きていられるはずがない、とか。そのたびにあたしは思う。実際にあたしは（あたしたちは）生きているんだし、それを「生きているはずがないんだ、死んでいるんだ」って言うんだったら、きっと、その人たちのほうが死んでいるんだ。そう、森の外の人たちは死んでいる。森のその外部にいる人間は、みな死者だ。


そうはいってもあたしたち森の人が、外と、その外の死者たちと交流しないわけじゃない。交流とか交通とかはいっぱいある。

たとえば死者たちは観光に来る。

バスで来る。大型の観光バスで。

整備された車道を、まわる。ちゃんとツアー用のルートがあるのだ。

「安全だ」というのがいちばんの売り。立ち寄れるエリアも豊富で、土産物もたっぷり買える。そう、そこはポイント。あたしたちの森にお金を落としてもらわないと。すでに経済的なシステムは構築されているのだ。貨幣が菌糸の、その根のようなものを張っている。きのこの専門家は、これを菌根菌って言うだろう。キンコンキン。大きな植物があって、その植物の根と菌糸が、いわゆる「結合組織」を作ったものが菌根。キンコン。それは樹木でもあって同時にきのこでもあるのだ。

菌根菌には、たとえばつぎのような種がある。赤色とだいだい色がまじった綺麗な笠を持つタマゴタケ。アカマツと共生するマツタケ。傷がつけられると白い乳液をしたたらせるチチタケ。いろんなきのこたち。

それらは、そう、全部共生しているのだ。

あたしたちの森が、死者たちの観光を大歓迎しているみたいに。あたしたちはそうしないと、生きるためのさまざまな必需品が全然まかなえない。

外との交流がもたらす経済活動を、あたしたちの森は大歓迎しているのだ。

でも、夜行観光バスを、あたしはあまり気分のいいものとは感じない。


死者たちは観光に来る。サファリパークだと言って、夜の森を訪れる。「ナイトサファリ」の旗を掲げて、死者たちは遊弋《ゆうよく》するようにバスで現われる。

森は観察される。

さまざまなナイトスポットがある。

こうした観光客たちは、絶対安全の科学的な装備でその身をまとっている。バスそのものがそう。仰々しい大型バスは、自分たちを森から隔離しながら、それなのに森のなかを動いている。復旧された自動車道路だけを選んで、走り、あたしの好きな「廃線」なんて見ないで。触れないで。あたしたちにも触れないで。

双眼鏡がバスのガラス窓の向こうにある。

人の顔の数だけ、並んでいる。

あの双眼鏡は、夜間でもモノが見えるんですって。

こんなとき、覗かれているってあたしは思う。生きているあたしたちの暮らしは、死者たちに覗き見されている。


あたしは、かたいことばになりすぎた。あたしはぶんめいのちからにたよろうとしすぎた。あたしは、そんなに、おこったり、い、き、ど、お、っ、た、り、していない。「しろ」とめいじられても、しない。それって外からおしつけられたいかりだから。たとえばビルはいからないから。たとえば森はあんまりさわがないから。獣はないたし鳥はひめいをあげたけれども草はなけなかったし木もさわげなかった。

そのことをあたしはわすれない。

それに、ここにはきのこがいるのだ。きのこたちがいるのだ。

ここはきのこのくにだ。

ここが内なの。外にたいする、内なの。

文明化は大事だけれども、すこしだけ文明を崩してあたしは書き継ごう。

あたしが強靭そうな言葉を放っても、そんなのは、この文章を伝えたい相手には意味がないから。
もっと見ていないことを、あたしが聞いていないことを、あたしが、真実とはいっさい確約しないでいいことを書こう。自信たっぷりに、それを書こう。

死者たちの噂は安っぽい。
あまりにひどいことがあって辟易《へきえき》する。業者のちらしからはじめる。そこにはそんなにはひどいことは書かれていない。悲惨なことは書かれているけれども。あたしはこれを、道路わきで拾った。外から持ち込まれたのは明らかだ。バスの窓から、落ちたのかもしれない。こんなふうに宣伝書きがある。

「圧倒的低価格！
不要ペット回収
安心・明確な料金システム
森に放てば、
半数は生きのびられます（当社比）
自然死は尊厳に満ちています
秘密厳守、

さらに見積り無用・即日対応
ワンちゃん
ニャンちゃん
爬虫類も！　どんな珍獣も！
専門スタッフが回収します（追加料金）」

いろんな不要動物がこの森に棄《す》てられる。業者の手を介して。廃棄ペットという言葉が外の世界で躍っている。飽きられた犬（ワンちゃん）が、猫（ニャンちゃん）が、殺処分（保健所での死）を受けるかわりに「森の、安全なエリアに、解放」されると謳われているのだ。要らないペットは、この森へ。この、どんなところかもわすれられてしまったところへ。いちばんはじめには鳥や獣までもにげだしてしまったところへ。そこにかいいほうすれば、犬や猫やそのためのめずらしい獣をあなたがころしたことにはなりません。やすいひようで、あなたのいらないペットをひきうけます。こんなしょうばいがはんじょうしている。外で。

老齢のペットは、当然だけれども棄てられて、じき、死ぬ。

そうではないと、群れる犬がいる。

犬はけっこう、群れる。

危険な「野犬群」にならないように、あたしたちは管理している。柵も用意したし、ビルには、野犬の訓練士もいる。

あたしたちはそこまで周到だ。なのに、外の噂はひどい。あたしたちは棄てられた動物を食べていると言われている。この森の内側で。ほかに食べられるものがないだろうから食べていると。

あたしたちは、そうです、生きているから何かは食べます。食べないと死ぬから食べます。でも、そんなものは食料にしていない。そんな発想をもつのは、やっぱり死者だ。生きていない人間たちだからこそ、こんな異常なことひどいことを想像する。たぶん、この森にはひどいことばかりが起きてほしいのだ。

そんな死者たちの自分勝手を、ときどきはあたしは笑いたい。

あたしは陶のことをやっと書ける。陶、というのは人の名前だ。トウ。そして男だ。そしてあたしは陶と恋に落ちる。その前にあたしは陶と邂逅《かいこう》する。その瞬間まで、陶は森にいなかった。いいえ、この言い方は不正確だ。あたしたちが暮らしているビルのその周辺には出現しなかった。ほかの人たち（あたしたちではない森の人たち）が拠点にするところには前から現われていたのかもしれない。今度、そのことを訊いてみる。機会があったら。あるいはあたしがその質問を忘れなかったら。

そんなことよりも、あたしは大切なことを先に書きたい。陶はあたしたちのような森の人ではない。陶は外から来た。陶はつまり、死者だ。森のなかに生きている（ちゃんと生きている）あたしたちに対して、外部の人間だから死者。ただし、通常ここで闖《ちん》入者《にゅうしゃ》の死んでいる人間たちがするような生業《なりわい》にあらがう仕事をしている。あたしがさっき説明した、不要動物をどうにかする業者たちの、反対の側のことをしている。

　この森に、外から廃棄された元ペットたちを、捜すのだ。

　捜して回収するのだ。

「ペットの探偵なんだよ」と陶は言った。

「だけど、誰の依頼？」とあたしは訊いた。

「そうだな、どんな家庭でも……」陶は言葉を選んだ。「家族一致で、『この動物はもう年寄りだから、流行の犬種じゃないから、殺処分に回しましょう』とは、滅多にならない。意見は分かれる。なにしろ良心の呵責《かしゃく》があるから、割れる。で、その心理が背景にあって、森に廃棄するというビジネスが隆盛なわけだ。でも、そもそも棄てること自体、意見が割れるさ。たとえばその家のちっちゃな子供とかは犬を可愛がってたりな。『棄てないで！　あの森で汚染させないで！』なんて叫ぶ」

　汚染、という言葉に、あたしはすこし敏感に反応した。たぶん反応したんだと思う、陶は「ああ、ごめん。もっと政治的にも礼儀に適《かな》ったフレーズを使えばよかった」と即、謝罪した。その素直さはあたしを信用させた。あたしを、あたしの心を。

「割れるのね？」とあたしは言った。

「え？　ああ、家庭内で意見がか。そして、良心の呵責が強いほうの依頼を受けて、俺が探偵に入る。まあ、捜すのは大変だけどな」

「この森、広いから」

「広いよ。東京都の何倍あると思う？　ただし、回収できたら、それを何年か引き受ける……養育するような組織、それから土地も、この森の内側に用意できている。あんたたちの側にも協力者がいるしな」

「いるでしょうね」

「子供の依頼のときはさ」

「何？」

「お代は、三年後にもらったりする。三年後、五年後、はたまた十年後。そんな念書をきっちり取ってさ。で、やってやる」

十年後、という言葉にあたしは何か反応する。微妙に反応した。ジュウネンマエという長さの響きを想い起こして。

犬が、棄てられた。そのラブラドール・レトリーバーは、業者の手で森に遺棄された。

棄てられる前にもうやつれていた。腫瘍があった。後《うし》ろ肢《あし》と股間のあいだに。どう見ても末期的な、ガンの腫瘍。そんなものに治療費を払える飼い主一家ではなかった。だから森で生きてもらおうと思った。だから森で自然死してもらおうと思った。専門業者の回収費用は、本当に安上がりだった。いろんな犬とともにトラックに積まれて、森に送り込まれた。

肉腫から死の臭いがするのか、ほかの犬たちはそのレトリーバーを避けた。だから同類たちと群れて、遺棄さきの森を移動することは叶《かな》わなかった。

最初から一匹だった。

元の主人が言っていた言葉を思い出す。「お前はもうガンだから」と囁いたのだ。「いまさら森でガンにはならないよ。それに、業者が愛玩動物たちを解放するエリアは、ほらここにデータがあるだろう？　空間放射線量が全然低いんだ」

しかし日本語でそんなふうに説明されても、データを示されても、レトリーバーには理解できない。

単純なことだ。

そして一匹きりで歩いている。群れずに。群れられずに。「廃線」沿いに歩いていていて、時おり林床部にも入る。落ち葉地帯に。

歩いていて、レトリーバーは固まって生えていたホコリタケを踏む。扁球《へんきゅう》形の茶色いきのこを。別名キツネノチャブクロを。

　すると白い煙が上がる。

　胞子が吹き出されたのだ。

　あたしは胞子を、顕微鏡で見たことはない。きっと凄いものなんだろう。「凄いものだよ」と研究者があたしに言ったことがあるから。

　ここにいると、きのこ学者たちとは、週に一度か二度はかならず顔を合わせる。きのこ学者たちはヘリコプターで着陸する。たいていはそうだ。あたしたちのビルの敷地内には専用のヘリポートがある。

　死から生が生まれるのだと、あたしに説いたのはきのこ学者だ。

　死というのは、死骸すなわち有機物の分解で、そこからきのこ類が森の第一段階を創る。創造するのだ、ときのこ学者があたしに説明した。重要なのは菌根菌で、とその学者は言った、樹木に菌根が張られたときから、大きな再生がもう約束されているんだ。

「大きな？」とあたしは訊いた。

「死んだ森から、生きた森が生まれ直す、っていえばいいのか。死にきらないっていえばいいのか」と学者は言った。

野生のきのことは違うことを書こう。

あたしたちのビルにはきのこの栽培施設がある。地下に、栽培用の水槽がある。屋上付近のフロアには温室がある。屋上そのものにガラスハウスも設けられた。

食用のきのこはそうして栽培されている。

栽培種のきのこに、きのこ学者たちは関心を持たない。

あたしたちは持つ。だって、食べるんだから。食べられるんだから。だって、なにしろ美味《おい》しいんだから。

ただ、美しさは野生のきのこのほうが勝る。なんて説明したらいいんだろう？　その美は、猛《たけ》っている。


あたしが外の人間はみんな死者だと言うと、陶は笑った。べつに馬鹿にした笑いじゃなかった。だったら俺は死んでいるのかよ、と自らの存在（というか実在）をうたがって笑ったのだ。きっと思わず笑ったのだ。その気持ちは、あたしにもわかる。

「でも、生きているのはあたしたちだし」とあたしは言った。けっこう必死で説明した。

「いったん死んでいると思われると、そうじゃないと証明するのは、むずかしい」と陶。

「そうなの。だからあたしたち、『生きているはずがない』とか『そのうち死ぬ』って言われるんだし」

「たとえば森を見てさ」

「森？」

「うん、森。外側から、森の、そのツラっていうのをちらっと見てさ、で、全体を想像する。それでいいのかって思うんだけど、『でも、わたしは確かに見ましたから』とかって、主張されちゃうんだよな」

「森は、広いよ」

「そうなんだよ」と陶は言う。

「あたしたちなんて、森の人の、ただの一部だし。暮らしているエリアも。エリアって、きっと全部違うし」

「そうなんだよなあ」

「同じ森なんて、森のなかにいると、ない」とあたしは断じた。

「俺が生きているってことを証明するためにさ、何をしようか？」

「いままでは何をしてきたの？　ペットの探偵と――」

「バスジャックもしたぜ」

「え？」

「俺が死者なら、死者のバスジャッカーだな。しかも死者ばっかりが乗ってるバスをジャックした」

「観光バス？　森の？」

「そう」

「夜行観光バスも？」

「夜行が多かったなあ」

「そんなに何度もしたの？」

「犬を轢《ひ》きかけるバスとか、多いんだよ。野犬になっちゃってる群れとかな。その群れに老犬が混じってて、遅れるとかな。そうするとクラクションの嵐になる。しかも直前に。轢死《れきし》の直前にさ。俺、そういうとき、助けちゃって」

「バスのほうを襲うの？」

「はっきりと襲うさ」

「どうやって？」

「ナイフが一本あれば、足りるって」陶はさらりと言った。

　本当のことを言ってるんだ、とあたしにはわかった。

「しかし、バスジャックをしても――」

「しても？」とあたしは訊いた。

「要求がない。バスジャッカーとして、突きつける要求が。当局に」

「じゃあ、どうするの？　どうしたの？」

「解放したさ」

「つまんない」とあたしは言って、陶の目を見た。

腫瘍のある犬は、捜せる？　とあたしが尋ねると、そのほうが捜しやすいさ、と陶は答える。その犬、救える？　と尋ねると、救えないさ、死んじゃうだろ、と即答する。

でも、捜したんだよね、とあたしが食い下がったら、実際に捜したさ、と陶は答えた。きのこにまみれててさ、それで、看取れたさ。

じゃあ、とあたしは尋ねる。そのレトリーバーの死骸からも、きのこ、いっぱい生えるね。

ああ、胞子まみれだったからな、と陶は答える。

あたしはみたこともみていないこともかける。あたしはせつめいだってできる。あたしには、つたえたいあいてがいるから。あたしはそもそも、森にいるから。森はじぶんではにげだせなかったのだ。それに、さいしょから「にげたい」とはおもっていなかったのかも。

でもなんにも断言してはならない。

ヘリコプターを使わずにきのこ学者たちはそのエリアに入る。

きのこ学者たちは防護服を着ている。

それは白い。森のなかの宇宙服だ。

そんな服を着込んで、きのこ学者たちはきのこを摘む。

十数種類を選択して採集するのだ。それも菌根菌のきのこばかりを。それらのきのこは（専門家に選ばれた種は）、放射性物質を吸収する。

意識して、そうしたものばかりを地中から吸い上げる。

……意識して？

森を浄《きよ》めるために摘めばいいと言って、きのこ学者たちはきのこ狩りに励む。あたしは、この人たちが好きかもしれない。とても愛《いと》おしいって思っている。この森のことも、それに、やっぱり愛おしいって。

あたしは陶が好きかもしれない。

いいえ、恋に落ちたともう書いたんだから、好きだ、と断じていい。それであたしたちは、陶が死んでいないことを証す唯一の手段を、試すことにした。死者に子供は産めない。死者に子供は作れない。けれどもあたしは妊婦になった。身籠もったのは、陶のそれだ。もちろん。

やがて生まれる（し、あたしが産む）子供のために、あたしはこうして書いている。これは「訊かれたら、答える準備」だ。その子は、言うかもしれない。ここはどんなところ？　あたしは答えるだろう。きのこのくによ。それからそのこのちちおやが、つまりパパが、ようきゅうがたっぷりのバスジャックにでるのだ。あたしたちはだまらない。

6　二つの茸《きのこ》料理のレシピ。属領にて

仮説を立てて、それを実験によって検証するのがルカの基本的な生き方だった。たとえばルカがそのルカという名前を選ぶ時に、選択される名前こそがルカをこれ以降アイデンティファイするのだろうと仮説を立てたのだし、この十五年間でそのことは実証された。すなわち日本を脱出してからの歳月はまるまる実験でもあったと説けるのだと気づいて、少なからずルカは驚く。選択とは具体的にはこうである、あらゆる書類に苗字のほうの喜多村はKITAMURAと綴《つづ》って書き入れて、下の名のほうはLukaと綴って記入した。すなわちRukaとはしなかった。そのLとRの相違は、単なる一字の違いだが決定的であり、名乗る際にはルカはつねに舌端を上前歯の裏につけてL音をきちんと出し、Lukaと確かに響かせた。日本語にはそもそもL音は存在しない。こうして喜多村留花はルカとなり、あるいはマダム・キタムラとなり、日本国のパスポートに記載されている情報とは一字分ずれた。ルカは、巧みに自分をアイデンティファイし直したのだ。RがLとなり、ここには日本人としての喜多村留花はいないに等しい。

じきにエレンと落ち合う予定があるので、ごく自然にルカは厨房《ちゆうぼう》に立ち、マッシュルームを薄くスライスしはじめた。日本語では作《つく》り茸《たけ》といい大正時代には西洋松茸との華麗な名称で売られたこともあるマッシュルームは、フランス語ではシャンピニオンと呼ばれ、これは英語のマッシュルーム同様に単に茸を指す。それほど食用茸の代名詞となっている。この栽培種がもちろん担子菌《たんしきん》類の原茸目《はらたけ》の原茸科に属していることをルカは承知していたし、古来からの栽培法に関しての知識もある。藁《わら》や馬糞でその人工栽培用の床は作られたのだ。しかしそうした知見をルカはスライスしながらは露《つゆ》ばかりも思い出さない。マッシュルームはただの食材、鮮度の高いブラウンマッシュルームであるだけで、今からサラダにされる以外のものではないのだ。ドレッシングは塩とレモン汁とオリーブオイル、その塩はカマルグ産だ。地中海のその海水を塩田に引いて、天日で濃縮した塩《セル》。カマルグという土地にはヨーロッパで最大の塩田地帯がある。そしてカマルグという土地はおおよそ三つのエリアに分かれていて、そのうちの一つにルカはいる。塩田地帯ではない。続いてルカはパセリを微塵《みじん》切りにする。そして皿にはルッコラの葉を数枚敷いて、そこにドレッシングとパセリで韲《あ》えた薄切りのマッシュルームを盛る。

こうして茸はシンプルなサラダになる。

私は、どうしてエレンと会う前には大概、茸を食べたいとか調理したいとかって思うのだろう？　ルカは考える、フォークでその、味付けされた薄茶色に縁取られたマッシュルームのひと片を刺しながら考える、それからエレンが贖罪《しょくざい》というものを無意識に喚起させるからだろうと思い当たる。エレンが何かを言うのではない、エレンという人間、実在がだ。もっともよね、ルカはうなずいている。エレンは馬と牛のそばにいるんだもの。

馬たちは白馬だと聞かされていたが白馬ではなかった。もちろん世界を白い馬と黒い馬とそれ以外の馬に分けるならば白馬に属した。だがそれだって嘘《うそ》に近い、というか完全に嘘なのだとカマルグに拠点を移してからのほんの数週間でルカは学んだ。それは不思議な馬たちで、年齢とともに白さを増すのだ、というのが正解だった。そして、生まれた時には黒馬だというのも事実だった。最初は黒毛で、それから毛の色が変じ出す、斑《ぶち》を残しながらも白馬の色彩に変わってゆく。

それがカマルグ種だった。しかも半野生馬でもある。

どういうことかといえば屋外で飼育されて、自然出産すらする、群れを作り、自由に生きる、しかし生きている土地は実のところ広大な放牧地なのだ。柵で区切られている。おおよそ二歳半になると捕獲されて、調教される、乗用馬になる。また、繁殖期には雌《め》馬《うま》の集団に健康な種雄《たねおす》が計画的に導入されて、交配が行なわれる。が、捕らえられるか種雄として群れに放たれ返すか、この二つのイベントとイベント間およびイベント後の時期を除いて考える時、それらは確かに人の手には委ねられないで生きているのだった。いったん野生のままに育つ、だから雄馬同士は烈《はげ》しい喧嘩《けんか》もする、噛み合い後《うし》ろ肢《あし》で蹴り合う、冬は寒さに耐えて夏は暑さに耐える、虫にも耐える、カマルグという土地は地中海とアルルという都市《まち》のはざまにあり、大半は湿原で、虫は多い。

カマルグには北と南のエリアがある。前者には緑地帯があり、後者には沼地帯がある。中心部にはバカレス湖という巨大な潟湖《せきこ》があって、他にも潟《かた》は多数ある。そして塩田地帯がある、これは第三のエリアとして存在する。また国立の自然環境保全地域がバカレス湖をその核として広がっている。フラミンゴたちがそこで巣作りする。この生態系の豊かさはローヌ川が生み出している。ローヌ川と、その分流である小《プティ》ローヌ川と、地中海とが描いた三角形の地勢が。そしてローヌ川と小ローヌ川はアルルのわずかに北側で分岐した。

カマルグはローヌ川河口だとも言い換えられ、カマルグ種は、そこにだけ見られる馬種だともいえた。この白馬でもあり黒馬でもある半野生馬の起源は定かではない。幾つかの伝説は、ルカは、エレンから聞いていたが。そのなかには神話そのものの「ケンタウロスの眷属《けんぞく》」説もあり、古代ローマの将軍カエサルを登場させる史実もどきもあった。いずれにしても古さがそこにある、極めて古い時代からカマルグにはその馬がいた。と同時にこれを捕らえ、飼い馴らす専門家がいた。専門家の人間たちがいた。アメリカ合衆国の西部であればカウボーイ、南米のアルゼンチンやウルグアイであればガウチョと呼ばれる職種に通じる、なぜならば馴致《じゅんち》した馬を操り牧童をしている、この人間たちをここカマルグでは古来ガルディアンと呼んできた。しかし前二者とは大きな違いもあった、カウボーイもガウチョもいわば男らしさの象徴のようなものであるのに、ルカは、この事実には非常に驚かされたのだが、かなりの数の女性のガルディアンを目にしていた。

「もちろん、男らしさの象徴ではあったのよ」とエレンは言った。

「以前は？」

「そう、以前は。けれども一九九〇年代から女性のガルディアンが続々登場してきた。ガルディエンヌが。今から三十年も前ね。あるいは三十年よりも、もっと」

友人はいなければならない。それがエレンを見ていて、ルカがしばしば思うことだ。年齢は近い。ルカは今年三十九歳でありエレンは三十七歳である。知り合った時には二十九歳だった。言葉を交わした最初の日から、単刀直入に、どうしてここにいるのかと問われた。ルカはこの時、いちど目をつぶり、それから開き、その間に見えた光景を語った。

「似ているから」

「何と？」

「私の出てきた土地と」

「あなた日本人でしょう」

「そうよ」

「ここが日本と似ているなんて、そんなの、信じられない。あなた、先月までパリにいたんでしょう？」

「そう。七年間かな」

「そんなに？」

眼光がギュッと強まった。現在もそうだがエレンは化粧気のない面立ちで、しかしラフな美しさがあり、その一方、長髪はきちんと手入れがされていることを看《み》て取らせ、この時も履いていたのだが乗馬ブーツはかなりの確率で普段履きしている。ミドル丈だ。しかしハットはかぶらず、サングラスはかける。

「日本にもね」とルカは答えたのだった。答えを続けたのだった。「いろいろな場所があるのよ。いろいろな風景、いろいろな自然が。だから私は、ここカマルグで、いちばん感動したのは水田だし」

「ああ、米ね」

エレンはそう言ってから、なぜか一拍置いてフッと笑ったのだった。馬と数種類の野鳥とが同時に微笑んだかのような錯覚をルカの双つの網膜は得た。そこから友情は始まった。ルカと、エレン・アルディとの。

それでもルカはこの時にはまだエレンに付言してはいなかった。このカマルグには半野生馬がいて、牛たちも同じように半野生の状態で放牧されるのでしょう？　それをあなたたちガルディアンとガルディエンヌが管理するのでしょう？　日本もそうなのよ、日本にも、私の出てきた土地にも同じような牛たちがいて、だからガルディアンがいるのよ。

ガルディアンはいるのよ、とはルカは言わなかった。私はシングル・マザーで、娘もその土地に残されているのよとは言わなかった。三十一歳のルカ、パスポート上の名前の喜多村留花は。

三十九歳のルカがエレンの質問に答える。

「生き物というのは、つまり、何なの？」

「一つの生き物がいるということは」とルカは解説する。「一つの『個』があるということね」

「『個』」エレンは眉間に皺を寄せて、いかにも真剣に思案する。

「動物でも植物でも」と言ってから、最後に添えた。「菌類でも」

「それが一つの生き物であれば一つの『個』である」

「その通り」

「で、『個』があるとどうなるの？」

「ほら」ルカは両手を使って、丸い球形を宙《そら》に作る。「たとえばこうなる。このボールが『個』だとすれば、そこには内側があるでしょう？」

「ボールの？」

「そう」

「あるわね」

エレンは指の間を透かし見るようにした。粗く竹で編まれた球体だった、さながら、そのルカの十本の指で作り上げられた仮想のボールは。

「内側はある。見える」とエレンは言った。

「じゃあ、外は？」

「あなたの指の、外、ということかしら」

「ええ。私が仮にこうして作っている『個』の、その」

「外側はあるわよ」

「見えるでしょう」ルカは穏やかに言った。「エレンにはきちんとこの『個』の外が見える。ほとんどが『個』の外側だということもだいたい見通せている」

エレンは少し黙って、そのルカの説明を消化して、それから首肯した。

「見通せてると思うわ。あなたの掌《てのひら》の内側にしか『個』はないんだもの。そういうことでしょう」

「でも、この外側は、消せる」

「どうやって」

「理論的には二つあるけれども、エレンの質問に答えるために大事なのは、この方法」

ルカは、球形に組みあげていた左右の手指や掌底《しょうてい》をパッと離した。

解放した。

それからパタパタと戯れるように右手と左手の先をふる。

「ね《ボワラ》！」

「消滅」

エレンは簡潔に描写した。

「そしてあなたが見ていた外、あの外側は、もう外側ではいっさいないの」とルカは続けた。「これが『個』の働きということなのよ。ある場所に内側と外側を生じさせてしまうというのが」

「つまり、それが、生き物の働きということなのね」

「正解。内側というのは『個』に等しいから、これは一つの生き物だと断じられる。生き物それ自体。そして、外側というのは、この生き物が暮らしている、生息のための場所なのだと判断される。環境ね」

「自然みたいなこと？」

「そう。そして、あらゆる外的条件の総体。それが環境。でも、それは生き物がいなければ、環境なんてものではなかったのよ。さっき、私が——」と言ってルカは、再び左右の手指を簡単に組む。「こうやって仮の『個』を示すまでは、外側なんて全然なかったように。エレン、あなた見たでしょう？ 内側が指定されなければどうしたって外側は生まれようがない。けれども、わずか一つの『個』でも、この区別というものは産み出せる」

「わかった」

「どうわかった？」

「生き物は、場所を、環境にするのね」

「完璧よ」とルカは言った。

そして、その完璧な回答のあとに、エレンは何かをジッと考えていて、沈思していて、それは馬たちとその放牧地のことであったり、牛たちとその同様の場所であったり、野鳥たちと湿原、カマルグの自然環境保全地域、虫たちとそれであったりすることが、ルカにはわかる。

外側を消すための方法は理論的には二つある。その二つめはエレン・アルディに対しては語られなかったが他意はない。しかし私は何かをエレンに隠したのかもしれない、とっさに、と気づいてルカは驚いた。二つめの展開はこうだ、ある「個」がいて、そこには内側があり、外側がある、そして外側を消す、エレンの言葉を用いれば消滅させるには、実は全部を内側に変えてしまえばよい。そのためには「個」をひたすら拡張させる、そうした行動が要る、しかし外側というのが環境として限定されているならば、すなわち無限定でないならば、これは可能だ。

そのような一つの「個」をルカは想像する。

あらゆる外を、内にしてしまう「個」。

そうした存在をルカは想定する。存在、すなわち生物を。具体的に想定したからルカはエレンには語らなかった。瞬時に語らないと判断していたのかと思い至りもして、ルカは驚き、一瞬の戸惑いを通過してから納得する。生物について、すでにルカはエレンとの会話で触れた。動物界があり植物界があり、こうした〝界〟が分類にあたっての最高次の区分なのだが、そのどちらの〝界〟にも含まれずに第三の生物群として菌類がいる。菌類は植物および動物に比較するならば後発の生物である。そして菌類の「個」とは、前二者の「個」とは異なる。場合によってはまるで異なる。そして、ここからは仮説だ。環境を丸ごと「個」の内側に取り込もうとする菌類は、誕生させうるし、誕生しつつある。

この仮説をルカは検証している。ずっと検証しつづけている。その実験というか研究の詳細は、あるいは少々の仄《ほの》めかしや暗示でもいいのだが、局外者に明かされることはない。倫理的にあってはならない、それをルカは守っている。

茸はつねに厨房に備えられていて、それは乾燥された袋詰めのモリーユすなわち編笠《あみがさ》茸《たけ》やトロンペットすなわち黒喇叭《くろらっぱ》茸《たけ》や瓶詰めのトリュフだったりするのだが、新鮮なものも週に最低一度は一、二食ぶん買い込まれた。一度、というのはアルルで土曜日に大きな市《いち》が立つためだった。そのマルシェにはルカは欠かさず通っていた。アルルには他にも水曜市があるのだがこちらは勤務の関係から通常は足を運べず、また、規模も土曜市に比べたら小さかった。ルカが見るのは食材だった。そのマルシェでは布も傘も靴も下着も、それからガラス食器も料理道具も多種多様な電化製品類もいかにも観光地の土産物《スブニール》にふさわしい二流の絵画作品も売っていたのだが、しかし関心が示されるのは食用の品々にほぼ限られた。ジャムと蜂蜜は、見た。魚介類を見た。地中海から揚がる魚たちというのは荒々しいというよりも嫋《たお》やかに綺麗だ、毎回そう感じた。貝は種類が豊富でムール貝や大量の牡蠣《かき》に混じって、いつも海鞘《ほや》まで並んでいた。それが貝類ではないことを忘れてしまいそうだった。肉類を見た、幾種類もの鳥獣の精肉が売られていて、それから腸詰めの専門店、ここでは季節にかかわらず猪肉の腸詰めが手に入る。実はマルシェのいちばん端では生きている鳥、鶏や七面鳥やホロホロ鳥や鶉《うずら》や、生きている獣、たとえば兎を売っていた。鶉はダース単位で販売された。ルカはそれらを絞めたり捌《さば》いたりが到底できそうにないので買ったことがない。完全に調理されている品物を売るところもあって、たとえばパエリア屋がそうだった。鶏一羽まるまるのロースト屋がそうだった。それらもルカは買わない。料理が好きだからだ、厨房に立つのが。それで野菜をもっとも買う。ズッキーニの山を見て茄子《なす》の山を見て、味を確かめるためにラディッシュを齧《かじ》り、トマトに触れる。

確認して買う。マッシュルームもそうだ。ブラウンマッシュルームであれホワイトマッシュルームであれ。

天然の茸類はその種類を秋に増やす。しかしジロールすなわち杏茸《あんずたけ》であれば夏から出回るし、春から秋が流通期の茸もあり、逆に平茸《ひらたけ》であれば晩秋から春にかけての寒い時期が旬だ。人工栽培もされているが。

その平茸を買う。

それからオリーブは、これは季節を問わずだが、毎度種類を変えてルカは買う。時には瓶詰めのオリーブのペーストも。

平茸は、買った日の午後か夜には厨房の戸棚または冷蔵庫からルカの胃に移動した。だから「土曜日の茸《しめじ》」がこの平茸だった。担子菌類の原茸目の平茸科に属し、しかも日本ではこれが占地として売られていることをルカは知っている。ただし、フランスのように笠《かさ》がひらき切るのを待たない。平茸はフランス語ではプリュロット、英名はオイスターマッシュルームといって、二つの言語ともに牡蠣《オイスター》に似ていると形容する。ルカは鍋を用意する。当然平茸を入れるのだが他には潰した大蒜《にんにく》、レモン汁、塩、コリアンダー、クミン、それからオリーブオイルと白ワインと水を入れる。また黒胡椒をたっぷり振る。そして煮る。あとはタイミングを測る。

だいたい十五分もあればいっさいが調《ととの》う。そして、それだけで、十分に美味《おい》しい。

ルカは姉の訃報を六年前に聞いた。この時にはもう南フランスにいた。南フランス、というのは地図を想起させる呼び名だとつねづね思う。フランスのその国土の地図があってそこに東西南北の方位があるから南のフランスが生じている。普段は私はカマルグにいるのだと考えているから、それもカマルグという土地を三つのエリアに分けたうちの一つにいるのだと考えているから、地図的な把握はないとルカは感じている。フランス全土という大袈裟さの地図的なそれは。だいいちフランス人を相手に語る時にも、ほとんど南フランスという言い方は用いていないとも思い当たる。むしろルカはこう言うのだ、たとえばパリの人間を相手に、私はプロバンスにいますと。プロバンス地方に暮らしています、と。これで一般のフランス人には通じた。むしろこれでこそスッと通じた。しかしルカがそうやってプロバンスと口にするたび、ルカ自身の心の裡《うち》では、ある理由によってプロバンスとの響きがカマルグに通底した。カマルグの風景、風土に。そこで意識されるカマルグの風景、風土とは八年前にエレンに語ったその風景、風土に等しかった。すなわち水田というのは確実に展《ひろ》がっている、日本を想わせる、それもルカが脱出したところ、ルカの生地を。

地図というものは同時にフランスには外界があるのだと認識させる。この国に。国境線があって、その内側がフランスであり、すると外はフランスではない。たぶん外界に向かって掲げ示されるというのも地図の、それも「国家の地図」の主要で本質的な役割なのだとルカは見通す。だから東西南北は明確に表わされて、たとえば南フランスと口にする時にそれが非フランス人のための説明だと感じられるわけも、わかる。

そうだ、とルカは思う、私は同胞の、つまり日本人に説明しようとするような場合にもっぱら南フランスと言うのだ。あるいは南フランスにいると意識するのだ。

十五年前に日本を出た。直後に生活の足場としたのはパリ、地図上に探るならばフランスのその国土の中心部よりもずっと北に位置し、しかし国家の揺るぎない中心地の首都パリだった。ここに避難者の受け容れ先があった。当然複数あったのだが、かつ施設は大規模だったのだが、ルカ、パスポート上の喜多村留花はその大学院生であるというプロフィール、かつ自然科学分野のその専攻内容が幸いして、学術機関に面倒を見てもらえることになった。結局修士の学位はフランスで取得した。いうまでもないが、時間はかかった。いきなり異なる言語に習熟する必要があったし、それに研究テーマの軌道修正というか、絞り込みもあった。生態系の掃除屋としての菌類、これを系統進化の側面から研究した。そのままパリで博士課程に入った。菌の学名を付けている高名な学者たちのアシスタントをして、もともと修士論文内でも触れていたのだが、遺伝子変異による高等菌類の分岐、または発生を地道に調べつづけた。幾つもの仮説を立てながら。

その仮説の立て方は地道さとは様相を異にしていた。

いずれにしても新生活の具体的な出発点は、十五年前、フランス政府があの東日本大震災に過剰に、そして真っ当に反応したことにある。日本国内に在住するフランス人、あるいは旅行中のフランス人に対して、強制力を具《そな》えた出国命令を出し、専用機も飛ばし、それは十数便のジェット機となり、実際に四日間でおよそ九割のフランス国籍所有者が日本の列島内から引き揚げた。それだけではなかった。こうした反応が「日本国に対して差別的ではないか」との国際的な批判の声を前もって封じるためにか、国外脱出を希望する日本人、すなわち日本国籍所有者をも上限を定めずに受け容れだした。この措置は十七日間つづいた。このフランス政府の瞬発的な対応は、英断だったと後日評価される。評価するのはルカであり、その同胞の何割かである。ルカは、その十七日間の勁《つよ》さを思う。日本政府が腰の据わった判断という判断をできず、結局、「島」となってしまった被災地との間にまともな交流を回復するまでに数年を要したこと、物流まで停まっていた極限状況を指して、回復したそれは国交と揶揄《やゆ》されていること、なにより決定的な事柄は最初の四十日間に起きて、その間に生起してしまったことは取り返しが不可能であることを考慮すれば、それは選択肢の播種《はしゅ》そのものともいうべき措置期間なのだ。

政治的な難民ではないが、ルカはフランスに脱出した。

政治的な難民ではないが、保護された。支援された。

ルカは自分を亡命者と見做《みな》した。だから喜多村留花からL音のルカとなったのだ。

日本国内に避難先を見つけ、留《とど》まろうとしなかったのは当然でもあり必然でもあった。ルカは四歳の娘を手放さなければならなかったのだ、それも「島」に。この現実を振り切るために国外に脱《ぬ》けた。本当は、冴子を連れてきたかった、パリで何度も思った。何度も、いや何万度も。けれども無理だったのだ。ルカの、その娘の冴子、喜多村冴子は姉が引き取り、「島」から出させてはもらえなかった。そしてルカはその姉の強硬な主張に抗《あらが》えなかった。なぜならば冴子は姉のその夫の子ではあったからだ。この事実が姉の言い立てる所有権、いや擬似所有権の半分だけの根拠となっている。ルカは、シングル・マザーであり、大学に通う間も娘の面倒を見ていたのは姉だった。

ルカが姉の夫の子供を産んだ一年と七ヵ月後に姉は夫ではない男の子供を産み、そうして幼い二人の子供を愉《たの》しそうに養育していった。それから大地を震度七で揺らす巨大地震は来た。爆発してはならないものが「島」の東と、「島」の北、二ヵ所で爆《は》ぜてしまった。この二つは距離にして一二〇キロ離れていた。

それから孤立するものを指す「島」が、被災地の別称となったのだ。日本語の「島」はShimaのアルファベット五文字として世界的に通用し出し、だが当の被災地に残る人間たちはそれを「島」と呼んだりはしなかった。むしろ森と言った。

今、ルカは年齢を数える。娘の冴子は今年十九歳になる。

姉は今年、三十五歳になる。六年前から年をとっていない。年齢を数えられるたびに三十五歳だ。

ルカは三十九歳。

これは六年前でもなければ一年前でもない。現在。

しかし動きがあったのは八年前だ。パリから足場を移したのは。農業環境技術研究所への勤務をオファーされた。ここでもルカのプロフィールと、それも「島」出身であるというプロフィールと、博士論文ではないが三人の研究者の共著という形で執筆し、核となるアイディアの一つを提供した論文のその内容から誘われた。それは胞子発芽に関係した。フランスは農業国であり、機械化された農業に貢献するような研究は最先端を行く。農業環境技術研究所はアルルにあるのだともいえるし、カマルグにあるのだともいえる。実際にはアルルに程近い、その南西部の、カマルグという土地の北端部にある。

緑地帯だ。そしてこの農業環境技術研究所は、もっと北に備えている。防備している。フランス第二の都市であるリヨンとアルルの間にあるものに対して防備している。リヨンの南、アルルの北。

表向きはそのようにはまるで振るまわないが。

説明が要る時、ルカは言うのだった。私はアルル近郊の農業環境技術研究所に勤めていて、それは南フランスにあります、と。そして思うのだった。南フランスという、国家名を付した地域の名前では何も表わせていない、と。やはりプロバンスという地方名を出すのが正しい、カマルグという土地の名前に寄り添うよりも時には正しい、どうしてか、それはプロバンスとの呼称がラテン語由来で、もともと属領という意味だからだ。ローマ帝国の、そこは、最初の属土《プロウィンキア》だったのだ。だからアルルも古都であり、そこには平然と二千年前の遺蹟《いせき》がある。

属領という名前の土地に私は逃げてきている。

だとしたら私は孤立しない、ルカはそう思った。

日本にも属領はある。そもそも世界は、こことあそことは馬でつながっている。あるいは牛。

7　小説家の誕生と引退

サイコはPと名乗っている。そして鷺《さぎ》ノ宮《みや》を探っている。鷺ノ宮はオリンピックを機に東京でもっとも著名な場所となった。悪名高いと言い換えてもいいかもしれない。そこには本番用のスタジアムもできなければ選手村もできなかったのだが日本選手団に限定されたシミュレーション・スタジアムは建設された。そのさい、企画段階から動いたのは首都圏の私鉄会社で、ここは二〇一五年にTNCすなわち超国家企業にその発行済株式の大半を取得されるまでは埼玉県所沢市に本社を置き、不動産部門を持ち、そして野球チームの親会社ともなっていた。要するにスタジアムのことは熟知していた。これらの経験を複合的に活かして計画と開発は進められた。鷺ノ宮の再開発だった。鳥の「鷺」が飛翔することに掛けてか、フライング2020プロジェクトと言われた。まずは老朽化したマンション、数千戸が一挙に撤去されて、シミュレーション・スタジアム建設予定地はひと晩とはいわないが四ヵ月とかからずに均《なら》された土地として用意された。建設工事は二〇一六年末から着手された。同時に一万戸弱の新たなマンション群が供給されて、これがシミュレーション・スタジアムを円形に囲んだ。ある意味ではシミュレーションのその実態を覆い隠した、他国からも、一部の国内マスメディアの監視《め》からも。

マンション群はほとんどタワー状だった。その配置は部分的には奇妙で、円形からの飛び地もあった。こうしたマンションは鷺ノ宮の、その世間的に認知された範囲を大胆に拡張した。マンション名に「鷺ノ宮」と入れるだけで事は成った。単純極まりない仕掛けだが、旧来の住居表示はこうした新顔建築物たちの声高な名乗りにやすやす敗北した。そもそも鷺ノ宮という地名はない。これは駅名であり、いわゆる行政地名としては鷺宮《さぎのみや》が正しい。片仮名のノは不要物である。不純物である。しかし、だからこそだが「鷺ノ宮」という単なる駅名は軽々しく売り出されて、二〇一〇年代後半にポップに弾《はじ》け、その範囲は無手勝流に拡大した。ただし由緒ある行政地名の中野区白鷺《しらさぎ》、若宮《わかみや》、上鷺宮《かみさぎのみや》の隣接三区域は、それぞれの文字の縁《えにし》から誰もが認める鷺ノ宮である。鷺ノ宮ファミリーである。私鉄会社の最大の戦術はこれ以外のところにあった。鷺ノ宮駅の西にあるのが下井草駅、東にあるのが都立家政駅だったのだが、二〇一九年四月一日、前者を西鷺ノ宮駅、後者を新鷺ノ宮駅と変えてしまったのである。オリンピックを待望する沿線の東京都民の熱狂はこの改変を容《い》れるというか歓迎した。その瞬間に、フライング２０２０プロジェクトは完璧に翔《と》び立った。

　結局、問題の夏、本番用スタジアムも選手村も揃う湾岸エリアではなしに、そこ鷺ノ宮でテロが起きたことにより、いっきに「鷺」は失墜する。まさに墜《お》ちた。ただしこの事件に関しては二つの説が囁かれている。一、それは国際テロを未然に防ぐためのシミュレーションだった、だから鷺ノ宮という場所が選ばれたのだし、その意味では見事にシミュレーションは成就した。二、しかしテロ発生を具体的に伝えたのは海外のメディアのみである、この事件には日本政府こそが関わっている、そのために報道は封殺されたのだ。この二つめは陰謀説であって約六〇〇ほどの分岐説をもたらした。わかっているのは、鷺ノ宮は凋落《ちょうらく》し、今ではスラム化しているということだ。だからこそPはここに関心を持つ。

Pというイニシャルのみであらゆる発信をした。受信もそうだが。そもそもサイコは鷺ノ宮にはいないのだった。いないから外から探る。代役を準備してサイコは事に当たった。代役は二人雇った。他にはもちろん、情報源というのが肝腎だ。しかしそんなものは容易に摑まえられた。たとえば今、こうしてサイコは語り合っている。

「ハローP」と相手の男は言った。若い。

「ハロー」とサイコは答えた。「高梨、調子どう?」

「今日は暇つぶし日和《びより》だな、って言えるぐらいに最高」

「それってグレードいいね」

ディスプレイには肉声があり、顔はない。顔は二十二本線の白黒《モノクロ》のバーコードで代用されている。動画を介するのは流行らなかった。ディスプレイが大型化するにつれて、人々が何を好み、避けるか、が業界でいうところの「七ヵ月彗星《すいせい》」周期で変わった。高梨はこの八週間バーコード輪郭《シルエット》で通している。バーコードからはいうまでもないが識別コードは拾える。

　顔のない声は若い。しかし十代ではない。

　サイコは十代だ。しかしPには年齢はない。

「で、当たり前のディテールだと？」とPとなったサイコは訊いた。

「食とか、考えておいたほうがいいな」

「ショク。ああ、食事のショクか。鷺ノ宮ならでは、とかがあるわけ？」

「俺は今日トルティーヤのやきそばパンを食ったよ」

「へえ。ちょっと美味《おい》しそう」

「かなり美味《うま》い。そして鷺ノ宮では突然のブレークだ。ただな、人気はメンチカツのバーガーと二分してるな。鷺印《さぎじるし》の」

「ふうん」

「あ、興味ない？」

「鷺印にはある」

「外には、葉っぱ塗《まぶ》してるなんてガセ付けて売ってるんだよ」

「葉っぱってあれか。乾燥大麻」

「それって、お役所みたいな言い方だぜ。P」

高梨は二十二本線のバーコードだったが、Pであるサイコは、相手のディスプレイには左右の「目」だけで現われている。そのはずだった、手順が改変されなければ。一応それっぽく、サイコは「目」をデザイン化していた。古代エジプトの、ホルスの目と呼ばれているシンボルを横に二つ並べた。これは通常どちらか一方だけが用いられて、右目は太陽、左目ならば月を表わすと聞き齧っていたが、日本の国生《くにう》みをしたと説かれている祖神《おやがみ》、イザナギノミコトの右目からは月の神のツクヨミノミコトが、そして左目からは太陽の神のアマテラスオオミカミが生まれたと記紀神話では語られているのだから、というか同様に聞き齧ったところではそうらしいから、こうなれば全部ごちゃまぜになれば御利益は増すと二つの「目」を採用した。結果、デザイン力は上がった。そのことを自ら認識した時に、また好評の声が幾つも返ってきて、ああ本当に馬鹿みたいだとサイコは思った。

「実はあたし」とPであるサイコは続けた。

「なんだい」

「当局の人間なの」

するとと高梨はげらげらと笑った。

高梨からはPってなんだと訊かれたことはある。それ、イニシャルだったら何なんだ、と。この対話《やりとり》でサイコは素直にああこれサイコって言葉の最初の字よと答えて、え？

と絶句された。なになになんで黙るのと高梨に迫ると、いや、その、どうしてSのイニシャルがPになるんだ？　それって騙《だま》しのアルゴリズムか？　旧世紀的な暗号なのか？　と真剣に訊かれて、サイコってサから考えちゃだめよと真剣にこちらも説かざるをえないことになった。サイコってほら英語じゃない、精神病のとか霊魂のとか、それからイッチャってる人って名詞じゃない、それSから綴らないわよ。え、と高梨は返した。サイだろ？　綴りはPSY、そしてCHOよとサイコは言って、あんた学校通ってないの？　あたしはここにいたって通ってるわよ、あんたたちの言う「島」にいたって、と思わず捲《まく》し立てた。そもそもサイコは、Pがいかなる名前のイニシャルかを正直に語ることで、その実名を明かす態度から高梨の信頼を勝ち得ようと見込んでいた。それが的をずいぶん外れて、その直後、けたけた大笑いした。

ただしサイコと名乗ったところで、それは標準的な社会が認める本名にはならない。それゆえに隠し通せる事柄は隠し通せる、守り通せるのだとサイコは踏んでいた。標準的な社会とは標準的な日本語で編まれる社会を指す。サイコの名前は冴子と書いた。標準的な日本語はこれをサエコと読む。しかしサイコが生きるのは、母音と子音に挟まれたエ音が、イ、に変じがちな環境だ。訛りだ、ひと言で断じれば。だからサイコはたとえばあっけらかんとサイコですと名乗っても実は本名は消せる、隠せる。伏せられる。冴子とは認識されないのだ。

馬鹿みたい。あたし、サイコって呼ばれてきたんだから生まれながらの実名がサイコなのに。戸籍には振り仮名はふられないんだって、誰も知らないの？

その戸籍には喜多村冴子とある。氏名が。母親の名前はあり父親の名前はない。届出人は母。しかしその母親のことを母親あるいはお母さんあるいはママ、なんでもいいがその手のもので呼んだ記憶がサイコにはない。このことからサイコはしばしば記憶の古層というのを探求して、四歳はいろんな意味で魔の年だね、と結論づけた。母親が二人になった年だし森が動揺した年だ。けれどもあたしが動揺を憶えているかといったら疑わしい、憶えてはいるんだけれども、これは捏造《ねつぞう》された記憶だって感じる。十二歳までは素直に「いちばん古い記憶は、あの爆発」って、無邪気にあたし自身の脳味噌を騙しおおせたけど。捏造記憶は本当に面倒だ。その点、とサイコは考える、弟はいいよね、あたしの弟は森の動揺なんて憶えていないって言い切れる。俺は二歳だったから記憶はカイムだよ、なんて。

皆無というのはゼロってことで、そう、すがすがしい。

そしてあたしには弟はいない。

ううん、いる。あたしには母親が二人いて、そのうちの一人には養う子供が二人いたんだから、しかも子供の一人はあたしだったんだから、当然あたしの従弟《いとこ》はあたしの弟だ。それは野葬する弟だ。野《の》に葬る、でも何を？　あたしは、でも、まあ、この弟を

「汝《なんじ》、ああ我が弟よ」なんて呼んだことはないけれど。あたしは弟をヤソウとだけ呼んで、弟はあたしを、「ああ姉様《あねさま》」なんて呼ばなかった。従姉だって認識してた、ちゃんと。そして最初から「サイコ」って言ってた。サエコはなし。それもやっぱりすがすがしい。ところで本当にあたしたちは奇妙だ。母親たち二人も入れて、苗字は全員、喜多村だし。弟は喜多村ヤソウだし。ただね、母親は三人に増える。合計したら三人。まずは引き算、あたしの母親は一人だけになった、養母は死ぬ、あたしが十三歳の時に、そうなると、ヤソウからも母親がうしなわれるわけだけれど、入れ替わりに精神的な父親っていうのをヤソウは、ヤソウだけは手に入れるから、それは弟には足し算になる。精神的？　精神的な父親？　とっても正確な言い回しだけれど、場合によってはあたし、反吐《へど》が出るね。男と男の絆《きずな》、どうにもマッチョ。そしてあたしは弟をうしなう。なぜって、あたしにとって従弟である喜多村ヤソウは、父親もどきを得たんだから、均衡《バランス》をとって母親も得るのだ。それはあたしだ。

十三歳から、あたしは、ヤソウの母親役になった。勝手に。

たぶん精神的な母親になりたかったのだ。

なぜならばあたしたちの一族において、母親はつねに喜多村という苗字だから。

この同一の苗字の、母系の、あたしたちの連なり。つながり。あたしが三番めだ。

あたしは母親としてのあたしを創造する。ハロー、ママ。

ハロー、そして六年後にはグッバイ。

東京に行ってしまうわけだけれども、ああ、あたしが送り出したかった。息子よ、なんてね。

精神的な父親には負けるわね。

再びサイコは追想の中でけらけら、けたけたと笑う。カウボーイのことを考えたためだ。その身長一八七センチの牛飼いを。物心ついた頃から一種の指導者として、視界に入っていた。偉人、カリスマ、そう言ってよかった。メディアの取材も多々、ジャーナリストたちは国交の絶えていた被災地にも来たのだ、日本国からのみならず海外諸国からも、そして流れたのは悠然と草を食《は》む牛たちの映像、これは五年を過ぎても続き、十年を越えても続いた。その半野生状態の放牧はシンボリックな画《え》となった。牧草であれ雑草であれ、汚染された植物を食べていた。国交断絶の初期にはそうだ。カウボーイは、牛の代謝をなめるなと言った、はっきり断じた。誰が除染を担ってると思ってる？　人じゃないんだ牛だ、俺の牛たちだ、牛たちが平地の除染を担う。

「あとは森だ」とカウボーイは言った。

平地には牛、森林には茸、この事実をあたしたちは忘れたことがないとサイコは思う。そして馬を駆りながら前者を推し進めてきたカウボーイは大したものだと認めるのにやぶさかではない。ヤソウが感化されて、お馬だ、乗馬だと入れ込んでいったのもわかる。

けれども偉大なうえに実際大男の父親をかたわらにおいて、十三歳のちびが母親をする、というのは、そうよシンドいのよとサイコは振り返った、笑いながらだが。

　対策はもちろん講じた。サイコは母親をすると決めて、母親というか母親役の自分を創造したわけだが、それだけでは足りない。系譜力という名前の物語が足りないのだと直感した、それで実母も創造した。これは死んだ養母とも生きているかどうかもわからない四歳で交わりが絶えた実母とも違う、こうであったかもしれない実母だ。サイコにその側面像を産み落とされる母親、いろいろメモを取った、あっさりめの経歴設定、濃いめの性格設定、かなり融通無碍《ゆうずうむげ》に彫琢《ちょうたく》可能なその他の要素群。そこから正しき捏造記憶を仕込むのだ。が、これは十六歳の冬の時点でだが、こんなのはママが恋しい孤児《みなしご》の乙女さながらの妄想調達に似てない？　と感じて、羞《は》じるというよりも唾棄し、作業を曲げた。母親は要るのだがフィクション度が百《ヒャク》パーでかまわないと言明したのだ、自らに。要するに辻褄《つじつま》は捨てた、大胆不敵な、虚構化に向かった。別に律儀に十六年前にあたしを産んでいないでもいいのよ、孕んだ時期がリアルであるとかないとかどうでもいいのよ、そもそも森が、つまり「島」、あたしたちじゃない連中の言っている「島」があってからの時代に滑《ずら》してもいいんだし。あ、それ面白い。

　サイコはその想像力ではどうにも補えない大震災以前、との軛《くびき》から離れて、今、この今を改変するだけの母親創造作業に飛躍できたのだった。たちまち、すると物語もたちまち満ちて、何これ、何これ楽しいとサイコは思った。こんな女《ひと》ならあたしのひと世代前に最適、あたし、やっぱりこんなふうに生まれないと——。ね？　この森だってもっと過剰に変えよう。そして十八歳、サイコはそれまでに書き留めていた断片の類いをきちんとした文章にまとめた。その試みに手をつけてから二十日後、まともな構造を有する作品が生まれた。作品だ、見方を変えるならば小説だと気づいて、いやだ、あたし、小説なんてものを書こうとしてたのと愕然《がくぜん》とした。サイコは、なにか筋道に誤りがあるとここで文芸的な方向からは踵《きびす》を返すのだが、所期の目的は果たさなければならない。そこで自らの母親というのを、創造した母親というのを、ヤソウの父親役であるカウボーイに突きつけた。「小説です、読んで」

するとは何ひとつ期待していなかったことが起きた。カウボーイは作品を気に入ったのである。

だが、描写に文句はつけた。

「ここはこんな場所じゃないだろ」と言った。

「こんな場所です」とサイコは言い返した。

カウボーイは片眉だけを曇らせ、サイコを見下ろし、今いちど原稿の森の描写に視線を落として、それから言った。

「こんな場所だな」

さらに付け加えた。

「茸の国か。こういうのはな、あれだ、言い得て妙っていう」

茸の国、それはサイコが文章全体に付した題名だった。小説なんだからタイトルが必要だ、とサイコは真っ当に思ったのだ。ただしサイコは漢字は一つも投じていない、その題名には。全部を平仮名できのこのくにとしていた。その靭《しな》やかさは戦闘的に柔軟だと判断した。

やっと高梨のげらげら笑いがやみ、けれどもバーコードは続いて咳《せ》き込み、それから嗽《うがい》を始めた。ガラガラガラガラガラ、カー、そんなものがディスプレイ側から響いた。実際にはディスプレイを遥かに超えて鷺ノ宮から。サイコがＰに戻って反応する。

「何よ」

「失敬。特製ガス入りウォーターでね、咽頭を洗浄」

「それも流行？」

「流行は乳酸菌飲料の配達だ」と高梨は説明した。「通称ヤックーの配達員と、それから自販機の交換要員、ビバレッジがらみだとこの二つは鷺ノ宮で敬意を払われてるね。つまり徘徊していても脅されない。このデータは重宝だぜ」

「サンキュー高梨」

「あんた歓迎」と白黒《モノクロ》のバーコードで表現される高梨は、英語のユーアーウェルカムを直訳して答えた。

鷺ノ宮は現在スラム化しているからこそPことサイコの関心対象だったが、惹きつけられたのは発端だ。あのテロリズムの夏、二〇二〇年の夏、どんな詳細が鷺ノ宮を失墜させたのか。国内報道が抑制されたのは事件そのものが特定秘密扱いされたためで、その点では抑制というよりも事件の抹殺、完全封印だったが、国外の報道機関には発信されてしまったために漏洩《ろうえい》した。しかし国内での沈黙は以後も強制されて不自然さを際立たせて、結局三桁の陰謀説を生んだのだ。真相は、もちろん、滲《にじ》むところではしっかり滲んだ。確かにそれはシミュレーションではあったのかもしれない、けれども、いわゆる「島」の土砂が大量にシミュレーション・スタジアムに運び込まれて、撒《ま》かれて、このようにグラウンドを汚染するテロを東京湾岸部のメイン会場でも実行するぞ、手配は完了済みだ、それが厭ならば要求を吞《の》め、との声明が出されたことは事実だったと後日鷺ノ宮から脱け出したスタジアム関係者は証言した。それ自体がシミュレーションだった可能性は濃厚に残るのだが、その噂の線量は高すぎた。放射線量は高すぎた。そして鷺ノ宮は墜ちたのである。

二〇二〇年だというのがおかしかった。その年こそ、サイコは十三歳だったのだ。いろんな発端よね、そう思い、と同時に土砂なんて重機とか大型トラック何台もとかが必要になっちゃうんだから大掛かりすぎ、機動力もないなあ、ケミカル漬けの無登録《ジェネリック》菌糸でも使えばいいのにと嘲笑《あざわら》った。

「ねえ、高梨ってフライング２０２０プロジェクトが墜ちるところは見たの？」

「見た見た。俺、目の当たりにした。俺は鷺ノ宮の新参者じゃないんだぜ。Ｐ、あんたんとこのあの土、あの土壌、雨が降って泥になったんだよ」

「あら」

「きれいだったなあ」

「本当にあたしたちのところの土だとしたらね」

「泥なのに艶《なま》めかしかったんだよ」

「いい表現だね」

「詩人なんだよ、俺」

「嘘つき」

「あ、業界の話、しようとしたのに」

「あたしは小説家よ」

「凄《すげ》ぇ」

「もう引退したけど」

「早《はえ》ぇ」

「それで業界って？」

「あんたには訛りがないね、P。いや、ちょっとあるか。鷺ノ宮じゃなくてさ、ひと言『鷺』って言ってごらん」

「ごらんって何」

「言ってみて」

「鷺」

「それ、詐欺だよ」

「イントネーションだっけ、アクセント？　その違い？」

「ふぅん、やっぱり多少は訛るんだ。Pって何歳だっけ」

「Pの年齢は非公開」

「失礼しました。そんで、音楽業界だよ」

「鷺ノ宮で？」

「鷺ノ宮の。俺、詩人って言ったでしょう。この間、高梨君の言語センスはいいね、歌詞に使いたいなんて褒められてさ」

「それで詩人か」

「他人《ひと》がそうしたがってるんだぜ」

「おめでたい。じゃない、ど偉い」

「偉いのどグレードか。うれしいねえ。さて鷺ノ宮の流行現象その二だ。トルティーヤのやきそばパンから数えたらその三だっけ？　廃棄マンションの、高層階のワンフロアを借り切った音楽家の合宿って、今、きてるんだよ。わかる？　この感じ、わかる？　まあ借り切ってっていうか、正規契約はないからイリーガルな占有だけどさ。いや、もちろん誰かさんとかどっかの組織さんとかとは契《ちぎ》ってるんだけどさ。たとえば妙正寺《みょうしょうじ》川《がわ》ガードマン組合、あそこには札束一本か二本入れてるって聞いたな。あそこ、出はヤクザだけどさ。あのねP、音楽ってブランディングなんだよ。音楽家にはね、要るのは才能じゃないんだなあ、背景だよ背景、たとえば十年前だったら首都圏ぎりぎり地域のやばい団地の労働者階級から出てきました、とかさ、だから本物なんです、とかさ。この喩《たと》えはポップ・ミュージックの場合だけどね」

「物語が要るってこと？」

「そだね」高梨は、そうだね、を約《つづ》めて言った。

「要るんだよねえ」とPであるサイコは言った。

「お。ふいに感情入った」

「まあ、あたしの人生経験からカンガミルとね」

「言うねえ。しかし俺はPの人生には干渉しないね。だから続けるね。悪い場所は霊感の源になるんだってさ。才能がそこそこでも、鷺ノ宮にいれば、アーティスティックに刺激されちゃうんだってさ。なるほどねって思うでしょ？　あ。だから俺、言語センスいいのか。いい？」

「いいよ」

「どこが？」

「『今日は暇つぶし日和だ』とか言うとこ。おとといは『初詣で日和だ』って言ったし。今どの季節だって思ってんの？」

「魅惑の神社、多いんだよねえ」

「鷺ノ宮に」

「あれだぜ、神社って増えるらしいぜ」

「増える？」

「分祠《ぶんし》っていうの。あれ？　勧請《かんじょう》だったかな？」

「なんだ、本気のネタ？」

「著作権料で暮らしているリビング・レジェンドっていうのがこっちに来てる」と高梨がいきなり声量を落とした。「リビング・レジェンド、生きた伝説だ。ほら、ポップス業界だとこんなふうに英語と日本語で同じこと繰り返すんだよ。それで、この人おかしいぜ。五十歳だったかな？　マンションのひと棟、金で押さえた。しかも維持するのに一階から三階は空手道場にしちゃってさ、つまりわざと道場を構えてさ、猛者《もさ》に守らせると同時に次代の猛者っていうのを養成してるんだもの。ちなみに地階は起訴猶予処分まっ只中《ただなか》のうちの親父がやってる合法の不動産屋の資料室です」

「高梨って、父親いたんだ」

「いないと生まれないからね。それに生粋の鷺ノ宮っ子だって匂わせたでしょ？　本籍地が東京都中野区鷺宮三々《さんざん》の四十だもの。区立ひまわり児童館のそばだったもの。さてリビング・レジェンドだ。これが惹きつけてる、若いのをさ。若い連中にそれこそゲッ、い、い、い、い、い、トーな音楽の聖地なんて感覚、植えつけてさ。いい集《つど》い方だよ」

「そのいい感じ、わかった」とPは言った。

「わかったか？」

「きてる感じ、わかったよ」と声量を落として、P、サイコは繰り返した。

「うん。今きてる」と高梨も繰り返す。

「それでさ」

「おう」

「そっちにあたし出現させて」

高梨が何かを口遊《くちずさ》む。返事代わりの歌を。

「代役には連絡とるから。あたしから」とサイコは言った。

サイコは行かないで訪問する。東京に行かないで、東京の鷺ノ宮を訪問する。これがあたしとヤソウの違いだ、とサイコは思う。あたしは目で見ないでも鼻で嗅がないでもあれこれヘンなの触らないでも探れるし、それが違いなんだと思う。でも、これを優劣だとかそういうところからは考えないけれど。まあ、結局、全部はあたしがヤソウよりも二歳年長ってことね。あたしが従姉なのに姉で姉なのに母親で、カウボーイを精神的な父親にもしていなければ精神的で暫定的な夫にもしていないってことね。

サイコはそこを出ないことを決めている。他者《ひと》の言う「島」を、森を。

8　牧夫および二ヵ所で爆発したもの、の委曲

その男の見る夢には三種類ある。曖昧な夢、息吹《いぶき》だけの夢、明晰《めいせき》夢。その三つめのものは当然見ながら「これは夢だ」と自覚させるのだが、内容は変わっていた。正確に過去を再現するのだ。だが、それが他人の明晰夢に比してずいぶん特殊なのだと認識したことはない。なぜならば夢は、当人以外には味わえないからだ。そしてその、濁らない、澄んだ夢にはやはり三つの種類がある。一つめには馬たちが出る。二つめには牛たちが出る。ただし三つめには複数頭の動物は出ない。その男の名前はカウボーイという。

森が育ち切る前にカウボーイは自分の領土を確保した。その意味では王だった。領有している土地があるから王だった。俺は、とカウボーイは思った、駒王《こまおう》なんて名前にしてたほうがよかったかもな。こんな改名よりもな。しかしカウボーイは自ら意識して名前を変えたわけではなかったし、「俺はカウボーイだ」と大々的に宣言したこともなかった。そもそもカウボーイというのが本名ではないと断じるのも難しかった。通り名とは呼べない、なぜならばカウボーイは事実、牧夫という名前だったからだ。堀内牧夫。この十五年間、日本列島の本州東北部に出現した森を取材するさまざまな海外メディアが「そもそもマキオとは日本語で『牛飼い』を指す言葉なのです。この人物は、カウボ

ーイとして生を享《う》けていたに等しいのです」と紹介した。マキオ・ホリウチ、カウボーイ・ホリウチ。このように国外の報道に名前が載って、今では国内の、この森の内外でもカウボーイの名前はカウボーイで通用した。その事態にとりたてて不満はない。しかし現実を反映させるならば、カウボーイは最初から王ではあった。それに、牛を強調するよりも馬を強調したいとの思いもあった。発端は馬なのだ。その後に牛が続いた。また、牛は飼われているのだが、それは馬に跨《また》がる人間たちによって飼養されているのだ。駒とは馬の古い言い方である。また、その駒たちの血統には「王族」が大いに関わる。事実としてそうだ。

それでも、ぴたっとハマりすぎる名前は危険か？　カウボーイは思い直す。将来《さき》がないって気がするな。そもそも俺は、馬をこんなにも相棒にするとは予想していなかった。大震災に遭うとも予期していなかった。二十五歳の時には、こんな四十歳を想像していなかった。森のカウボーイの俺、なんてのは。だったら駒王はやめるべきだな。避けるさ。俺は意思なんて、持たねえよ。

だが周囲はカウボーイをそうは見なかった。森から積極的な発信を行ない、あらゆる政策に抗《あらが》い、しかも一八七センチという日本人離れした長軀《ちょうく》でカメラ映えのしないはずがないこの男が、意思を持たないとは。本人が言い切っているところと傍《はた》のものが感受するところは違ったし、報道というフィルターを通せば違いはとても御せないほどに膨らんだ。そして、それはそれでかまわないのだった。反応するのが自分ではない以上、カウボーイにはどうでもいいのだった。巧《うま》く馭《ぎょ》すのは馬と牛だけでいいんだよ、十分なんだ、カウボーイはそう考えていた。

反応が重視されるのは自らの行動においてだけだ。これに関しては検証がある。検証の作業が。その作業はジャーナリストたちの取材という形で外部からもたらされているのだと、これまた周囲には目《もく》されているのだったが実情からは隔たった。さまざまな物事を正確無比に語れるカウボーイ、それは明晰夢に鍛錬されてのことだった。たとえ種類がわずか三つに限られるにせよ、そこでは過去のある挿話が正確に再現されて、しかも数年、十数年の間に何十度も反復される。こうした背景があったから、カウボーイは即座にほとんどの取材者に応答できたのだ。鍛えられていたから。

夢を見ながら「私は夢を見ている」と認識でき、そして感触がクリアだから明晰夢に分類できるといっても、一般的に定義される明晰夢とカウボーイのそれとは違った。これまた大いに違っていて、しかしカウボーイはこのことも理解した例《ため》しがない。いわゆる明晰夢は、「これは夢なのだから、操作できる」と意識することも可能だという。要するに可変なのだ。カウボーイにとって三種類ある明晰夢は一つ残らず過去であり、その忠実な再現であり、反復であり、いうまでもないが変えることなどできはしない。それが可能になったならば、もはや過去ではない。

ただ、過去のその夢寐《むび》での再現には伴われない要素もある。もっとも顕著なのは感情だった。それはほとんど揺れなかった、動揺しなかった、なぜならばカウボーイは「これは夢だ」と自覚しているからである。再生される体験が、ああ二度めだな、とか、二度めじゃないが何度めかだな、またこの夢だな、とか、確実に本人に気づかれているためにオリジナルの現実が味わわせた衝撃は必ず欠けた。あるいは極度に減じた。たとえばオリジナルが一〇〇の衝撃をもたらしたのだとしたら、夢でのその度合いは、一か二、せいぜい五にしかならない。感情面に影響はほぼない。すなわちカウボーイは、それらの明晰夢の内側では悲しまず楽しまず、おののかず叫ばなかった。

「経験をひんやり冷ますのが夢だ。こういう夢」とカウボーイは認識していた。「何度もなぞらせて落ち着かせる。そこから俺は、方策っていうものを考えるさ」

それがカウボーイのいう検証、行動の検証だった。

他にもカウボーイの明晰夢には特異なところがあった。そのストックされる量だ。分量に上限があった。そして、これこそ三つに限られる原因だった。濁らないその夢の裡《うち》にあらゆる過去が無限定に再現されたりはしないのだ。それなりに長さのある、いわば長尺の過去の挿話が三つ、わずかに三種類だけが選ばれて繰り返される。その現われ方は順不同で、しかも新たに鮮やかな過去の挿話の夢見があると、すなわち第四の明晰夢が出現すると、それは四番めにはならない。なぜならば古いものが一つ消えるからだ。

消えるというか、失われる。物のみごとに削除されるに等しかった。現時点でのカウボーイのいちばん古い、その古層に属する明晰夢は、四十歳のこの男が、二十五歳だった時のものである。この年に堀内牧夫という実名は消え出し、それに伴って来歴もどんどん消え、結局カウボーイとなる以前がまるまる消えたのだ。もちろん思い出せはする、しかし都合がよかった。

五歳の頃の出来事をカウボーイは十一歳まで反芻《はんすう》していた。「牛みたいに反芻したんだ、夢で」とふり返る。そしてカウボーイの明晰夢はそのストックを順々に変えて、ある時には九歳の場面が最古となり、続いて十五歳が、十九歳のものが、と明け渡されつづけて、今ではその座に二十五歳の時の挿話がついている。その年に、森は育ち出したのだ。被災地の内部に向かって膨張した。

「締め出しはそこで起きる。ただ、馬は大丈夫だったんだよ」とカウボーイはこの日の取材者に対面しながら言った。すでに二度、過去にインタビューを受けているから、相手がヨーロッパ出身であっても日本語をほぼ万全に解することはわかっていた。イタリア人だった。たぶん五十代で男性、髭面、極東特派員としての経歴は、中国に四年、韓国に二年、そして日本だったが、日本にだけは延べ八年いると以前語った。ただ、カウボーイのしゃべりが標準とはイントネーション等で外れた時には、その碧《あお》い眼《め》を標本になった鳥類のように三秒か四秒、虚空に据えた。理解が追いついていないことはこの無反応という反応で察せられた。それに難点はイントネーションやアクセントという音声面に限られない、方言独特の終助詞が、「それが肯定だったのか、否定だったのか」を誤認させる局面がある。そうした時、イタリア人は黙った。沈黙して、数秒間結晶する眼差《まなざ》しとなるのだが、しかし妙にへらへらっと笑ったりうなずいたりして誤魔化さないところはいい、そこは好もしいとカウボーイは前から思っていた。

「馬は大丈夫だった」とまず繰り返してから、イタリア人は続ける。「往《ゆ》き来《き》がですね」

「深い部分での交流、交易、交換、交渉。人間はだめだ。放射線被曝《ひばく》はその頃、感染症みたいに扱われたから」

「聞いています。当時の無知の数々」

「しかし馬は、な、その当時って時からこちらのとあちらのとを交換できた。それから交渉もできた。交渉、これが人間同士だと結婚だけどな、つまり、番《つが》わせられた」

「それは、日本の他の土地と」

「他の土地のと、もあったよ。九州生まれの、まあ俺たちは九州産馬《さんば》って言うんだが、その義捐馬《ぎえんば》も最初の年の秋には来てたな。義捐金じゃなしに。北海道産馬も。しかし軸にはなってない、軸じゃないっていうのは数が少ないし、今もだ、つまり日本の産馬は。だって最初はカタールだった」

「かた何？」

「カタール。ほら中東の」

「中東。アラブ？」

「そう」

「ああ、首都がドーハのね」

「そうだ。首都がドーハの、そのカタール王家がいちばん初めに馬を贈ってきたんだよ。事の起こりってやつだ、俺のところにプレゼントしてきた。驚いたな。サラブレッドで、もちろん引退はしていたんだが、凱旋門賞《がいせんもんしょう》にも出走してる。著名な牡馬《おとこうま》だ。記録は十位だよ、その凱旋門賞の。しかし信じられないだろ。なにしろフランスの凱旋門賞だぜ、ロンシャン競馬場のだぜ。本物の一流のサラブレッドが覇を競う、その出走馬が、ぽんって、この極東の被災地に贈呈されました、だ」

「あなたのもとにだね、カウボーイ」

「中東はさ、つまりアラブで、同胞なんだってさ。アジアの同胞。そういうものなんだって言ってたな」

「ヨーロッパじゃないからね」

「アラブは」

「そうですよ」

「その感覚って、イタリアの人もわかる？」

「わかりますよ。ペルシャ湾は、あの感じは日本語で何て言うの？　ぴったり？　ぴったりオリエントだもの」

「おりえんと。そうかオリエントか。そう言われると説得力があるな。ヨーロッパの東はアラブが中東、日本が極東で、まとめて全部東ってことか。それが俺にはさいわいだった。贈られたサラブレッド、カタールの王族からの義捐馬、この一頭。世界的に知られた馬だったからファンがいる、世界中にファンがいる、見殺しにはされない、それで応援が殺到だったんだよ。ここに、支援が続々だ、飼料《えさ》も資金も。馬のも牛のも」

「劇的」

「ああ」

「あなたはカタールに助けられたね」

「その王族にな」

「なるほどね。劇的、劇的。ドラマティック」と日本語と日本語化した英語の形容詞で言ってから、ふいに取材者は十何秒間かの沈黙に落ちた。訛りの問題ではなかった。聞き取りに難が生じてしまっている、等ではなかった。単に熟考していた。それからイタリア人は再び口を開いた。

「でもね」

「なんだい」

「その馬ね、僕が思うに、メッセージだったはずですね」

「どんなメッセージ。誰への？」

そう問われて、いきなりイタリア人は、にまっと笑った。人差し指をぴんと立ててから、薬指をそれから少々ぎくぎくと動かしながら「アメリカ」と言い、そこに中指も添えて「フランス」と言い、薬指をそれから少々ぎくぎくと動かしながら「あとは日本かな。日本の政府かな」と言った。

「アメリカとフランスはまあわかるよ。名前が出たのは。日本？」

「日本の政府ですね。日本の政府に、オイルを忘れさせない、ということです」

「そうか。石油か」

「エネルギーには石油だろう、ってね。だからアメリカとフランスの出方に、あれは日本語で何て言うの、食いついた、喰らいついた、アメリカやフランス、それからロシアみたいな進出はしなかったけれども、対応したんです。そうか、カタールか、頭がいい。生き物で支援して、しかもそのサラブレッド、ここで結婚しましたね？」

「結婚な。したよ。番わせた。その交渉、血の交換」とカウボーイは言った。

「つがわせた」

「番わせた」と復唱した。

「つがわせた、をしてしまった。そうすると永遠に、残るわけだものね」

「残ってるな。一頭うん億円のサラブレッドの血統だ。残すことで支援続きだ。そして俺と俺たちここの人間たちと、ここの牛たちと、揃って繁栄して、生き残る。この森の内側にすっぽり収納されて、にもかかわらず。面白いだろ。これは海外のメディアがあの時期にすっぱ抜いていた、例の『実験場』ってのとは違う意味での、試しがいのあった実験だろ」

「そうだね。違うタイプの実験だ。牧場が実験場」

「ああ、そうだ、この前の取材で俺のほうが教わった言葉があった、ほら日本語の、何だった？　ちょっと過激な……」

「植民地、ですか？」

「それだよ。『実験場』じゃなしに」

「生態系がお目当ての植民地、です。まあ比喩でしょう。政治的には、ちょっとね、危ない比喩。しかしジャーナリストも、真実を伝えるならば煽《あお》らないとね」

「いい姿勢だ」

「いいですか？」

「思い出すよ。あの頃、起きちまった締め出しを無視して出入りしたのは、人間なのに出たり入ったりを繰り返したのは、あなたと似た姿勢のジャーナリストさんたちだった。それから専門の技術屋さんたち、それから軍人、何て言ったらいいんだ？　日本には戦争用の軍隊はないって建て前だからハマる言葉がないんだけど、国外《そと》の、戦争屋さんたち」

「海外から、それもこれもそれも、ですね」

「それもこれもそれも、だよ」とカウボーイは愉しげにイタリア人の達者な日本語を反復した。そして言った。「それもこれもそれも収拾にいらっしゃった」

「ジャーナリストは、収拾には来ませんよ」と返事をして、しかしながらイタリア人は皮肉に笑うというよりも真剣にその眉根を寄せ、「混乱を記録するんです」と続けた。

「わかりやすいように？」

「明確に」

「だとしたら、取材というよりもお話の捕獲だな。お話、物語。じゃあ、その物語を始めよう」

　原子力発電所は二ヵ所で爆発した。同じ週に。マグニチュード九・〇を記録した巨大地震が原因だった。しかし揺れる大地がじかに爆《は》ぜさせたわけではなかった。その証左に、爆発は地震の二十四時間後から七十二時間後にかけてとそれぞれに後れた。地震があり、これに誘起された巨大津波があり、結局はそれだったのだ。海の力だったのだ。日本の原子力発電所はどれも沿海の地に建つ。だからこそ津波は直接に嬲《なぶ》った。最初のものだけ、すなわち一ヵ所で発生しただけの重大事故ならば物事の推移は異なっていただろう。むろん地域住民の避難、それも集団避難、一定の範囲の強制避難等があって混乱を極めただろうが、しかし国際社会からの圧力をこれほど受けることにはならなかっただろう。しかし二ヵ所めがあった。二ヵ所ともに、再臨界、要するに制御不能な核分裂連鎖反応が起きることの懸念される炉心溶融に至っているのは明らかだった。二ヵ所は直線距離にして一二〇キロ離れていた。二ヵ所はおのおのが半径八十キロずつ危険との警声を発していた。アメリカは在日米軍を動かした。「事故の収束に協力するため、原発の敷地内に入る、施設を圧《お》さえる、さらに敷地外のある程度のエリアの封鎖に協力を惜しまない」との緊急行動の申し入れは、もちろん爆発したのが一ヵ所だけだったならば日本政府につっぱねられただろう。またフランスの、これはフランス原子力産業界が一丸となっての「世界全体を見渡しても最高水準の事故処理能力を有しているのはフランスであり、我々企業群である、大統領の賛意のもと、人材派遣を中軸とする全面的な技術協力を申し出たい」との声も、「それはありがたいのだがお気持ちだけで十分である、日本には日本の原子力産業界がある、その経験と技術がある」と返せただろうし、こうした提案を寄せる一方でフランス政府が在日のあらゆるフランス国籍所有者に強制出国の命令を出す等、極めて過剰な反応をしていることに苦い顔をしているだけで済ませられただろう。しかし大震災の発生から丸三日、二ヵ所めというのが現われるに至り、事情は一変した。逼迫《ひっぱく》する状況は日本のたとえば自衛力やたとえば技術力だけでは物量的にも速度的にもカバーし切れない、のは明々白々で、また、「これは国内問題です」

との主張も通らなかった。もはや強弁にしかならなかった。事実それは国際問題であって重大事故を起こした二ヵ所の原子力発電所から拡散する放射性物質はもちろん国境を意識していなかった。核分裂による生成物は国籍を持たない。越境は自由である。日本政府は、神妙にならざるをえなかった。日本政府は、あるいは、判断停止のための拠《よりどころ》を与えられた。作戦名「ザ・ビューティフル」というのが米軍と自衛隊の共同作戦だったが、この「ザ・ビューティフル」で防衛省さらには自衛隊の最高指揮官である首相が主導権を握ることはなかった。現地入りする技術者たちは免震構造施設内での最前線会議を開き、ここでのミーティングのいわば公用語は日本語、英語に加えてフランス語だった。むしろ第一公用語がフランス語だった。

四日間を十倍する時間が経過したところで、一切は決定的になっていた。アメリカがいてフランスがいた。他にも強力な海外支援がロシア、イギリス、オーストラリアから入っていた。インドとイスラエルからの申し出だけはどうにか日本政府は断われた。二ヵ所の原子力発電所の被害を連ねた地域は、すでに「島」と化していた。孤立しているとの謂《い》いでの「島」と。ただし経緯そのものが雄弁に語っているように、この孤立、陸上での孤絶は単純に放射能汚染にばかり因るものではない。被災地のその「島」が、誰の、何の統治《ガバナンス》の下にあるのかが曖昧だったから、そこは日本と断交したのだ。国内メディアは「この大震災は戦争と似ている」と早々に論じ出してはいたが、被災地の占領とまでは言わなかった。喩《たと》えるにしてもその言葉は出せなかった。各国が日本を助けるために、救うために、そして人類史上最悪の事態を抑え込むためにとの旗幟《きし》をはっきり掲げている以上は無理だった。それでも戦争と結びつけて考察する論はあふれて、特に四十日め以降は氾濫して、主に二点、被害の様相と「原子力災害の現場」の防衛の様相、に絞って説かれた。再臨界には達しないで護られている二ヵ所の原子力発電所は、海外諸国に防衛されているのだ、との言説が話題となり、これは貿易の自由化をもじって防衛の自由化と謳われた。日本国内に「島」がある現状をどう捉えるかは、このように軍事と政治、経済と科学、文化を総動員して釈《と》かれて、この型を踏まえた分析こそが流行した。しかし大本に「今は戦時下である」との認識があったことは確乎《かっこ》としている。その認識は「今は、『島』は戦時下である」にすり替えられて、被災地とそれ以外の日本国内を切り離した。実際に「島」はShimaとの表音的な綴りで日本語を超えて通用した。そうした成り行きに貢献したのは当然国外のジャーナリズムである。それらの一部はどんどん取材者を「島」に入れた。ここに介入している数ヵ国が、戦争、あるいは戦時下との認識を共有していることも伝えた。が、それは思いがけない形での「今は戦時下である」との理解だった。ある報道は、アメリカ政府はここに環境戦争《エンバイラメンタル・ウォーフェア》を見ている、と伝えた。そのために確保したのだ、と報じていた。確保とはすなわち占領の同義語、単なる言い換えでしかない。同じ「島」にまつわる現実の二面が、戦争あるいは戦時下を持ち出すことでカバーできていた。

真の圧力はそこにあった。発端の国際的な圧力、表向きの喫緊のものというのは、事故を収束させよ、日本が一国でこれを達成するのは不可能だと目されるのならば、ただちに協力要請を容れよ、あらゆる人的技術的な、すなわち組織的な協力を受け容れよ、だった。こちらにも権限を与えよ、現場を有効に確保させよ、だった。権限はもちろん限定され、もちろん局所的であり、建て前としてそうであり、しかし続きがあった。発端に続いているものがあった。Shima は全域的に保全せよ。表向きにならない圧力とは、これだった。「そこは超過敏な状態である、そこから我々はあらゆるデータを採らなければならない、保全とはそのままの環境保全である、すなわち放射能汚染されたままの自然環境、人的環境の保存《カンサベーション》である、中長期の視座でこの観察《オブザベーション》は行なわれなければならない、科学的知見は拡張されなければならない、これほどの機会は次の世界大戦あるいは世界的惨事までない」との認識が、各国に共通していたのだった。その各国とは経済戦争《エコノミック・ウオーフエア》ならぬ環境戦争《エンバイラメンタル・ウオーフエア》との表現、発想にそれぞれに辿《たど》りついていた十数ヵ国である。無言で、巨大で、峻烈《しゅんれつ》だった。被曝は環境をどう変えるのか。その実験場として被災地の「島」はあった。いうまでもないが非人道的な何事かが行なわれたわけではない。人的環境を例に挙げるならばライフラインの復旧は早かった。浄水装置を次々と敷設していったのは米軍である。放射能が異常に高い区域を探り、続々と「居住を避けよ」と警告を発したのも彼らである。その一方、太平洋岸にほぼ恒久的な航空母艦の基地を設け、そこから鳥類部隊、淡水魚部隊、昆虫類部隊などを派遣していたのも米軍である。鳥が兵士になるのではなかった、魚や虫がそうなるのではなかった、データ採集の対象がそれらなのだった。軍人も、科学者も、しばしば森に入った。「島」の植生、植物の分布状態というのは早期に調査された。フランスは人体への放射能の影響を極力抑え込むために、薬剤配布および診察を行なっていて、医療活動拠点を「島」入りの直後から五日単位で拡げつつ、やはり森に探査のチームを送り込んで数十ヵ所のキャンプを広範囲に設けていた。森だった。森は成長していた。森は除染されなかった。実験場の「島」が自ら語るところ、それを発見するための競争があった。被曝環境における最適化とは何かが問われていた。そして実験場とはオプションにあふれるからこそ実験場なのだった。森の成長は「島」そのものに選択《オプト》された結果であり、人間の関与はそれに対する加算《つけたし》でしかなかった。

森にオプションがあるのだから、その被災地の、もともとの居住者にもオプションはあった。たとえばそこを「島」とは呼ばないこともオプションだった。その被災地に残った人間たちは素直に森と呼んだ。森は育ちつづける、しかしその成長は内側に向けられる、なぜならば外側、すなわち「島」としてそこを日本国内に孤絶させる境界線の外は、日本であり、日本政府の統治《ガバナンス》のもとにあり、森など侵出させなかったからだ。それが締め出しの様相となった。もちろん人は、出ることは可能だった。しかし出ることは差別されることだとの理解もあった。出てもよかったし留《とど》まってもよかったし、それもオプションだった。経済的な理由で出られない人間は当然残り、心理的感情的な根拠を持つ者も同様だった。秩序はそもそも最初の決定的な四十日を過ぎ、そこから二ヵ月ほどの時間経過で回復した。ロシアとオーストラリアからの食糧支援、ガソリン支援が果たした役割は大きかった。そして日本との断絶は、持続した。しかし悲観主義は横行しなかった。人が住める程度の低放射線量の地域にしか、人は住まなかったからであり、その事実はデータとして米軍からも、またフランス人たちの医療活動拠点からも提供されていた。しかし「島」の内側で公表されているものは外側では黙殺された。いったん、その外側の人間が「そこは実験場なのだ」と明確に、あるいは漠然とでも把握してしまったら、当座は負の印象しか持ちようがない。そこに搦《から》めとられればデータは全部信憑性を喪失して、やはり、負、に感染する。また「島」がその初期に無法地帯だったとの半分無根、しかし半分は真実の評説も問題を起こした。この期間、二ヵ所の原子力発電所が危機的状態に陥っていたにもかかわらず、あえて「島」に逃げ込む犯罪者たちがいたのだ。これはデマではなかった。だが、そもそも犯罪者は国境を越えての逃走に焦がれるものであり、これは香港に逃れた、ニューヨークに逃れた、シドニーに飛んだ、等と同じニュアンスでしかない。「島」と日本の断交を異なる角度から描出した余話《こぼればなし》に過ぎない。大切なのは、森の成長するそこで非文明化が進行したのではない、という事実だった。都市ならば都市で、都市生活があった。ただし日本にありがちな「北海道から沖縄まで、地方色を無視して滲透《しんとう》する、画一的な消費文化」というものは消えていた。その悪弊にひたりようがなかった。この傾向は、そして、大震災の記憶が「島」の内外で薄れ出しても変わらなかった。森は森として存在するが、そこが実験場であったとの負の認識がうしなわれて以降も、不変だった。

カウボーイは自らの立ち位置を思う。無法地帯と流れ者たちの風聞に、関わらないといったら関わらなかったし、しかし全否定は無理だった。もともと森の人間ではある、すなわち外部《そと》の言う「島」に生い育っている、だが「島」はあまりに範囲が広い、二ヵ所の原子力発電所は一二〇キロ離れ、そのために風土の異なる地域を四つ、五つと吸収していた。カウボーイは、一つめの原子力発電所を東に六十キロ隔たったところに見、二つめは北東過ぎて距離《へだたり》の瞬時の概算ができない土地に生まれた。現在の拠点は、しかし、違う。四十歳の今もそうだし時間を十五年巻き戻してもそうだ。牧場が海から内陸側に十キロ弱入ったところにある。カウボーイは大震災の時点で「太平洋沿岸地域」と呼べるエリアに流れてきたに等しかった。流れ込んだに近かった。しかも、犯罪的な匂いは、濃厚にカウボーイに纏われていた。

それが堀内牧夫時代だ。カウボーイは、たとえ取材者に訊かれても二十五歳より昔のことは正確無比には語らない。濁して、遠いものとしてしか語らない。生地は回答した、ちゃんと地名を入れて答えた、けれども警察に睨《にら》まれる組織に所属していたことは「会社組織に所属していた」と少々飾って回答したし、十八歳から馬術に親しんだ流鏑馬《やぶさめ》の会が古武道普及団体であると同時に、組織の、秘められた傘下であったことは解説しない。同じ位置付けに市内の右翼団体二つがあった。その出身の市は、盛り場を持ち、全体の人口は三十万超、商都として知られていて経済圏の規模では本州東北部でも二位か三位だった。暴力団同士の抗争というのが、一九六〇年代から八〇年代にかけて頻発して、それが収まってからも犯罪発生率は高かった。カウボーイになる以前のカウボーイ、牧夫は小学校を卒業する前には身長が一七〇センチを超え、中学高校と街なかの道場で拳法を習い、十六歳、夏、ボクシング・ジムに通う一派に挑発されて、応じ、倒《の》したことから、暴力を実地に試す場に足を踏み入れた。十七歳の春にその背丈は一八七センチに達して成長はそこで止まるが、上中下段の蹴りのコンビネーションとぎゅんと振り下ろす肘の凄みで、その三十万人都市の不良たちの間では大いに名前の知られる存在となった。

そうやって名声を得ることを牧夫は志したわけではなかった。裏のエリートコースとも揶揄される道を歩む、暴走族のリーダー格であり同時に暴力団の準構成員でもある連中と親しみ、就職めいたことを斡旋《あっせん》されたのも成り行きだった。真面目に考え、自分の行動に責任を持っている部分は他にあった。要するに将来《さき》がどうとか大人になって何になりたいとか、そういうものではなかった。反芻する体験はあった、それらは夢に冷まされる経験だった、明晰夢に。それは、つねに、三種類あった。しかし路地裏での同年代の若者たちとの記念碑的な一戦を延々繰り返して見せたり、あるいは、先輩の有段者に大敗を喫した道場での組み手を何十度も反復させて、対応策を練らせたり等は一回もなかった。ストックされる三つの明晰夢は、つねに、もっと思索を強いた。もっと深い傷、傷とはわからない傷、温かすぎたり湿りすぎたりそれから歯牙《しが》が何百本と生えて鋭すぎる、心象を豊饒《ほうじょう》にたたえた損傷として存在した。だから本も読んだ。夢占いの類いは読まなかったが、語彙を増やして思考に適応力を与え、また雑学とは一線を画した、実地において可塑性のある情報を授ける本ならば手に取った。しかし普段は、素手だった。その素手で仕事を得た。二十歳《はたち》から組織の幹部連の、セキュリティ、すなわち護衛に起用され出した。長身で、ゆえに楯《たて》となりえ、刃物も銃器も忍ばせずに徒手空拳で、ゆえに合法性をまっとうしえ、「正当防衛」の結果を出せる人間は重宝がられたのである。牧夫は組織の内外で、S、セキュリティのSと呼ばれた。時にはSY、セキュリティ・ポリスならぬセキュリティ・ヤクザのSYと呼ばれて、これは身内だけが口に出していいし冗談にしていい符号だった。そこには一線があった、そこを越えれば暴力が待っていた。

五年間仕事を続けていた。その内容を、カウボーイは取材者には語らないのだ。その時はカウボーイではなかったから、堀内牧夫だったから物語る必然性がないのだ。そこまでは物語らない。出身地を明かしても濁らせるものは濁らせる。もちろん思い出せる、カウボーイは思い出せる、牧夫がどうであったか、何をしていたか、笑っていたのだ、幹部や首領のかたわらで笑っていた、護衛役の楯として立って、屈強さを誇りながらにやにやしていて、それは威嚇だった、また、威《おど》すために殴った、また、威すために言葉を用いもした。出張もあった。前科はついていなかった。そして、じき、牧夫はカウボーイとなる。その仕事をやめる、下りる。下りて、じきに。そこには牧夫の積極的な意思、意向はない。しかし強烈な反応はあった。

電話をしていたのだった。威していたのだった。携帯電話だった、相手が出たのは。走行中だった、ノイズでわかった。それに「この野郎、お前、こっちは運転してるんだ」と応じたことからも。しかし言い返す声に勢いはなかった。優勢にあるのは牧夫、いや、牧夫の組織だった。そのために牧夫の脅迫は成立した。「あんたさ」と牧夫は言った。「負い目はあるでしょ。うちとのさ、長年のコネクションをさ、裏切ったらさ、お金の問題じゃすみませんって。わかる?」と言いながら、通話している相手の顔を想い浮かべた。ここにはいない男、三十前後で、つまり五歳ばかり年嵩《としかさ》で、瞼《まぶた》の二重《ふたえ》が強烈、その左右の目の線を心の中に描きながら、「お金じゃない、お命でしょうが。こら、土下座に来い」と言った。相手は「お前な、二十四時間待て、待ちなさいって言ったんだから」と説明を始めて、そこに被せて「二十四時間なんて保《も》たねえぞ、こら」と牧夫が言ったか、言いかけた瞬間に、揺れは来た。それが震度六強だった。

　そして相手のいたところでは震度七。牧夫のいた市内から五十キロ以上離れて、太平洋岸に通じる幹線道路を走っていた。その道路沿いで土砂崩れが起きた。ほとんど「山崩れ」と称していい規模だった。そして、その崩れたものがいっきに何かを呑み込んだことを牧夫は世間には先駆けて知った。だが出来事の発生からは、十分か二十分、遅れた。周りに気を奪われていたのだ。所属している組織の、事務所の天井は一部落ちていた。壁も。机、書類、茶碗類、そうした卓上の品々は滅茶滅茶だった、しかも余震が続いた。外から悲鳴が続いた、車道のクラクション、そして救急車のサイレンが鳴った。事務所では全員が怒鳴って、テレビは大音量でつけられた。報道は津波の発生を警《いまし》めていた。日本地図が次々、画面に現われて、地域ごとにアップになっては他の土地に座を譲った。牧夫は、自分よりも年少の連中に状況把握のための指示をあれこれ大声で飛ばして、事務所の、机に据え付けの、それまで上の人間に連絡を入れるために受話器を握りっぱなしにしていた固定電話がだしぬけに不通になった時点で、そうだ俺は携帯で話し中だった、地震の前は、と気づいた。

「おい？」

「……何、え？」

「なんだよ、切ってないのか。おかしなやつだな。用件はいったん保留だ、切るぞ」

「え、待って。声だ、いる、いるいる、待ってくれ」

「なぁにパニクッてんだ。地震恐怖症か、あんた？　だったらご愁傷様、こっちも惨状だ、お互い様だろ、今どこだ？　いいか、詫《わ》びは後でいいってことにしてやるから、逃げるなよ。切るぞ」

「閉所なんだ」

「何が？」

「地震恐怖症じゃない、閉所恐怖症なんだ。逃げられないんだ」

「うっせえな。この携帯も使いたいんだよ。そっち車なんだろ？　なんだ事故渋滞にハマってんのか。地震で交通事故か。あとにしろ」

「埋まったんだ」

「だから切るぞ」

「完全に埋まったんだ、外は、土だ、これ土砂崩れだ、前進も駄目だしバックも、それにドアが、どれも開かねえ。助手席にもリアにも回った、駄目なんだ、ずっと試してる、ああ、電話か、電話があったんだった、よかった」と捲《まく》し立てる声は、完璧に恐慌を来《きた》していた。「よかった、頼む、呼んでくれ」

「落ち着けよ、頼むだ？」

「俺のこと、警察か消防に知らせて、それで」

「あのな、電話があるだろ？　あんたも携帯。それで、自分で、やれ」

切った。

そして一度は忘れたのだった。それどころではなかった。目と耳にじかに把握される範囲を超え、事務所の連絡網で、また報道で、その最大震度七の地震がもたらした被害の大きさは続々明らかになり、なるどころか膨らみ、連鎖し、牧夫は奔走した。翻弄されて、対応に奔走した。しかも二十四時間経ったところで、一つめの原子力発電所が爆発した。二十四時間が経っていた、二十四時間が経っていた、牧夫のこめかみに疼きがあった。何者かの懇願する声があった、聞こえた、空威張りの懇請、その虚勢、「二十四時間待て」――。

かけた。

不通だった。

気にしないことにした。嘘だった。危機的なニュースがひっきりなしに続いて、そこに伴われる音声が、死者、と言う。行方不明者、と言う。犠牲は無差別だった。ラジオで、人名それから年齢だけが延々数時間流れた。事務所には若い者が数人雑魚寝《ざこね》した。その連中から携帯電話を集めた、片っぱしから、それがどの時点でのことだったか、二日めの夜なのか三日めの朝なのか昼なのか夜なのかの記憶はない、定かではない。ただ、機種を変えて通信事業者を変えて、アンテナが変わるならば通じるかも、と思ったのだ。もしや、と思ったのだ。そして二つめの機種で、通じたのだ。その瞼が二重の、閉所恐怖症だと騒いだ男に。呼び出し音が続いている間、いや埋められてるはずはねえ、とうに救助されたのに決まってる、まあ作業には一日とか二日とか要ったか、酸素大丈夫だったか、大丈夫だったろう、大丈夫だって、それでも助けられても車がまるまる埋葬状態だったんならパニックからは立ち直れてねえだろうなあ、まだ、そう思っていた。やっぱりつながらず、通信事業者の人工音声に「電波が届かないところにいます」と拒まれると、同時にそうも思っていた。

通じた途端牧夫は騒いだ。小声で騒いだ。どこだ、どうなってるんだ、無事だろ、どんな状態だ。相手は「凄いな」と言った。嗄《か》れた声だった、変質していて、不穏さが形を採ったような感触だった。「俺の、携帯の、電波」と一語ずつ区切って何かを食《は》むように先を続けた。「どこにも、どこにも、届かなかった、よかった、よかった、ありがとう」と囁いて、囁きながら咳き込んだ。咽《むせ》んでいるのだとわかった。牧夫は、それで消防は、と訊いた。通報したのか、一一九番通報、消防でも警察でも、一一〇番でも、だから通報はできてたのかよ、身内、呼ばなかったのかよ！　牧夫は声量を抑えて怒鳴っていた。皮膚が粟立《あわだ》っていた。知らなければならないのは場所の見当だ。道路名が口にされて、あれとこれの間、と地名が挙げられる。五十キロは離れた場所、海に近い場所、そして地中。俺が通報する、牧夫は言った。「そっと、息を、する」と相手は言った。

通報し、事情を説明して、それで胸を撫で下ろせたわけではなかった。そもそも一一九番通報では事情を説明し返された。牧夫にもわかっていた、所轄はそりゃ手一杯だろう、津波にやられて、その救助やら何やらで、手一杯だろう、消防団員だって大勢飲まれたって聞いた、津波に、つまり犠牲になったって、それから原発事故の強制避難だ、あれがある、けれど任せるしかない、プロに委ねるしかないだろ、土砂崩れなんて、自衛隊だって出動してるし、ああ糞、しかし通報は済んだんだ。

「済んだんだぞ」と電話で言った。

「髭が」と相手は言った。「のびてるんだ」

「そうか」と牧夫は言った。

「触ると、わかる。俺、まだ、いるよ」

その夜に、牧夫は車を出している。夜というよりも未明だ。再び電話がつながらない状態が続いて、どの機種でもそうなる状態が続いて、記憶は曖昧なのだが半日ほどが過ぎ、しかし、つながり、その声が届けられた瞬間にはもう車を走らせると決めていた。大震災の発生から何日めだったか。車窓にアメリカやフランスの影がなかったことは確かで、つまり軍人も技術者も、日本人を除いては見当たらない、とはいえ防護服を着用した人間の国籍は判じようがなかったが。防塵《ぼうじん》マスクは避難する一般人も着けていて、その避難用の車が使うレーンの反対側を牧夫は走行していたのだった。牧夫は、地割れを見たのだった。牧夫は、死と話したのだった。バッテリー、まだあるか？　保ちそうかい？　そう訊いた。だがそのバッテリーとは、どのバッテリーなのか。何の残量なのか。

「長い」

「待つんだぞ」と牧夫は言った。相手の言葉の意味がわからない。

「長い、長い、長い」

「おい」

「薄い」

「薄い？　空気か？」

「あ、あ、薄い」

「おい」

「薄いよ」

何か、跳ねるような音が、向こう側でした。

ひとしきりばたばたと続いた。

それから相手は語らず、ひと言も語らず、ノイズも聞かせず、すなわち呼気も吸気も聞かせず、通じているのに語らなかった。切れないが切れていた、通話は。

じき、牧夫は車を停めて、降りて、相当な勇気を振り絞って携帯の通話ボタンを、切る《OFF》、にして、進行方向だったほうを見て、つまり東を見て、低空に昇り出した太陽を発見して、明るすぎる、明るすぎる、と思う。啜《すす》り泣いた。

それから牧夫は堀内牧夫であることをやめる準備に入った。牧夫はカウボーイになる前の段階に移行した。「俺はなろう、カウボーイに」と意図したのではない。そうした未来像は、この時点では持ちようがなかった。しかし仕事は下りた。S、あるいはSYのそれは下りていた。上役には兄弟が死んだと言った。「兄弟が、死んだんです」と言った。聞いた者たちの皮膚を揃って粟立たせる声音で。もとの市内から遥か東に来ていて、そこが「太平洋沿岸地域」だったから、海まで進んだ。漁協本部でボランティアをした。何日間詰めたのだったか。意思など持たずに反応していた。ただただ事態に呼応していた。そして、明晰に夢見られて何度も何十度も反復されることになる、その場面は来た。

二十五歳だったなあ、とカウボーイは思う。今は四十歳のカウボーイが、あの時は俺は二十五歳の坊やで人生を異次元に曲がったんだなと思う。その場面を反芻する。あまりに夢で体験し直しているために夢を見ないでも明晰に検証できる場面、部分を反芻し、つまり記憶として確かめられる場面、馬だった。そこに馬が出た。夢寐《むび》に現われる場合には一切はひんやり冷めている、しかし意識して思い出すならばそうではない。カウボーイは、切り取るようにする、三種類あるクリアな夢から一つを、かつ、その一つから馬が馬として登場し出したところを。すると夢では驚愕《きょうがく》しないのに、しっかりと驚けた。夢には衝撃は何ら伴わないのに、二十五歳の牧夫であったように打ち震えられた。

馬がいたのだ。

巨大地震が破壊した市街地に。

彷徨《さまよ》っていたのだ。

いや、違う――。

カウボーイは、見た、信号機はあちらこちらで垂れ、折れ曲がり、しかし二つに一つならば色を順番に変える機能を生かしていて、つまり電気は通じている、しかし道路はところどころ陥没していて、大胆にアスファルトに亀裂が走っていて、車道としての機能を失っている。歩道側には自動販売機が並び、これは四台に一台は倒れ、壊れ、しかし残ったものはディスプレイを点灯させている。木造家屋は、ひしゃげるか斜めになっている。元漁協の組合員からの指示でその市街地に入り、必要資材のサルベージに取りかかろうとしていたが、しかも防塵マスクを着けながら、長靴を履きながら臨んでいたが、人けのなさにクラッとした。たぶん放射能をわんさと浴びてるんだろうなと思いながらクラッとした。この町、浜辺からは三キロか？　津波が届かねえでもこんなに葬られて、もう、あの世にあるみたいな様《ざま》で、そう認識した途端に深い深い土の内側にいるように感じた。閉じ込められているように感じた。助けて、と思った。二十五歳のカウボーイが思ったのだ、閉所恐怖症を擬似的に味わいながら。

　すると、馬だった。

　カポッ、カポッ、カポッ、と蹄の音を立てて現われた。

　向こうから歩いてきて、その町が彼岸の町、しかも密室であるという幻想をうち破った。もっとも幻想的に。

　放れ駒、とカウボーイは思った。

　俺を、救いに来た、と思った。

　馬がいることを異様だとも異常だとも感じなかったのは、何頭かは見ていたからだった。特に厩舎ごと津波被害に遭って、処分される死骸《しかばね》の運搬風景も、地元の人間の解説付きで視界に入れていたからだった。そこは馬産地ではないが、大きな祭りがある。江戸時代の二、三百年以上前から続いている武士《もののふ》たちの軍事演習であり、それと同時に明治以後はお社《やしろ》に奉納される神事で、参加者は徳川時代流儀のいわゆる藩士の装いをする。それから馬を列《つら》ねてのお行列がある、甲冑《かっちゅう》競馬がある、さらには騎馬武者を揃えた模擬合戦もある、等々と、このように人馬一体とならなければ催されない祭礼だった。時に参加する馬の数は七百頭超、そのため地域にも多くの厩《うまや》があった。勇壮な「戦国絵巻」を現代に蘇らせるためにと、飼われ、愛《め》でられ、鍛えられていた。

そうした馬の、一頭だ、とカウボーイは思った。過《あやま》たない認識だった。

しかし彷徨っているのではなかった。カウボーイの救済が目的でもなかった。呼ばれて、集まってきていた。誰かがその馬を、呼び、そこに来た。カポッ、カポッ、カ、カポッ、と不規則に、震災で傷ついた脚で、来た。その誰かが、十字路の角から、カウボーイがちょうど正面に目に入れている折れて垂れる信号機の左手から、駆け出してきた。少年と称するのに適した年頃、十代の後半だ、しかも詰襟《つめえり》の学生服を着ていた。馬に縋《すが》りつく。

泣いた。

泣いていた。

その情景を眼前にして、カウボーイの、二十五歳だったカウボーイの心臓はバッ、バッ、バッと鳴り出し、夢の中では動悸《どうき》に端を発する感情は失われているのだが思い出すのならば再現される、動揺があって、その動揺が心搏数《しんぱくすう》に注意を向けさせる。一秒に二度は搏《う》っている。そうだ、俺は、と思い出しながらカウボーイは考える、心搏数を一二〇かそれ以上にして、馬が、どんどん集まるのを見ていたんだ。

二頭めが来て。

痩せた三頭め、皮膚がただれている四頭め、しきりに首を振っている五頭めも――。集まったんだ。

そして俺も。

俺も、そこに足を向けていって、長靴の底をパサッ、ペタ、パッと鳴らしながら歩いていって、そいつに、泣いているやつに、「大丈夫か」と言った。

「大丈夫じゃない」と額田真吾は顔をあげて、言った。

名前から何から全部憶えている。フルネームで名乗られたから、しんご、ではなしにぬかたしんごとして憶えている。あんな状況でも「ぬかたというのは額《ひたい》に田んぼと書きます」と説明された。年齢も憶えている、その年齢の時に会っただけだから、――十七歳。

十七歳。

「十七歳か」と口に出してカウボーイは言った。俺が二十五歳で、十七歳で、ああそうか、今のヤソウと同じ年だったんだ、と思考を展《ひろ》げたが口には出さなかった。

イタリア人の取材が続いていた。牧場の発展史を訊いていた。カタール寄贈のサラブレッドのことを語り直しながら、その名馬登場のさらに前史、バスを改造して運んだ〝始まりの十数頭〟に関して触れていたのだった。被災した馬たち、手当ての必要だった馬たち、そこからの物語。カウボーイはもうカウボーイだ。そこから先、そこから後にいるのはカウボーイだ。森は育ち出すと同時に、Shima ――国際社会に通じる「島」となって、馬たちには牛たちの物語が続いている。取材に応じられる物語ばかりだ。思い出すことと口に出すことは違った、正確無比であることと、他人《ひと》には語らず、封じつづける出来事、体験、来歴があることは矛盾しなかった。「しかし最初の馬たちも、競走馬がな、JRA、ああ、これは日本の国営競馬のことなんだ、中央競馬だ、それを引退したサラブレッドがけっこう――」と言ったところで、電話があった。

失礼。短く断わって、出た。ヤソウだった。

ヤソウのことを頭に浮かべたら東京のヤソウからか。あいつの、野性の勘だな。カウボーイは無意識に顔を綻《ほころ》ばせた、話を聞いた。鯨、と言われて巨大な海棲の哺乳類のその鯨に結びつけるのに少々かかった。一瞬くじらというのはどこの地名だったかなと思い違えた。しかしながら文脈が妙だったのだ。鯨ってさ、菌糸を育てさせたらさ、と言われたのだ。いや、鯨の死体に、死骸になんだけどさ、とヤソウの言葉が続いて、誤解はぱっと解《ほど》けた。面白いことを言うけれど、だったら線量計を付けさせろよ、とカウボーイは応じた。鯨にな。どの鯨の骸《むくろ》を培地にするんだ、房総半島のツチクジラか？

今は取材中だから、またな。告げて、切る。そしてイタリア人に向き直り、「十五年分の物語があるんだから、もっと新しい物語も、あるわけだ。鯨とか」と言った。

9 属領のルカ——茸レシピ再び。二〇三〇年問題

卵とトリュフは合う。だからルカは厨房でトリュフを薄切りにした。スクランブルド・エッグに加える時には刻むのだが、そしてトリュフの汁《ジュー》も合わせるのだが、ここでルカが作ろうとしているのはオムレツだ。だからスライスする。卵、そこに少々の水、塩、胡椒、最後にスライスしたトリュフが材料の全部になる。薄めにスライスしてはいるのだが厚めのものをたまに混ぜて、それを当たり外れの当たりとした。この日は四つに一つは、つまり四分の一の割合で当たりとした。数時間冷蔵庫で寝かせた。こうすることで卵にトリュフが、もちろん塩と胡椒もだが、滲透する。フライパンで焼いて仕上げるのだが、もちろん半熟状態にすることが肝要だ。トリュフは子嚢菌《しのうきん》類の茶碗茸《ちゃわんたけ》目の西洋松露科《せいようしょうろ》に属する。その西洋松露というのがトリュフの日本名で、英名ならばトラッフル、そうした解説をルカはすらすら言えた、もしも人に訊かれたならば。それどころか西洋松露という和名のもとになる松露が、担子菌類の腹菌《ふっきん》目の松露科に属していること、日本だと主に四月から五月にかけて海岸の黒松《くろまつ》林の砂のなかに生えて、特有の松の香りを持ち、お吸い物の種にすることを知っていた。

ルカが買い置きしていたトリュフはガラス瓶に入っている。重さは一〇〇グラム、た

ぶん固形量は九〇グラムを切っている。つまり、茸そのものは。

またエレンと会う。

ルカはエレンの牛追いを見た。それからカフェで合流した。職場に一度寄ったのだった。農業環境技術研究所のその試験場に。手を離せない時間というのがある。エレンが煙草を喫《す》うのでテラス席にいた。テラスは便利だ、店には立ち寄らない人間も通りがけに挨拶できる。交流できる。実際つぎつぎエレンの知人は現われて、それらの大半は今ではルカの知人でもあったのだが、頬と頬を何度か合わせる挨拶をして、だがパッと去った。テラスには何匹か犬たちが寝そべっていた。そのうちの一匹はエレンの犬で、名前はムラン、白黒の毛色がなかなか愛らしいボーダーコリーで利発さも顔に表われていた。

要するにガルディアンの一員であるエレンは馬を乗りこなし、牛の群れを扱い、犬を飼っている。

ルカは犬を飼わず、菌類を飼っている。

「風の名前はどこまで憶えた?」とエレンが訊いた。フォークの先でオリーブのタルトをつついている。

「三つかな」

「それだけ?」

「ミストラルでしょう、他はちょっと、ああ、目立たないから。ノートを見たらわかるんだけれど」

「憶えてないじゃない」エレンは微笑んだ。「どの風にも名前があるのよ。南南西のにも北北西のにも、あらゆる方位からの風に」

「風って見える?」

「見えるわよ」

「それは凄いことよね」

「そう?」

「風力発電所があったりすると、誰の目にも見えるけれど」

「あれでは大袈裟で、ささやかな風は相手にされないし、消される」

「いないことになる?」

「見るためには小ささも要るのよ」

そうかもしれない、とルカは思う。濃いコーヒーを飲む。

「大きさか」とルカは言った。

「規模ね」とエレンは言った。

「規模は、だいたい大半ここでは勝っちゃうんだけれど。ここが」

「何に比較して」

「そうね」とルカは考える。「他の農業地帯と比較して」

「水田だったらそうよ。あなたが、ほら、初めて言葉を交わした時に水田のことを言った。日本の水田のこと、言ったでしょう？」

ルカはうなずく。

「ここの生産分で、米は、フランス国内の需要のまるごとが満たせているそうよ」

「そう、その規模」

日本のを数倍にしている、というか日本を数倍にしているとルカは思う。もちろん総生産量とは関係ないけれどと注を付しながら。しかしスケール感はそこに由来する。

「最大の米作地帯、このカマルグが」

「あなたここの水田が、日本語でタンボって名前だったかしら？　タンボが、美しいって何度も何度も語ったものね」

「そうよ」

「印象深いの。そのことが」

ルカはそうかと思う。それから別なことを連想する。カマルグと考えて、日本の水田を想うからここは南フランス、と例の地図的な把握の地名を意識して、プロバンスという地方名に訂《ただ》す。ローマ帝国の属領のプロバンス。そこにはもう一つ、もちろん一つだけとは限らないけれどここでは暫定的にもう一つ、フランス国内のその需要にいちばん応えているものがある。最大の供給地帯がある。最大の電源地帯が。生産されるのは電力だ。もちろん風力発電所があり、そして、原子力発電所がある。リヨンとアルルとの間に、複数。今はドイツとイタリアとその他のEU数ヵ国に電力を売っていてフル稼働している。おおよそ二〇三〇年を原子炉の老朽化とその運転更新の是非が争われる問題の発生時期としているが、それは別にして常時、万全の警備態勢をとっている。のみならず、そうした人手と設備をもって警戒しうる以外の有事にも備えている。たとえば生態学的なあるいは菌類形態学的な有事に。

私がここにいるわけはそれだ、ルカは黒いコーヒーを舌の奥側で味わう。

「米」と言った。

10　久寿等《くじら》にくらす（谷崎宇卯のスケッチ）

私たちは十万年前なのか百万年前なのか一億年前なのか、そうした大昔にいる。単位の違いはどうでもいい。なぜなら私たち、人間の寿命は変わらなかったから。十万年と言われても、誰も十万年を生きたことがないのだ。だから考えられない。

だから単位の違いは、どうでもいい。

大昔だ。けれども東京は、もう、あった。都市としての体《てい》をなしていた。村と呼ぶには大きすぎたのだ。それに巨大建造物が多すぎたのだ。そもそも私たちは二階建て三階建ての集合住宅に住んでいて、そんなところに居住する人間が村人だろうか？

私たちはまだ青銅を知らない。鉄を知らない。だって大昔だから。

それでも武器はある。

東京には武器があって、それが何万本ものあの剣《つるぎ》だった。

選ばれた人間だけが持っていた。

だいたいは男たちだった。

どうして男たちなんだろう？　ちゃんと掘り下げたい問いだけれども、もしかしたら探求するのは無駄かもしれない。今もそうだし昔もそうだったし、だから大昔だってそうだったのだ、そう答えられておしまいかもしれない。

いずれにしても、何万本もの剣があるから東京は防御できた。攻め込む勢力に対して、ちゃんと護れた。ちなみに侵攻する人間というのも全部男たちだった。東京の外でも、男たちだけが戦争をしようとしていたのだ。

ちなみに東京の外の男たちは剣を持たなかった。斧《おの》とか槍《やり》だった。どれも石器で、木製の柄につけられていた。大きな石をそのまま投げる人たちもいた。

それに対してこちらには剣があった。

私たちはあの剣で、都市を護ったのだ。

しかし、人間の寿命は三十歳とか五十歳とか、せいぜい百歳と一、二歳までだったから、いろんなことを伝え損なった。この都市がもともと久寿等《くじら》から誕生したのだと全員が理解していても、それじゃあ久寿等とは何か、とか、誕生したとはどういうことか、とかを説ける人間は限られた。また、剣は久寿等の歯だったのだぞ、と説明されても、歯がどうして成人した私たちの足から腰ほどの高さ、というか長さになるのか、実は了解はできてなかった。私たちの大多数がそうだったのだ。

それでもこれは大昔のことなのだから、知ろうと思えばいろいろ知れて、思いがけない手段もあった。

私たちは骨を鳴らす一族を、東京の中に、つまり私たちの内側に生み出した。彼らの言い分はこうだった。久寿等という**神＝生物**は鼻を持たない。あるいは、あるのかもしれないが嗅覚器ではない。つまり久寿等は、嗅がないのだ。あらゆる臭いが嗅げないのだ。しかし代わりに聴覚が異様に発達した。

久寿等には鼓膜はない。

それでは久寿等はどこで聞いたのか？

骨で聞いた。

骨を響かせて、伝えて、それで聞いた。

だから今も骨を鳴らせば久寿等がかつて聞いていたことが聞けるのだぞ、再生させられるのだぞ、とこの一族は説いた。その生前、海で、その**神＝生物**が聞いていたことを、と。さらには考えていたことも、その思考も、と。なぜならば久寿等が発した「声」もまた、骨には残っているのだから。

「声」とは、言葉であって、言葉とは久寿等の思いが形に表われたものだった。こうして骨を鳴らす一族は私たちの神官になった。

その大昔にだ。

私たちは時おり、神官たちを住居《すまい》に招いた。そして、壁や柱を叩いてもらった。すると建材は、語るのだった。もともとの骨に当たった場合には、ちゃんと来歴を物語るのだった。

「ああ、この家は」と骨を鳴らす一族は言った。「この部屋は」と彼らは言った。「久寿等の脊椎の、そのうちの胸椎骨《きょうついこつ》から作られているな。肋骨《ろっこつ》につながる骨だ。胸だよ、胸。見上げてごらん。そら、その胸の内側にあんたがたは住まっているんだよ」

11　十三歳。その宇宙論

ココピオは世界を卵のようなものだと思っている。ただしそれは宇宙を外側から眺めてみたら卵の形をしていました的な発想からはかけ離れた。科学とも宗教とも縁遠かった。実践だ。運動を研ぎすますための実践。ココピオは、四桁の組み合わせは生じうる特異な自分の〝家族〟を喩《たと》えるのに卵という概念を用いたのだ。そして、そこにとどまらなかった。卵と多数の卵が集まり、地域ができる。その地域を「卵」視すると、卵と卵と多数の卵が集まり、東京ができる。その東京とそれ以外の日本中の東京もどきを「卵」視すると、卵と卵と卵と多数の卵が集まり、日本ができる。やれやれ、こういうの何て言ったっけ？　小さいのの外にちょっと大きいのがあって、その外にはもうちょっと大きいのがあって、その外にはそれよりもけっこう大きいのがあって、小さいのは順々飲み込まれてて、で、その収容が延々だ。何だっけ？

わかんないや。

最初、ココピオは個人の単位も卵から生じていると考えた。要するに人間は卵から生まれる、一人の人間を生み出す卵がある、だ。それこそ鳥類や魚類のように、海亀のように、と考えていた。その当時、世界はココピオにとって鳥類と魚類と昆虫類と海亀と植物と哺乳類に分かれていた。海亀は魚ではないが虫ではないし哺乳類ではないし、泳いでいて、翔ばず、しかも勝島南運河から京浜運河にかけての目撃例があったのだ。二〇二〇年、秋、オリンピックの熱狂が東京湾岸を去ったその年に、大田区と品川区の一定数の小学生が目撃した。「たぶん品川水族館から脱走したんだ」が最有力の意見だった。その見解を、ココピオは尊重した。誰も嘘をつこうとしていないだろうから見解は貴重である、稀少価値がある、そうココピオは判断した。しかし一年後には学ぶのだが、哺乳類には卵からの誕生がないのだった。鳥も海亀も人も交尾をし、虫ですらそうなのだが、人だけが卵を出産しない。魚にはあの魚卵《ぎょらん》というのがあってイクラ、明太子《めんたいこ》、鱈子《たらこ》、筋子、キャビアを提供しているのに、人は人卵《じんらん》を産まない。「あのね、排卵というのはあるんだけどね」と姉たち、母たちがココピオに教えた。「その卵、妊娠すると、お腹《なか》のなかで孵《かえ》っちゃうようなものなのよ」と姉の一人が解説して、そのフレーズが印象的だった。それが八歳の夏か秋だ。同じ年の春に、ココピオはもう顔に傷を負っている。左眉の下に。小さいが深い傷。いずれにしても、人は、卵は、産まない。人の雌、つまり姉妹《きょうだい》や母、祖母の候補になる種類はだ。もちろん家族の与える知識を全面的に信じるココピオではない、が、その姉は「信用ならないことはない」と見ていた。お腹のなかで孵っちゃう、と説いた姉は、何十人かいる姉たちの間では知性の点で突出する印象があったのだ。そしてココピオは知性とは運動神経だと自身に叩き込んでいた。ちなみに信用することと信じた内容の真偽は、ほとんど関係ない。信じられるか、どうか、どうかだけをココピオは問う。

しかし、やはり、卵だ。個人の単位は卵からは発生しない、だからといって卵の概念を手放すことには結びつかない。ココピオは、一度、有精卵から本当に雛《ひな》が現われるところを目にしている。孵ったのではなかった。割ったら、いた。それは廃棄された有精卵で、倉庫街の壁に叩きつけて遊ぼうと数人の仲間で二百個あまりを回収し、しかし何個かの握り具合がおかしい、卵らしい重量感がない、それで殻を割ると、内側《なか》に詰まっていた。黄身でも白身でもないもの、ミニチュアの鶏《にわとり》、だが鶏《とり》未満。おぞましい。つぶられた線でしかない目、ぬちゃっと柔らかそうな嘴《くちばし》、ぼつぼつした皮膚。強烈におぞましくて、しかも一挙にココピオを啓蒙《けいもう》した。これが世界の真相なんだとココピオは思ったのだ。あるいは、真相のようなものに近づいたのだと感じたのだ。残念ながらココピオ自身は、それが何歳での出来事だったかを憶えていない。五歳または六歳。曖昧にしていいはずはなかったが、どうも七歳以前はフェードアウト傾向を持つ。ちぇ、とココピオは舌打ちする。だったら僕の人生、せいぜい五年分の堆積《プール》かよ。

卵だ。卵は、外からの観察では殻、ただの真っ白いカプセルで、しかし割ってみるか自ら割って出てみるまでは、つまり孵るまでは、内実は明かさない。これは、一つの、単位だ。そうココピオは見通したのだ。ここまで凝った語彙は用いなかったが、そうしていた。たとえば東京、東京は外から見たら東京ってカプセルだけれども、それ、嘘だ。それを信じるのは、馬鹿だ。それの内側には一杯の卵があって、割ったら大変だ。それに、カプセルの東京だって勝手に孵っちゃうかも。

うふふ。

世界は卵、そうした信念を抱いて成長して、ココピオは運動を研ぎすますのだった。それは、ココピオの、適応するための固有の手段でもあった。数多《あまた》すぎる家族に対応しきれずにいわゆる「ヨソ」にやられる子供もある。二歳から三歳半にかけて、それから意外に十歳前後の時期にも多い。ココピオにとって、それは脱落に見えた。知性面で劣るからそうなるのだとも思えた。ひと言でいって、ココピオは、馬鹿はいやだった。馬鹿は生き残れない。ゲームもできない。運動神経がないからだ。

ココピオは二〇一三年に生まれた。西暦でいえば二〇一三年、仏暦やイスラム暦のある国から来た人間の言う「陛下暦」に換えれば平成二十五年、冬、もうオリンピックの開催は決まっていた。その決定は、想定内の建築ラッシュ、開発ラッシュを東京圏にもたらし、想定内とは説明できるそれらの現場をもたらし、そこに勤める作業員の需要をもたらし、その数が想定外で、需《もと》めるものに七桁足らず、あちらでもこちらでも工期が延長する概算をもたらし、東京都議会と国会、なかでも衆議院の騒動をもたらし、それがオリンピック維新と呼ばれる流れをもたらし、その維新には「ニッポンの威信をかける」との両義があったのだが、結果、間に合わせの移民政策が続々と採用されるに至った。こうした事態を、しかし早め早めに見通す者たちはいた。早め早めに手を打つ者たちはいた。しかも二〇一三年の段階でそうしている者たちもいた。勢力があった、少数だが。そこで予見されたのは次のようなことだった。日本人だけを揃えた家族、ニュアンスとしては家制度を連想させる家族の語からは離れた、カタカナ語のファミリーの需要は増す、精神的文化的に増し、そこから合法非合法を抜きにして実際的すなわち商業的に増し、要するに第三次産業の側面で増加する。その増加は、必ずや、著しい。こうした予見、未来図が、持たれるところでは持たれたのだった。伏在する勢力は準備をする。それらの勢力に見据えられていたのは、二〇二〇年の秋以降である。

　ココピオにはもちろん戸籍があり、住民票があり、通う小学校があって、今は通う中学校がある。そこでのココピオはココピオという名前ではない。だが戸籍上の名前がどうだというのだ。通学用のファミリーには多少、初期設定じみたところがあったが、それはそれで名前の一つに過ぎない。多すぎる家族の一つに過ぎない。普段から名前はあふれていて、そのために外部の名簿業者が雇われて随時名前の補充、更新が行なわれているほどだったのだが、日本人らしい苗字、日本人らしい下の名前、あるいは日本人らしいからこそガチャガチャした難読字揃いの名前は「貼《は》る名《な》」からは外された。ハルナ――「貼る名」、貼られた名、ココピオは微塵も日本人らしさの滲《にじ》まない名前、一種の記号としてココピオを貼られたのだ。ハラレタナ。ただし記号ならではの機能性はある。コピオが、集団内にいた。そのコピオと関連があるから、コピオの子、子コピオだった。そしてコピオは、ピオと縁続きじみた間柄にあるからその子、子ピオだった。要するにココピオとは、子子ピオなのだった。ではピオとは何か。それは無作為に組み合わされた五十音の二文字でしかない。組み合わせることが肝なのだ。

物心ついた頃から、速さだ、速さなのだとココピオは学んでいたし、それは演技力のアスリートになるのに等しかった。家族が与えられる、卵だ、じゃあその卵のなかでは父親はパパなのかそうじゃないのか、父親がパパだったら母親は確実にママで、自称はだいたい僕に定まる、俺とは言わない、「『そういう躾《しつ》けの家庭環境じゃないんです』お達し《コマンド》」がある、妹がいたら名前を呼ぶか、あるいは名前をちぢめるか、たとえばマオミはマオ、しかも伸ばしてマオーにする、そういうのを瞬時にできるか。待っていたら駄目で、待っていたら、嘘が混じる。

その嘘というのは、真偽の偽、偽《いつわ》りというのとは全然関係ない。偽りだったら家族を作るのに必須だ。絶対に要る。そういうのは単純にデータであるに過ぎない。データが卵を満たすのだ。満たして初めて、卵は一単位の卵になる。しかし嘘はデータにはならない。嘘はそもそも、カプセルに罅《ひび》を入れるものなのだ。外から見てもばれる、誰のファミリーにもなれたもんじゃない。僕だって僕のファミリーになれたもんじゃない。だから演じるんだ、演じるんだよ、そして嘘をついたら負け。

ああ、僕は、混沌《こんとん》としてるな。

うふふ。

そういう意味では宇宙みたいだ。世界は卵からできているけれど、宇宙は混沌から出発したっていうし。

ああ、僕は、博学だ。

ふふ。

でも、十歳まで海亀が爬虫類だなんて知らなかったんだけどね。爬虫類。爬虫類かあ。なんで爬虫類なのに海にいるの？

「よもや、であった」とココピオは自虐的に声に出して言った。

ココピオは、十三歳になっていた。ココピオは、日本を一つの卵と考えて、大局の認識ができる年齢には至っていた。卵を孵すような熱も、その肉体に次第に、次第に孕んでいた。それが十三歳ということで、発熱していた。その日、赤い野球帽をかぶり、東大井一丁目の屋外に出た。その瞬間、「あ！」と叫んだ。

「哺乳類なのに、あれ、海にいるね」

電話を取り出した。ヤ、というとつながった。その一文字めで、自動発信されて、接続した。

「あ、ヤソウのお兄さん？　この間は試験の合格、合格っていうか通過？　そして試験っていうか勧誘へのアクティブなお返事？　ま、そういうのはどうでもいいんだけど、あれ、おめでとう。馬、ほんとに知ってたんだね。今度、デビュー戦までのイバラのミチを突破して出られることになったら、賭けさせてね。ところで鯨ってさ」

言いながら、脳裡で海亀を巨大化させる。凄《すげ》ぇ、クジラ型海亀だ、と思ってにやりとする。

12　十八歳。β版サイトで心臓と眠る。いちばん大きな心臓

自分をロボットに変えたら、世界が変わりはじめた。原子炉を内蔵したロボットとしての成長を十全に遂げたら、世界のほうが拡がり出した。しかもあたしは動いていないのだと少女は驚きながら思った。その十八歳の少女は、週に二度も三度も確認した。まだ江東区にいる、まだレストホームにいる、これまでの二年間と同様にレストホームに滞在していて、そこから総合医療センターの博士《はかせ》のもとに、あたしの開発者のところに通っている。歩いたり、路線バスを使ったりして。なのに通院の道すがらにもメキシコ市《シティ》はある、江東区の景色にひっそり溶けていて、しようと思えば目や耳や鼻、皮膚、舌さきに味わえる。レストホームでは面会人がその数を増やしてる、定期的に迎えるビジターが、メキシコ人の美術家とその美術家が伴った日本人女性の通訳の他に、さらに二人。しかも二人とも、あたしを外に連れ出す。しかも二人のビジターとも、その外出は江東区内を離れない。遠出がない。その理由を思うとウランは感謝した。それは体調が慮《おもんぱか》られているからなのだ。

そう、あたしは、しっかりと完璧にロボットに成長しているけれども、時々の修理は必要だ。

いちばん肝腎なエネルギー出力装置の、調整はしょっちゅう必要だ。

一人のビジターはβ版サイトにウランを連れてゆき、一人は隅田川を壁いっぱいの窓の向こう側に眺められる食堂に誘う。方角は違ったがどちらも区内だ。この江東区は、とウランは思う、本当にとんでもないサイズなのだ。拡張しているのが、いつも、わかる。そして東京二十三区も？

二人はともに谷崎宇卵という少女をウランと呼ぶのに何ら抵抗を示さなかった。変わった名前だなとも言わなかった。ただし一方は、英語やスペイン語での呼び捨てはわかるけれども、日本語での会話になるとちょっとねと言って、ウランさんと呼ぶのとウランちゃんと、どっちがいい？　と訊いた。いま一方は、これは先立って相手の名前の漢字表記を尋ねたからだったが、じゃあさウランはどう書くんだ？　と訊き返してきて、宇宙の宇にたまごの卵と答えると、それ前代未聞だなとやや強烈な、それこそ変わったコメントを返してきた。じき、「だってしょうがないの、あたしロボットだから」とウランは正直に答えることになる。

結局ウランちゃんとちゃん付けを選んだのが熊谷亜沙見だった。そう呼ばれてウラン本人に不快感はなかった。第一に、年齢差があった。熊谷亜沙見はウランの母親とほぼ同年代、四十を少し超える年齢だった。ウランさんと対等に呼ばれるのはむしろ変だ。そして、子供を上下関係における下に見るからちゃん付けするというよりも、捌き方の一種だからそう口にしているのだ、と納得させる雰囲気が熊谷亜沙見にはあった。奇妙にプロフェッショナルな印象で、その理由を、ウランは万葉仮名の話題が出た時に知ることになる。

初め、熊谷亜沙見は本《リブロ》の担当者として現われたのだった。リブロ、それもウランが憶えたスペイン語だ。聖典の出版や、カタログの制作に携わる。美術展のだ。今ではウランも親しみを込めてガボと呼んでいる美術家、ガブリエル・メンドーサ・Ｖの、その東京での大型プロジェクトのあらゆる関連の。文字と紙、すなわち本《リブロ》関連の。私はね、と熊谷亜沙見はウランに挨拶したのだった、このプロジェクトの全体、全容を感受させるっていうアーカイブ化を担うの。アートのことは門外漢なんだけどね。そう言って笑った。

この熊谷亜沙見の出現が、ウランにスケッチを手掛けさせた。スケッチには二種類あると教えたのが亜沙見だったのだ。ガブリエルが鉛筆を握ってしているのを、その素描《すが》きを、ああ真似できたらいいのにな、あんなふうにとウランが言うと、スケッチなら文章でしたらいいんじゃないと告げたのだ。

「え？」

「文章で」

「絵じゃないスケッチがあるんですか？」

「短い文章でいろんなことを、たとえば情景なんかを簡単に書き留める。それもスケッチだから」

「そういう意味が、あるんですね？」

「ちゃんとあるわよ。作品のための習作なら、それはスケッチ」

そのひと言でウランは背中を押された。

そして書き進める推進力になったものも、実は、熊谷亜沙見の文章だった。熊谷亜沙見とガブリエルをつなげた短いレポートだった。

ウランはスケッチを一つの遊びだと考えた。はっきりした根拠があった。ガブリエルに渡すもの、プロジェクトの語り部のロボットとして語るもの、等の素材視すると、そこにはこぼれ落ちる要素が多すぎた。想像力が、どうにも逸脱に近い働き方をした。いちばん顕著だったのは漢字との関わり方だ。漢字は、メキシコ人でスペイン語話者のガブリエル・メンドーサ・Vには要らなかった。だから谷崎宇卯はただのウランに、またはウラン・タニサキになった。なれた。ロボット化を完遂したのだった。そのウランが、しかし物語のためのスケッチをしたため出すと、文字で素描《そびょう》を始めると、こぼれ落ちる前提の漢字を大切にした。

大切にする、とは敬意を払うことに通じた。たとえば、それが鯨だ。いちばん蔑《ないがし》ろにできない存在、鯨だ。この対象への敬意。ウランは思ったのだ、鯨に魚偏《さかなへん》を付けるなんて大きな間違いだと思ったのだ、魚類ではなく哺乳類なのだから。だとしたらどんな字が宛《あ》てられるだろう？　自分の名前に、宇宙から採った宇とたまごの卵の二文字を宛てられたように、ウランは鯨のための二文字か三文字を探した。たまたまコククジラの平均寿命が七十歳ぐらいだと調べ当たって、ちゃんと長寿の生き物なんだな、さすがに、大きいだけあるんだなと感心して、久しい寿命、というフレーズが浮かんだ。これがもっと、体長十一メートルとか十五メートルとかのコククジラよりもずっともっと巨大になったらどんなに久しいんだろう？　そこから久しいの久に、く、を宛てて寿命の寿をじと読ませて、ら、のために等を選び出すまでは瞬間的だった。想像力は疾走したのだ。ウランはこの時から、そのスケッチ内では鯨をつねに久寿等と表記した。すると、東京を産み落とした古《いにし》えの水棲哺乳類、その神話の生き物はたちまち正しい輪郭を得た。いわば、その生き物は圧倒的に解像度を増したのだ。どんな映像データよりも。

　そして、こうやって大切に大切に宛《あて》がわれた三つの漢字のそのイメージの豊かさ、豊饒であり過剰かもしれない部分は、もちろん過剰だと断じられて、通訳または翻訳を間に挟んだらこぼれ落ちる。伝達はされない。だから無駄なのだ。だからウランは、スケッチは遊びだと考えたのだ。一種の遊び、しかし真剣な。そしてこの遊戯はウラン本人の想像力を楽しませていた。大いに楽しませ、発達させていた。ポジティブに。スペイン語から日本語への通訳者を介したガブリエルのいつかの言葉を借りるならば、肯定的に。

結局、そのスケッチも素材になる。熊谷亜沙見が、書いているならば見たい、読みたいと言い、それにウランが応じた。亜沙見は、だって私は書物のディレクターなんだから、ほら、本《リブロ》、それもガブリエルさんのこの作品を構成しているメディアの一つなんだからと明快に主張した。

それからウランのその漢字に対する独創を、これ、万葉仮名なの？　と評したのだった。

「久《きゅう》、寿《じゅ》、等《とう》、で、もしかしたらクジラって読む？」

「はい、読みます」

「読ませるんだ」

「でも亜沙見さん、マンヨウガナってわからないんですけれど」

「私の名前みたいなやつ」

「亜沙見？」

「そう。私がね、朝を見るからアサミだったら、選ばれる文字は朝と、見るの見でしょう？　この二文字。あとは麻糸の麻みたいに美しい女になれ、なんて命名されたら、やっぱり麻糸の麻に、美しいの美でしょう？　その二文字。でも私は違ってる。私の名前、三つの漢字をアルファベットとおんなじふうに使ってる。音だけを借りたのね。表音文字。アルファベットのAをアと読むのと同様に、最初の、亜、が選ばれて。つまり漢字をローマ字にしたのね。喩えて言えばね」

　そこからさらに沙、見、と続いた説明もわかりやすかった。ウランは、漢字の意味を無視して万葉集で多用されたのが、その読みによって表音文字として用いられたのが、いわゆる万葉仮名だと知った。刺激的だと思った。古えの日本にあったという背景がとても刺激的だと思った。だけれども、自分は久とか寿の本来持ってる意味を大事にしようとしているから、残念だな、万葉仮名にはなれないな、なりきれてないやと思った。

「勉強になりました。万葉仮名かあ。マンヨウガ、ナ、みたいに区切って考えてて、さっき」

　すると亜沙見は大笑いした。ウランちゃん、そもそもマンヨウガって、それ不気味。それこそ新種の蛾みたい。妙な連想させられちゃう。

「亜沙見さん、教えるの、ものを教えるってことですけれど、上手って言われませんか？」

「言われないけれど、教えていたことはあるよ」

「学校でですか？」

「うん、小学校。ただ、三十歳までいないで退職しちゃった」

　少し声のトーンが変わった。ウランはそれ以上訊かなかった、このまま展開するのが向いている話題ではないと察した、そのトーンのじわっとした濁りに感応したのだった。

ウランが、谷崎宇卯になる以前のかつての「谷崎友夏」期にしじゅう持っていた、逃れられないし逃れる気もなかった不安感にそれは近かった。そうした瞬間の判断もあったが、いっぽうでウランは喜んでもいた。やっぱり先生ってこんな感じなんだ、と。あたしが想い描いていた小学校の先生のイメージに、亜沙見さんはちゃんと重なる、と。ウランは、普通の学校体験、通学経験を持たない。総合医療センターが、病院であると同時に義務教育を授かる場、学舎《まなびや》だったのだ。そうした形の学びは効率的だが孤独で、ウランはいつも、目の前に一人どころか二人どころか二十人も三十人も四十人も児童がいて、生徒がいて、それを教えている先生ってどんななんだろう、と思っていた。どういう雰囲気になるんだろうと想像していた。

誤差のなさがうれしかった。

ウランは熊谷亜沙見のレポート『あしあと』を読んでいる。そう、平仮名であしあとと題されていた。それはガボから、ガブリエルから手渡されたものだ。この女性も、と言われたのだった、プロジェクトの主要スタッフに起用することになった、テキスト関係のだ、最終的に聖典として完成させる本《リブロ》の、いろいろな本《リブロス》の。だからウランには大事な人になる。日本語だから、読んでみて。僕はスペイン語に訳されたものを読んだ、それでも響いた。よかった。

ガブリエルとそのパートナーの美術館は、幾種類かの一般人向けのワークショップを催していた。その一つに、熊谷亜沙見は参加したのだった。それは海のワークショップだった。東京湾をめぐる連続講座だった。講座名を「何が東京湾に上陸するかを見てみよう」としていた。もちろん自然観察の授業ではない。そんなものを、メキシコ人の現代美術家はしなかった。ガブリエルはワークショップの初回、こんな説明をした。ゴミは上陸します、東京湾に、実にさまざまなゴミが上陸していますね、だけれどそれらは残らず日本のゴミですか？　ちょっと調べるといい、ゴミにはいろんな言葉がまとわれている、いろんな言語がです、韓国の言葉がありますね、あの文字はハングルというんだ、それからタイ語もありました、僕には読めなかったけれど、東南アジアの言葉ですね、これは、これらは、漂ってきたんです、だから世界がここに、この東京の海辺に打ち上げられているんです、さあ、これは一例だ、他にもいろいろあるはず、それを発見してもらって、あなたたち受講生にです、そこからディスカッションしましょう、グループ・ディスカッションを、いいかな？　さまざまな手法での作品化のために、いいかな？　僕はね、本当に発見しろとは言っていない、発見することを想像するんだ、発見したいことを、その逆のことを。僕はね、あなたたちに東京を理解してほしいけれども、それは僕が、東京を誤解するためなんだ。誤解しないかぎり、東京は僕を刺激しない、だろう。断言はできないけれどね。さて、ここからアートというのを始めようか。

そして提出された発見のレポートの中に、熊谷亜沙見の『あしあと』はあった。それはガブリエル・メンドーサ・Vに、ウランとの邂逅とはまた違った衝撃を与えた。しかも熊谷亜沙見はフリーの編集者だった。書籍編集者。正規スタッフの採用どころかボランティアの開拓すら意図していなかったワークショップの企画で、熊谷亜沙見は、このプロジェクトへの参加を打診されたのだった。

その『あしあと』を、ウランも読んだ。

短かった。

短いのに、確かに上陸するものがあった。

上陸するのだ、今、上陸した、とウランは感じた。

こんな文章もあるのだとウランは思って、それは、ウランを推す力となった。推し進める力に。世界はさらに、深度を増して、拡張した。それがスケッチとなって顕《あら》われる。そしてビジターは二人いるのだった。熊谷亜沙見が年長のビジターで、もう一人、ウランよりも年少のビジターがいるのだった。

その年少のビジターの名前にウランは万葉仮名もどきは宛てなかった。たとえば耶須《やす》王《お》などとはしなかった。ヤソウと聞いて、しかも再会を経て、この人は野草だと思った。完全に意味だけで、野草、の二文字を宛てたのだ。そういう命名が日本で普通だとか普通じゃないとか、その手の判断はしなかった。なぜならばヤソウは花束とともに現われたからだ。ウランの滞在するレストホームを、訪れたからだ。やあ、こないだは本当に世話になっちゃって、と言って。これさ、お礼。あの、ブーケなんだよ、ブーケ。差し出された花束はウランの目を射た。ほとんど大胆に強烈な花束で、大きい、その中心には赤い林檎《りんご》の果実がある。あとで確認したら竹串に突き刺されていた。その周囲に紫陽花《あじさい》がある、ぼわっとした花の塊《かた》まりが八つも九つもある、そして紫陽花はさまざまなハーブに包まれている。花束のいちばん外側がハーブなのだ、葉の形状からわかるバジルにミント、それから香菜《パクチー》にたぶんレモングラス、不思議な匂いがしていた。混淆《こんこう》していた。ラッピングペーパーは競馬新聞だった。分析すると滅茶滅茶なのに、色彩の構成は綺麗だった。林檎の赤、その周りに紫陽花の淡い青色や白、紫色、淡い紅色、それからハーブ類の濃淡さまざまな緑色。この時に、野草だ、と浮かんだのだった。ヤソウ君は、そうなんだ野草なんだ。こんなに匂いがぷんぷんする。それから、あれ？　野草なのかな？　ハーブって栽培してるんじゃないのかな、食用だし、と気づいた。雑草じゃないんだし。それで、尋ねた。ヤソウ君のヤソウってどう書き表わすの、漢字で、と。そうしたら訊き返された。じゃあさウランはどう書くんだ？

「紫陽花ってさ、いいだろ。いかにも六月の花です、代表してますって感じで。俺さ、採集したんだよ」

「採集？」

「うん。そこらじゅう、あるから。しながわ区民公園だと、かなりあったなあ」

「しながわ」

「区民公園」

「採ったの？」

「いっぱいあるから」

公園から摘んだんだ、盗んだんだ、と唖然《あぜん》とした。

「林檎は、でも生《な》ってなかったから、コンビニだよ。まあ六月だもんな。ちゃんと食べられるよ。それから、香菜とかはもらいもので」

「食べられるね」

「食べられるさあ。体にいいんだよ。そういうの、必要かなと思って」

「ヤソウ君」

「元気になるだろ？」

「ヤソウ君、ありがとう」

宇宙の宇にたまごの卵なんて、俺は憶えないぜ、ロボットは片仮名だけの名前がいいんだろ、と言ったのはヤソウで、そのヤソウは名前の発音に補足される漢字がなかった。なにしろヤソウの本名はヤソウではなかったのだ、ヤスオだった。喜多村泰雄。十七歳。でも俺、喜多村ヤソウだしなあ、とヤソウは言った。少し訛りながら言った。

ガブリエルと通訳抜きで江東区の埋め立て地を散策していたある日、突然、高架道路から飛び出してきたのがこの少年だった。しかも馬とともに出現したのだった。その馬は、黒栗毛のサラブレッドだったのだが首都高を走っていた。疾駆しながら嘶《いなな》いてすらいた。ありえない情景で、そのサラブレッドを馭《ぎょ》していたのがヤソウだったのだ。馬は、尋常ならざる筋力を示しながら首都高から飛び下りた、宙《そら》を跳躍した、競走馬輸送車に回収された。しかし警察が迫っていた。首都高には鳴り響いているサイレンがあった。首都高だけではない、地上にも。そうした部分の記憶はウランは曖昧だが、それ以外は鮮明だ。つまり、白分がいたこと、短髪が印象的な少年が、それはヤソウだったのだが馬から転がり落ちたこと、目の前で、しかも受け身をとって、たちまち起き上がったこと、隠れたがっていたこと、たぶん警察から、そしてウランと視線を合わせて言ったこと。「大丈夫？　顔色悪いよ」

具合を慮られるのは、逆だ、と思った。その時、鮮烈に思った。もちろんウランは、無謀はしていた。普通に健康な人と同じように運動できる肉体は、肉体というか心臓は、十五歳の大掛かりな手術で獲得していたけれども、この瞬間、十八歳のこの瞬間に生まれて初めて走ったのだ。駆け寄ったから。思わず。落馬した人に。後で名前を知る、ヤソウに。そして、逆だ、と鮮烈に思うと同時に、それだ、と鮮烈に判断した。

結局、ウランがヤソウを逃したのだった。「あたし今から倒れるから、救急車を呼んで。この江東区の、総合医療センターの博士の、その、あたしの主治医さんのことも教えるから、大丈夫うん駆けつける、きっと絶対に特急で。あたし、じゃあ、無理をしたから倒れちゃう」

ウランの心臓は、完全化するために人工組織を組み込まれた心臓は、ウランが小型原子炉だと言い切る高度医療テクノロジーの粋の心臓は、一分間に六十の搏動《はくどう》を遥かに超える旋律を奏でていて、それは身を委ねきって然《しか》るべき音楽で、ウランはヤソウを匿《かくま》い、日本語の話者ではないガブリエルを入れた三人は、そのまま医療センターに向かったのだった。宙《そら》を跳び返すように。実際に診察があり、おおよそ二時間後、それからレストホームに移った。

俺、付き添いになるなんてなあ。それと搬送されてるウラン、本気で蒼褪《あおざ》めてて息もあがってて、演技完璧だったよ。ていうかさ俺、まじめに心配してたね。ほらあのメキシコ人のおじさんも。そう言われて、ウランはなんだか凄い転換だったのだと思った。転換というのは、こういうことだ。ウランは人間であり、しかし人工心臓さながらの器官を得ることで自分は谷崎友夏ではない、谷崎宇卵だ、ウランだと変身した。それを他人《ひと》はロボットを演じているというかもしれない、ウラン当人からすると演技ではないが、そう指摘するかもしれない。そのウランが、か弱い人間の演技をした。人間からロボットになった少女型のロボットが、十八歳の人間の少女になった演技をした。

「病院暮らしかあ」

ヤソウは言った。レストホームを最初に訪れた時に言ったのだった。まだ付き添いの延長だったその時に。ウランはここは病院じゃないんだけどねと言い、ヤソウが、わかるけどさ、療養用の場所でしょう？　と言い、そうだね、うん、お見舞いの人も来るからそうかもとウランが言い、ヤソウの視線は部屋の、ゴムの樹やベゴニアといった観葉植物に注がれていて、なんだか大変助けてもらっちゃいました、とぶつぶつ続けた。その言葉は、大変助け、でイントネーションが急に上がり、助けての、て、が、で、と響き、それから下降して、愛らしいというか真摯《しんし》さを滲《にじ》ませた。

　そして再訪があった。面会人としてヤソウは再度レストホームに現われたのだ。その際に花束があった。ウランに、この人は野草だなと思わせたあの花束が。それから野草ではなくて喜多村泰雄だと知って、だけれども喜多村ヤソウでいいのだと了解して、ウランはといえば名前の書き方は宇宙の宇にたまごの卵だと説明していて、前代未聞なのはしかたがない、だってあたしロボットだからと説明していて、「どうしてロボットなのか」の問いにも答えた。ウランは思っていたのだ、馬に乗って出現した少年には、正直がいちばん、と。初めっからまともじゃないんだから。

　再訪で終わらなかった。三度めがあり四度めの訪問があった。レストホームの職員にも定期的なビジターと認識された。外出に関してそれほど面倒な制約がない、とわかるとヤソウは飯に行こうと言った。それからは、週に二度ほどだったが、同じ店に二人は行った。歩いていった。江東区の西端をめざす散歩。正確にはだいたい北西端、墨田区との隣接地。

ここまでが回想だ。六月からのひと月強の回想で、拡張した世界というものを、思い出すたびにウランに強く意識させる。年長のビジター、熊谷亜沙見はスケッチを執筆する方向にウランを押しやったことで江東区の、東京の時間を深めさせた。そうウランは感じる。年少のビジター、ヤソウは空間をいっきに伸長というか変容させた。こんな会話があった。いろいろな会話があったのだが、とにかく、訛りがあるから東京以外の出なのだろうと思って「出身はどこなの？」と尋ねたら、森だと言われた。

「森って？」

「被災地の。ああそうだ、こっちの人間は、島って呼ぶな」

「島なの？　島で森なの？　徳島県？」

「違う。ていうか、徳島かあ。それって山陰地方だっけ？」

「それは、たぶん島根県」

あとでウランは、被災地、島、とネットワークで調べた。あふれ返る情報があって呆《あっ》気《け》にとられた。十五年前の大震災と関係していた。三歳児だったことになるからもちろん記憶はない、ほとんど前世紀の出来事という気がする、縁のない時代、後期昭和《レイト》とか？　でも、そこからヤソウ君は来たんだ。そこに人がいるんだ。もちろんいる。あたし、無知だな。

「ヤソウ君、ごめん、あたし知らなかったんだ」とウランは言った。「島なんて呼び方さあ、知らないほうがいいよ。森なんだから」とヤソウは答え、それは強烈にウランに想像させた。ヤソウ君は森の出なんだ、東京のどの区でもない、どこの都道府県でもない、森の出身なんだ。きっとこの江東区に、それを重ねてる。そしてウランは忘れない、ほとんど一瞬も忘れない。ヤソウが、そうかウランの動力って原子力か、それさ、俺がウランのそばにいる理由だな、と言ったことを。

「この東京でさ」

この、は、こぉの、と聞こえた。

七月、その下旬、ウランはまたヤソウに誘われた。なんだかしばらく週一回の面会になるかなあ、とヤソウは言った。レストホームから食堂に向かう道すがら言った。訓練が厳しくなってきてさ、猛特訓なんだよ。ヤソウは競走馬を乗りこなすトレーニングを受けている。ヤソウは東京ネオシティ競馬場の、厩舎かそうしたものに類する施設に暮らしている。ヤソウは馬泥棒ではなかった。「いや、捕まってたら、馬泥棒になってたよ。前科者に」と答えて、以前笑った。「だからウランに感謝してる」と言った。あの首都高の騎乗というか暴走は、何らかの試験、審査のようなものに関わっていたらしい、が、詳細は語られない。川沿いの遊歩道を歩いているが、その川が運河だ。暑い。ウランはサングラスをかけている。隅田川の河畔に出て、一瞬、ウランはメキシコ市《シティ》の埋められてしまった湖にあったという水路網の幻影を重ねた。紫外線を減じさせた視界に。川端には倉庫街が展《ひろ》がっていて目当ての食堂はその区画内に少しこじゃれた違和感をたたえて店を構えている。ウランには遅めの昼食、ヤソウには早めの夕食だった。ウランはチョコバナナのガレットを頼んだ。蕎麦《そば》粉の生地だ。一見デザートに思えてしまうが発祥の地のブルターニュではガレットは主食ですとあったメニュー上の解説をウランは信じている。ヤソウは「冷たい牛乳ラーメン」というのを注文した。店員の説明では、冷製のミルクスープで仕立てたカルボナーラ、その中華麺バージョンです、とのことだった。まあこの食堂は不味《まず》かったものが出た例《ため》しはないから、とヤソウは言って、しかし運ばれてきた瞬間、少し言葉を詰まらせた。

「氷か」

スープに何個ものアイスキューブが浮かび、しかも全体がたぷたぷしている。

「氷入りの汁かあ。俺、冷やし中華みたいな感覚で頼んじゃった」

「それって間違いだと思う。だって、スープに入れる、って言ってたから。あの店員さん」

「うん。俺の勘違いだね。間違いっていうか、実は俺、カルボナーラってさ、あ、カルボナーラでいいんだよな？　カルボネーラ？　それ、知らないから、そこで考え込みはじめちゃって。カレボネーラ？」

「カルボナーラ。そうか、そこで思考が回転《ループ》しちゃったんだ。食べられそう？」

「俺には好き嫌いはないいんだ」

「ヤソウ君、あの」

「その、そういう問題かは、別だ」

「そう思う」

口をつけた途端、ヤソウは美味いと言った。これって麺もいけるな。冷えて締まってて、美味いよ。

二人用のテーブルの奥側にヤソウが座っていて、ウランは手前にいる。奥側がもちろん壁で、しかし一面のガラス窓になっている。隅田川がちょっとしたパノラマ感を伴って眺められた。少し上流のほうのと少し下流側のと、二つの橋も見える。もちろん往き交う船舶類も。その数は多い。今はちょうどウランの視界の正面というかヤソウの左肩越しに廃棄物運搬船がいる。高さがあまりないから薄いと感じさせて、速度は鈍《のろ》い。しかし普段いちばん目に入るのは人間を乗せる船だった。水上バスがあり遊覧船がある。水上バスは、さまざまなフォルムをわざと有していて、遊覧船では典型的なのは屋形船だった。隅田川の舟運が極度に発達し出したのは二〇一八年の春からで、青海《あおみ》に大型客船ターミナルが完成したことを端緒とする。江東区の青海地区、通称「お台場」の臨海副都心に全長三〇〇メートルの大型船が入港、寄港できるようになったのだ。もちろん東京オリンピックでの集客を当てにした開発だった。国外からオリンピック観戦に来る人間は、全員が飛行機を、すなわち空路のみを用いるのではない。豪華客船は欧米等の、特に富裕層に非常に好まれている。そこを狙った。ターミナル内には出入国管理所が置かれ、税関もあり、ここが「海からの東京の玄関口」になった。オリンピックで知名度が上がるとさらに発展し、水上交通ラインは整備されて、海路からの観光客たちは浅草《せんそう》寺《じ》界隈と押上地区と両国国技館をめざして大挙、隅田川を遡上しまた下るのだった。オンシーズンには一日に十三万人が隅田川の河上にいたという記録も弾き出された。

食事を終えて、ウランはノート型モニターを卓上に出す。また地図をヤソウに見せる。久寿等と、東京の都区部とが重なった地図だ。ウランはだいたい、ヤソウに例のプロジェクトの神話を語る時は地図を示しながらにする。ヤソウは、その地図にはいつも魅入られている。「東京だ」と言う。「これも東京だ」と言う。「ウランも東京だ」とも言う。

その口調は軽さとは無縁なのに、さらりとしている。

「そうだ。あの、あたしヤソウ君に前から訊きたかったの」

「何だ？」

「しながわ区民公園って、どこ？」

「水族館のとこ。ほんの隣りだから、ていうか水族館も敷地内なんだよな、区民公園の。

だから」

「え、水族館？」

「うん、だから、まあ品川区にあるよ」

「それはだいたいわかる」

「この地図で、東京ネオシティ競馬場ってどこだ？」

「ここじゃない？」

「それじゃ、ここが区民公園」

「ここかあ」

「区境はこれだろ。表示オンにすると出る、これが大田区との区境。で、この辺りが全部大井なんだ」

「大井のちゃんとした所在地は、ほら、東大井とか南大井地区じゃないただの大井があるのは、でも反対側じゃないの？　ＪＲの東海道本線の西側の、こっち。そうじゃないの？」

「そっちはさ、眠る街」

「どういうこと？」

「俺の言う大井は、眠らない街。あのさ、大井には二種類あるんだよ。地図に駅名とかのデータが出るのは大井町だろ？　あれは大井タウンって呼ばれる。俺が説明してるのは大井シティ。地元での言い方だよ、俗称っていうの？　東京ネオシティ競馬インクがさ、その開発にまるまる噛んでるから大井シティ。東大井もそうだし南大井もそうだし、勝島も。あ、この鮫洲《さめず》駅のところなんか、大井シティの顔だね。そして、移民がいるのが大井シティで、いないのが大井タウン」

「そうなんだ」

「そうなんだよ。レモングラスも香菜も、いろいろもらえるよ。友達になれば」

「友達にかあ」

「必要だったらウランに紹介するさ。いつでも。で、ここの骨は？」

「ここで掘り起こされている骨は、ほら、遺蹟レイヤーを見て。手根骨《しゅこんこつ》」

「手の、根っこの、骨な。凄いな。それが大井に埋もれてるのか。ちょっと待て。手？」

「あるの。マッコウクジラにだってナガスクジラにだって手が。あのね、胸鰭《むなびれ》なんだけれどね、骨になると五列の、つまり五本の指が、ちゃんと現われるの」

「五本指」

「うん。指の骨で、指骨《しこつ》。その根もとが手根骨」

「ちょっと感動的だなあ」

「あたしも知った時には感激した。ああ哺乳類なんだなって。本当に本当にそうだったんだなって」

「大井シティには何本分の根っこがある？」

「まだ一本しか発掘予定じゃないね。ガボの設定だとそう」

「俺、もっとある気がするさ。摑めるぐらいに」

「握るの？」

「その鯨の握力、どの程度だろうなあ」

　鯨。ウランはヤソウが、久寿等、とか考えずに鯨と言っているのがわかる。そして、その瞬間に、スケッチの再話は逆説的に無駄ではないと直観する。スケッチは単なる一つの遊びだが遊びではなかった。通訳や翻訳を前提とする時こぼれ落ちるものがある。そのためにウランの想像力を喜ばせるものがある。ウランは、ヤソウにはスケッチは読ませない、そうはしないで語る。以前、自分はガブリエルのプロジェクトでは語り部のロボットだからと説明していて、だからヤソウにも、文字を見せたり読ませたりはせずに語る。ただ、鯨を三文字の久寿等としてしまったようなプロセスを踏まえてヤソウに語りかける時には、過剰さは語り口のどこかに残されたままでいた。どうしてそうなるのかは、もっともらしい解明ができない。たとえば久寿等とその骨を鳴らす一族をヤソウに紹介すると、ヤソウは思いがけない反応を返す。肋骨は、何で鳴らすと一番いいんだろうな？　ほら、叩かないと鳴らないだろ？　ヤソウはどこかで、おかしいほど真剣に考える。久寿等に、その肉が腐る前に菌類がついたんじゃないかと言ったのもヤソウだ。東京湾にそうやって打ち上げられたデッカいのがさ、人間だけに利用されて食べられたり農地の肥料になったりしたっていうのはさ、ちょっと偏ってるな。ちょっと見落としもあるんじゃないのか。その、人間としてやむをえない的な。あのさ、俺の出の、出身の森にはさ、動物がいるだろ？　そして森なんだから植物がいる、当然だろ？　で、終わりだと思うだろ？　そうじゃないんだよ、生き物はその二種類だけじゃないんだ、茸がいる。いっぱいいる。これ、受け売りだけどさ、でも見落としちゃうだろ？　だから、注意してみようぜ。勢力をのばした菌類があったんじゃないか、って。

　久寿等から栄養分を摂《と》った菌類。そのイメージは、まさに拡張だった。しかもガブリエルには直接は貢献しそうにない、美術的な神話には程遠い、余剰、過剰だった。その過剰、豊饒をウランはこぼれ落ちさせずに味わった。味わう、メキシコ市の風景や音響や臭気を東京の内側に、ここ江東区に味わうように。ヤソウは、たとえば鯨から久寿等に至った存在にさらに一文字、漢字を足すようにウランに反応し返すのだった。それがこの日ならば、久寿等の、ヤソウの思う鯨、その巨鯨の握力になる。

　そして菌類に言及する時にヤソウの目が鋭い。

　その鋭利さが何度もウランをはっとさせている。もっと聞きたい、とウランに思わせている。それほど真意が測れない。

地図にはとても興味を示している。

「俺はさ」とヤソウは言うのだった。「東京を知りたいんだよ。もう、ほんとに心底」

ノート型モニターからまた顔を上げる時がおとずれた。「あれ？　変な船が来た」ウランは目線で示した。「ヤソウ君、下流からの今度のって妙ちくりん」

「何、水上バス？」

「あたしも初めて見る。ほら、キャラクターの船だよね」

「鮪《まぐろ》だなあれ。鮪のきつキャラ、ゆるキャラの次世代版、でもって宇宙船型か。あれって豊洲《とよす》市場のじゃないか」

「きつキャラのが？」

「ああ。人気のがいるって俺聞いた」

「あたしちゃんと知らないけれど、豊洲の新市場、あそこ世界的観光地なんでしょう？」

「寿司屋の三時間行列が名物だって」

「外国人にも？」

「もち」

「並ぶことが？」

「わざと優雅に並ぶんだろ」

「要するに移民と観光客って、違うな」

その言い方も鋭かった。背景になっている一面のガラス窓の向こうにまだ観察を続ける。ヤソウは、下流のほうにある橋の手前で徐航に入った水上バスのフォルムを詳細に見、何かを断じ切るように言った。

「全然サイケデリックじゃない。ぬるい、いい」

年少のビジターはこんなふうに食堂に誘う、江東区の北西端に。年長のビジターはβ版サイトに連れてゆく。熊谷亜沙見は、レストホームからは歩き慣れている美術館の少し南、都市緑化植物園内の一角にウランを案内した。パスがないと入れない建物がある。熊谷亜沙見はパスを持っている。そのパスは、実はウランも持とうと思えば持てたのだが、足を踏み入れるタイミングはいつも亜沙見に委ねた。「また形というのができたよ」と言われてから、向かうのだ。形、とは単純にいえば作品化だった。ウランの発想がある、発想というか口にされたり書かれたりする想像力がある、その、言葉をまとった想像力がガブリエル・メンドーサ・Vという美術家の内部を通過して、外部に出る。ガブリエルの外部に出るのだ。それをウランは、動いていると思う。

他に的確な表現がない。

建物はその建築構法からいえばプレハブで、しかし複数のユニットが連結されていてその合計数は十を超す。そして全体で一つであり、大きな屋根というか傘のようなものに覆われている。ユニットは縦横に綺麗に並んでいるのではなかった。少し乱暴だけれど放射状に配置されている。それぞれのユニットからユニットへは歩いて抜けられたり、通れなかったりした。それでも中心へは向かえる。

「ほらウランちゃん、これが新しい」

示されたのはいろいろな油彩画、鉛筆と色鉛筆の習作が展示されたユニットだった。壁のうち二面が白い。そこに掛けてある、ガブリエルの作品だ。あっさりとした展示で「仮に置いただけ」という印象だ。どれも小さい、幅や高さが三十センチを超える寸法のものはない、両手で包むか両手に載せるかできるようなサイズで、実際描かれているものは道具ばかりだ。

道具。日常的な。

「ガブリエルさんは私に、英語で、ガジェットのシリーズって言ったわ。一昨日まで没頭して作業してて。最後には何を見ても透視できるようになったって。目をぱちぱちさせてた」

「透視ですか」

「こんなふうに」

画面は、たとえば台所用品を描いていて、水切り用の笊《ざる》で、そこに曲面を持った骨が二重に描かれる。たぶん頭骨だ、しかし何の頭骨かは不明で、カーブだけが見事に同調していて、笊に沿っている。食器はわかりやすい。バターナイフ、四つ叉《また》フォーク、コーヒースプーン、それから日本の箸、そこに骨が透ける。わかりづらいのはアームチェアで、誰かが座っている影があるのだがその人物には骨がない、骨格図は添えられない、しかし複雑に組み上げられた脊椎のようなものが椅子の骨として現われはする。アームチェアは動物ではないしむろん無脊椎動物でもないけれども、脊椎道具ではあるのだ。しかも一つひとつのパーツになっている脊椎は大きさも形状も不揃いで、そこには数十種類の動物を感じさせる。

自動車のワイパーがあり、アタッシェケースがある。

「亜沙見さん、これ……」

「ワイパーね」

「ですよね？　ワイパーの、じわって背後に滲ませて描かれているの、でも、あたしには骨には見えない。光線みたい」

「光の？　そうかも」

「淡いって手触りがします」

「このシリーズは、だいたい全部そうだね。あわあわってしていて、骨がやさしい。とても特徴的」

「恐怖っていうか不気味さなんかとは無縁だから、あたし、うれしいです」

「ウランちゃん、骨だったのよ。どんな道具も元来は骨で、ルーツというのはそうで、それを物語ったのはウランちゃんだったのよ。そうじゃないにしてもガブリエルさんはそう感じた。物語られたと受け止めて、そこからこのシリーズを出してきたはずで、だから当然やさしいんだなあ」

「そうなのかな」

「二人は相性がいいんだと思う。それで、そうだ光線だ。これはX線装置だね。空港のX線検査。アタッシェケースなんて、まさにそうじゃない？　そこに物を置いたら骨が視《み》える装置、そういうシリーズになってるね。これ」

　あたし、奥にも行ってきます。ウランは言った。

　じゃあ、私は待ってるね、ここか受付のユニットにいる。二、三十分後？　熊谷亜沙見が応じた。

　奥は、どのユニットからも奥に当たる。放射状に並べられたユニット群の中核に当たる。そこにウランは行った。β版サイトを訪問すると必ず向かう。そもそもβ版という名前の由来がそこにある。体験型の作品の、しかし一切発展させていない意図的な原型が。プロトタイプ、だから当面は永遠に完成以前のβ版。それは発掘テントのβのそれであり、古い古い……太古の東京がイマジネーションによって掘り出される場所なのだ。

実際に何があるのかといえば、井戸があった。

井戸は涸《か》れていた。それがあった。

だから都市緑化植物園内の、そこをガブリエル・メンドーサ・Vたちのチームは借りた。

ウランは、涸れた井戸を覗いた。「江東区には、こんな穴も空いている」と言った。目をつぶり、コンクリート補修された井戸の石組みの縁に寄りかかった。眠る。眠っていることをイメージする。深さをイメージする。いちばん深い深いところに、それはある。いちばん大きな心臓がある。

13　分身譚

俺は結局この鷺ノ宮のガイドになっちまったんだろうなと高梨ごろは思う。しっかりと本名を晒して、高梨さんだの呼び捨ての高梨だのタカナッチャンだのと呼ばれて、あとはまあ、ごろちゃんと呼ばれるのは厭《いや》だからって使ってる下の名前用のａｋａ《エーケーエー》、確か英語で also known as の、つまり別名の、56をネットワーク上の通称にして。ごろだから数字の56、まさに語呂合わせ。いやしかし、56は名乗っているというのとは違うのかね？　声に出す前提じゃないしなあ。ただデータ表示させるだけの視認オンリー系だしなあ。あれだよ、顔といっしょだよ。俺の顔の署名、二十二本の白黒《モノクロ》のバーコードで、実名ならぬ実顔《じつがん》なし。

少し前は、ネットワークで実名および実顔主義が主流でしたなんて、信じられんわ。反動来るの、当然だね。

高梨ごろは二〇〇〇年一月一日に生まれた。本籍は東京都中野区鷺宮の、本人がいうところの三々《さんざん》の四十、その行政地名の鷺宮には片仮名のノは入っていない、それはとりたてて高梨ごろの自慢ではない。また、本籍地をそらで言えることも自慢ではない。誰だって生まれた家の住所、さらっと暗唱できるだろ。とはいえ口にされる本籍地は鷺ノ宮地域のまさにネイティブであることを証していたし、それがノの入らない鷺宮であればまさに生粋だった。俺、出はいいんだよなと高梨ごろは自認している。しかし本籍地というのは不思議だね。そこにいないでも、生まれた俺がそこに固定されてる。釘付けされてる。戸籍を新設すれば本籍地も変えられるらしいけれど、不思議だね。俺は、その釘付けが、厭じゃないしな。

だってさあ、移動しないでもさあ、俺、階層移動させられたもの。

中流から上流へ、そして下流へ。

俺だけじゃないけどさ。鷺ノ宮の、俺たち、だ。

二十歳《はたち》の時に東京オリンピックがあった。それ以前の数年間、具体的にはタワー状マンション群の竣工ラッシュにして供給ラッシュとなった二〇一七年から鷺ノ宮のお洒落度は増し、二〇一九年の西鷺ノ宮駅と新鷺ノ宮駅の誕生で注目は頂点に達して、達したのだから墜ちた。タワー・マンションの上層階、最上層階に居を構えるのは「選ばれし君《きみ》」とまで称されて、まさにヒエラルキーの上層階級にあることも誇っていたのに、もう誇れなかった。著しいスラム化の進行が誰の目にも余るようになったのは二〇二二年からだが、それは「選ばれし君」たちが二束三文でマンションを売り払ってしまったからだ。最高の立地、最新の都市開発理論に基づいた鷺ノ宮地域は、最速で「見棄てられし民」の聖域になった。

いやもう、まいったまいった。思春期までは地味なところに暮らしているって腐されて、これぞザ・中流、十七、八歳からはいきなりセレブリティですかって言われて、ほとんど涎《よだれ》垂らされて、そして二十歳過ぎたら祟《たた》り神《がみ》。俺、まさにザ・下流。しかし、下流も極めれば、ひゃっひゃっひゃっひゃだぞ。

「ひゃっひゃっひゃっひゃ」

高梨ごろは笑う。

父親が強者《つわもの》だった。高梨ごろの父親は、その二東三文期にタワー・マンションを百数十戸買い、二〇二三年からは見る見る稼ぎ出した。もともと真っ当な商売人ではなかったのだが、先見の明が光った。これは地上げじゃなかったな、地下がりだったな、ごろ。そう息子に言った。高梨は、父親がいきなり鷺ノ宮に奮《ふる》い出した影響力のもと、いわば鷺ノ宮地域の地図、地勢、そして人工地勢的な権威となった。何をしようとしていたのかは自分でもわからなかったし、今もわからない。しかし父親の事態の凌ぎ方、生き延び方には学んで、本籍地を含んだ鷺ノ宮地域というのは単純に価値を喪失したのではないこと、その劇的なる凋落には「触れてはならない危険《ヤバさ》」が一時的にではあれ実際に滲《にじ》み、それは相当にヤバい値打ちだ、と考え直すこともできるのだということを身体的に感悟《かんご》した。もしかしたら俺は、上流から上流に墜ちたのだ、それが二十三歳から二十四歳にかけて高梨ごろが気づき、しかし識閾下《しきいきか》に置きっぱなしにした真理だった。

いずれにしても、高梨ごろは思ったのだ。スラムにいたら、何を理不尽したっていいんじゃないの。

俺、祟るぞ。

誕生日が高梨ごろの生きる姿勢に作用していることは否めない。高梨本人が否んでいない。一月一日に生まれたために例年、新しい年を迎えるや高梨ごろは一歳を年齢に足した。どこか日本で古来行なわれてきた数え年の習慣に通じ、すなわち現行の満年齢のあり方というのに叛《さか》らい、だが数え年は誕生したその年を一歳と設定するために数え年にもなり切れていない。つねにマイナス一歳なのだ。しかし、そこには異様な都合のよさがあって、なにしろ高梨ごろは二〇〇〇年に生まれた。数え年ならばこの年に一歳になってしまう、実際には二〇〇一年に一歳、あとは西暦の下一桁か二桁がつねに高梨ごろの年齢になった。俺は、どうやら、カウントしながら、生きてるなあ。この世の中を、ちゃんと見ろって言われてんの？　誰に？　神様に？　まさか。だって、親父、元日に生まれるように計算してお母ちゃんに着床させたって言ってたからなあ。酷《ひで》ぇ言《い》い種《ぐさ》。ていうか、じゃあ世間をしっかり見なさいって命じてんのは親父で、じゃあ、神様は親父？　やば。いま気づいた。二十六歳にもなって。

二〇二六年現在、高梨ごろは二十六歳だ。

鷺ノ宮に釘付けにされたまま、世界の変動を鷺ノ宮の変動として味わったまま、ある種の人間たちにとってのオフィシャルな鷺ノ宮の案内人に変じている。そのことを高梨ごろは自覚も自認もしている。演じることも楽しんでいる。案内人、情報源、ネットワーク上のお調子者、ただの高梨にして56、しかしキャラクターは複数使い分けていて、もちろん高梨は単なるお調子者ではない。しかもネットワークから離れても動いた、活動した。

「ふう、今日は副作用日和だ」

消耗抑止剤を服《の》みながら部屋を出た。一瞬、昼飯をどうしようかと考える。鷺印のメンチカツバーガー、買いながら行こうかと考える。しかし消耗抑止剤のケミカルな味わいとの口中での混淆《ミックス》を想像して、よす。

路上に出る。

暑い。

二つめの角に、爆音で響いている音楽がある。妙正寺川の川底にスピーカーが仕込んであって、低音だけはそこでブーストされ、護岸が反響板となる。アクチュアルサウンズと呼ばれる流行の消費音楽だった。消費音楽は、川に向かって硬貨を投げ入れれば、「あなたを消費対象者から外します」と宣言する。しかし高梨は、顎をゆっさゆっさ揺らしながらアクチュアルサウンズの律動に乗る。いやいや、いいんでないの。次第に効き目が出る。服用した抑止剤のそれが予見的に感知される。俺は今日は消耗しないな、まあ、ビジネスはこりゃ大成功だな。アポイント・データを再確認する。余裕は誤差プラスマイナス一六〇秒付きで十八分。

十分後にめざすタワーに到着する。タワー・マンションではない、廃棄マンションではない、その証拠に鍵《キー》が要る、高梨は持っている、まず地下駐車場に下りる、違法改造車輛がどこに駐《と》めてあるかを目で見る、ある、それからエレベータのゲートに向かい、乗る。

エレベータそのものが、一般の自動車を収容できるだけの空間を確保している。床に、四つのタイヤ位置が印《しる》されていて、ヘッド、テール、の表示もある。

しかし自動車はない。

乗ったのは高梨だけだ。

「いつも思うんだけど」と高梨は独りごちる。「この広ぉいエレベータに、どうしてお姉さん、置かないのかね。エレベータ・ガール。デパート絶滅期の現代日本で、エレベータ・ガールが活きるのはここでしょうが。それと、ミニバー設置してもいいかもね。一杯飲《や》れるエレベータ。うしし。あ、俺、ビール呑みたいわ。あ、もう、着いちゃうわ」

エレベータは、行こうと思えば屋上まで行け、そこにはヘリポートがあり、かつてはヘリポートを経由する自動車もあった。それらは飛翔してきて、そこから地下駐車場に下りたのだ。セレブリティたちが、セレブリティであることを誇示するために、運搬一回につき数十万とも数百万ともいわれる費用をかけてやった。今は誰もやらない。ヘリポートも管理されていない。高梨はその屋上の一つ下のフロアで降りた。居住層の最上階だ。

三人がいた。高梨を待ち構えていた。

親子だった。

エレベータホールの正面の部屋で、扉は開放されていて、そのままリビングが見通せて、ソファに父親と母親、子供のほうはリビングの窓にいる、高梨に背中を向けている。窓は、大きい。それが売りだったのだ。タワー・マンションのもともとの売りだった。

両親は会釈した。

「父です」と男が言った。

「あなたがお父さんね」と高梨は返した。

「母です」と女が言った。

「うん。お母さんですね。お若い」

「あれが、子供です」

父親に言われて子供が振り返る。女の子だ、十一、二歳。

「こんにちは。子供です」と少女は挨拶した。

そして三人ともニコッと笑い、それから少女だけが、ふて腐れたように顔を背けた。

「いやあ、凄いね」と高梨は言った。「これ、家族以外には見えないですよ。特に今の、その子、君の、プイッて感じ。いいなあ。両親に連れられて鷺ノ宮に観光に来て、『何これ、こんなのツマンナイ』って雰囲気が、ばっちり出てる。凄《すげ》ぇ。本当に純ニッポンの家族じゃないスか」

「私たち、ファミリーですから」

そう言ったのは母親で、四十歳なのにファッションに気を配っていて三十《みそじ》にしか見えない素敵なママ、を見事に演じていた。いっぽう父親は、ファッションなんて気にかけるのは日本男児にあるまじき、男は恰幅《かっぷく》がよいほうが俠気《おとこぎ》を放つ、が信念であるかのように小太りで、それが実に本物の父親らしかった。

「名前なんか、間違わないんですか？　呼び合う時？」高梨は訊いてみた。

「まあ、そんなことなんて、あるわけないわ。そうよねパパ」

「そうだねママ」

「パパ、ママ、それ名前じゃない。そうじゃないじゃない」と少女が言った。わざと不服そうな口振りで。「パパたちは名前、呼ばないでも全然すむんだし」

「ごめんなミサキ。パパが悪かった。パパは悪人だ」

高梨はわざと頓狂な声で、ミサキちゃんかあ、と言った。

そうね、パパは悪人、とママは言った。

「遠隔の達人の皆様」と高梨は言った。「今日はほんと、どうもどうも。鷺ノ宮、ご満喫いただければってところです。ご案内もしますし、もろもろご紹介もしますし、人脈のご紹介も、いやあ、今日は大事な日ですね。ところで、ここはどうです？　この部屋、お泊まりになるとしての居心地、それとここからの眺望とか。ミサキちゃん、そっから窓外《そと》眺めるとどうかなあ？」

「ほらミサキ」ママが促す。

「うーん」と少女は口籠もる。

「そうですねえ」とパパがしゃべり出した。「僕が子供の分まで代弁しますとね、安心しますね。安心するんだな。なぜかといいますとね、ほら階上《うえ》にはヘリポートもあるんでしょう？　そうなるとですね、ここはさながら空港だ」

「ヘリ持ち、昨今はいないですけどね」

「いないですか」

「滅びました。鷺ノ宮の富裕層は」

「そうであってもかまわない。僕たちだって羽田空港でジェット機を持っているわけじゃない」言った途端に家族の父親は自分の言葉に笑った。口を大開きにして笑った。

「そして空港のようなところでは、僕たちは馴染むんです」

「ま、そうでしょうね」

「あの」

家族の母親が立ち上がっている。ソファを離れて少女のかたわらに並び、窓に張りついていた。高梨の先ほどの問い、窓外《そと》の眺望はどうかとの問いに答えようとしていた。

「高梨さん、あれがスタジアム？」

「そうです」

「ほう。じゃあ東京オリンピックの時の、テロの」と父親も起《た》った。

「テロの会場です。六年前、あそこがその、ああなっちゃって。ああ、あのテロの夏、悪い夏」

高梨は歌うように言った。

「悪いパパ」少女がふざけて添えた。まるっきり本物の娘であるかのように。

「眺望は、最高ですね」ママが言った。

「でしょう？　あれが日本選手団用のシミュレーション・スタジアムだ。だったんだ。この最上階からだと、なんだかこうＶＩＰ《ヴィアイピー》観覧席のように見下ろせる。でしょう？　あ、ミサキちゃん、ベランダに出るのは注意してね。透明ワイヤー張ってあるから用心してね。外からの侵入防止用なんだ。ほら、お母さんにお父さんも、わかるでしょう？　スタジアムは円形に囲まれてますねえ、このマンションみたいなタワー・マンションの群れに。いいでしょう。でしょう？　今だと廃墟《はいきょ》も東だ北だと見渡せるし。鷺ノ宮のね、虫喰いね、その栄枯盛衰がまるごとあなたのもの、って感じでしょう？　そしてもう一度、スタジアムをご覧《ろう》じろ。あれね、あそここそがね、線量計ブームの揺籃《はじまり》の地ですよ。ちょっとしたファッションとして線量計を下げる、いけてる東京人だったら腰《ウエスト》に放射線量計を携える、あとはウェアラブル系の端末でウェアる、そういう流行の、モードの、発信地がそこに！」

「あそこに、島の汚染土砂が」父親が訊いた。

「って、言われてますね」高梨は答えた。

「まあ」と母親が歎息《たんそく》する。しかし多少昂揚《こうよう》している。

「どう？」と高梨は少女に訊いた。「ここから見下ろすとさあ、あの地面、落書きしたら地上絵が描けそうじゃない？　あの土に、描いてみる？」

「馬鹿」

「こら」父親が叱る。

「いい子ですねえ」高梨が褒める。

「僕たちは満足しそうですよ」再び家族を代表してパパが、父親が口を開きはじめた。

「それで、品物ですね。まずはレンズ、それから補聴メモリ、正式名は違いますが、正式名はなんだったかな？　これは基本的にナノ補聴器のアプライドだから僕たちは補聴メモリとしかいわないんです。耳殻にセットします。もちろんレンズは、目に嵌めます。

ただのコンタクトレンズですから。視覚情報をレコードするだけ、入手可能な普及型ですよ、ただ、たまにライブを求めるお客さんもいる。だから、僕たちは弄《いじ》ってます。それで、鼻は、嗅覚は、対応策なし。味覚は、たまにシミュレータを使います。それでもですね、人間ってどうやら目と耳の情報だけ、奪いたいらしいですよ。奪って所有したいらしい。匂いって嫌がられるし、耐えられないともいいますね。自分が嗅いだのではない匂いをのちのち記録データでとか同期させたライブで体感しなければならないとなると、耐えられない。なんでしょうねえ。人間には限界があるんだな」

「それ、わかる気もする。他人《ひと》が見ているものは見たいし、聞いているものは聞きたいけれど、そうだなあ、触りたいっていうのは……あるかないかっていったらないし、恐いですよ。で、あとはプログラムですか？」

「そうです」

「遠隔《ヽヽ》って、ほんと、これだけなんですねえお父さん」

「そうですよ、高梨さん。誰かになるっていう、家族を持った誰かになるっていう、それも日本人の家族の、日本人だけのファミリーの、その一員になるっていうのはこれだけで堪能できます。しかもちゃんと実体があるんだなって思わせて」

「実体、ねえ」

「だからね、商業的にいちばん求められるのは空港なんです。ほら、映像でも何でもいながらにして手に入らない情報はない、もはやない、いながら、収録先とは違う地点にいながら、撮られたものは見れるし録《と》られたものは聞ける。しかし我が身は？　我が身だけは移動させられない。空港とは、その実体の、集積の場所ですよ。ネットワーク時代にも唯一動かせないものを、大量に集めている場所、発着のターミナルですよ。羽田空港ならば、国内外の世界がそこに集まる。世界にいる、いろんな、いろぉんな実体が。それでね、家族旅行ですよ。僕たちはそれを提供する」

「商売なんだ」

「もちろん。サービス業ですから」

「身体情報に目をつけたところが、凄いかな」

「まあ、末永く、よろしくやりましょう」

「もちろんもちろん」

二日後、高梨ごろはPの訪問を受ける。ネットワーク友達のPの。しかしPのその体は、はるか北東にある。本州の、そして東京から見ての北東にある。「島」にある。高梨の部屋にやってきたのはPの代役で、しかし普段の代役とは違った。高梨にわかっている範囲でPには代役は二人いるはずだが、しかもそのうちの一人とは一昨日の夜に接触し、レンズや補聴メモリ等の一式を渡してあったのだが、その女とも違った。既知ではない人物だった。しかも日本人でもなかった。いや、国籍《ナショナリティ》は日本人であるのかもしれないが、移民だった。身長は一五〇センチ台の半ばといったところ、数分後に高梨は、なんだPって意外に小柄だったんだなと思うことになる。身体情報を揃えるためには身長は必ず揃えないとならないから、そうなる、そう判断される。ファミリーの商売においては視力に関しても、適度に落として、すなわち劣化させて調整すると聞いている。クリアすぎる映像情報は、クライアント本人の目を通して見たものには一致しないから編集される。そのファミリーの、いわゆる遠隔ツールは受動性を基盤にシステムを構築していたが、Pはそこにクライアント側の能動性を足すためのディバイスを増やしていた。着けていた。数分後に高梨は、そういやあこの娘《こ》、視界の言語データ、ほとんどリアルタイムに追えてるわけだな、それ、かなり優秀だなあ、と感心することになる。

　高梨ごろを訪問した移民系の若い女は、サングラスにも似た眼鏡をかけて現われて、まず第一声でこう言った。

「ねえ、鏡見ていい？　高梨ん家《ち》の、リビングの。そっちだね。あ、映った。いいなあ。あたしかわいいなあ。あたしって今、これ今、ベトナム人の女の子？」

14　サラブレッドは加速する。大井シティの卵

　ヤソウの、大井シティでの朝は早い。現状ヤソウが世話をする馬は固定していて、牡馬《おとこうま》、二歳、名前はインディサンタ。もちろんサンタさんのサンタだ。夏には全くふさわしくない。厩舎と宿舎は別だった。ヤソウは東大井二丁目に暮らす。東京ネオシティ競馬場が置かれた勝島二丁目は徒歩圏内で、途中、勝島運河が目に入る。鮫洲橋から西に奥まった水路ではオリンピック記念栈橋から発着するカヌー体験が人気だ。その辺りではわざと運河の両岸がニュージーランド風にデコレーションされていて、夜間はわざわざ水面に南十字星その他の南半球の星空をレーザー光で投影している。揺蕩《たゆた》わせている。ただしカヌーの受付は午前十時から夏季は午後八時まで、冬季は午後六時までと限定されていて、朝は、ヤソウはどちらにしても擬似ニュージーランドの満喫者たちの姿は見ない。風向きによって変わる潮の匂いは毎朝確認して、感じ取れれば嗅いで、それから生きた馬群の生み出す臭気をしっかり鼻に嗅ぎながら厩舎入りする。糞尿を掃除し、その後インディサンタに高カロリー飼葉《かいば》を与える。インディサンタはその四肢に人工腱を入れている。いわゆる高機能《こうきのう》脚馬《きやくば》だ。手術は一歳馬の段階でなされて、適性はほぼ完璧、インディサンタという生体はそれを異物扱いしなかった。さらに支援筋の強

化が規制の範囲内で施されている。人工腱には人工的なサポートが必須だ。さらに食も。馬力《パワー》が増せばパワフルな食餌が要る。ヤソウはその現実を認識して、けっこう呆然《ぼうぜん》とした。第一声は「お前ら相当にたぶん贅沢《ぜいたく》だなあ」だった。「これ、餌代お幾ら万円だよ？」

その第一声からすでにひと月半が経つ。

乗馬技術は、午前、きちんと指導される。ただの乗りこなし方、ただの馭《ぎょ》し方では駄目だった。速すぎるのだ。跳ねすぎるのだ。つまり危険性が過剰なのだ。戦略力のためには専門の講義があって、これは数十人の同期、先輩とともに受けた。「お前たちは資源だ」と指導教官は言った。「誰だって乗れるわけじゃないんだぞ。あのなぁ、東京ステロイドといっしょだ。そしてなぁ、もっと高度になる。お前たちはもっともっと、未来志向、いったらば猛烈に未来化したジョッキーになる。ならないとかぁ、実際にはなれてなかったとかぁ、そう判明したら即落馬だ。本番中に落馬、で、まあ死ぬだろうな。即落馬で、即死だ。死なないでも脊髄やられるぞ。死んだらどうなるか？　これはなぁ、宣伝効果ばっちり上げたり、するんだよ。脚力を強靭化したサラブレッドたちの東京ステロイドの最新版後継シリーズは『死者も出るぞ！』って話題沸騰。人気が出るぞ、ますます出るぞぉ、しかしだ、死ぬな。当たり前だけれど、もちろん死ぬなよ。お前たちは資源なんだよ、大事な、大事な。競馬の、この業界の、地方競馬と中央のどっちもの、その将来をどーんと拓《ひら》きましょうってお前たちは採用されてるんだよ。特別にリクルートされた、ほんとに特別だ、普通とは違う投資がされてるんだし、そういう育成だ、それを、これからもするんだよ。この講義がそうだぞ。この講義も、うん、そうなんだぞ。お前たちに限っての投資なんだぞぉ。二〇二〇年代のここまでの競馬界の潤いが滞りだしたら、ＪＲＡですら沈滞傾向になったらだ、その時はお前たち、お前たち！　お前たちが前に出る。逃げ馬みたいに前に前に、それから最前線に！　二〇三〇年代、それはお前たちが主流、かもしれん。なあ、いずれにしたってお前たちが活性化の肝だ。馬券の売り上げのブレイクスルーに、これはなあ、確実に関わる。だから資源なんだよ。大事な、大事な。それを自覚しろ」

練習馬場に出されて、戦略の実際がさまざまに叩き込まれる。未来用にデザインされた馬が八頭から十六頭揃い、未来用にはデザインされていない人間を鞍上《あんじょう》に置いて競走したら、まず血を見る。速すぎて跳ねすぎて、吹き飛ばし合い、蹴り合ってしまう。そうした馬の格闘技にしないための方策とは、何か。さまざまにルールがあるのだしさまざまな器具も用いられる。馬の顔に装着する覆面をメンコというが、これも特別製のものに換わる。恐怖心と攻撃性をともに抑制し、視界をそれぞれの馬の気質に合わせて変更《アレンジ》する。それでも、もちろん、ある程度のラフプレーは必要だ。「高機能脚馬」のラフプレーはそれ目当ての競馬ファンを盛り上げる、だから必要だ。ラフと、真実の撲殺劇、蹴殺劇のはざまはどこか。きわどい線はどこにあるのか。いかに計算し、間合いをとって詰めるか。いかにコース取りをするか。ヤソウはプロテクターを付けている。頭部はもちろん、胸部背部のボディ、腰、足首、全部が護られている。あと二ヵ月はプロテクターが軽負担《ライトドゥーティー》仕様に換わることはない。インディサンタは鼻にテープを付けている。業界用語にいうネーザルストリップ、これは鼻孔を広げて、馬の呼吸を楽にさせる。本番では使用できないがもちろん調教時には問題ない。馬は楽になりたがっている、とヤソウは考える、いや楽に走りたがっている、このインディサンタは。俺が騎乗することでもっと面倒を減らしたいって、そう願うはずだろ。俺、プロテクター装備で重いし。それだけで面倒だし。その面倒が、本来の面倒をずんと減らしてやれるんならば、信頼される。

走る。

馬のことを考えて走る。

考えて、インディサンタと意思を通じさせる。指示を出す。回れ。落ち着け。行け。跳ぶな、いや、跳べ。そうだ、襲え。いいか、襲う寸前だぞ。寸前でとめる、寸止《すんど》めだ。よし。

二頭で、三頭で、練習馬場を駆ける。最初は「いかに絶対的にルールに抵触しないか」を学ぶ。それから「いかに抵触しないで仕掛けるか」を学ぶ。それから「いかに周りの馬たちを翻弄しつつ、最大速度を出すか」を教え込まれる。そこからラフさが始まる。さすがに週に三、四度は落ちた。しかし、その落馬頻度は少なさの点においてトップスリーに入った、ヤソウは。落ちると、痛《いて》えな、と思った。プロテクター越しの鈍痛がある。インディサンタの後《うし》ろ肢《あし》に蹴り飛ばされかねず、それ以上に、並走している馬たちの炭素繊維蹄鉄《ていてつ》を打ちつけた蹄に踏み潰されかねず、ただちに横手に回転して距離《へだたり》を確保し、避難することを覚え込まされた。その競馬用の受け身はまさに体術だった。これらの訓練は午前中で、地面に転がるとヤソウは空を見た。瞬時に眼差しで刺し、切って奪《と》るように仰ぎ見た。

　正午になる前に訓練はやむ。夏季は、午前十時を過ぎれば早《はや》やむ。馬に暑気を避けさせた。あとは夕方、わざと日没直前までを選んだ訓練があって、これはいわずもがなきらきら《トゥインクル》レースを想定しての慣らしだったが、具体的にナイターに合わせた練習、シミュレーションはまだ先だ。ヤソウとインディサンタの場合は、まだまだ先だ。昼食は、街に出て摂《と》る。勝島一丁目かあるいは南大井一丁目、その南大井一丁目ではラーメン屋が数軒、似たような方向性で競い合っている。中華麺のみならず米麺のラーメンも提供し、その米麺も平たいものと断面が丸いものの二種類、注文時にオプション選択できるシステムを採っていて、しかも営業開始は朝六時から、「大井シティの新ブームは、アジアンな朝ラー（朝ラーメン）です」を謳っていた。「夜更かし後の、〆の一杯にも。

ビバ眠らない街！」と謳っていた。中国の揚げパンともいえる油条がその朝ラー時にはサイドディッシュに付いた。トッピングも変わっていて、もやしは別盛りで供されて、他にはバジル、スペアミント等があった。ヤソウは、数軒あるうちの二軒のラーメン屋を選んで、この七月からは火曜木曜たまに土曜と週に二、三回、順に足を運んでいた。そうやって昼、しながわ区民公園のかたわらを通ると、上空には必ず凧《たこ》が揚がっていた。柄はカラフルで昆虫や鳥を象《かたど》ったものが多い。

　厩舎には午後一時前には戻っている。馬たちは休みつづけている、が、寝てはいない。夕方の訓練再開までに眠る馬というのはほとんどいない。もともと馬の睡眠時間は短いし、横になる時間はさらに短い。インディサンタは扇風機がゆるゆると攪拌《かくはん》する冷房を浴び、立ちながら何時間も休息する。ヤソウはじかにインディサンタの世話をせずとも、午後遅めからと明朝に世話するための仕込みをもろもろ消化《こな》し、それから講義の第二部、馬抜きのそれに出る。この一月一日以降にリクルートされたという意味合いでの同期たちと、それをいっしょに受けた。それから開始時間が季節によって変動するにもかかわらず通年でアフター5《ファイブ》と呼ばれている日没直前の練習の、およそ一時間前から、インディサンタと触れ合う。すでに昼食前に念入りにしてやったことだが、四肢を冷やし、全身を洗い、揉《も》んでやる。皮膚の感触は馬の第二の脳味噌だと感じる。本来の傾向とそこからの偏りがわかる。そしてアフター5、再び人馬は走る。それが済むと、夜だ。厩舎から宿舎に戻る。夕飯は宿舎の食堂で摂ることもあるがヤソウは街なかで済ますことが多い。就寝時間はさまざまだった。ヤソウは馬のように、寝床に横にならず転《うた》た寝《ね》する術に長《た》けてもいる。

　二〇二六年七月二十九日、水曜日、その日は午前中にコーナリングの特訓があった。本馬場《ほんばば》ではコーナーの内側の斜度は三パーセント、これが通常のレースに用いられるのだが、将来的には高機能脚馬たちのレースには高張力鋼《ハイテン》による砂地の下の地面の底上げ、斜度が三パーセントから三〇パーセントまで可変の設定、というのも見込まれていた。大外《おおそと》を回れば順位はたちまち入れ替わる、そうした可能性がある。サラブレッドたちは、その馬体をブウーッと唸らせながら傾斜を駆けあがり、ほとんど雪崩れ落ちる。攻める競馬だった。落ちながら翔びもできる競馬だった。しかし馬の格闘技にしてはならなかった。自走クレーン併用の傾斜即製マシンを前に、まずは遵守すべきフォーメーションが指導された。どう抜いたらいいのか、抜いて、内から外に回ったらいいのか、大外のポジションが自然に取れない場合にはいかに譲るか。そして駆け降りる馬の躱《かわ》し方は。他の馬を中空から蹴って、叩きのめさない方法は。ヤソウは、頭に入れる。ヤソウは、体で覚える。沁み込ませる。ヤソウは、騎乗するインディサンタにも同じように沁み込ませる。ヤソウは知った。俺が踏ん切りをつけないと駄目だ、俺の腹がしっかり据わらないと駄目だ、俺が、躊躇《ためら》うっていうのか？　そういうのをしたら馬にうつる、馬に感染しちゃって、遅れる。ヤソウは一秒どころか零《れい》コンマ以下の遅れであっても致命的なことを悟って、逡巡《しゅんじゅん》を避けるためにイメージする。イメージ、俺は最初から踏ん切っているんだし操られる馬も思い切っているんだ、このインディサンタは、ヤソウはそう思う。ヤソウは脳裡に見る。コーナーを回り切る画《え》、地面に対して反《そ》りあがるのはこの曲面で、しかし視界は曲面にならない、駆けている間は歪みなんて感じない、目を据える、据えられている、それは四つの目だ、俺とインディサンタの、この二歳の牡馬のも、合わせて四つの俺たちの目はブレない、地表の、コースそのものがカーブする、そこに一〇パーセント以上の斜度を足してカーブする、駆けあがる、前へ前へって疾走して、まだブレない、ほら四つの目で水平と垂直の二つの線を、軸を、叉《はさ》んでるんだぞ、ブレるもんか、そして、ほら駆け降りる。

こうだ。

回り切れるイメージ、それがヤソウの脳裡にある。ヤソウの馬は明らかに他の馬よりもはやばやと心理的な負担を減らした。操られる通りに駆けた、つまり逡巡しない。瞬時も尻込みしないで、ヤソウの抱《いだ》いているイメージをなぞる。

そのように順調に馭されていたのに事は起きた。二つのイメージが重なる、という予期せぬ事態がいきなり生じた。きわどいところでヤソウとインディサンタは事故をまぬがれたのだが、これはその、二つのイメージの重複がヤソウの脳内にあって、だった。

そのおかげだった。大外に上がりかけた刹那《せつな》に前肢《まえあし》をもつれさせた並走馬がいたのだった。ダ、タダダッ、タダッと馬蹄を不吉に鳴らしたのだった。訓練生たちに与えられていたフォーメーションは崩れた。そして、不吉さの演奏者である馬はヤソウとインディサンタの前に、ほんの手前に落ちてきた。雪崩れ落ちが予定を遥かに先駆けて、起きた。それはヤソウのイメージにはない。ヤソウの頭の画《え》にはない。タイミングが全然違う、その時だ、別の馬に阻まれた場合にコーナリングをどうするか、いかに危険を回避するかと考える前に、二番めのイメージというのが出現したのだった。ヤソウの脳裡に、これもまたダ、タダダッ、タダッダダダッと、もつれの律動を踏みながら湧いたのだった。それは、視野に、並走馬の失態を黒い影の出現、雪崩れ落ちの始まりとヤソウが認識すると同時に、湧出した。生き物であることは鍵だった、生き物がふいに横手から暴走してきて、じき衝突するだろうと察知されたことが鍵だった。その生き物が獣《けもの》であることが鍵だった。以前ヤソウには体験があった、突進する獣との衝突の危機、しかもヤソウは騎乗している、馬だ、馬に乗っていた。その体験がイメージとして、二つめのイメージとして抽《ひ》き出された。二つはどちらが主だとも主張せずに重複した。それからずれ出した。ヤソウは、ここ東京ネオシティ競馬場に来てから沁み込ませたのではないイメージのほうを追った。そちらのほうに肉体を反応させた、そして馬も。正しかった。以前、ヤソウは逃れられていた。同種の衝突を、すなわち猛進する獣との触突《しょくとつ》を、事故を。

インディサンタは見事にアクロバティックに動いた。その人工腱の能力を最大に活かして、駆されるままに動いた。人馬は一体だった。ヤソウが切り替えたイメージはそのサラブレッドも転輸《てんてつ》してなぞるイメージとなったのだ。

引き金の馬が転倒する。ダ、タダダッ、タダッと不吉に蹄を鳴らした馬が。二回転、三回転、その前に騎手が落ちている。プロテクターが、ぶぷっと押し潰されたような異音を発した。ヤソウの、つまりインディサンタの後続の馬の二頭めが引っかかり、これは騎手だけが投げ落とされる。

笛が鳴った。

ヤソウはとめる。馬を。一分、二分かけて、並足《なみあし》に変えさせて、それから。

ヤソウは下りる。見回した。自分はやっぱり東京ネオシティ競馬場にいるのだ、とわかった。勝島二丁目のそこにいるのだ、とわかった。

しかし視界に猪を探した。それを避けたはずだ、と。たった今、そうしたはずだ、と。飛び出してきた、森の側からだ、凄まじい巨体の猪が。まさに猛進して、まさに猪突猛進して、それを俺はやり過ごしたんだ。俺は、そうだ、そうやって回避したたってことをなぞった。以前のイメージを。前回もそうしたことを。何年前?

ヤソウは、あれはただの猪だったたっけかな、と思う。

あれは猪豚《いのぶた》だったんじゃなかったかな、と思う。

いや、わかんないけどな。でも、あの森にいるのは、けっこう畜舎からの逃走系や解放系家畜の、豚との、だからもともとは食肉用の豚との、交雑が進んでるのばっかりで。うん、自然に番《つが》って。だから猪豚のまつえいとかだったんじゃないかな。

ヤソウは、そうした思いの内側にありながら、その二つの眼《まなこ》に、平地を見る。

ヤソウは過去に立っていて、だから視界には森の平地を、カウボーイの牧場を収めている。

広大な牧場を。

ヤソウは、見回す、眺めわたす、現在の東京ネオシティ競馬場に重ねて過去を。牧場の、北の縁、東の縁、それから南と西の縁を。四方《よも》の周縁は全部、放っておけば育ちに育つ、森だ。かろうじて確保されているのが牧場だ。そして牛たちが植物を食《は》んだ。ほら、食んでいる。放牧される牛たち。いる。それを管理していたのが馬に跨《またが》ったカウボーイだし、俺もそうだし、そうだったし、馬はサラブレッドだ。血統馬かそのまつえいだ。

そして、放牧の仕事のその真っ最中に、うん、暴走する猪が出て。転がり出てきて。で、俺は避けて。避けられたんだった、あの時。

あの時かあ。

十五歳、だな。俺。一昨年？

牛がいる。ヤソウはまだ見ている。難局を救った二つめのイメージのほうが未《いま》だヤソウを駆動した。

植物を食み、食みながら牛たちは被曝して、被曝しながら土地を浄めた。

平地を浄化した。

平地を除染した。

その牛たちを、繁殖させたんだ。カウボーイが。カウボーイに賛同して、心酔して、カウボーイのところで働いている三桁超えの人間たちが。森の人間たち、それから俺が。

ヤソウの目に、研究施設が見える。森の入口の、平地のその端っこに点在していて、方位としてはもっぱら西に集中する。

医療関連施設が見える。これは平地の内側に。いわば森の、「町」に。

フランス人の姿は見えない。これは全部、過去だ。

一昨年ならば二〇二四年。

記憶を見るのはそこまでで、見るというか記憶の内側に立つのはそこまでで、ヤソウは、もちろん眺めわたし切ったら現在に戻った。しかし疼きは残った。夜、それは七月二十九日の夜だったが、厩舎を出て帰路に就《つ》き、最初にタガログ語を耳に入れた瞬間に、ああそうかという納得が訪れた。ヤソウは、タガログ語がわかるわけではない。というか全然わからない。それどころか大井シティの街頭に飛び交うマレー語、ベトナム語、ベンガル語、その他のどの言語もほぼ知識がない。しかし、そうした異国語の混淆状況そのものがヤソウを大井シティに馴染ませている背景の有力な一つなのだった。馬以外にも、馴染む要因はあったのだ。そうかあ、と驚いた。森で、ヤソウは、確かに何人《なにじん》であろうと見た。もちろん多いのはアメリカ人とフランス人、それからオーストラリア人、ロシア人、または「国際交流事業」拠点に屯《たむろ》するイギリス人、といったところで、だから飛び交った異国語は主に英語、フランス語、ロシア語だったわけだが、他にも海外メディアがしばしば牧場には入った。カウボーイの取材に来た。だからヤソウは、片手の指で数えられる以上の言語に触れていた。そうなんだよなあ、とヤソウは思った、俺、移民の友達のがもっぱらアジアの言葉だからって、この大井シティがそういうとこで森に似てるなんて、考えもしなかった。

知らない言葉がいっぱい周りにあって、俺、安心してるのか。

大井シティはその競馬場主導の都市開発において、移民たちを排除するどころか受容れ態勢をむしろ調《ととの》えるという、東京都区部の他地域とは異なる展開を見せた。開発機構内の非公開の標語は「国外があったればこそ、国内あり」だった。そこに魅力的な国内、すなわちニッポンを現出させるために、勝島、東大井、南大井という東側には京浜運河を境界線として持って西側にはＪＲの東海道本線および京浜東北線の鉄路地帯、すなわちボーダー線《ライン》を有した地域は、計画的に東京一安全な移民街を作り入れていった。

自然発生する移民街では、治安に対する憂慮が持たれかねない、と事前に判断、想定してむしろ異国情緒《エキゾチズム》と安全性とをコマーシャルに利用する方向に進み出た。そこには実に豊かに国外があって、かつ、だからこそ未知で魅惑のニッポンが見出されます、としたのだ。多様な文化的豊饒、たとえば国際色が数多の食。しかしエスニックレストラン等が多数軒を連ねているというだけではオリンピック維新後の時間にある東京では売りにならない。戦略的な移民街の構築は大井シティならではのカレンダーを生んだ。暦だ。紙のものには壁掛けカレンダー、卓上カレンダー、それから大手の文具カンパニーが数社競合するスケジュール帳と日記の市場《マーケット》があってデジタル・ディバイス用には多彩なソフトウェアがアマチュア開発者《ディベロッパー》のも交えてリリースされている。そのカレンダーはもちろん日本で使えるカレンダーであり、しかし同時にイスラム暦、ビクラマ暦とシャカ暦という二つのインドの暦、タイその他で用いられている仏暦、等々を組み込み、西暦はただ単純な基盤《マトリクス》に据えたものと化した。その結果、何が起きたかといえば祭日が激増した。東京一、安全な移民街の大井シティには、月に平均二十回ものお祭りがあるのである。もともと大半はキリスト教徒ではないのに大々的にクリスマスを祝い、またローマの聖人バレンタインの記念日をチョコレート業界の躍進に結びつけ、アングロサクソン系の民族の祝祭であるハロウィンにも大々的に触手を伸ばし、また、同じ国内でも二十世紀のほぼ終わりまでは大阪地方に限られていた恵方巻という習慣をいつしか全国区の伝統に変えて、食べて祈る、というスタイルを確立させたり等してきたニッポンだからこそ、この発想は生まれたのだったし、しかも、もちろん成功した。もちろん東京ネオシティ競馬の開催スケジュールはこれらのカレンダー上から外されることはなかった。あらゆる祭日に優先する勢いで、太々と印され、または馬マークを華麗に付した。この、大井シティのカレンダーは全体的に月齢を重視していた。満月には異なるエスニックグループのお祭りが重なって、賑やかだった。ちなみにカレンダー登場の初期には「牛の日」というのもあった。それは土用の丑《うし》とは無縁の、聖《きよ》い生き物としての牛の日だったが、日本人はどうしても食べて祝おうという発想から逃れられずに焼肉屋が繁盛してしまったために、結局カレンダー掲載は中断された。

大井シティの開発機構は、楽しさだけの演出では不足する、とも正確に読んでいて、移民たちのデモはひそかに歓迎した。ひそかに組織して、デモを大井シティの風物詩にした。確かに東京でいちばん安全なのだが、それでも移民たちは不満を持っているのだ、実情はシリアスなのだ、そうアピールした。しかし外部には見えない形で、予想される不満の芽は大抵しょっぱなから摘まれていた。公的医療の制度的格差、がそれで、これは独自ラインで提供される集合住宅に入居すれば、住民健康保険が適用される専属医にかかれる、等で対処した。この事業に、もちろん、東京ネオシティ競馬インクは出資していた。また大井シティでは薬局も充実していて、移民たちの生きる地盤を調えた。ここまで快適に迎えられるのだから、移民たちは来た。その街角という街角に馬のモニュメントがある、児童遊園には必ず鑿《のみ》で刻まれた巨大なサラブレッドの石像のある、大井シティに。大井シティには、他の街で見られる類いの当たり前の娯楽施設ももちろん揃い、それは眠らない街の賑わいに貢献しているのだが、しかしながら馬を、馬たちのレースという中心的娯楽を単に補完しているとのスタンスからは決して外れない。

ヤソウは鮫洲駅に程近いブリーディング・ビルの一つに向かう。「ハイブレッド鮫洲3」、食堂街が地下にある。一階から下りられる階段が三つあって、それがホールに螺《ら》旋《せん》状に続いていて、そして食堂それぞれの仕切りがない。一軒ずつの壁がない、地階にもかかわらず開放的な空間だ。ハイブレッドとは、馬でいったら純血種、高貴《ハイ》な血だとヤソウは聞いた。そしてブレッドとはブリードという英語の動詞が変化した形で、そのブリードは飼育する、とか繁殖させる、といった意味だとも教わった。ブリーディング・ビルには移民たちの入居が大井シティ開発機構の働きかけのもとに行なわれていて、もちろん審査は厳しいのだが好条件が揃う。住民健康保険はいわずもがな、その他の保障も手厚い。ただし、一つのエスニックグループで建物内がまとまることは許されず、それどころかミニマムで七集団は同居した。しかも日本人もいた。境界の抹消、がテーマに掲げられていた。そして居住の階《フロア》が操作される、これは昇順と降順がある、最上階に日本人たちが集住している場合とその逆、地上階を日本人ばかりが占める場合。ここから、前者ならば最上階のその一階下、二階下から移民たちが混住しだし、最初はタイ人ならばタイ人という一集団だけ、じきに二、三集団となって人数の点でも割合を増し、地上階にはバラエティ豊かなエスニックグループのみ、日本人はいない、という形を採る。後者はその反対に、上層にあがればあがるほど日本人は減り、消える。何かのグラデーションが意図されている。だが差別的なニュアンスはなかった。もっと実際的、もっと機能的だった。

「おす」

カレーを食べているとココピオは現われた。赤い野球帽をかぶった日本人の子供、今は十三歳だと正確に知っている、実際に訊いたからヤソウは知っている。家族を連れていた。老人を一人だ、見たところ七十歳は超えている。七十翁。

「あっ、カレーだ」とココピオは言った。「何カレー？」

「メカジキ。魚のカレーだよ」

「そうじゃないの。ねえヤソウのお兄さん、それインドのカレー？　それともタイの？」

「ネパールの」

「げ」

老人がそのやりとりに割り込んだ。「ネパールのカレーなのに、淡水魚じゃないメカジキを使ってるのは、どうなんだ？」

「どう？」とヤソウ。

「伝統的な料理だと言えるのか？」と老人。

ヤソウはココピオに訊いた。

「今日のお祖父《じい》ちゃんか？」

「そう。本日、七月二十九日の僕の祖父であります」とココピオは言った。

「どうも孫がお世話になっております」と老人は言い、「で、お若い方、ネパールは内陸国のはずだ。ヒマラヤとかの辺りだろ。海はない。それが、海水魚のメカジキを調理していいのか？　どうだ？」と続けた。

「グローバル化じゃないの？」とココピオが言った。

「なんだ？」と老人が言った。

「美味《おい》しいですよ」とヤソウは言った。「この魚、窯焼きで。相当いいですよ。しかもほら、トマトでしょ、ピーマンでしょ、生姜《しょうが》に玉葱《たまねぎ》、かなり健康的でしょう？」

「だな」覗き込んで、老人は答える。

「お祖父ちゃんさ」とココピオが語りかける。「そろそろ、お祖父ちゃん、やめたら？」

「なんだ？」と老人。

「そろそろ、元祖父《モトソフ》になれば？」

「それもそうなんだが……」老人はふいに煮え切らない口振りに変わった。「しかしだな、祖父としての、祖父ならではのひと言として、料理の伝統についてはだなあ」

「言いたい？」ココピオが尋ねた。

「言いたいんだよ、お祖父ちゃんは」

「メカジキって、どんなです？」ヤソウは言った。

「お若い方、知らんか？　でっかい海の魚でなあ、こう、びょーんて伸びてるクチバシみたいなのがあるんだよ。あれは何て言うんだ？　鶴嘴《つるはし》か？　そんなわけはないか。まあ、そういう、口が伸びてるからでっかいんだな」

「わかりました。でっかいんですね」

「三メートルある。いや四メートル」

「でかいですね」

「やばいんだ」と言って老人はニヤッとした。

「美味《うま》いですよ」

「美味いんだ」と老人が反復した。「それで、孫はわたしに、何か言ったか？　グローブがどうした？」

「グローバル化」と、バル化の部分を強調してココピオは言う。「海がないところに海の食材がないなんて、それ、ないし。四十年前からないでしょ？」

「然《しか》り」

老人は言って、それなりに納得したという表情をした。しかし、なんで四十年なんだ？　四十年前っていったらお祖父ちゃんは三十一だぞ、いや、それはこのお祖父ちゃんじゃないな、俺だ、リアルの俺だ、俺、もうお祖父ちゃんやめるわ。ココピオは、若干遅すぎ、と言う。ヤソウのテーブルに二人は座り、老人のほうはヤソウのおしぼりを無言で拝借して指さきを拭い出す。丁寧に清めている。ヤソウは「ハイブレッド鮫洲3」の地階で、ココピオを待っていたのだった。電話があったのではない、人づてに受けたメッセージだった。今晩待ち合わせようよ、ここで。メッセンジャーは非番の父親だった。非番とは、今日は誰の父親もしていない、ということだった。そんな日だから東京ネオシティ競馬場の警備員のローテーションに入っていた。副業で競馬場にいるパパたちは多い。祖父をやめると宣言した老人はコンタクトレンズを外した。それから補聴メモリも外した、ヤソウの前で。左耳のもの、右耳のもの、と順番に取り外す。ヤソウはなんだか耳から脳味噌ひっぱり出してるって感じだなと思う。

「今日の僕はね」とココピオがにこにこ言った。「文彦だったんだよ。文彦君」

「フミヒコ？」ヤソウが復唱した。

「文《ふみ》！　なんて祖父に叱られたりしてさ。うふふ。しかしながら、文彦は消滅するのであった」

「そうだな」と老人がひき継いだ。「情報のレコーディングの様態だが、確認、三……二、一。目、よし。耳、よし」

　家族は解体した。

　じゃあなココピオ、老人は腰をあげた。また孫になる日までな。ヤソウは、あれ？ここで食べないんですか？　そう訊いた。すると老人はガールフレンドとの先約があると言って、右手の三本の指をうにゃりと擦《こす》らせる妙なゼスチャーをした。それから、そうだメカジキだ、続きだ、と言った。お若い方、メカジキの生態だぞ、俺は「やばい」って言っただろう、そうなんだ、狂暴なんだよ、バイオレントっていうのか？　他の魚を襲うんだよ、魚を襲撃する魚、しかも自分よりもでっかいやつを平然と狙うの、こう、口を、と言いながら老人は、突然ガアッと自分の口を開いた。わっはっはと笑った。でっかいのがでっかいのを、殺《や》るぞぉ、そう言って立ち去った。

「魚類も格闘技だねえ」

　感心しきりにココピオが言った。

「ギョルイって？」

「お魚」

「馬もだぞ」とヤソウは言った。

「あ。そうだったそうだった、そうだったね。でもさ、ヤソウのお兄さん、お兄さん凄いよ。かなり馴染んだねえ。最初はパドックっていったって知らなかったのにねえ。うふふ」

「やっぱり馬は馬でな。馬だったからなあ」

「そして競馬は、ダートの格闘だ、ってね」

「いや、格闘技にしちゃ駄目なんだよ」

「そうなの？」

「そのために指導されてる。猛烈な指導。難しいんだなあこれが」

「でもさ」

ココピオは、カレーは頼まなかったが平《ナン》パンは注文した。それでヤソウの魚カレーを分けてもらう。コーラも注文する。ヤソウは水を飲むだけだ。二人の周囲ではロックアイス入りのビールを飲んでいる人間が多い。東南アジア系の、特にベトナム人の習慣が広まっていた。地下食堂街のそのホールには柱が八本立つ。螺旋階段が三つ、店は営業しているものが九軒ある。仕切りがないから店ごとの固有の調理臭は混じり合い、客は開《ひら》けたホールのどこのテーブルで食べてもよい。ヤソウたちの横の二つ隣りのテーブルでは三十歳前後の日本人女性が玉蜀黍《とうもろこし》を揚げたものを黙々とつまんでいる。ヤソウの知っているママではない。擬似家族集団の構成員ではない。

ココピオは、お兄さんの評判は聞いてるよ、とヤソウに言う。

「なんて」

「なかなかに有望なり、とか」

「なり、か」

「あのね、僕よかったよ。ヤソウのお兄さんに才能があって。僕、才能がある人は仲間にしたいさ。まあ、僕たちは全般的にそうだね。そういう傾向。うん」

「僕たちって、ココピオと、その家族か？」

「そ。脱落しなかった家族。ちょい説明《セツメー》付け加えるとね。あ」と言ってココピオは、いきなり揚げ玉蜀黍とは反対側の三つ隣りのテーブルを視線《め》で示した。「あの人の、エッグカレーだよ。――た、卵！」

「卵が、どうした。珍しいのか？」

「ううん。しかし僕は興奮してる。ちょっと説明《セツメー》できないなあ」

「まるまるの卵だな」

「ゆで卵。隣人よ、ちょっとテーブルが遠い隣人よ、愛おしみながら卵を頰ばれ。あのさ、ヤソウのお兄さん、バングラデシュ人の歌手はさ、昔ながらの歌手さんの、シルピーとかって人たちはさ、卵を食べないんだって」

「どうして？」

「声に悪いんだとか喉に悪いんだとか」

「へえ」

卵、ウラン、とヤソウは思った。なんだ俺、憶えちゃったのか、ウランのらんが卵だって。それから、ココピオ、この、こいつらの家族たち、と思った。東京ネオシティ競馬場と移民、多言語と続けざまに連想した。ハイブレッド、ブリード、ブリーディングと響きが脳裡で連なった。ヤソウは、なんだって東京は、と思った。東京は、こうもいろいろなんだ？　まだまだ深そうなんだ？　ココピオが何かを言っている。「お兄さんて、一つの、卵って気がするな。僕。うん」と言っている。意味がわからない。ココピオは続けて「お兄さんの上京って、なんだろうなあ」と訊いてきた。ヤソウは、なんだろうなあ、と応じた。少しまじめに考えて、「物珍しいんだよ、俺。上京した俺には」と答えた。しかしそれも生返事だった。違うことに捉われていた。疼いていると認識した。ココピオが何かを察した。察知した。そして「また鯨のことを考えてんの？　ヤソウのお兄さん」と尋ねた。

「考えてるよ」

ヤソウは、言った。

テーブルに載っている平《ナン》パンとカレーの皿をわきに退《の》ける。冷水のグラスも。ヤソウは、普段穿きにしているカーゴパンツのその六つあるポケットのうちの一ヵ所、右側の太股のそれに手を入れる。さらに内部にヤソウ自身の縫ったポケットがある。小さな七番めのポケット、ケースはそこに収納されている。縦横は十一センチと三センチ、航空機の構造用材料などに使われる超々ジュラルミン製で、しかし印象はむしろ寒天《かんてん》のようだ。どうしてだかゼラチン状の寒天のようだ。ケースは、前説なしに卓上のスペースに置かれた。ココピオが、これは？　という眼差しをヤソウに向ける。

「生きてるんだ」とヤソウは言った。

「何、これ？」

「菌糸だ。あのな、生きてるけれども休眠している生物兵器だよ。新開発すぎて存在しないことになってる。そしてバイオロジカルなだけじゃない、もろもろ足されてケミカルにもなる。化学物質の扱いこそが絶対に要る。つまり、だから、ＢＣ兵器だよ」

15　依然として小説家

二つの光景をサイコは見ている。鷺ノ宮がそこにあるのだが鷺ノ宮のその向こう側にはディスプレイがある。鷺ノ宮は視線を動かしてもサイコの意思通りには風景は変わらないがディスプレイはその、どこが見られるか、は変わる。鷺ノ宮は立体視されないが、ディスプレイは現にそこに在《あ》るから当然、立体視されている。その二つの相違を体感として摑んでいるかぎりサイコはいわゆるモニター酔いをしない。

サイコは分身に集中している。

サイコは分身に乗っている。

そのドライビングのために左右の足でペダルも踏んでいる。これは比喩ではない。

サイコは鷺ノ宮にはいないが、分身はもちろん鷺ノ宮に、東京のそのエリアにいる。

サイコは分身を「実体さん」と呼んでいる。暫定的に、そう呼んでいる。ベトナム人だ。移民、だけれども国籍《ナショナリティ》はもしかしたら日本であるかもしれず、だとしたら実体さんは日本人で、けれども人種としての実体さんはやっぱりベトナム人で、愛らしい二十歳《はたち》前後の女の子で、だとしたらナニナニ人《ジン》というのは何なのよとサイコは目もとに皺を寄せた。するとマーキングが狂った。文字変換のための自動照準が、それを指令《コマンド》だと読み違えた。

舌打ちしそうになって、舌打ちこそ問題だ、とサイコは自戒する。

いけないいけない。あたし雑念ちょっと多すぎ。

そう意識化するよりも前にサイコは雑を排した。もう集中していた。さらに強度をあげて。じわりと汗が滲《にじ》み出す。サイコは、そんなふうに汗を掻《か》きながら鷺ノ宮に出現している。Pという名乗りで現われ出ていて、いつものPでは全然ない。代役たちに動いてもらって知見を得て、すなわち受信して、のち、ネットワーク上で発信する、そうした遅滞《ラグ》を完全に遠のけた。サイコは鷺ノ宮を見ているし、聞いている。鷺ノ宮にいて語ってもいる、けれども実際に口を開いているのは実体さんだ。実体さんが汗を掻いているかどうかはサイコにはわからない。そこは感知できない要素だ。それに、たとえ、汗を流していたとしてもサイコの流し方とは意味合いが変わる、きっと。暑気というのが影響して、それで汗を滲ませるのだ。だからじわりとは掻かずに、もしかしたら、つつっとか、つー、とか流しているのだ。

サイコは両手を走らせる。手の、その十本の指を余さず。キーボードに走らせている。

それから三点のインターフェイス。EとTとF。

Eは目《アイ》だ。

Tは舌《タン》。

Fが足《フット》だ。

実体さんに語らせるためにこれらEとTとFがあって、言い換えるならばサイコが鷺ノ宮で高梨と、あるいは他のいろんな人間とライブで語るためにこれらがあって、キーボードという最大の道具《ツール》を補完している。速度の面での補完だ。援護だ。サイコは、そもそも打鍵は高速だ。しかし当たり前にキーボードを打つだけで発汗したりはしない。打鍵にそこまでの運動量はない。しかもサイコは指ではひらがなと数種の符号類だけしか打ち込まない。ほとんどキーの表面を撫でるようなスムーズさで、うわああたしたちでーとしてるねえ、と打ち、このこって？　と打ち、もくてきあかしたらそうさにならないでしょ、と打ち込む。ひらがな、それから長音符号、それから疑問符。長音符号はそのままカタカナに変換するための誘因《トリガー》とされる。でーと、の「ー」がそうだ。これがカタカナ単語をいわゆる〝炙《あぶ》り出し〟にする。しかし大半はそうしたオート判定の指定には拠《よ》らない。Eのインターフェイス、つまりサイコの眼球と目頭《めがしら》と眉の動きが追跡される。ディスプレイ側にカメラが内蔵されていて、それが入力者の顔の上半分を見るのだ。見ながら精査し、しかも、入力者の利き目がどちらなのか、等のデータが精度を補う。注視、それも利き目を判定の基軸とした注視、それこそマーキングだ。これによって〝弾《はじ》き出し〟をされた単語、あるいは文節はひきつづいてTのインターフェイスで固定される。舌打ちだ。一度だけならば単なる固定、二度ならばカタカナに変換。その、専門的には吸着閉鎖音と呼ばれる舌打ち音《クリック》は、これまたディスプレイ側に内蔵されたマイクに拾われている。マイクは高度指向性で、しかも口の位置がずれた場合はカメラと連動して微修正に入る。カメラはこの時、入力者の顔の下半分を見るのだ、そしてカメラに最新情報を提供するから雑音には煩わされない。もちろん舌打ち以外も音響活用系のインターフェイスの誘因《トリガー》に設定可能だ。たとえば「変換」「変換」「変換変換変換」と声に出す人間も相当数いるが、これは明らかに時間的にコスト高だ。有声音は遅い。圧倒的に遅い。だからサイコは、そしてサイコと同種の考えを持った入力者たちは、声帯にはいっさい頼らない。だからTのインターフェイスが用いられた環境では、ツ、ツ、ツツ、ツ、ツツ……と小鳥が囀《さえず》るように舌打ちが響く。

この段階までで、キーボードという道具《ツール》を支援するインターフェイスは二点。EとT。

それから三点め。F。

普及しているのは両足型だが片足型もある。また両足型を片側だけ機能させる等にも制約はない。サイコは両足型をそのまま両足で使っている。サイコは踏んでいる。まさにペダルだ。サイコの、つまり入力者の、足の裏側の動きが高感度センサーで捕捉される。土踏まずの前側、マニュアルにいう「前底部《ぜんてい》」が漢字を出す。ひらがな、それからカタカナを意味《ミーニング》に凝縮した候補群、これを爪《つま》さきで選ぶ。漢字の候補群は、対象となる単語や文節の付属領域にボワッと浮かぶ。しかも爪さきのフォルムというか足の指の位置をなぞるように出現するので、選択操作はじつに感覚的だ。このFのインターフェイスは実際にペダルという名を冠していて、商品名はいろいろだが総称はCCジェネレータ・ペダルだった。CCとはChinese character――漢字のことだ。

EとTとF、そしてFにCCの発生を委ねて、高梨が認識するところのPは分身に乗る。分身をドライビングする。そのドライビングのためにペダルを使用していることが運動量を増やした。自動車のアクセル、ブレーキの二種のペダルとは違った。爪さきはおおまかに親指側と小指側に分けて制御部《コントローラー》の役割を持たせることが可能だ。もっと習熟した人間だと、親指と人差し指と中指、それから一つ置いて小指と、片足だけで四本が使える。左右だと合わせて八本。薬指だけは概してどんな人間も反応が弱い、だから初めから設定もできない。サイコは右足のほうだけ最大限の四本の指を設定して、左足は普通に親指側と小指側、の大雑把さを選んだ。あえてアンバランスにした、経験的に、そうしたら効率が増した。とっとと漢字を選び取っていけるのだった。大脳に役目の異なる二つの半球があることと関連するのだろうなとサイコは漠然と推理したが裏付けは求めなかった。二〇二〇年代の前半には瞬《まばた》きを用いて漢字を選ぶのも流行し、すなわちEのインターフェイスへの高依存現象が目立って、それは今も主流を占めてはいたのだがサイコは「でも、遅い」と一蹴した。「それに、あたし、いちいち漢字にウインクする趣味ないわ」とも。サイコは、そういうのはある種ひらがなとカタカナの文明化にいちいち挨拶を飛ばすような行為だとも感じたのだ。その手の理屈まで添えて一蹴した。

表音文字が、内包されたデータ量の面において異次元に属する表意文字に変じるフェーズには、足。これがサイコの判断だった。

だからEとTとFによる三点のインターフェイス構成だった。

そしてメインの道具《ツール》のキーボード、必須のディスプレイ。ディスプレイには内蔵されたカメラ、マイク、もちろん中央処理装置《CPU》。

これらが連動した。

そこにサイコの身体も連動するのだった。その手の指が、ひらがなを生む。瞳と舌さきが主にカタカナを生む。両足が漢字を発生させている。並みの速度ではない。そして、いわゆる大きな筋肉が疲れるというのではなかったが、全身を相互に関係づけることで、なかでも両足はアンバランスな負荷をかけさせて右側の四本の指と左側のおおよそ爪さきの両端を操りつづけることで、小さな、体内《インナー》の筋肉が敏捷《びんしょう》に精密に働いて、つまり動かされて、サイコはじわっと汗を掻くのだった。

じわりじわりと。

そのサイコのいる場所は冷えていて、ちゃんと適温で冷房がある。冷房のための電気は、森の、河川網から得られている。小規模水力発電装置がこの森という巨大な被災地《エリア》の、市街地以外を生かしている。

だがサイコはその身体が森にいても、意識はその分身とともに鷺ノ宮にいる。視覚、聴覚の二つの感覚も。サイコは実体さんが見ているものを見て、実体さんが聞いているものを聞いているのだ。そして語りたいことを実体さんに語らせているのだ。台詞の打ち出しの速さを武器にサイコは分身を作っている。高梨と対話《やりとり》できるものを。

二つの光景の、手前側が鷺ノ宮だ。

真夏の鷺ノ宮。そこもまた森と同様に夏。高梨はピザ屋に入った。サイコの、というかPの実体さんの体調に配慮して水分の補給を考えたのか、あるいは単に自分の喉が渇いたからか、ピザ屋に入ってドリンクを注文した。二人ともドリンク、食べ物はない。サイコは、実体さんに物を食べられてしまっては口の優先権を奪われる。もちろん食べ物の種類にもよるのだが。

「うわああたしたちデートしてるねえ」とサイコは言った。Pが言った。

「なんだよ、それ。そんなこと、この子に言わせるなよ」

「この子って?」

「この。ベトナムから現われ出《い》でた麗しの、っていうの? 乙女さん。うーん、今日はスムージー日和だなあ」と高梨は手もとのドリンクを指した。「それでさ、俺は端的に尋ねちゃうんだけどさ、尋ねるのであるのであるのだけどさ、Pの、この探偵って何なの?」

「目的明かしたら捜査にならないでしょ」

「ソーサ。はあ、捜査ね」

ふいに高梨が視界から消える。席を立ち、横に消える。サイコは入力の手を、あるいは足を休める。実体さんの目が高梨を追った、調味料のボトルが並んでいるコーナーに高梨はいた、いっしょに口拭き用のナプキンや、プラスティック製のスプーン、フォーク類もある。揃えられている。これぞセルフサービスといった体《てい》の一隅だ。高梨が大きなボトルを手に取る、大きいというか太い、そして内容物が赤い。その調味料を携えて、高梨は席に戻る。

何をするのかと思ったら、スムージーにそれを振りかけた。

調味料を。幾度か滴らせる。

サイコの手が動いて、舌打ちが響いて、サイコである実体さんが「え、タバスコ？」と鷺ノ宮のその店内で言う。

「そうだよ。俺のこれ、グリーンスムージーであるからして、色彩感覚がよいでしょう」

「色彩感覚ですか」

「ですよ」

緑色系統の野菜ばかりを材料に、牛乳、ヨーグルト等で攪拌したのがそのグリーンスムージーなる品らしかった。確かにタバスコの赤は映えた。しかし、褒めるのはどうなのよ、とサイコは率直に思う。

「期待を超えちゃうデートだなあ。下に。残念なほうに」

「こら、P。やめなさいって。あんまりデート、デート言ったら、この子が警戒するぜ。代理デートの、そっち系の商売なのかって。もちろんそんなことはないですからね」と高梨はサイコの目を見て言った。サイコは、目を見られたように思った。しかし高梨が見ているのは実体さんの目だ、その視界がサイコの所有《もの》であるだけなのだった。続けて高梨が謝る。「すみませんね」

「どういたしまして」

サイコは実体さんを代弁して、そう応じる。

「ううむ」

「何？」

「どっちと話してるか、わからんな」

「あたしとよ」

「この遠隔、凄いぜ」

「知ってるわよ」

「だって、日本語ってさ、この子の母語じゃないでしょう？」

「ボゴについて、説明をお願い」

「ええとね、母《はは》のね、言語の語《ご》。あるいはね、母国語の、マイナス国《くに》」

「了解。母語ね」

「この子は母語がベトナム語で、母国語はたぶん日本語になるのかな？　だとしても大層なものですよ。プロですよ」

「そうだよ。って、あたしが言ったらヘンだね」とサイコは言った。言っているのは実体さんだった。サイコの耳に入る声は、自分の声ではない。もっとピッチが高い。しかし綺麗な日本語であることには変わりない。サイコは笑い声を添えた。「ふふ」

「お？　P、笑わせたりもしてるの？」

「してるのよ」

「それでグリーンスムージーだ。これだ。夏のスタミナ飲料、そういう気しない？　彩りもいいしさ、これさ、タバスコ入りのこれ、入りのこれっていうか入れるこのスタイル、流行《はや》んないかな？　鷺ノ宮発のナントカになるでしょ」

「ならないでしょ」

「あ、そうだ。P、ちょっと黙ろう」

「はい？」

「この子にもドリンクをさ、飲む時間をあげようよ」

実体さんが頼んだのはスムージーではなかった。そして、カウンターで勝手に注文したのでもなかった。指でメニューをさし、それを補ってサイコが言葉を入力した。ナチュラルソーダをお願いします、と。断わりなしに、実体さんが発話することはない。実体さんは実体さんで視界に二つの光景を持っていて、現実に重ねた二つめのそれはサングラスに類似した身体着用型のディバイスを通して、言語データ限定の枠《フレーム》として出現する。これは演劇用語を転用してプロンプターと呼ばれていた。台詞の付け役のことだ。そして、表示される言葉はまさに台詞だ。

遠隔ツールとしてのプロンプター、これには独自の光学処理が施されていて、その台詞は肉眼視以外では消される。つまり録画データにも同時中継データにも映らない。現状でいえば、サイコには見えない。

専用のコンタクトレンズとこのプロンプターは完璧なペアで、しかも遠隔する側と遠隔される側がほとんど同身長であるか、靴底等で調整して同身長の状態を創出していれば、視界の基準位置にも違和感が入り込むことがない。ただし着席時にはどうにもならない。今もそうなのだが、座高は、どうやら実体さんのほうが低いようだ。サイコは、うわあ、この子って足が長いんだあ、と感心している。小柄でも足長さんかあ。ちぇっ、と内心では思ったが舌打ちはしない。

ナチュラルソーダが啜られている。ソーダは、スムージー類に比して喉に負担がない、そう判断もされたのだろう。その辺りもプロだ。サイコはすっかり信頼し切った。また高梨との対話《やりとり》に戻る。

「ピザ屋さんで完全にピザを無視してるっていうのも、あれだね。あたし、嗅覚なくってよかったなあ」

「え？」

「だってさ、そっち、美味しいピザ臭にあふれてるんでしょ？」

「あふれているのであった」

「糞」

「そういう汚い言葉、言わせるのやめなさいって」

「一理あります」

「二理も三理もあるんじゃねえの？　いや、俺は聞いてたからさ。食事はちゃんと済ませてから、Ｐの代役、俺んところに来て行動をトモニスルって、まさにトモニスルって言い方された記憶があるんだけど、言われてたからさ。そうなんでしょ？」

「うん。お腹が空《す》いちゃっても、あたしのほうではわかんないから。だから、そういう状況は避けられるようにって、回避のあれはあれしてる」

「あれがあれかあ。なるほどね。空腹信号の問題ね」

「その、生理現象？　その信号だけは、いつでもエマージェンシー扱いで伝えてもらってオーケー、なんだけど」

「そっか、トイレか。なるほどね。そういう時って、接続切るの？」

「切るわよ。聴覚もちゃんと切る。エチケットはエチケットなのよ」

「三理あるなあ」

「一理でじゅうぶんです」

　サイコは視界の隅のほうをあえて見る。焦点の合っていない風景、しかし合わせていないのは実体さんであって、やや暈《ぼ》けた状態でかまわないのならばサイコには注視が可能だ。合わないピントに合わせられる。背景や遠景に狙いをつけられる。向かい合わせのビルがある、それがピザ屋の客席のガラス窓を通して見える、電光看板がある、黄昏《たそがれ》時もまだ灯りは入っていないがわざとレトロに仕上げられている、読めるものをサイコは読む、真向かいの店子《たなこ》は飲食店ばかり、その中に「2F　さぎのみや畠《ばたけ》」とある。畠？　サイコは一瞬当惑した、麻薬プラントの隠語が堂々と掲げられていると思ったために、が、そうか呑み屋さんの名前か、と理解した。ベジタリアン用の肴《さかな》しか出さないことの暗示だ。それから視界のいちばん隅には、絡まり合った電線ケーブル、その奥に電柱、そして柱上変圧器にまといついている蜘蛛《くも》を巨大化したようなマシン。寸法は二十センチ前後。俗にいう寄生虫で七、八匹いる。

「それで高梨、そろそろ本題に入っていい？　今日はこれから」

「待ちなよ、Ｐ」指を一本立てて、高梨は再びサイコを沈黙させる。Ｐであるサイコを、サイコの実体さんを。「慌てる必要はないって。Ｐの依頼は、面白いから俺、引き受けてるんだから。そして、生粋の鷺ノ宮っ子だから俺、請け負ってるんだから。手近なところから紹介するぜ、ちゃんと。顔役をね。だから、だからさあ、まずはこの子に水分をちゃんと摂ってもらいましょうよ。あとは発汗対策の塩分にミネラルも、適度に補給してもらって。次回はナチュラルソーダにもライム搾って、塩ふりかけてもらうからね。そんなふうに随時、休息してもらいましょうよ。しー。この子に『そんなことはもちろんよ』なんて語らせちゃ駄目だぜ。休憩、休憩。そうそう、そうだよ、表情もゆるめて。あ、そうか、これはＰの表情じゃないか。頭では俺もわかってるんだけどね、二人でいるのに三人だっていうのは、やっぱり珍妙にトリッキー？　ひゃひゃっ、て、この『ひゃひゃっ』は笑い声なんだけどね。失敬」

高梨がにやにやしている。

しかし下卑た印象がない。サイコは、そうか、と思う。高梨もその顔をゆるめているのだ。その顔の色を。あたしに力を貸して、実体さんにも気を遣って。いいやつじゃん、高梨。

高梨が言う。

「ま、そういうわけで。しばし中休みしながら聞いてほしいんだけど。そ、無言の行。

俺もさ、発明品のスタミナスムージーをさ、暑気対策にしっかり飲み干したいからさ。そういうわけで、ぼちぼち。あのさ、鷺ノ宮の最新情報《アップデート》でもつまみながら、ぼちぼち、やりましょうよ。喫茶の話題にぴったりこんのニュース。どうやら蛸《たこ》が野生化しているって。七月末から騒がれてた噂、あれ、どうもマジらしいんよ。ほら、シミュレーション・スタジアムには競技用のプールも併設されてたって、つまりシミュレーション・プールがあったんだって、不肖高梨、前にPに言ったよな？　そのプール、屋外施設だ、そんで今は不要ペットの投棄場所に変えられちゃってる。これは俺、言ってなかったよな？　もちろん哺乳類のじゃないぜ。もちろん魚類、あと貝類と甲殻類。あのさ、プールを二つに分けてさ、淡水と塩水？　そんなふうに棲み分けをさせてさ、つまり死なないの。けっこう生き延びるの。管理者も出現したの。いろいろと盗品の装置を持ち込んでさ。酉《とり》の日にだけ釣り堀にしてるとかって聞いたな。なんで酉の日なんだろうな？で、蛸もここに投げ捨てられたらしいんだけど、蛸っていうのはあれだな、魚類じゃないな、しかも知能は発達してるらしい、それで、食用じゃない飼育用の蛸がポイッてされて、うん巨大な種類。それが結局は野生化して。その噂、俺、鼻で笑ってたんだけどさ、三日前かな、けっこう気合いの入っているアーケードの入口出口に『タコ放し飼い禁止』って看板が出て。まいったよ。で、調べて。で、その珍しいっていうか珍しすぎる水棲ペットはある大物の事務所で飼われてたんだってさらなる噂にゆきついて。で、その、ある大物に、これから俺たちはまあ、会っちゃうわけよ。蛸とはまるっきり関係のない線《ライン》で。さて、アポの時間まで、また鷺ノ宮をぶらっと見回る？」

　消費音楽がいたるところに流れている。暑さは、時に逃れられて時に逃れられない。タワー・マンション群の界隈にいれば、日陰があちこちに提供される、原理的にそうだ、それで直接的な日射しは避けられる。いちばん便利なのはアーケードだ。屋根をかぶせられた商店街その他の謂《い》いだが、しかし最初から「アーケードにする」つもりで設計されたものは皆無に等しい。そのため俗に後天的アーケードといわれる。タワー・マンションの群の谷間にそれらは外部からの視線を撥《は》ね飛《と》ばすように生じた、弾《はじ》き返すように自生した。自然発生の建築である。実際、上空からのカメラ撮影による地図情報入手および同じ理由を騙《かた》った当局の監視、管理にこれらは抗している。アーケードの屋根には多少のプレハブ小屋も建つ。アーケードの屋根の上を歩き、走る者たちもいる。そのため、い、い、自生の建築にもかかわらず強度は高い。そしてどのアーケードも、アーケード単位で自警している。見回りを雇っている。アーケード同士の抗争というのが年に二度から三度ある。「あるんだよ」と高梨は説明した。そして通りごとに、ここは入るな、こっちの街区はやばいんだよねえ、あ、その小道、一本っていうか三メートル間違ったら殺されるよ、撲殺、あと強姦《ごうかん》、等と教えた。内部を抜けられるアーケードがあって、回避されるアーケードがあった。抜ける時には高梨はそっと入口の人間にチップを渡す。渡すのをサイコは見た。実体さんの視界を通して確認した。相手はパイプ椅子にどっかりと腰を下ろしながらかたわらに木刀を置いた老人であったり、逆に十歳未満の、両足首の間に膨らんだゴルフバッグを挟んだ子供であったりした。高梨も入らなかったアーケードに平然と進入する自転車がしばしば見かけられて、それらは乳酸菌飲料の配達員だった。高梨は「保育園があるんだよ」とも言った。「鷺ノ宮の公認で、だから東京都も区役所も無認可って類いの。乳酸菌飲料は、それとの関係。オールナイトの保育園を持ってるアーケードはけっこう力、あるぜ」と説明になっていない説明をした。サイコは適当に返事をした。サイコは入力者から観察者へとその基本的なモードを換えていた。返答は、へえ、や、そうなの、や、なるほどね、と意識しないで打てるお決まりに切り替えていた。できるかぎり受動性をつらぬいて、視覚と聴覚のさまざまなライブの隅々《ディテール》を拾っていた。もちろん高梨の解説は記憶にとどめたが。ポイントだと感じると質問は出したし、答えをきちんと咀嚼《そしゃく》したが。アスファルト舗装がいちめん剝がされた区域がある。水道管が地中の骨のように随所で露わにされていて、土ぼこりが舞っている。温度は感じられないが熱風だ、実体さんが顔を背けて、視界は斜め下方にスーッと移る、電柱がある、そこに寄生虫の尻尾《しっぽ》が数本垂れている。尻尾といっても大半は多目的の絶縁線だ。排水溝に先端を垂らして、逃走ルートを確保している寄生虫もある。盗んでいるのは一〇〇ボルトまたは二〇〇ボルトに変圧された電気だけではない。

建築現場に見えるが多種類の車が解体されている数十坪の敷地を過《よ》ぎる。

蟬《せみ》の声がわんわん近づいて、こんもりと樹々があるのだと予感される。神社の杜《もり》だ。サイコは聴覚データを自分の耳で洗う、消費音楽がいつしかその存在感を薄れさせている。蟬の声に負けたのだし、そもそも硬貨を求めることが多々ある消費音楽のシステムは寺社伝統のお賽銭《さいせん》のシステムを前に、一種の敬意から身をひいているようでもあった。サイコは「ほら」と高梨が言うのを聞いた、「天麩羅《てんぷら》の屋台だぜ。あの狛犬《こまいぬ》さんの向こう側の参道に、何軒もあるだろ？　ちょっとお江戸っぽいだろ？　でもなP、実は中華でもあるんだよ。だって漢方薬揚げてるんだぜ。いろんな漢方薬、で、気をつけろよ。まあPは買わないだろうし、買って、この子にこの場で食わせたりはしないだろうけど」と実体さんのことを指して言った、「二軒めと三軒めの屋台、見てみ。首にさ、蛇のタトゥーしてる揚げ手がいるでしょ。ほら首のまわりに、ぐるぅり、一匹の蛇が一周。あの連中のところは、よすのが無難。あそこは高いし、あそこのは効き過ぎる。意味、わかるな？」とまとめた。サイコは、わかった。実体さんの耳を通して自分の鼓膜に響いている高梨の声、ライブの、聞こえると同時に録られてもいる聴覚データ、それに触れるサイコはもちろん、わかった。なるほどね、と反射的に入力しながら、わかるわ、と言葉を足し添えて、それからサイコは打鍵はせずに思った。これって相当サイケデリックだわね。サイコには、見当があったのだ。あったから鷺ノ宮にしたのだ。その初《しょ》っぱなから。入力者であることよりも観察者であることを優先したモードにあるからこその余力で、サイコは、自戒なしに雑念にひたる。そうなのよ、とサイコは思う。これって母の自覚なのよ。ヤソウの、喜多村泰雄の、あたしは従姉なのに姉で姉なのに母親で、そう、あたしは喜多村冴子。ちゃんとほら余所目《よそめ》にも母親しているフルネーム。さあ、息子を守るわよ。なんちゃって。でも、あたしの精神的な息子を、あたしはやっぱり応援するわけ。後方支援しちゃうわけ。その冒険を。できるんだから手伝うのよ。

ヤソウを。

森にいながら。

いっしょに東京を体験して。いっしょに？

あれ？　あたしも上京しないで、でも上京してるの？

「そうね、ふふ」と言うと、T、舌《タン》のインターフェイスが誤作動した。口を噤《つぐ》み、左手側の小指のただ一回の打鍵でエラーを正し、しかし笑みは消さず、サイコは脳裡に「さあさ、さあさあ行きましょうね母性愛」と節をつけて歌った。それからふっと思った。あたしに目と耳とをシェアさせている実体さんにも、このベトナム人の女の子にも、母親というのはいるのだ。そうかあ。そこはシェアされない。あたしは二度母親をうしなっていて、ヤソウは一度うしなってからあたしを得て、みんな別々。まああたしも、母親の創作？　違うな創造？　小説的クリエーション？　それならできちゃったわけだけど。そうか、そういえば、この実体さんってば読書家なんだろうな。じゃなかったらプロンプターの表示、日本語の台詞のそれ、あたしが打ち込んでる台詞を勢いのままにって、読めないものね。最初のステップでつまずいちゃうものね。こういうのはやっぱり、移民の、そのお母様の、ご教育のタマモノ？　自販機が消費音楽と連動している区域に入る。自販機そのものに高音質の擬似サラウンドスピーカーが内蔵されていて、消費対象から外す手続きとなる硬貨は、この自販機のコイン投入口が引き受ける。鷺ノ宮では、自販機はいっさい荒らされない。「組織が凄いからな」と高梨が解説する。「前にもちょっとPに教えたろ？　どこを徘徊しても脅されっこないのが自販機の交換要員だ。俺、Pをそこの元締めに紹介するのもいいなって思ったんだけど」と言い、サイコが「しなかったのね。事情があって後回しにしたのかしら？」と尋ねると、「そのレベルの顔役だと仲介料がなあ」とぼそぼそ言った。気持ちだけ引き締めな、と警告されて抜けたのが犬通りだった。その名に違《たが》わず、犬がいた。檻に入っているのだが、檻がチューブ状で、何区画もえんえん延びている。そして犬たちはといえば、何区画もうううぅと唸りながらたらたらと涎《よだれ》を垂らしながら付きまとう。中型種から大型種ばかりで、愛らしさよりは獰猛《どうもう》さを売りにしている犬種ばかりで、いざ事が起きればたちまち解き放つのだろうと容易に想像できた。檻から、出す、しかもどの区画でも出せるのだ。「犬嫌いにはキツい道ね」とだけサイコはコメントした。「猫にもな」と高梨が答えた。そして事実、犬通りを離れるや否や、猫たちがわんさか現われた。片目の潰れた猫や異様に大柄な猫、耳が左右ともに裂けていて四つ耳になっている猫。

目的地は正面の壁がいちめんガラス張りで、サイコをサイコではない人間として映した。再び鏡を見るようだった。あたし新鮮にかわいいなあ、あたしじゃないこのあたし、と実体さんの全身を視界に収めながら入口を通る。通り抜けた瞬間に音楽が変わる、屋外のあらゆる消費音楽が撥ね飛ばされて、細い歌声が来た。細い歌声が、しかし束だ、コーラスの重なりというよりも同じ歌声の百層の束、しかも微妙なぶれと揺らぎを孕む。ジャパニーズポップス、しかし日本語には聞こえない。ブラジルの第二公用語にされてしまったノルウェー語の北アフリカ方言、そんな馬鹿げた説明でうなずいてしまいそうな、しかし残響音だけは日本語を聞き手の脳の内奥に落とし込む歌。歌声。そうした音楽の出現からでも感じ取れたように目的地の内部《なか》はファッショナブルだった。建造物のクリスタルな外見《そとみ》を繊細に、華麗に満たす内容。漠然とスラムの廃屋を予期していたのだが全然違った、サイコは家具屋に導き入れられたことに多少ならず面喰らう。ZOKA、と店名があった。あちこちにあった。ロゴ化されていた。ゾカと読む人間もいるし海外展開する時には確かにゾカと読ませていたが意味としてはゾーカ、つまり造花というのが名前の由来でZOKAの店内はじつに多色で多種類のイミテーションフラワーに飾られている。そのイミテーションフラワーは飾られることでさらに売り物の家具を引き立て、飾っている。足を踏み入れたスペースに大々的に展開しているのはソファ、壁にあるのは時計、それらの時計ももちろん商品で花々の間に咲《ひら》いたようだ。ソファの、いちばん快適度が高くて金額も見るからに嵩《かさ》むと思われるものが陳列された一隅に人がいる。何人かがいて中心の人物は腰を下ろしている、寛《くつろ》いでいる。他の者は周囲に立っている、まるで寛いでいない。それどころか一見して異様だ。ダラッとした長袖のTシャツにカーゴパンツ、Tシャツは揃いで胸に「宮流」と刺繍の文字が入っている。そして全員、胸板が厚い。高梨が、この音楽さ、彼のだ、と言った。店内に流れている歌を指している。ほら左手、奥、なあPもう見てるよな？　空手の黒帯連中に囲まれてるのが、彼。そのひと言からサイコは推し量れた、空手道場も持っているというポップス業界のリビング・レジェンド、鷺ノ宮にいる生きた伝説。五十歳だっけ、とサイコが言うと高梨は、小声にしてね、と返した。年齢《とし》の話はけっこう御法度。歌が続いている。依然として残響だけ日本語だ、そのミキシング手法は専門的には「ミルフィーユ」と呼ばれている。そうか、こういう有名人と会わせてくれるのねとサイコが言ったら、いいやP違うぜ、リビング・レジェンドとお話しするのは俺だぜ、ミヤリューの猛者《もさ》さんたちの護衛に混じって談笑するのはさ、そんでPはあっち、と顎で示された。その家具店ＺＯＫＡには カフェも併設されていた。カフェには光がたっぷり射している。外光線が。建物の吹き抜け構造を利用した採光らしい。しかし暑さがまつわりついている感じはしない。冷やされた真夏の光、そこにも滲透し切る音楽。

「あっちにさ、リビング・レジェンド、の、代理人がいるからさ。そこに混じって、話しちゃえって。いいかP、ミズ代理人だぞ。それから、彼女は男だぞ。ほんとの実力者だからな。ま、虚心でオーディション受けてみ。それと俺さあ、Pのことさあ、小説家だって紹介してあるから。いいよな？　いいよなP？　悪かった？　いいんだって、肩書きゼロだと手筈もどうにもならんから。おまけにデジタルだと交渉しない主義の人なんだから。それじゃあオーディション楽しんで」

はあ？　と問い返す暇もなかった。高梨は手を振って、じゃあ俺こっちね、Pあっち、また合流、というやサイコを置き去りにした。サイコは、判断する、反応する、ここからは高速に反応する必要があると本能的に悟った。しかも高梨相手の場合よりも正確に、台詞を書いて、打鍵して。高速に。ますます高速に。実体さんがカフェに向かう、いる、オーディションというのが内実不明すぎたが審査をする人間と審査をされているらしい人間たちとがいる、だいたい十五人ほどがＺＯＫＡのカフェ内にいて席に着いている、それぞれの卓上には綴じられていない紙か綴じられた紙のノートかノート型のモニター、言葉が飛び交っている、印象としてはブレインストーミングだ、空いている席があって実体さんは躊躇《ためら》わずにそこに腰を下ろす、つまりサイコが腰を下ろした、実体さんとサイコはその共有する視界を通して場を仕切っている人物を見た、桃だ、その女は桃を持っている、頬張りながら質問を矢継ぎ早に出している。短い頭髪、刈り込まれていて男の軍人さながらだが顔は異様に整っている、美女としかいえない、三十代半ば、だが整形顔の特徴は歴然としていて、頭髪の両サイドには染料が散っていた。首が太い。バストは大きい。桃を、皮ごと齧る、あたしたちは感動を売るのよと言った。他に商品はないのよ、要するにバリューを付ければいいのよ、それが付けられるかどうかを聞いているのよ、鷺ノ宮にバリューを付ければ鷺ノ宮はブランドになる、そうでしょ？　その成功例はもう見てるでしょう、だからオーディションに来たんでしょ？　審査を受ける側から、見てます、見てます、の連呼が上がる。このＺＯＫＡへの出資もそうですね？　一人の男が切れるような口調で言葉を挟む。そうよ共同出資よ、と桃の女が言う。ミズ代理人が言う。サイコは、もちろんその女こそがミズ代理人なのだと正しく把握した。そして、その女は男なのだ。ＺＯＫＡがもっとも必要としているのはブランディング、足りなかったブランディング、生け花の、華道の国の日本に、とミズ代理人が畳みかける、生きていない花というものを海外《そと》に売り出す文脈を足したりできるのか。そこができればニッチになる、そこができればファッションになる。だからあたしがアイディアを出す、だからあたしたちが戦略をあげる、あげるのよ、あなたたちはどう？　あたしたちになれる？　あたしたちの一員になれる？　あげられる戦略が持てる？　さあプレゼンテーションのねたを示して、それと続けるわよ、ＺＯＫＡの造花は日本のいちばんの危険地帯で道として讃《たた》えられている、そう、華道と同じ道、でも反対の道、あらゆる家具は生きていない花、こういう物語。何人かが映像について語る、どうやら音楽家の、たぶんリビング・レジェンドの販売促進用の映像のアイディアを出しているらしい、そして必要とされているのは脚本だとサイコは理解した。脚本、あるいは補強の歌詞、あるいは歌詞をさらに多様な局面で補うドラマ。その物語のためのプラン、戦略。ミズ代理人が、三人はライターがほしいのよ、と言う。あたしたちの一員になる人間が、人間じゃないわね、頭がほしいのよ、頭が、いい頭が。飛び交うものの合間にサイコが、感動を生む頭ですねと的確に言葉を挟んだ。すると、そうよとミズ代理人。蛸の噂が面白いですねとサイコ。たこって、あら？　とミズ代理人が訊き、すみません噂の話をしてとサイコが応じる。サイコとミズ代理人の直接対話がふいに生じ出した、しかも他の人間の言葉も断ち切らない。とっても鷺ノ宮な噂なんです、そうサイコが言う。とっても鷺ノ宮っていいわね、ミズ代理人が言う。それ、と誰かが言う。ＺＯＫＡをプロデュースし直したコンセプトと通底しますよね、あのほら、ベリー鷺ノ宮な要素を入れる、要素とは見えないまでも匂いを入れる、焦臭《きなくさ》い鷺ノ宮から発信してるんだぜって噂を入れる、でも蛸って？　すると、あたし飼ってたのよとミズ代理人が答える。事務所で、熱帯の貝をペットにする流行に合わせて、貝はほら、ニュージーランドの外洋のニチリンサザエ、お日様の栄螺《さざえ》よ、栄螺さん。また誰かが、台湾のハシナガソデガイも飼育がブームになりましたね、と言う。飼われたり棄てられたりとか、それがいいんですとサイコが言う。続けて、保護者がいたり保護者が消えたりとか、そういうのが人間の心、何て言うんだっけ、琴線？　そこに触れるんじゃないんでしょうか、と言う。サイコはこの瞬間、実体さんが琴線をちゃんときんせんと即座に読めたことに感動する。ミズ代理人が、桃を齧り了《お》えている。少し間がある。ミズ代理人はサイコを、サイコの実体さんを見ている。

「あなた、何か提出できるもの、ない？」

「あたしですか？」

「その東南アジア系の娘《こ》を通じて語ってる、あなたよ」

　サイコは小説を送ることにする。その場で送信することにする。短い質問、どんな小説なのかという問いがあって、サイコは、サイコは家族小説ですとだけ答えた。不要ペットの挿話が描かれている、とまでは語らなかった。数分前から生理現象の信号が実体さんより発せられていたので、サイコはそれではファイルを今送りますから、ええ、この住所《アドレス》ですね、それと、ちょっと失礼、と実体さんに席を立たせた。カフェを出たところで接続を切る。途端、視界はブラックアウトする。いや一つになる。二つだった光景が一つだけに、たちまち、そして聴覚が捉える世界も。あたしは鷺ノ宮には足を踏み入れていないのだ、とサイコは思い、そう思いながらファイルを鷺ノ宮のほうに送り込む。

再び視界が二つになるのを待つ。二つの光景の現われを待つ。音のそれ《サウンドスケープ》に関しても。そして、視界が戻るのよりも先に、耳がごぉんとジャパニーズポップスを捉えた。ごぉん、うわぉん、と。リビング・レジェンドの歌声に包まれ直した、と認識してからZOKAにいる自分を認知する。実体さんがカフェに向かって歩いている。実体さんが前と同じ席に着いた。ミズ代理人が、直接サイコに言った。読んだわよ。あなた、採用するわよ。

「きのこ、の、くに、ねえ。『島』をもっとフィクションにするなんて。それとあなた、同情は要らないってタイプよね?」

ミズ代理人の言葉をまっこうからサイコは受け取り、けれども背中に何かを感じる、実体さんの背中ではない自分のものであるそこに。歓びのおののきが脊椎を走る。この脊椎、そうだ、あたしの肉体はここにある。

あたしは森にいるのだ。

16　かつての十七歳。消し去られた死、ゆえに削除《デリート》

森にはカウボーイがいる。森にいて、だがじきに現在の森からは消える。森にはカウボーイがいるのは森の縁《ふち》だ。しかし森を刳《く》り貫《ぬ》いたような自分の領土にいて、つまりカウボーイがいるのは森の縁だ。が、そこもまた森の一部だ。森のその相貌を成している欠かせぬ一部であって、外部から見れば「島」の相貌のもっとも重要な一部だと考えられている。カウボーイの牧場は。カウボーイの領する土地こそが。しかしカウボーイは、現在のそこからは去る。寝入ることで。

六十一秒間。その夢はきっかり六十一秒しか続かない。いちど測ったのだった。夢寐《むび》に落ちた時とハッと目覚めた時と。時刻は一分進んでいて、さらに一秒多かった。一分と一秒だ、単位を秒に統一すれば六十一秒だ、そうカウボーイは知った。夢の発端《はじまり》を把握し損なうことはないから確実性は高い。し損なうことはない、の根拠はもう何十度も見ているからだった。二十回は超えている。動物の出ない夢だ。過去を再現する夢で、馬たちも、牛たちも出ない夢。いや、馬は一頭ならば出るのだがそれは人馬一体と化していて、ほとんど人間の下半身の一部としか捉えられない。人間は出るのだ。その人間は特殊な装いをしていて馬にも同様の装いをさせている。特殊な馬具を付けさせている、

馬鎧ともいえるものを。だからこそ馬は、騎乗の、その人間の身体的な延長だと感じられる。ただし口もとだけは不統一だ。馬だけは轡《くつわ》を咥え華麗な面繋《おもがい》で頬や額を飾りながらも防護マスクを嵌めさせられていて、だが人間はマスクなしだった。放射線を、避けていなかった。その汚染環境のただなかで。

真吾、とカウボーイは思う。三種類あるカウボーイの今の明晰夢のうちのその二つに登場する人物、しかし一つめに出る額田真吾は十七歳で、その時のカウボーイは二十五歳で、この夢に出る真吾はもう十七歳ではない。だがカウボーイは一瞬思うのだ。こいつは年をとらなかったんじゃないのか？

俺は夢を見ている。まただ、また、この場面を反芻しないとならない。カウボーイがその夢を「始まった」ときっちり認識できるのは視野のせいだった。異常な視野が現出する、そこから夢がスタートする、異常なのはカウボーイが顔の前にガンマ線カメラを翳《かざ》しているからだ。それは放射線量を色彩で、可視化する。ハンディなそのカメラを片手に持って、そうか俺は森に入っているんだ、本当に深みをめざして、ただちにそう悟る。続いて認識されるのは防護服、手にそれを感じる、腕が包まれているのを感じる、両腕、それから胸も、太股も、相当に歩きづらい、しかし歩いている、走っている。ガサガサ言った。夢はその一秒めから二秒め、三秒と進行する。

追う。

追った過去が正確に繰り返されている。再現されている。額田真吾を追っているのだ、救出に向かおうとしている。そうだ、俺は。

しかし救えはしない。わかっている。

俺はまた、あれを見る。

濁らずに再生されるあれを見る。あと何秒だ？　何十秒？　この待機がカウボーイを鍛える。鍛錬されたいと思うはずもないが、しかし最大の試練として鍛えた。鍛えつづけてきた。ほとんど動揺しないのだがそれでも身構えている。夢を見ている側のカウボーイが身構えているのだが夢の内側にいて行動するカウボーイはそうではない。分裂があって、カウボーイは、来るぞ、と思うことしかできない。もはや驚きとは無縁の光景、衝撃をいっさい伴わない展開、しっかりと冷まされた過去の体験。

気配がして、カウボーイが駆ける。備えろ、とカウボーイは思うのだが夢裡《むり》のカウボーイはそうしない、できない、そして会う。戦国絵巻からほんの一断片だけとったような、その人物の画《え》、しかも人馬一体のそれ。騎馬武者がいる。まさに侍なのだ、甲冑をきちんと着けている。いや、きちんとはしていない。馬上の侍は、籠手《こて》は嵌めている。臑当《すねあて》もしていて、兜《かぶと》をかぶっている。派手《はで》な兜だ。しかし鎧がない。鎧は脱がれている。そして下に着用した着物の、腹の部分が開けられて、黒い。赤黒い。血だ。血と傷。もしかしたら覗いている内臓《はらわた》。

その恰好で馬上にいる。最初に会った時は詰襟《つめえり》の学生服だった真吾が。かつての十七歳が。

「真吾！」吠えたカウボーイの声は防護服の多層構造のマスクにくぐもり、外にはまともに発せられず、しかし鼓膜は揺らす。夢にいるカウボーイ自身の鼓膜を。

これが四十秒めか。あるいは五十秒め？

額田真吾の左腕は、弓を持ったりはしていない。提《さ》げている、妙なキューブを、機械じみたキューブを、いや寄生する機械に装飾されたかのごとき様相になっているキューブを、耐衝撃性の素材も見える。それを、振る。それを、投げる。カウボーイに向かって。何かの収穫を。切腹だ、とカウボーイは認識している。真吾は切腹をしたんだ、とカウボーイは認識しながら、夢の内側にいるカウボーイは投げ渡されたものを受け取れない。地面に落ちるに任せる。重い。ドサリという。

真吾は表情を変えない。真吾は蒼褪めて、すでに彼岸向きの表情をしている。

騎乗の阿修羅だった。

それから、ドサ、ドサリ、と二つめのものが地面に落ちる。馬上から。額田真吾自身が。カウボーイはこの光景をなぞる、なぞる、じき六十秒め。長い。とても長い。六十一秒め。

17　記憶よ悔い改めよ（ガブリエル・メンドーサ・Vの手記）

第七の月の十一番め。そして何を掘るのか？

つきつめなければならない時期に到った。もちろん僕が考えればいいことだ。それだけで済むことだ。僕以外の誰も、誰も！　考える必要はない。なにしろ確実に僕たちはここで鯨を掘っているのだから。あるいは僕たちは人々に鯨を掘らせるプロジェクトを推し進めようとしているのだから。しかし、その鯨が東京を生んだのだとして（そうなのだ、ウランはいちばん最初に「都市の神様」というフレーズを用いた。その鯨、その超巨鯨を指して）、さて、僕はこの東京から生まれ落ちた人間なのか？

否だ。

しだいに僕は、これは言葉の問題だと感じる。言葉が通じるとか通じないとか、通訳が要るとか要らないとか、そうじゃない。僕はガブリエルであり、愛称はガボだけれども、そしてガブリエルとは大天使の名前であって本来はヘブライ語の「神の人」という意味で、そう、聖母マリアに受胎告知をした大天使の名前なのだけれども、しかしガブリエルはガブリエルだ。ガブリエルはそのままガブリエルとだけ書かれて、他には書かれない。

しかしウランは、これはアサミから説明を受けたけれども、鯨を鯨ではない文字で書いている。東京には漢字があるからだ。鯨は、一文字だが、それは、三文字だという。七文字の Gabriel が二十一文字になるということか？

そして、なおかつガブリエルと読ませる？

魚類を表わす要素がその鯨（鯨という「漢字」）には付いていて、それを避けたらしい。魚《ペス》という響きはスペイン語の鯨にはない。バジェーナ、僕ならそう発音する。その名詞 ballena を。メキシコ人である僕は。スペイン人ならバリェーナだろうか。そしてバリエナと発音する人間もいるだろう。しかしペスは秘められていない。魚《ペス》はいない。だとしたら、何ひとつ変える必要はないのか？

しかしこの七文字の ballena も二十一文字にするような、三倍増しにするような、そんな意識が僕には要る。

ウランに接していて、僕はそう感じる。

東京には漢字があるというのは間違いで、日本人には、日本語には漢字がある。とはいえ考えるべきポイントはそこにはない。東京から生まれ落ちた人間には、想像力にも漢字があるのだし、その記憶にも漢字があるのだ！　だとしたら、人々がいずれ掘るだろう鯨は、そのような形で掘られる。漢字の付いている記憶ごと掘られて、僕はそれを発掘できない。

自ら発掘できないものを仕込めるのか？

このプロジェクトの死角は何か？

第七の月の十二番め。不可解さを知れ。

東京に対してサイト・スペシフィックな制作依頼を僕は平然と受けた。それが不可解だ。

不条理だ。

国際的な美術家であることをアピールしたかった？　僕は？　もちろん。そうした弱さ、欲、そこから真実の（「真実」？）強さは生まれる。僕はそれを知らないわけじゃない。

東京を人々に掘らせる前に、その同じ東京を掘っているのは僕である。もちろん僕の目にする東京とは歪みである。僕は歪ませる。

しかし、掘る、とは目のみを用いる行為ではない。

体験しろ、とガブリエルはガボに言う。さいわい、いいいいいいい僕は異邦人だぞ。

第七の月の二十一番め。役割はある。

最終的にこの東京の物語をいかに世界に見せるか。

メキシコ市《シテイ》にも掘らせて、しかも記憶にしゃぶりつきたいと感じさせる、その手法とは？

忘れてはならないポイントは、僕たちは原東京を掘るのだ、ということだ。原東京、そこで鯨が死んだ。その鯨は（――「都市の神様」）、死の後にここを生んだ。豊かだ。

第七の月の三十一番め。アサミとの対話。

（この会話は英語でなされた）

「β版サイトのあの井戸だ。涸れている井戸。あそこで生け花をしたらどうかな？　井戸そのものを、器にするんだ。それはどうかな？　本当の花は使わないんだ。いいや……、使ってもいいけどね。だけれども主に骨を使うんだ。白い、基本的には太い骨、鯨の骨だ。骨の枝だ。それを生けて観賞してもらうというのはどうかな？　井戸は、でも降りられるようにも変えられる……。降下し切って、発掘の最前線があって。涸れているから歩けるんだ。歩き回ることができる。でも、水をわずかに張るのはどうかな？　水面をぴちゃ、ぴちゃって歩くようにして。ほら鳥の、浅瀬にいる鳥だよ、鶴《クレーン》、そうだ鶴《クレーン》なら僕は英語で言える、あんな鳥たちが歩いている場所みたいに。でも、クレーン……。そうだ、東京湾岸にはクレーンがある。重機の。ウランとも話したんだ。やっぱりダイバーたちが鯨を、その未発掘の骨格を、水中に発見するサイトが要るよ。それは映像で、ちょっとした擬似体験できればいいんだけれども、他の場所でね、でも海底からトンネルがね、地中のトンネルが、延びているのはどうかな？　水がいっぱいのトンネル、それがβ版サイトのあの井戸まで続いていて……。そうそう、水族館をちょっと連繫《れんけい》させないかって申し出もあった。体験型インスタレーション？　そこと結んで……」

「鯨は、どうして死体になったんだろうって、考えたんです」

「いちばん最初の？」

「そうです。原初の鯨が、じゃあ、どうして打ち上げられてきたんだろうって。これはウランちゃんの物語とは別に、私、考えたんです」

「あのレポートのように？『あしあと』？」

「波です。ガブリエルさん、波なんです。大きな波が鯨をもたらしたんです。東京湾に、その、いろんな始まりの死骸を打ち上げたんです。その大きさが、私には見えるんです。その異様さが、私にはちゃんと見えるって感じるんです。津波です」

「アサミには見える」

「見ましたから」

（アサミは日本語で何かを言った）

「学校も津波に呑まれたんです。ごめんなさい、訳したいとは思わない。英語で言えない。さっきの、ごめんなさい。高台に避難すると、じき、学校が燃えるのも見えて。火はあがったんですよ。私は最高学年を担当していて。六年生です。今だともう二十六歳や二十七歳になっている。ねえガブリエルさん、私は泣きすぎたんです。ガブリエルさん、それでも鯨が打ち上げられていれば。ウランちゃんが見たように。見たように。今も見ているように」

第八の月の二番め。そして何を掘る？

鯨の大きさを考える。神秘的なサイズから現生しているものたちのそれに縮小して、考える。それでも大きさは変わらない（人に比較すれば）。餌とされている小魚類、オキアミ類、動物プランクトンなどに比較すれば。マッコウクジラやシロナガスクジラのその頭部から尾鰭《おびれ》までの長さ。鯨はどうして巨大なのだろう。そこには食物連鎖が歴然と関わっている。それでは鯨をアートにするのだとしたら、食物連鎖は何になる？どういう原理に当たる？

文化連鎖、と反射的に思う。

この概念。食物連鎖から文化連鎖へ。

土地から生まれた神話はそのようにアートの旅に入るのだ。しかも一巡するだろう。

この東京に、あるいは原東京にすら還《かえ》るだろう。それは遥か……未来《さき》のことだ。その時、僕の記憶はどのような形をとるか。どのような痕《あと》をとどめるのか。

思い出すばかりが記憶ではない。その発想をひたすら（本質から！　根源から！）改《かい》悛《しゅん》せよ。

18　原東京人たち。国家以前にさかのぼる。神託の開始

ここが被災地ではないことを熊谷亜沙見は不思議に思う。本当は被災地なのに、そうではないことを不思議に思う。大震災もあったし空襲もあった、関東大震災というのと東京大空襲が、あったはずだ、それなのに被災地ではない。いいえ、被災地なのよね、と亜沙見は思い、ウランに目を向ける。一九二三年と一九四五年。それから天災も人災もなかった一九六〇年代のことを少しだけ考えて、一九八五年には私が東京とは全然関係のないところに生まれていると考える。

「ウランちゃんは何年に生まれたの？」

「何年って、西暦ですか？」

「西暦」

「二〇〇八年です」

「そうかあ」

二人はレストホームの屋上にいる。夜、その日は屋上から花火が眺められるのだ。屋上には職員のための休憩スペース、洗濯物を干す設備、それからビーチパラソルもあった。パラソルの広げられた円卓が。亜沙見とウランは柵のほうにいる。屋上の縁《へり》だ、ど

うしてだか二人とも柵に身をもたせてはいない、なんだか背筋を伸ばしている、揚げられる花火を見上げるためでもある。二人を背後から、センサー式で点灯する照明が斜めに、顔や肩などのシルエットを際立たせるように照らしていた。屋上に出る前、警備関係にはひと声かけてあった。その警備員も、また職員たちも、ウランのように二十四時間をここで過ごしたりはしない。あるいはここを拠点に二十四時間を過ごすわけではない。だとしたらウランのほうがレストホームの主《あるじ》だ。そういうのはどんな感じなんだろう、と亜沙見は思う。

ひゅううう、という音がして、二人はまた備える。じき夜空が彩られることに備えて、遅れずに観賞する。ぱぁん、と弾けた。亜沙見は、さっきから感じていたことを素直に口に出す。

「花火って、雄弁なのに、いい加減なのよね」

「あ。それいいですね」

「わかる？　ウランちゃんもこの感じ、わかるんだ？」

「真剣に見ちゃうと、何をこんなに真剣になったんだろうなあって、こう、狐につままれるみたいな」

「狐？」

「はい」

「日本語力高いなあ。現代のニッポン人、だいたい狐にはつまれないね。まあ疑問符にはつままれるかな」

「クエスチョンマークですか？」

「そうよ。大きなクエスチョンマーク。でも、花火大会の後って、カラッとした寂《さみ》しさがあるよね」

「花火、消えちゃいますからね」

「そうなんだよねえ」

「責任感がないのかな？」

「たぶん花火の責任ではないのよ。それを花火本人がわかってるっていうか」

「本人、ですか？」

「花火、そのもの？　こんなそのものなんていうと花火を侮ってる気がするな」

「うん、ありますね。その感じ。やっぱり本人でいいのかな？　日本語って、なんだろう、いろんなものを平等にしちゃうんでしょうか」

「扱う手付きに関しては、そうかもしれない。人も、動物も、無機物も同等……平等？　ウランちゃんと話していると掘り下げちゃうね。どうしてだろうね。物事の本質に迫ろうとしちゃうな、これ、気になる傾向だな」

「気になりますか？」

「いい意味で」

私たち二人は日本語で話しているのだと熊谷亜沙見は今さらのように思う。実は、それを不思議に思う。このプロジェクトに関連しては公用語が三つある。ガブリエル・メンドーサ・Ｖはスペイン語を話しているが、亜沙見はそのガブリエルと英語で会話する。互いにやや拙《つたな》さの残る英語と英語でコミュニケーションをとる。亜沙見は、ウランとはこうして日本語で会話する。それは当然なのだが、そのウランはガブリエルと日本語で会話するのだ。しかもガブリエルはそれにスペイン語で応える。そうしたコミュニケーションのありさまを亜沙見は何度も目撃した。語りかける日本語、応じるスペイン語、語りかけているらしいスペイン語、即座に答える日本語。通訳が立ち会っていれば、奇異さはない。しかし通訳不在でも二人は同じことをするらしい。どうして意思疎通ができているのか。あるいは、できていないのか。

これは、いったい、なんなのだろう。亜沙見の体感としては、ウランの周りに言語がつぎつぎ集《つど》ってきている、と感じられる。ほとんど寄りつ、い、ていてきていて、時にそれらの言語がウランに力を貸している。たとえば日本語でさえも、と亜沙見は思う、日本語の漢字ですら、ウランちゃんに秘められた力を、ポテンシャル？　それを貸している。だからスケッチには久寿等《くじら》なんていう表現が出る。あの独創。

ウランちゃん自身は動かないのにね、と認識すると同時に、熊谷亜沙見は驚嘆《きょうたん》する。

私なんてウランちゃんの言葉を本の次元《リブロ》まで落とし込んで、それを制作過程で英訳にかける、そう、展示のそのカタログの段階で。それからガブリエルさんの母国の、母語？　それには確実に翻訳される。メキシコはスペインではないけれどもスペイン語に。そしてこの子は動かない。いえ……そうじゃない。この言い回しだと正確さに欠ける、おまけに過去に照らしたら不正確そのものだわ。ウランちゃんは、動かないんじゃない、動けない。

動けなかった。

そうか。何かがあっても、何かが起きても、走れないんだ。

今はそうじゃないかもしれないけれども、前は走れなかった。全然そんなの無理だった。

熊谷亜沙見はその脳裡に咀嚼する、ウランちゃんは、谷崎宇卵は避難しなければならない時にも全力疾走ができない。今はできるかもしれないけれども、その心臓への負担にきっと上限がある。

「私は一九八五年に生まれたのね」と亜沙見は言った。

「ええと」とウランが応える。「二十三歳差、なんですね」

「暗算速いね」感心しながら苦笑した。「ねえウランちゃん、いつかね、私に『学校についで知りたいんだ』って言ったかな？　言わなかったかな？」

「言わなかったですね」

「そうか。言われたかと思ってたけれど、言われてないんだね。でも、本当は、言おうとしてたんだったり、した？」

一拍の間《ま》が置かれてから、ウランは「はい」と言った。亜沙見に返事を返した。

「興味があるのは小学校？」

「勉強をみんなで教わるところ、ですね。みんなで、揃って。いったい実際は、どんな感じになっているのかなあって」

「あのね」

「はい」

「参考にならない話をするんだけれど」

「歓迎です」

「私ね、教員をしていた時にね、被災地が生まれるのに立ち会ったのね」

「それって……森ですか？」

「森？」

「違いますか？　あの、もしかしたら島っていうのがわかりやすいのかもしれないけれど」

「島の、北ね。私のいたところには放射能の被害はなかったから。爆《は》ぜてしまった原子力発電所の二つめのものよりも七十キロも八十キロも北。でも被災地は、被災地だったのよ。あの、いちばん新しい大震災は、十五年前でね、だから私は当時二十六歳だったのね。今のウランちゃんの八歳年上だ。それでね、六年生を受け持ってて。小学校の最高学年の。その子供たちがね、児童たちがね、今は何歳だと思う？　今はね、あの当時の私とだいたい同じ年齢なんだなあ」

「みんな揃って、そうなんですね」

一拍の間があってから、亜沙見はウランに「そうなの」と答えた。

「不思議ですね」

「不思議、不思議。そこのところなの。学校のね、本質的な雰囲気って説明すればいいのかなあ。交代しちゃうんだね。一年生がいるでしょ、おしまいには六年生になるでしょ、それから卒業するでしょ。でも、学校にはやっぱり一年生がいて、六年生もいるのね。空っぽにはならないのよ。先生がいて、その先生からものを教わる子供たちが大勢いて、そして、どんどん交代が起きる。わかるかな？」

「たぶん、わかります。でも、そうなると、もっと不思議になります」

「だよね。私ね、学校の主役っていうか、学校の本人？　その本人は、校舎なんじゃないかって、今感じてる」

「コウシャ、学舎《まなびや》ですか？」

「いい日本語。うん、それ。たとえば六年生は、六年生の教室にいるから六年生で。六年生の担任は、たとえば当時の私は、その、おんなじ教室が受け持ちだから六年生の担任で。何かを証明しているのは教室なの、ね？　つまりね、卒業したりとか、たとえば二年生や四年生が進級したりとかって、そこを出ることなの。その、校舎のそれぞれの教室を」

「わかりました。当事者は、教室で、だから校舎？」

「そのイメージ」

「そこに入るかどうか、なんですね。証明してくれる教室に」

「ていうことに、なるかな。ある意味では『何年何組』の教室用にパックされるのね。けれどもね、それがネガティブに感じられるというのではないの。一つにパックされて、いつかはパックが解かれて、でも、期間限定というにはパックされた記憶が残りつづけて……」

「パックは、どういうパックですか？」

「真空パックのパック。そのままのイメージ。それが、そうね、ウランちゃんの言うように教室に入る、教室に一《ひと》かたまりで収められる。ただね、もちろん、ネガティブじゃないからポジティブばかりというのとは、違うんだな。ほら、ばらけたりしたらパックじゃない、これが理屈でしょう？　そして担任の教師というのは、ここをどうにかするわけ。しないと、ならないわけ。それで、絶対的な指針というのがあるわけ。ガイドライン。先生はそのガイドラインに、従わなければならない。児童を、沿わせなければならない。そこはちょっと、大変だあ」

「亜沙見さんは、大変だったんだ」

「だったんだよ。あはは、物事をちゃんと考えるとなんでも大変になるんだな。あのね、一般論としてね、受け身じゃなさすぎるアクティブな子供はだいたい一様に集団から疎外されるの。集団のリーダーにならないかぎり、そうなの。でもリーダーになっていれば大丈夫。そしてリーダーの条件は、学級委員みたいなものでも運動競技でも、遊びでも、ガイドラインをしっかり守れるし、そして周囲の子供たちにも守らせられるってことなの。けれどね、どうしたって受け身じゃないとか、自分から進んで行動するとか、判断するとか、つまりアクティブであるのは長所じゃない？　そこをね、どんなふうにね、パックの内側に押し込めてやったらいいのか。そもそも、私はどうして、押し込めるなんてマイナスな思考をしなければならないのか？　難しかったね。リーダーには場面ごとに一人しか起用できないし。そして、非常事態には、そう、リーダーなんて発想がそんなに要るのかどうかもわからない。ガイドラインってなんなのか。それで、あのね、いきなり久寿等の話をしようよ、ウランちゃん」

「え」

「その世界にもガイドラインを守るとか、守らないとか、あったんだって私最近考えて
て」

「もしかしたらあたしのスケッチですか？」

「その世界。久しい、に寿命の寿の、久寿等の。そこでは骨を鳴らす一族というのが神官たちになってたでしょう？」

「なっていましたね」

「それでね」

　連続して尺玉が打ち上げられる。ぱぁん、ぱぁん。亜沙見が「あー」と言い、ウランが「大きい、綺麗、大雑把」と言う。亜沙見はまた苦笑した。尾をひいている花火を見上げながら続けた。

「私は本《リブロ》のディレクションが担当だから、いつでも転がしているのね。頭の中に。ウランちゃんが想い描いている大昔を。その世界を、なんだか生きているふうなのね。しっかりと生きるというよりも擬似的にね。もどきだって理解しながらね。その世界ね、ガブリエルさんは『原東京』って名付けている。この東京のこういう形になる以前の形の、原東京人のいる東京。ほら原人の原よ。だからプロト、英語で。プロトの東京、プロトの東京人。そこって、どうなんだろうね、日本なのかな。この列島のここにある場所ではあるんだけれど、大昔だから、きっと日本はない。そんな国家はない。日本ではない

原東京、十万年前か百万年前か、それとも一億年前だっけ？　そこに私もいるの。あのね、いることにしたの。つまり私がいるの、原東京の住人たちのその一人である熊谷亜沙見ね。ウランちゃんのスケッチのその内部《なか》の人物ね。わかる？　私は理解を深めるために住んでみた。するとね、どうなるのか。ちゃんとしたことはしないんだなあ。どこかで冒険心を持っててね、『しちゃいけません』をしちゃうんだなあ。あのね、久寿等の思考というのを読んでいるのは神官たちでしょう？　その、東京という都市の産みの親である久寿等が何を思っていたのか、巨大な神獣の、いったい生前の思考はどうだったかって、釈《と》けるのは骨を鳴らす一族だけでしょう？　なのにね、私が茸を食べてしまう」

「茸？」ウランは驚いて声をあげた。

「あの茸の、末裔よ。久寿等の、その全身が腐り切ってしまう前に、腐敗がそうなってしまう前に菌類がついた、そんなアイディアが、出てたよねウランちゃん？　口にしたでしょ。あれ。その時から勢力をのばした菌類、だから茸。それはね、食べてはいけないものだった。それは絶対的に『しちゃいけません』だった。だって本来は久寿等のその聖なる死骸から栄養分を摂取して、繁殖し出したんだものね。来歴が聖別されている、だからアンタッチャブル。これが原東京という社会のガイドライン。でも、美味しそうなの。その茸。しかも原東京の、その都市の、いたるところに生えているわけ。だから私は採ってしまう。茸狩りね、そして採集したその茸を、調理しちゃう。食べちゃう。ガイドラインに違犯《いはん》して、どうなったか？　中毒を起こすの。手を触れてはならない茸はやっぱり危険だったのね。ただね、その茸に中《あた》って、私はどうしたことか、久寿等がその生前に何を見て、何を聞いて、何を考えていたかを理解できるようになるの。理解というか追体験。わかる？　茸はね、その久寿等から誕生したでしょう？　もともとは、そうだったでしょう？　だから久寿等のね、記憶や、思念、そういうのが実のところは継承されている。相続っていったらいいの？　そして茸中毒になれば、それを感受できるのよ。丸ごと。さあ、そうなると困るのは誰でしょう？　神官たちね。だから、骨を鳴らす一族ね。だって、骨以外の方法で久寿等の生きていた頃の思いを読み取れる人間が現われてしまったら、特権っていうのかな、そういうのが脅《おびや》かされる。さあ、ウランちゃん、どう思う？　私、迫害されると思う？」

「されます」

ウランは断言した。

断言することで、促していた。

その物語の続きを。

レストホーム前の路上で、誰かが、花火に向かって何かを叫ぶ。

「されるけれども、しちゃうのね。語りつづけちゃうのね。ここで茸で覚醒する新しい神子《みこ》が生まれちゃうのね。久寿等の世界に。私は、そして、視《み》たものを告げる。私は久寿等だ、私は打ち上げられた、と告げる。打ち上げられる前にはどこにいたか？　大海原だ。大海原に、泳いでいた、のびのびと生きていた。巨大に生きていた。その様子を、語ろう。いつでも語ってやろう。しかし、汝《なんじ》ら、このことも聞け。この原東京がこうした都市になる以前、ここには村があった。寒村があった。それは漁師たちの村だった。海とともに生きていた。そうだ、私といっしょだ。この久寿等といっしょだ。それは、村と村人たちは、流された。私がここに、この東京湾に打ち上げられるのと同時に流された。私が流されてきて、彼らが流されていった。その彼らの声も、聞け。久寿等はね、そう言い出して、それから今度は彼らが語り出すのよ。地震があったことを、彼らは言うのよ。海にね、大きな音がしたことを、彼らは言うのよ。それから津波が来たんだって、彼らは言うのよ。高台に逃げられるかどうか、それは一人ひとりにかかっていた。一人ひとりの判断だった。でも、でも……もちろん、逃げられない人もいたかもしれない。走れない人もいたかもしれない。そして久寿等は、波濤《はとう》の内側で身悶えして身悶えして、輾転《てんてん》としつづけているの。『余《ヨ》ハ、死ヌゾ』って、そう思って。この神様は」

いっきに語ってから、熊谷亜沙見はまた間《ま》を置き、それも四拍、五拍と置き、それから「暑いね、ウランちゃん。夏の夜だ」と言った。

19　P2KP2KKP。真の父祖

僕はむずかしい顔をしてやるぞ、とココピオは決意する。なにしろむずかしい顔というのが全然想像がつかないからだ。喜怒哀楽でいえば、喜んでいる顔も怒っている顔も哀しんでいる顔も、それから楽しんでいる顔もわかる。簡単にわかる。そして、簡単の反対が困難なのだ。挑みがいがあった。そんな表情をしていたならば僕はきっと立派な大人に見えることだろう。うん、実にぴったりだ。

そう意識してココピオは成人式に臨んだ。

いわゆる成人式ではない。日本という国が、あるいは地方の自治体や企業が、ぶじ二十歳《はたち》になれましたねと若人を祝福する行事ではない。満二十歳、そんな年齢はココピオのいる世界では顧みられない。まるまる二十年間も生きなければ「人間《ひと》に成る」こともできないメンバーは、そもそも資質からして人間《ひと》未満なのだと、率直に、理屈に合って見做《みな》されていた。ココピオのいるところでは不要である。ファミリーでは。

商売上カタカナ語でファミリーと呼ばれている、家族内では。

日本人だけを揃えた、その、商いのための家族内では。

いっぱいの祖父母にいっぱいの父母にいっぱいの兄弟姉妹に、それから時には一人っ子、それから母子家庭、こんなふうに千以上のパターンで組み合わせられるココピオの家族。前から思っていたのだが、たぶん八歳の時分にはもう見通していたのだが、馬鹿は生き残れない。国が調《ととの》えてくれる成人式なんて、遅い、遅い、遅すぎる。そしてこの国の成人はほとんど全員そんなのをボヤッと待っていたんだから、救済《キューサイ》が不可能に馬鹿だ、がココピオの持論だった。お馬鹿さんたち。ファミリーにはファミリーなりの成人式がある、それは認められるということだ、社会的に、すなわち擬似家族の大集団の内部的に、そして内部的な祖先に。祖先が、「ウェルカム」と伝えた瞬間に、手続きは完了するのだ。

しかしながら擬似家族の祖先とは何か。ココピオは簡単な言葉でそれを理解している。神様だよ。ココピオは、祖霊という概念をこうした難語は用いずにきちんと咀嚼していた。家があり、その家が祖先を祀《まつ》りつづけると、それらは氏神《うじがみ》になる。過去、死んでしまった代々の「一族《ファミリー》」の人々が、集合的なひと柱の神になるのだ。この日本的な発想をココピオはしっかり蘇らせていた。ココピオがそうだったのだし、擬似家族の皆《みな》ながらそうだ。祖先は氏神となり、一人の「神様」となる。だとしたら「神様」がいればファミリーにも祖先はいる。そして、そのようなファミリーの祖霊でしかない人物は、いるのだ。

その人に見《まみ》え、認められればよい。

それがファミリーの成人式だ。

実際に「神様」は一度は必ずファミリーの一人ひとりのために時間を空けた。わずかな隙間の時間で、二分ほどの面会しか許されなかった者もいた。それでも、会う、ということはしてもらえた。言葉を交わすことができたし、これから成人するメンバーは、できるのだ。

その儀礼、その「神様」との対面が何歳で訪れるか。噂では男子は十七歳前後だといわれている。女子ならば、年齢がやや下がって十六歳か十五歳。しかし十四歳や十三歳もいるといわれていて、男子でも十五歳がいたと伝えられていて、国民の祝日的な愚かしい規定はもちろん存在しない。つまり、あれなんだとココピオは思った、何歳で成人になれるかっていうのは僕やあなたにかかっております、意気込み次第ですって、本当はそうなんじゃないの？　ね？

うふふ。

早めちゃえ。

僕は、十三歳の男子、そして成人になることを望むのだった。なんだっけ、古い言葉で、……元服？

ココピオは、こうして今、神に会おうとしているからむずかしい顔を身につけようとしている。礼儀としてだ。最大級の敬意の表し方として。そういう表情を、するぞするぞと努めながら、階段を登っていた。何階めなのかはカウントできない。ここは建物の内側でも特別あつかいの、まるで塔の内部《なか》にでも閉ざされたような階段だ。螺旋の階段、その高さの標識はちゃんとある、メートル単位である、そこは地上から二十二メートルめだった。建物の外観《そとみ》はたぶん、六階建てか七階建てだったから、じき屋上だなとココピオは判断する。てっぺんは半球《ドーム》みたいな形だったっけ？　お椀、かぶせてあったっけ？　するとフラットな屋上じゃないな。さあ、僕の顔はもっとむずかしいぞ。

ココピオは、伝えたいことがあったから成人式に臨んだ。

成人式を求めた。

その機会を求めているのだと言い広めるだけでよかった。衷心からそうなのだと態度で示すと、たちまち試すような事柄がつぎつぎ起きた。ココピオの試験だ。まずは「貼《は》る名《な》」のネットワークを尋ねるようなことがあった。ハルナ、あのハラレタナの。貼られた名。コピオに接触してピオに接触した。それは系統樹を辿るような行為というのでは全然なかった。それでもP2KP2KKPという問題が与えられたので、これを、ピオからコピオからココピオへ、と即、解いてみせたのだ。2は英語の前置詞のtoだ、と見抜いて。あとは三つやっただけだ。ココピオには何人の父親がいたか？　あるいは、いるか？　こう問われて、片っ端から数えあげた。その大半は擬似父親だが生物学的な父親も一人だけ混じる。実父だ。ココピオは不思議だなあと思う、本物のお父さんて、数、ちょっと少なすぎない？　この試練を凌いだことでココピオには神の電話番号が与えられた。電話だ。だから、かけた。これが二つめ。すると対応したのは神様のアシスタントで、ココピオには正確には摑めないけれども三十代かそこいらといった年齢の女性の声、その声が「馬の名前を言い連ねられたらアポイントメントは取れるわよ。今週はね」と応じた。

試問だった。

もちろん馬には、条件が付いた。大井シティに夢を与えた馬たち。それも二〇二一年以降の活躍馬たち。もちろんココピオは言い連ねられた。やすやす畳みかけた、メタシンフォニー、マックスハロー、ブラウンオーキッド、アカネサス、カモンプリーズ、それから、パラソルワン、ハナサモジョウトウ、センヤイチヤ、ドウドウバード、それから、アメージングバババ、アタシベストセラー、ブラックオーキッド、あとコッポラフランシス。合格した。対面する場所の住所《アドレス》、それから神の名前が知らされた。

神様の名前？

そりゃ……そうだよねえ、とココピオは感じ入る、もちろん神様にも名前はあります。

馬にもあるんだからね。

螺旋の階段が二十四メートルに達する。その表示の先に、扉があった。待望の扉だ。屋上に抜ける。住所には「五番地七の、その屋上」とまであったのだ。そこは確かに屋上で、しかし予期したとおりにドームをかぶせられている。基本的にはガラスのようで、それを遮光のために塞いでしまう内部の蔽《おお》いもある。コンピュータに制御される一種のブラインドだ。今は塞がれていない。だからスポッとしている、スポッと嵌まっている、半分だけの空洞が屋上にあって、外気を断ち、外の風景は眺めさせつつも禁域を生じさせている。そして、庭園ができている。時刻は深夜の十二時半過ぎだった。外の風景とは夜景だった。具体的には夜空だった。ガラスは月明かりを通す、ほぼ満月に近い、それを通過させる、植物たちには少し眠っているような気配がある。庭園の樹々には、花々には。だが動物は別だ。庭園にはココピオのその視界に入るところに一頭、寝《やす》んでいない動物がいるのだ。一頭だけだが、しかし大きい、大きいけれども、しかし小さい。それは仔馬だった。サラブレッドの子供。

ココピオを迎え入れた屋上のそのドーム内は、空調が効いていた。

「昔々」とココピオは言葉を出していた。「屋上に馬がいました」

「ほう」と横合いから声が返った。

「あ、どうも」ココピオは言った。

「さて」と声が返ってきた。「飼葉《かいば》があるが、いっしょに食《は》ませるか？」

神様と飼葉いじりかあ、とココピオは思った。

思いながら返事をした。「はい、サンボンマツ代表」

三本松、というのがファミリーの神にして祖霊の名前だった。しかし生身を有している。人間の生身を。五十代後半なのか六十代前半なのか、七十代前半なのか。ふた言《こと》み言しか言葉を交わしていないのに、異様にいい声の持ち主だとわかる。スーツもネクタイもシャツも高級だとわかる。白髪も整えられている。まるっきり真っ白い。まだ五十代だとしたら皺がずいぶんと多いその顔でいちばん印象的なのは眉だ。眉毛が、こめかみのある側に左右とも伸びすぎていて、しかもフワッと垂れている。フサッと。それも白いのだ。見事に白髪の眉。そして頰は、タフに削げていた。無駄肉のなさが際立った。そうした全体の雰囲気のアンバランスさ。

「その、昔々の語り出しに」と、いい声で三本松は続けた。ココピオがいい声と感じたその声音で続けた。「他の展開はないのか？」

「展開ですか」

「バリエーション。馬以外の」

「ありますけど」

「たとえば、なんだ」

「昔々、僕はお祖父ちゃんに会おうとしました」

「本物のか？」

「お祖父ちゃんが？」

「ああ」

「そんなこと」

「そんなこと？」

「重要じゃないし」とココピオは言った。そして、答えた瞬間に思い出す。しまったぞ、僕はむずかしい顔を、忘れてるじゃないか！

「あーあ」と口に出した。

「なんだ？」と三本松が問う。

「サンボンマツ代表、お会いできて、光栄です」ココピオは丁寧に言う。

「いずれにしても、お前は俺に会った。いつかは。で、何歳だ？」

「十三」

「もうちょっと、飼葉を、やれ」

「はい」

仔馬がココピオにじゃれる。

神との面接の場所に馬がいることは、そう意外ではなかった。ファミリーの成員であれば神が、神様が、競走馬の馬主《うまぬし》でもあることは周知の事柄だったからだ。そしてあらゆる競走馬にオーナーがいるように、ファミリーにもオーナーがいるのだった。生産牧場にも関わるオーナーブリーダーが競馬界にいるように、擬似家族なるブリーディング・ビジネスの創始者はいるのだった。創始、のその意味合いでも神だった。

「馬に好かれたな」

「小さい者同士です」殊勝にココピオが言う。

「だが、これで一人前だろ？　年齢《とし》はな……サイズとは無関係だ。お前はもう、成年した」

「ありがとうございます。身体《からだ》のサイズは、はい、これから追いつかせます」

「歩きながら、飼葉をやれ。あの噴水もどきまで進もう」

「うわあ、噴水もあるんですね。この庭」

「実際に仕込んであるのはスプリンクラーだ。噴水の池には、こいつの」と仔馬を指す。「水飲み場の役目を兼ねさせてある。だから魚はいないぞ」

「つまり鯉とかはいない？」

「俺は、錦鯉が嫌いだ。あのブリーディングは」

「僕たちって、どうです？」

「お前たちは、日本人だ。錦鯉はな、もともと真鯉《まごい》の突然変異からのブリーディングだよ」

「ふぅん」

「昔々のお祖父ちゃんは、どうなった？」

「屋上にいました」

「お祖父ちゃんもか。そうか」

「お祖父ちゃんの中のお祖父ちゃん、血筋の本物偽物をぽーんと超えちゃった、ザ・お祖父ちゃんです」

「真の父祖」

「あのぉサンボンマツ代表、それで、僕はこの身体以外にもサイズが、いろいろと無関係になったところでお話をできたらって、今ちょっと、そのぉ、思っているんですけど」

「わかりづらいな。何が言いたい？」

「すみません。緊張しています。その、僕はひたむきに相談があるんです」

「ひたむきにか」三本松の声が微笑んだ。その声の表情《いろ》が。

「ご相談です。そのサイズが、なんかドーンと大きいんですね」

「ほう」

「僕、なんだか日本だ世界だって、考えちゃいますよ」

「お前は、国家を思うのか？　感心なことじゃないか」

「いやあ、『国家なければ戦争なし』なぁんて。格言が出ちゃいます。おい、お前はどう思う?」とココピオは仔馬に訊いた。かたわらをパカパカ歩んでいる蹄のある動物に。

ぶるるる、と仔馬は言った。

20　匂いがない物体は食べられない

　イレギュラーな一日が始まる朝、正確には朝と呼ぶには早すぎる午前四時前にヤソウは母親の幽霊を見た。そんなものを目撃するのは初めてだった。そもそも幽霊を見ることじたいが十七年間の人生で初めての体験だった。そして、茶化せなかった。ヤソウは見ただけではなかった。見るのに先立って声を聞いていて、後には触れた。触れた対象《もの》は母親の幽霊ではなかったが。しかしひと続きの出来事ではあった。ほとんど融合しているような事象ではあった。まずは声であって、それがヤソウを眠りから引き剝がした。体感としてはそれはまさに剝がされるという印象だった。言葉は、たぶん、何度か同じものが繰り返されていた。合間に沈黙《しじま》も挟まれていた。しかし声量は、たぶん、一度もその大きさを変えなかった。反復される言葉の途中で、ヤソウは意識を現《うつつ》のほうに戻したのだった。

「――きなさい。……。ヤソウ起きなさい」

　その瞬間は違和感を覚えていない。声には。起床を促されることには。瞼を開いて、まだ朝ではない、ちゃんと朝にはなっていない、暗いと思って、この室内が暗い、寝泊まりする部屋の中がと思って、そこが東大井二丁目の宿舎であることと母親の声がそこでていることの齟齬《そご》と、母親の姿がちゃんと視認できていることと、つまり暗闇に閉ざされている部屋にもかかわらず目撃できる人間がちゃんといることのブレやあるいはズレと、しかも母親がほとんど正座のような姿勢をとってタオルケットに座っているらしいこと、すなわちヤソウの仰臥《ぎょうが》したその上に座っていることの奇妙さや異常さと、そうした事柄をほとんど同時に認識して、それから固まった。全身が粟立《あわだ》っていた。その皮膚の反応は即座に把握された。しかしヤソウにできることは、見ること、ただ正面を見ることに限られていた。まだ。母親の顔はクリアだ。母親の顔は、それは、無表情だ。位置から察するに胸板に座っている、ヤソウの胸部に、しかし重さがない。重量がまるで感じられない。そもそもどうしてそんなところに座っていて、どうしてヤソウを見下ろしていて、どうして視線を逸らさないのか？　それからヤソウは、いや、俺と目を合わせてるわけじゃない、と知る。目は膜のようで、目は、何にも焦点を合わせておらず、目は、それもまた無表情だ。しかしヤソウの顔面にひたっと据えられている。ヤソウはそれから、やっと母親の口に気づいた。口は動いていた。

声がしたんだ、とヤソウは思った。

起こされたんだ、とヤソウは思った。

目を閉じた。それは、できた。母親の口が動いていることで自分の目を、瞼を、同様に動かせる可能性に思い至ったのだった。鳥肌が両腕で凄いことが感じられた。腕、腕、いた。耳が、カサ、カサカサとタオルケットの裾を揺らしている生き物の気配を聞いた。揺らすというか翻るというか、踏むというか。いる、とヤソウは思い、腕、とヤソウは思い、すると右肘は意識的に曲げられて、掌のふちがシーツを擦《す》り、タオルケットの外に出せた。ヤソウは、その手で探った、いた、感触があった、毛だ、犬の体毛だ、それから毛の下の皮膚、胴体、その温かみ、その輪郭、それから濡れた感触。べたりと。血。やや粘り気のある、重々しい血。体毛の間の。

ヤソウは目を開ける。

犬もいると思ったのに、犬はいない。

母親がいる。

顔が近い。さっきよりも距離が近い。

背中を曲げたのだ。

しかし無表情さは変わらなかった。何かを具体的に訴えるでもなかった。哀れみや寂《さみ》しさや憤り等を、その顔では。しかし声は別だった、声はちゃんと訴えていた、再度聞き取れた。それまでは音声は消失していたのだ。だが、ずっと途切れなしに続いていたのだといわんばかりに、またもや途中から聞こえた。

「――きなさい。……。ヤソウ起きなさい」

起きる？

ヤソウは認識し直した。俺の手は、まだ犬を触っている。刺された跳《と》び丸《まる》を。ビーグルの跳び丸を。

いる。手では。

いない。

目には。

血。

「さい。ヤソウ起きなさい」

起きている。俺は。でも。

本当に起床を促しているのか？

母親のその膜の張ったような目が、ふいに、ボワッと膨らんだように思えた。あるいはもっと近づいてきたように。目だけが。両方の目だけが。ヤソウは、はっとして、その接近を阻もうと右手を翳《かざ》して、その右手というのは直前まで犬に触れていたその手で、唐突に電話が着信のコールを鳴らし、ヤソウは枕の上で頭をごろっと左側に傾け、そこに就寝時にはいつも置いている電話を見て、コールの音楽はやみ、また顔を戻す、母親に。

母親はいない。

そのまま、ヤソウは起きたのだった。電話の履歴を確認すると、鳴っていなかった。

誰からもかかってきていなかった。すると単純に幻聴だったのだと判じられた。だがそんなふうな単純さのほうを信じていいのか。電話はデジタルの回路を通さずに鳴らされたのではないか。冷蔵庫を開けて、ガラスポットを出した。入っているのは蓮茶《はすちゃ》だ。しっかり冷やされている。それをコップに注いで、立ったままで二杯、三杯と飲んだ。意識はしていなかった効用だが、鼻が覚醒した。嗅覚だ、蓮の花の香りに反応した。蓮の葉っぱと花は移民街の友達からもらったものだった。ヤソウは、じっと思考を凝らした。

俺は、聞いた。あの声。

俺は、見た。

触った。

ビーグルに。

しかし嗅いでいない。俺は、何も、さっき嗅がなかった。

さっき。今。たった今。

幽霊は匂いがないのか？　犬でも人でも？

ヤソウは、起きたら着替える予定で枕もとに積んであったTシャツと、それから普段穿きのカーゴパンツの山まで歩いていって、折り畳んであったカーゴパンツのポケットを探った。右の太股のポケットのさらに奥の手製のポケット、そこから超々ジュラルミン製の小さなケースをひっぱり出す。ごく軽い。部屋に備え付けのテーブルの上にそれを置いた。それから、コップに四杯めの蓮茶を注いで、これも置いた。それから、着信の履歴表示を確かめ直して、電話も置いた。一、二、三と数えた。意味はない。ヤソウはあえて母親の顔を、それも今見えたその顔を想い起こした。たちまち項《うなじ》から両肩に、左右の二の腕にと粟粒《あわつぶ》がぼつぼつ立った。俺は十一歳だったんだ、と思った。十一歳の時に死んだんだった。あれから……六年？　あれから六年が過ぎて、幽霊はなんだか一ヵ月ぶんも老けない。

俺を、起こしに来たのか？

馬鹿か。まさか。

でも起きろって言ったな。

おまけに匂いがない。

ヤソウは電話、蓮茶のコップ、ケース、と並んでいる三点に順々に鼻をちかづけた。犬みたいだと思いながら。七歳でシ……刺殺《シサツ》された跳び丸みたいだと思いながら。電話にはあまり匂いがない。蓮はとうに死んでいるのに匂う。死んだ植物、それから、とヤソウは嗅いだ。超々ジュラルミン製のケースは匂わない。そこには死んではいない菌類が収納されている。つまり休眠する菌糸の集合体が保存《カンサーブ》されている。眠り？　しかし、とヤソウは思う、これに起きろって言ったわけじゃない。俺に起きろって言ったんだ。

菌糸は、目覚めたら、匂うんだろうな。

こんな十一センチかける三センチのケースに入っていて、でも、この小ささは騙しで、育てれば何万倍にも何億倍にもなる。そしたら相当匂うんだろうな。それは、つまり、茸の幽霊じゃないんだな。もちろん森の幽霊でもない。森は幽霊になる必要なんか、ない。ヤソウは掌をケースにのせる。左側の手の、それを、すると超々ジュラルミン製のケースはすっぽり収まる、たちまち隠れる。俺たちは何を壊されたんだろ、と思う。俺は、壊されてなんてない、全然ないとも思う。しかし母親の幽霊がこんなふうに森からわざわざ上京して、俺を、慄《ふる》えさせる程度にはいろいろと壊された、壊されたのか？わかんないな。生まれた時から森だったんだから。いいや、そうじゃない、きっちり言ったら二歳の時から森だったんだから。俺には見棄てられたなんて気持ちは、ないし。たとえばサイコにも。うん、俺やサイコなんかにはないんだし。ないよ、森の外《そと》側の世界をとことん怨《うら》みます、とかっていうのは。全然ない。

断言は、できる。

できるからカウボーイは俺にしたんだ。俺たちにしたんだ。俺たちが森の第二世代だ、休眠菌糸のことは委ねるって言ったんだ。Cの情報も含めて。Cだ、ケミカル。そして俺は、そんなのは東京に委ねるって言ったんだ。Bはもちろんだけれども C もカウボーイの言うようにそうするって。Bだ、バイオロジカル。寝癖のついた髪にヤソウは手をやった。上京した時には二、三センチと短かった毛髪はずいぶんと中途半端に伸びていた。それから、疼きを感じた。頭皮がワーワー言うような疼きだ。

結局ヤソウは午前五時まで考える。午前六時まで考える。今なら、ヤソウ起きなさい、と幽霊からでも牛馬からでも鶏《とり》からでも言われてもいいという時間まで考えて、着替えた。部屋を出た。もちろんカーゴパンツを穿いていた。もちろん七番めの手縫いのポケットには超々ジュラルミン・ケースがあった。収まっていた。

そこからは予定どおりにイレギュラーな一日だった。厩舎には向かうし、高機能脚馬であるインディサンタの世話もするのだが訓練がない。代わりに交流会がある。東京ネオシティ競馬場の内馬場《うちばば》を会場にした、「ふれあいルーキーズ」と命名されている一種の競馬ファン向けの感謝祭、主役はデビューから二年以内の新米騎手たちだがデビュー以前の訓練生の類いも人前に出る。つまりヤソウもだ。当たり前だがそれほど世間の注目を集めるイベントではない、何らかの梃子《てこ》入れをしなければ賑わわない、そのために東京ネオシティ競馬場の新入り《ルーキー》たちは積極的に友達を招いた。友人たち、それから家族たち親戚たちを。それもあって身内のパーティめいた雰囲気に満ちあふれるというか、のんびりとした、アマチュアっぽさが前向きに許される催しだった。実際新入り《ルーキー》たち自らの手作りの企画が大半だった。たとえば専任調理師を監督役に入れてはいるものの、ほとんど普通の素人《しろうと》たちのバーベキュー大会、同じように騎手がにわかシェフに変じる「馬《うま》い屋台」コーナー、内馬場の超大型ビジョンには「着せ替え！　勝負服」というジヨッキーに騎手服をつぎつぎ着替えさせるゲーム風のアニメーションが流されているのだが、わざわざ新入り《ルーキー》に撮影させたドキュメンタリーの映像も挿《はさ》まれて流れる。これが厩舎だ、や、調教師の先生たちの素顔に迫るぞ、などのシリーズに、「馬《ウマ》ッ太《タ》は見た！」というおかしなタイトルが冠されている。

ヤソウも友人たちを招いていた。お前もちゃんと動員はしろよと先輩たちに言われていて、無料の入場パスを数十枚配っていた。それなりに友達の多いところがヤソウの、地元、大井シティへの立派な溶け込みぶりを示していた。ただしヤソウはウランは誘っていなかった。それは気遣いだった。ずっとエスコートできるのならば問題はないが、ちょっと無理だ。そこで避けた。とはいえ、ヤソウはいつかは出走レースにウランを呼ぼうと考えている。騎手としての出走レースに。そしてスタンドで観てもらうのだ。

開場直後から握手会が続いていて、ヤソウの番も来た。訓練生なのだから人気があるはずがない。しかし先物買いの競馬ファンもいて、誰一人として列に並ばないというのでもなかった。一人と握手するとヤソウはその相手と数分間は雑談した。それから友達も並んだ。ほとんど移民たちだ。タイ人たちがグループで来て、ヤソウとは当然日本語で、仲間内ではタイ語でしゃべった。タイ語を、ヤソウはぱちぱちと弾ける言語だと理解している。意味はどうしたって聞き取れない、それどころか聞き取れない音、子音もある、日本人の耳にはそれはあるのかないのかが不明な音声なのだ。それでもヤソウは、それを無音のぱちぱちと感じた。つまり、ぱちぱちとは響かない空白、強引にいえば、はちはち。ベトナム人の友達も来て、それはベトナム料理店で働いている四つか五つ年嵩の男なのだが、ヤソウに差し入れを渡した。何、これ、とヤソウが訊いたら、豚モツのドクターペッパー煮だと答えた。創作料理だ、と笑った。しかしヤソウに美味《うま》さは確信できた。以前、この男にヤソウは鶏の足のしゃぶり方の手ほどきを受けていたのだ。要《かなめ》となるのは軟骨を食べることだった。バングラデシュ人の、黒い肌の友人も来た。どこかでタブラが演奏されていたが、それはヤソウの交友関係の輪とは関わらない。

それから握手会はよりイレギュラーな展開に移った。ヤソウの予測《よみ》に比してイレギュラーになった。並んでいたのは日本人だった。男、たぶん老人、しかし年配がどうも推し量れない。レンズの大きなサングラスをかけていたせいでもあるし、日除けのパナマ帽をかぶって頭部を隠していたためでもある。「君か」とヤソウに向かって言ったのだった。「君が、喜多村君か」と言ったのだった。どこか惹きつけられる変わった声だった。変わった、いい声だった。あるいは謎めいた魅惑の声音だった。渋いのだが、枯れてはいない、むしろ芯はエネルギッシュだ。

ヤソウは「ええと、そうです」と答えた。

「世話になっている」

「そうでしたっけ？」訝《いぶか》しんでヤソウは言った。

「馬がな」

「馬？」

「インディサンタ」

握手会に現われた男は、それからヤソウの前でサングラスを外した。すると当然両眼が現われたのだが、ヤソウは眉が現われたと思った。眉毛だ、とても印象的な、むしろ特徴的な、白い、真っ白い、そして端のほうがフサッと垂れている、そこだけは老翁の眉毛。

「私は、インディサンタのオーナーだよ。挨拶が遅れた」と三本松は言った。「なあ、喜多村君、今度ハイグレードにして会員制の舞台でもいっしょに鑑賞しないか？　舞台だよ、舞台芸術だ、それも日本の。純粋に日本生まれの。能楽」

説明しながら、手をさし出した。

ヤソウは、握手した。「ノーガク？」

「能だよ」

三本松の声が響いた。力《エネルギー》が。

21　秘すれば造花（ＺＯＫＡのカタログ）

六〇〇年前にひとりのアーティストがいった言葉を、現在形で。そう、ゼアミ・セッズ。それは「秘すれば花」。その花について、わたしたちＺＯＫＡはいつも考えています。最初から隠されている花もある。生きてはいないことが隠されている花がある。これは人生の、最大の戦術です。室町時代のアーティスト、世阿弥から六〇〇年後に見出された、最高の戦術です。イミテーションフラワーをあなたの暮らしに織り込むこと。生けること。これは世阿弥をきっと驚かせることでしょう。ほら、聞こえませんか？「ヒア・カムズ・ユーゲン（ここに幽玄が）」と語る声。そう、ゼアミ・セッズ。作法はひとつ、愛すること。その家具を。造花たちを。あなたの暮らしに、ひっそりと、ＺＯＫＡの華道を。

22　サイコのサイケデリカ探訪。実母および非実母譚

九月に発売されたリビング・レジェンドのレコードは三十万枚売れた。CDとその発展形の光学ディスクがほぼ商業マーケットから一掃された時代に、レコードが驚異的に売れたのだった。真っ黒い盤面に針を落として聞かなければならないアナログレコードがである。もちろん仕掛けはあった。実際に売っているのはチケットだった。ライブ公演のチケット、それがレコードに付いている。そしてライブ会場ではアルバムの音源データが個人のほとんどのデジタル情報端末にダウンロードできる。会場内限定の配信システムで、しかも当日のライブ音源も二枚めのアルバムとして特別に入手でき、客席の「どの位置で聞こえる音響《サウンドスケープ》の像か」を四種類から選択可能であり、擬似的に最前列、右側中央、左側やや奥、二階席とシートが後日変更できるのだった。このマニアックな楽しみを提供したうえで、さらにデモ段階の音源集、初期テイク集、著名プロデューサー参加の長尺版《エクステンデッド》のリミックス音源などへのアクセス権限も優先的に与えられた。だが、そうしながら、「これはレコードを売っているのだ」と強烈なキャンペーンを展開した。ただで手に入る音楽なんて屑《くず》だ、ちゃんと触《さわ》れない媒体なんて寂《さみ》しいだけだ、自由は空っぽだ、データは空っぽだ、軽い、重量ゼロだ、そんなふうに理屈よりも雰囲気でもっ

て二〇〇〇年以降生まれの層に訴えかけた。〇〇年代と一〇年代の層に。言葉を換えれば、お前たちは生まれた時から空虚《ボイド》を与えられてきたのだ、と。

空虚《ボイド》の授乳、というのが第一のコピーだった。

販売戦略のその全体を見渡すならば。

フィンランドに本社のあるオーディオ機器の世界的メーカーがキャンペーンを支援したのだった。Thinkii のおしまいの二文字、ii がポップに弾けて躍るロゴが人々の目に飛び込みだした。端的にいって深淵《ヘル》シンキは超ローエンド機で、絞り込まれた仕様と頑丈さ、ある種の家具にしか見えないデザイン性、そして常識外れの低価格を売りにしていた。実際、リビング・レジェンドのそのアルバムよりも想定小売価格の設定は下だった。二百円は安い。そのことで九月のあいだに深淵《ヘル》シンキは二十六万三千台と少しを売り上げた。ほぼ十人ちゅうの九人がリビング・レジェンドのレコードと同時に深淵《ヘル》シンキも購入した計算になる。家電量販店のチェーン最大手がここに一枚噛んだ。日本の都市部全域で深淵《ヘル》シンキは大々的に店頭陳列されて、その実演にはリビング・レジェンドの音源が、当のレコードのサンプル盤が用いられていたのである。これは音楽ファンに的を絞らないプロモーションでもあった。マーケティングの定石を意図的に裏切ったわけだが、そもそもアナログレコードにはまともなマーケットが最初から存在していない。その意味では裏切りではなかった。仕掛け、のひと言に尽きた。

　仕掛けは他にも続いた。九月に発売する、というスケジュール設定は実は鷺ノ宮のある統計を踏まえていた。八月後半、この半月間こそが犯罪発生率がもっとも高まるのである。二〇二一年の春以降の統計に拠ればそうだった。そしてこの年もやはり、そうだった。

　前月、つまり二〇二六年八月に、合計すると三つの殺人事件があったのだった。つごう十八人が殺された。ただし一般市民がというのとは事情が違った。殺された側も殺すか、殺そうと意図した側に属していた。いわゆるアーケードを自警する十七、八歳から二十四、五歳までの若者たちだった。男が十五人、女が三人、それぞれが所属するアーケードは四つ。込み入った衝突だった。極めて鷺ノ宮の内輪《うちわ》ごとの事件で、それゆえに以下のことが言えた。まず、同じ内輪に、鷺ノ宮の内部に深く根を張っているのならば、「そろそろアーケード同士の抗争が一線《ボーダー》を越えるらしい」との情報は摑める。Xデーはいつ頃である、とも。ねたの確度は高い。それから、普段であればこの手の抗争劇というのは世間の耳目《もく》を決して集めない。世間、すなわち外部には無視される。鷺ノ宮は荒れていて当然だと目されているからだ。そのためニュース価値がないに等しい。が、今度は違った。しっかりと時事的なセンセーションとして鷺ノ宮の圏外《そと》を賑わせた。複数のフリーのジャーナリストが歩調を合わせて動いていた。同一の論調に揃えて、数字を統《す》べて、広報係《スピーカー》となっていた。アナウンスされる内容はこうだった。やっぱり危険地帯の鷺ノ宮、わずかひと月のあいだに十八人があたら若い命を散らす、より厳密にはたった二十二日間に、平均するならば、つまり、一日に〇・八人が殺される街。

それは決定打の、第二のコピーになった。販売戦略のその全体を振り返る時に。一日に〇・八人が殺される現代TOKYOの街、鷺ノ宮。

海外はいざ知らず、日本国内では穏当とはいいがたい過剰な数字だった。その訴求力は群を抜いた。誰に、何を訴えたのか。大衆に、リビング・レジェンドは本物だぞとアピールしたのだった。しかも劇烈に。もともと名前の売れていたこのジャパニーズポップスの巨人は、今、鷺ノ宮が拠点である、そこに暮らすのみならず新世代のミュージシャンの育成の地にも変えている、鷺ノ宮をだ、才気あふれる若い歌手、若い演奏家たちが彼の下に集いだした、すなわち鷺ノ宮にだ、そこで彼は合宿を主催している、音楽合宿だ、セッション合宿にレコーディング合宿、プライベートスタジオも設けた。

鷺ノ宮のスタジオ、そして、鷺ノ宮の一つの党派《スクール》。

音楽業界が昨年暮れから今春にかけて命名しはじめていた「スクールSAGI」。録音技法の側面ではカッティング・エッジで、洗練と荒々しさを併せ持つ、換言するならばお洒落でありつつも生々しい、そうした特徴で括《くく》られるムーブメント。そしてリビング・レジェンドこそはこのムーブメントの、この党派《スクール》のボスなのだ。

このボスが、最新のアルバムを出す。

しかもアナログレコードのみの形態で、出す。

いわば戦闘的に、出す。常識を鼻で笑って。

鷺ノ宮から発売《ローンチ》されるのだ、実質的に、そうなのだ、あの鷺ノ宮から。一日に〇・八人が命を落とす場所から、悪い場所から、空虚《ボイド》の正反対のものとして。実体のある黒い円盤として。深淵《ヘル》シンキを買えば、再生装置のその先端にあるのは、針。

ダイヤモンド製の尖った針。

文脈はめいっぱい付されていた。しかも冗長にはならない。販売戦略を顧みられた時に浮上する二つのコピーは煽情的《せんじょうてき》だが、他はむしろ仄めかしにとどめられた。たとえば歌詞。アルバムのタイトル曲『1ミリ』は、表向きはファッショナブルな範疇を出ない。

1ミリだけ　昨日に帰ろう
君が生まれたのは　君のせいじゃない
君が生まれたのは　君の選択じゃない
リアルはなかった　最高に自由だ
ほら　見まわしてごらんよ

ルルル　ルルルルル　音をリボルブ
ルルルルルル　ラ　リボルブ
　不快だろ？　不快じゃないのか？　不快だろ？
1ミリだけ　距離を詰めよう
隔たりっていうのをさ　埋めて
君が生まれないのは　君の選択さ
ほら　生まれようよ　生まれて
リアルに生まれて
リリリ　ルルルル　音をリボルブ
ルルルルルル　ラ　世界
　不快だろ？　世界じゃないのか？　世界だろ？

　高梨はそのリフレインを耳にするたびに、低体温だなと思う。超低体温だ、この、「不快だろ」とか「世界だろ」とか歌う部分。しかも不快では全然ない。歌詞が促そうとしている感覚は逆転する、むしろ鎮痛作用のようなものが起きた、そこにはもちろん陶酔に通じる要素があって、それから煽られていることをやっと自覚する。
　危ういんだよな、と高梨は思う。あれだよ、ヘロインぽいっていうか。

麻薬の名がスッと脳裡に浮かんだことには原因があった。映像のせいだった。この『1ミリ』の、というかアルバム全体の販売促進用に制作されたフィルムのせいだった。フィルム、と呼ばれていた。実際には映画フィルムなどは用いられてはいないのだが、慣例的に音楽業界内ではフィルムで通されていた。プロモーションフィルム。『1ミリ』がオープニングに配されたそのフィルムは、まだ冒頭の十数分ほどに相当するパートしか公開されていない。そのように注釈が添えられている。テレビ放映時にもネットワーク上でも。多種の音楽プログラムに、数十秒単位の断片《フラッシュ》が抜粋され、紹介される時にも。いずれリビング・レジェンドのこのフィルムは、もっと長さを足す。場面を足す。物語を足す。それは成長するプロモーションフィルムなのだ、しかもレコードの売れ行きが伸びれば伸びるほど、そのフィルムの尺も伸びつづけるだろう、連動して。

オープニングだけでも、あるいは断片《フラッシュ》の瞬間にも、印象的に菌類は現われた。菌類というか、単純に説けば茸だ。もちろん胞子だけのシーンもある。とても繊細で、雪のようにも見える、花粉のようにも舞う、しかし茸の胞子だ。その描写にいちばん特徴が現われているのだが、フィルム内では茸に関してのみアニメーションが投入された。それがまた、いわゆる〝アニメ〟という感触からはかけ離れている。色彩が儚《はかな》いのだ。手描きの線で構成されているのだ。むしろ手描きが強調されている、コストをかけた原画がスキャンされて、コンピュータ処理はその後に行なわれる、それが胞子を「写生された胞子」に思わせて、茸のその笠《かさ》や笠の裏側の襞《ひだ》にフワリとしたりシュッとしたりゾワッとしたり等の触感を与えている。目にするだけで感じられる手触り。視覚から触覚への遅延《ラグ》なき転換。ひと言で説明すれば、実写に重ねられたアニメーションは美しい。茸は全部、美しい、高梨はそう思った。

そして、幼菌から成菌までの茸、つまり卵のようなものから茎が出て、笠が開いて、その笠が網目状だったり、いきなり儚さから転じて色彩の鮮やかさを誇っていたり、笠に疣《いぼ》が点在するのを認めたりする時に、茸はイコール幻覚作用だ、こいつらは幻覚作用を暗示しているんだ、そう高梨は認識する。茸といったら、食、毒、そして麻薬の親戚。食用の茸と毒性の強い茸と、それから精神に変調を起こさせる茸、その分類の第三のものを高梨は想い起こして、何が発信されているかを高梨は嗅ぎとるのだった。それゆえに高梨は、ヘロイン、と連想したのだった。低体温だと感じられた『1ミリ』のリフレインに。薬物の効果をスッと結びつけていた。

実際に頭からプロモーションフィルムを観れば、喚び起こされるイメージはもっと変わる。画面に最初に登場するのはギターだ、接写されたギター、その絃《げん》とフレットの交叉。それからカメラが引いて、ネックの全容が視認され出す、と、途端に木製の指板《フィンガーボード》から生える。茸が。それが生長するのだ。発芽の瞬間が、フィルムの本物のイントロにはある。しかもリズムを刻んでいる、育ちながらリズムをしっかりと内包している、むしろ楽曲がそちらに共振しているのだと錯覚させた、絃は透明でフレットは安物の塗料を塗った白、指板《フインガーボード》は黒、そして茸は、二種か三種類の茸は、多彩。

そこから始まる。

そこからロックで、ファッショナブルな、実写のロケーションは大半が鷺ノ宮のその市中《まちなか》で、家具がちらりと映るとしたらZOKAのもので、アニメーションの茸は繊細さの度合いを落とさずにアート感覚を前景化させつづけて、しかも消える時は消える、現われる時は現われる、それ自体が誘発された幻覚のような、計算された頻度を背後に持った、リビング・レジェンドの最新アルバムのプロモーションフィルムは展開するのだ。しかも脚本があった、見る者が見れば練られていいいるとわかる物語があった、手間が投資されているストーリー、そして、惹きの要素としては最大の、相当に尾を引く世界観があった。

いったい、何種類、茸は出るんだ？　高梨は思った。

ここまでの十分間や二十分間弱に、何種類出たんだ？　高梨は眉間に皺を寄せた。

回答は得られた。三〇二種だった。

「俺、監督と話したんだよ」と高梨はPに言った。高梨、すなわち鷺ノ宮の非公認ガイドを自任する高梨ごろは、P、すなわちサイコに。ディスプレイに向かって語りかけたのだった。そこでのサイコは例の二つの〝ホルスの目〟だ。それが高梨の認識するPの顔の代用品だ。馴染みがある。高梨は、しっかし妙なもんだなと思う。だとすると俺にはPは二人かよ。ベトナム人のかわい子ちゃんの顔をしたPと、この目ン玉二つのデザインのPと。そして直接対話って感じを与えるのは、以前と同様にネットワーク利用のほうだときてる。

「あたしは会ってないな」とPが答えた。

「監督さんに？」

「そう」

「俺が思うに、それはそれで意外にけっこうなんじゃないか」

「そう？」

「そう。けっこう。ほら、ドラマなんかでさ、原作者の意見なんたらを尊重しすぎて、ビジュアルが駄目になるパターン。あるでしょ？」

「あるんだ」

「あるのよ。だからさ、Pの小説にいろいろ刺激されたんだとしてもさ、あとは監督が勝手に進めたほうがいいんではないか、と」

「それは、あるね。あたしも賛成」

「でしょう？」

「このあたし、P当人が驚けたんだし。それで茸の数は三〇〇？」

「三〇二種。公開済みの十七分二十秒バージョンにおいては、って言ってたな。あのね、監督さんね、におい《ヽ》て《ヽ》は《ヽ》が口癖の人でね。面白かったよ。監督さんにおいては」

「多いよね」

「いや、それがさ、最終的には三〇〇〇種類を目指しています、茸の発生面においては、だって。どうよ」

「凄い。楽しみ」

「ヤバいよなあ、俺も感動しちゃったよ。そもそも世界にはそんなに茸がいるんですかって訊いたら、全然いますって即答されて。あのねP、監督さんね、『茸そのフロンティア』とかいうやつを、その、本らしいんだけど、三冊おんなじのをプロダクションに用意したんだって。スタッフも頭の中、茸漬けらしい」

「図鑑なの？」

「総天然色の図鑑だって」

「タフそうな本ね。あたしも欲しいかも。でも、あのプロモーションフィルムの迫力は、他にもインスピレーションの源がある気がしたけれど」

「さすがぁ、気づいていらっしゃる。どうも世界観のベースはPの小説に拠りつつも、インスパイアされた映画があるんだって。他に」

「どんな映画なんだろ」

「今から説明します。これが実に、やっぱり総天然色の映画なんです。カラーってことね。古い言い方なの。俺のさ、この顔がさ、そっちで白黒《モノクロ》になってるでしょ？」と高梨は二十二本線のバーコードとしてP側に映っていることを意識して、言った。「その白黒《モノクロ》に対して、天然の色彩ありっていう。こんな言い方をするんだから、古い映画なわけよ。監督さんは言ったね、『製作年代においては、半世紀以上前の、一九六〇年代です』って。しかも、恐怖映画なんだってさ」

「茸の？」

「茸人間の」

「何それ」

「ええとね、キャッチフレーズを教えてもらった。動物でもない、植物でもない、第三の生物、茸！」

「へえ。的確」

「その茸が、どうやら放射能で突然変異した。はっきりとは描かれないらしいんだけどね、海洋調査船の、放射能測定器が出るらしい。それって、核爆発の、海洋汚染の調査をしてたわけなの。わかる？　太平洋で水爆実験が行なわれたりしてた二十世紀の歴史」

「へえ」と言って、Pはそれから無言《しじま》に落ちた。短い間《ま》。

「ん？」と高梨は訊いた。

「ううん。いいよ、続けて」

「いや、俺も観たわけではないから、ちゃんと説明はできないのであるが、その調査船のせいで南海の島に、あ、ナンカイって南の海ね、そこに人間が茸に襲われちゃう環境が生まれちゃうわけ。『描写においては』って監督さんは言ってたな、『雨とともに茸がどんどん育つ、そのシーンが強力です』って」

それから高梨は説明した。Pに、その強力さがいかにリビング・レジェンドのプロモーションフィルムに反響したのかを。反映したのかを。ギターから発芽する茸、しかも鷺ノ宮の道端に三本が棄てられていて、ほらゴッソリっていうかゴサッと、そこから茸が大発生するところ、あるだろ？　思わず慄《ふる》える感じに綺麗なあれなんかがそうだって。

そして高梨は、心中に思ったことは説明しなかった。その映画の話を聞きながら、ただちに結びつけて思ったことは。島か、と高梨は考えたのだ。そんな大昔のお馬鹿ホラー映画の舞台も、島なのか。その島を高梨は、もちろんShimaとの表記となって日本語を超え通用しているあの「島」、すなわちPのいるところと重ねて考えた。その広大な土地、P自身は決して島とは呼ばず、あるいは単に唾棄するために口にする呼称の「島」。

半世紀以上前？

そんな昔と、今を重ねても、島なのか。

十五年前と、今を重ねても、島だ。

それと鷺ノ宮を、と高梨は思ったのだった、俺の鷺ノ宮を凋落させた、あの六年前と重ねても、もちろんぜんぜん島だ。

島はそれこそ、ここと重なったんだし。

島の土砂が、この鷺ノ宮の地面に。

オリンピックのシミュレーション・スタジアム限定だとしても、地面を、覆ったんだし。

だからPかよ、と高梨は思ったのだった。もう重なってるから、ここにPかよ。

高梨はPの小説を読まない。その茸の小説、たぶん「島」が舞台の、ミズ代理人は読んで感心したという小説は。いちばん最初にミズ代理人をこそ刺激したという小説は。俺は読書なんてしないタイプだ、と高梨は自認する。小説家を他人に紹介しても、俺は読まない。読まないけれども、それで確かに変わったんだ。たとえば鷺ノ宮がだ、変わりつつある、この街には茸のイメージが付きつつある、植えられつつある、つまり植《しょっ》菌《きん》だ。

いっさいは連動している。

レコードが売れる。

レコードプレイヤーが売れる。

レコードが売れるために、一日に〇・八人が殺される街、のイメージが売れる。

レコードが売れて、その前後に、販売促進用のフィルムが広まる。視聴が、レコードの売れる前であれば、レコードをもっと売る。売れた後であれば、プロモーションフィルムのその尺を伸ばす。成長させる。茸たちも、生長させる。

その連動劇を仕掛けているのが高梨も「この人あり」と認める鷺ノ宮の大物、ミズ代理人だった。ミズ代理人と彼女の、あるいは彼のチームだった。深淵《ヘル》シンキのメーカーとの提携を進めた。家電量販店のチェーンの最大手と交渉して、状況を調《ととの》えた。それから鷺ノ宮の、例の、犯罪発生率の統計データを踏まえたリリース日程の作成、「〇・八人」の広報係《スピーカー》となったジャーナリストたちとの表には出ない契約。そして、そもそも、リビング・レジェンドの「アナログレコードで発売したい」との直感による発言を、しっかり承諾したこと。本人のどんな意向をも蔑ろにしない、どんなに突拍子がないと感じても一笑に付さない、これが代理人《エージェント》としてのミズ代理人の凄さだった。アーティスト、それもミズ代理人が目をつけるようなアーティストには直感、発想があり、ミズ代理人並みのビジネスパーソンには理論を裏打ちするブレインストーミング、そこからのブランディングがあるのだ。スタイルとしてまず文脈があり、次いで戦略がある。基本的にはミズ代理人が扱っているのは「生きた伝説《リビング・レジェンド》の著作権」なわけだが、その著作権に価値を与える文脈、戦略のどちらをもミズ代理人とそのチームが掘り起こしている。ときには文脈それ自体が商品であり、たとえばレコードであれば「それは空虚《ボイド》の対極だ」というのが、そうだ。

仕込みはまだある。しかも多面的にある。高梨は承知している。ミズ代理人は次の世代も束ねた、その次の世代とはいわゆるスクールSAGIだ、鷺ノ宮をみずから信奉する範疇のポップスの聖地と定めて、今では教祖めいたリビング・レジェンドの高弟となった者たち、このアーティストたちの著作権も包括的に預かっている、管理している、だから先を見据えて徹底的に仕掛けている。ひと言にまとめれば、ミズ代理人がやっているのは著作権ビジネスの超《ウルトラ》現代版なのだった。

「販売戦略の会議ってさ、P」と高梨はひととおり映画の説明をし終えると、訊いた。「参加してるの？」

「うーん、ちょっとだけね」

「いや、ターンテーブルのことなんだが」

「ターンテーブル？」

「レコードの再生装置。あの深淵《ヘル》シンキ。あれがさあ、あんな旧世紀の装置がさあ、しつかりしたセールスを記録するなんてねえ」

「やっぱりインテリア感を出したから。打ち出したから、前に」

「あ、家具？」

「そう。インテリアとして考える、需要を考える、開拓する、オーディオとして売るのはその次、そこにポイントがあったんだと思う。あたしたち、だってＺＯＫＡと分け隔てしないで会議を進められたもの」

「それだ。そこだあ。なるほどなあ」

手広いんだよ、と高梨は思った。商いが。そして頭も広い、幅広《ブロード》だ。

「あんな辣腕の、あ、辣腕って大物のことね、今は、ミズ代理人のことね、そのチームの一員に、あんたはなっちゃうんだからなあ」

「このプロジェクトに関して、だけでしょ。期間限定の編成」

「それでもさあ」

わかるか？　と高梨は言いたかった。

お前さんは鷺ノ宮のどまんなかにいるんだぜ、と告げたかった。

そっちにいるのに、こっちの臍《へそ》にいるんだぜ、と伝えたかった。

高梨は思い出す。ミズ代理人の言葉だ。すでに十三度めの追加プレスに入っているレコードだが、いちばん最初の追加プレスを記念して身内だけを集めて催されたパーティで、高梨はこう言われたのだ。「感謝してるんだから、オーディションに連れてきてもらえたことにね」と、ミズ代理人に。「ねえ、ほんと、今頃になって『島』からあんな娘《こ》が現われるんだものねえ。十五年よ。誰だって胸を張って、ああ忘れてたよ、なんて言いそうな歳月よ。そこに、あんなビジョンでぱんぱんに膨らんだ女の子が、『島』から。ねえ、これは僥倖《ぎようこう》よ」

僥倖、と、そのプラスティックな美女にして男性は感に打たれて語ったのだった。ミズ代理人は。

「これで、『島』と、鷺ノ宮をつなげられる。説明なんて出さないけどね。ただビジョンは拝借できる、あたしたちは最大の敬意をもって、それをする。している。こんなに恐ろしい連繋は、ないかもね」

ミズ代理人こそが、植菌に、認可《ゴー》のサインを出したのだ。

街に色を着《つ》けること、商品に色を着けること。値打ちを高めるために、という、そうしたビジネス。

「そうだ」と高梨はPに向かって言った。

「え、何」

「ZOKAだ」

「だから、その唐突さは何？」

「ZOKAの、海外へのプロモーション用に、色を着けただろ？　国外展開を意識して。あれ、どうして世阿弥なのだ？」

いかにも「わからん」という口調で高梨は訊いた。

「世阿弥って、あのゼアミ・セッズって、ＺＯＫＡの秋シーズンからのいきなりのスポットの当てられ方は、どうしてなんだ？」

「それもあたしに尋ねるの、高梨？」

「駄目？　無理？」と高梨は訊いた。「無理すぎ？」

「レクチャーはそこそこ受けてる」

「お！」

「世阿弥はね、能の人。能の、アーティスト」

「それは常識の範囲だろ」

「そう？　あたしは歌舞伎の人かと思ってた。あとはお茶とか、それこそ大名家の御曹司とか」

「わからないでもない誤解だな。ま、しかし、ネットワークを利用して検索すれば、○《れい》コンマ一秒では」

「じゃあ高梨に質問するけど、イメージとして、世阿弥は育ちがいい？　悪い？」

「いい」

「外れ。それから、世阿弥は、偉いと思う？　そうじゃないと思う？」

「偉い」

「当たり。能をやっていた人間は、その頃、全員、身分にしたら低かった。ひどかった。でも能の舞台っていうのは一大娯楽産業で、能をやっているアーティストは人気があった。そこなのよ。高貴じゃない生まれで、だから貴族でもないしお侍でもない、けれどもお侍のトップの、将軍が彼を愛しました。この愛って、どうも同性愛みたいね。そこから彼は、世阿弥は、本当にのしあがるの。至高の美を手に入れて、彼自身が尊《とうと》い美の、シンボルになるの。どう、そういう人生？　その生き方？」

「理想です」

「即座に答えられちゃうよね、高梨だって、そんなふうに」

「だって俺、いわゆるザ・下流だから。ひゃっひゃっひゃ」

「ね？　生粋の鷺ノ宮っ子が、そうやって反応するわけ。ほら、ふさわしいじゃん。だから鷺ノ宮にも、鷺ノ宮の街のものなんだって強烈に打ち出したZOKAにも、そのZOKAの華道にも」

「生き方、うーん……」高梨は唸った。「そうねえ、生き方ねえ」

「世界が学ぶのよ。世阿弥のユーゲンを」

「幽玄ねえ」

「納得しない？」

「納得した」

「それはよかった」

「Pってさ」

「何よ」

「たしかにミズ代理人のオーディションに受かるだけ、あるわ」

「あのね、高梨、今のは一パーセントもあたしのオリジナルじゃないのよ。受け売り」

「それで説き伏せちゃうっていう才能がね、凄い」

高梨は言った。それもうなずきながら言った。うなずいたところで、それはPには届かない。映像は拾われていないのだから、P側のディスプレイには高梨が二十二本線の白黒《モノクロ》のバーコードでありつづけるだけだ。それでも、感心を身振りで表わさざるをえなかった。こんなPが、と高梨は思ったのだ、茸のビジョンの源泉になったのだ。最初はミズ代理人に訴えて、それから監督とそのプロダクションの関係者の全員の脳味噌をジャックして、そうだ、茸でジャックして、鷺ノ宮に茸を添えた。俺の街に、大発生を狙ってる。あれだな、と高梨は思った。サイケデリカが反応するな、いや、もうしてるだろ。俺が『1ミリ』のリフレインからヘロインって薬物を連想するんだから、幻覚剤のサイロシンを扱う薬事法違反のドラッグストアは、サイケデリカは、畑も持ってるサイケ物惣菜屋《デリカテッセン》は、もう応答してるだろ。

探ったほうがいいな、と高梨は考えて、それからPが、フィルムに、どのように脚本面の貢献をしたかを思い出す。台詞を思い出す。たとえば、こんな。

死者たちが観光に来る。
ほら、ゴーストよ。
あたしたちの暮らしているところを、
ほら、「サファリパークだ」とか言って。
観光に来たのよ。
観察するのよ。
ほら、「まだ生きているな」なんて、
そんなことを言って。
ゴーストなのに、言ってしまって。
ゴーストなのに、科学的な装備をして。
防護服を着て。
茸に触らないようにして。
胞子を吸い込まないようにして。
でも、無駄よ。
あたしが吸わせてあげる。

たっぷり、ゴーストのあなたたちの、
喉に。入れてあげる。
ほら、あなたたちの体で、
育てなさい。
あなたたちが菌床に、
なりなさい。ねえ、ゴースト。

それは台詞であると同時に、歌詞だ。リビング・レジェンドの楽曲の中で語られるから、いってみればそうだ。不思議だ、とPは思う。ネットワークのこちら側で、鷺ノ宮とは逆の末端《ターミナル》で、高梨の認識するPことサイコは、実際に目にした高梨の顔とは似ても似つかないバーコードを眺めながら思う。実体さんを用いて視認した高梨は、その実顔《じつがん》はやや下がった目尻、瘦《こ》けてはいるが精悍《せいかん》ではない頰、それらがもたらす愛嬌《あいきょう》と手入れのされた眉毛とのアンバランスさ、等々が特徴的だった。ある意味ではかなり忘れがたい顔だ。しかしディスプレイ上の二十二本線には高梨のそうしたよさは当然ない。顔って、何かしら。ふとサイコは考えて、え？　この問い、本質？　とも思った。それから成り行きの意外さを再度咀嚼した、あたしライターかあ。ミズ代理人のチームの、ライター。歌詞なのだと分類したら作詞家との肩書きも掲げられそうだ。もちろん、そんなことをする気はサイコには毛頭ないが。そもそも要点は、歌詞を書いている書いていないにあるのではなかった、『きのこのくに』の視覚化にあるのだった。あれは、あたしがフィクション度が百《ヒャク》パーの母親を捏造して、その展開の必然から父親まで登場させてしまった小説なのだ、フィクションの父親、あたしが生んだ父親、陶を。そう、トウという名の男を。生むって、これも出産？　そんなふうに系譜が捏《でっ》ちあげられて、森も素晴らしいばかりに改変されて、うん、素晴らしい、他人《ひと》が勝手に呼びならわす「島」ってものにぴったり、そして、そうしたパーソナルな一切合切が、リビング・レジェンドのフィルムに……採用された？

いわばドラマとして溶かされた？

願ったり叶ったりだ、との思いはある。それでも単純に不思議だった。なぜならリビング・レジェンドは二〇二〇年代後半の鷺ノ宮の顔と目《もく》されつつあり、その新しい顔に、『きのこのくに』が力を貸しているわけだからだ。

新しい顔に、力を。

顔に。

バーコード輪郭《シルエット》の高梨が、「次、いつベトナム人のあの女の子に乗るんだ？」と訊いた。生き生きとした声で。

「歩いて回る探偵の続きは？　捜査《ソーサ》だっけ？」

二日後、鷺ノ宮にサイコは立った。もちろん実体さんを通しての出現だった。サイケデリカと称されている薬局を高梨が案内した。薬局というには薬事法に背を向けすぎている、通称がサイケ惣菜屋《デリカテッセン》のドラッグストア、略称でサイケデリカ。その前身と前史には脱法ハーブや危険ドラッグと呼ばれたものの流通の〃戦国史〃があった。法規制対象外の化学物質のうち、中枢神経興奮作用と幻覚作用を持ったトリプタミンやフェネチルアミンやカチノンなど四系統の化合物が乾燥植物の細片などに噴霧されて、ハーブ、と謳われたのが脱法ハーブだった。これを危険ドラッグと公的に命名し、法規制を強化していったのが二〇一四年の夏以後だったが、二〇一六年一月三十一日の日曜日、渋谷のファッションビル内で七十三人が殺傷される「危険ドラッグ濫用未成年集団」事件、いわゆる「少年Aたちのブラッディ・サンデー」が起こったのを契機に、ポスト危険ドラッグの乱世がおとずれた。「ブラッディ・サンデー」では加害者に十二歳未満を四名含むがゆえに事件の詳細を報道できず、その異様な制限が、事態を沈静化から切り離した。あらゆる販売業者は地下に潜り直したが、しかしニーズは増した、これに当局は苛立《いらだ》った。取り締まりは警察国家の体《てい》で、通信傍受法の適用をぎりぎり見定めながら進み、密告が奨励されながら二ヵ月あまり激甚に続いた。が、そうでありながらも化学的な合成に関しては鼬《いたち》ごっこだった。規制される、規制外の化合物が作り出される、もっと大胆に包括規制がなされる、するとIのつけどころが全く異なる向精神性《サイコトロピック》ドラッグが開発研究される。提供される。その提供の背景に、地球規模の二つの潮流があった。第一に、これは資本主義という生産様式が末期であることの発露なのだと解説されることが多かったが、世界的になりつつある鬱病の蔓延《まんえん》だった。その対処のための新薬開発が、強力な精神作用を持った薬を、薬物を続々産み落としていた。そして認可を拒まれるままに裏の市場に流した、関係者や関連企業が流していた。欧米でもアジアでもそうだった。すなわち医療関係の領域からのアクションと説いてよい。第二、これは地域紛争と関係した。二〇一六年の五月にいっぽうの当事者が「全アフリカ大戦」と呼称する紛争が起き、しかし他方の当事者はこれが宗教戦争にイデオロギー的に転ずるのを回避するため、あえて「局所アフリカ資源紛争」と強引に呼んだ。資源、と入れることで世俗性を強調して、この呼び方を陣営内の各国メディアに強制し、日本は、強いられる陣営には属していなかったのだけれども倣《なら》った。そして「全アフリカ大戦」あるいは「局所アフリカ資源紛争」の、前者の呼称を採っている側が化学兵器をひそかに用いた。すると後者を採る側の陣営が、その合同軍、いわゆる多国籍軍の後方部隊となるような研究機関をひそかに組織した。それはサイエンティフィックな特殊部隊の連繋ともいえて、組織のあり方も斬新だったが、しかし先端的でありすぎたり自国から半分独立しつつ自国の思惑を優先したり等と迷走したためか、ついには人体実験にも手を出した。そして多数の「全／局所アフリカ大戦／資源紛争以前には存在しなかった〝化学戦の対抗物質〟」を誕生させた。これらは後日、もちろん批難された。生産分は廃棄を命じられた、オランダのハーグに置かれた化学兵器禁止の国際機構が実行力を発揮した。しかし廃棄は裏の市場を潤わせることにもなった。自国に迷惑をかけぬようにと関係者や関連部隊がさまざまな工作を行なって、物を、知識を闇に流した。その成果は、すなわち一群の〝化学戦の対抗物質〟がもたらした風景は、軍事関係の領域からのアクションであって、薬物のルネッサンスとも語られた。このルネッサンスは確実に人間の意識の変容を志していた。ある物質は、神に類する未知の絶対者を見せることで宗教感覚を揺さぶってしまう、一神教のファナティックたちをただちに一掃する、ある地域から、という、ほとんど常識を超えた意図を有していた。しかも実効性も有していた。原理主義者クリーナー、と言われた。

時勢が後押ししたのだ。二つのアクションがドラッグ供給面の量よりも質を炸裂《さくれつ》させる。変える。地下のドラッグ販売業者たちは群雄割拠の時代に入る。選択肢を豊富にすること、それが生き残るために必須だった。あるいはニッチを狙うこと。原理主義者クリーナーの成果を応用した廉価ドラッグの人気が高まり、知覚の変容があればオーケー、との需要も生まれて、ケミカルよりも「バイオ回帰」との謳い文句も出た。自然界の幻覚性物質の抽出に長けた技術者《テクニシャン》が名を売り、過疎化した農村が一大麻薬プラント、いわゆる畑に化けて摘発される事件がオリンピック前年の二〇一九年に八十二件あった。やがて、その戦国時代は落ちつき出した。新世代のサイケデリカは、そもそもケミカルにもバイオにも対応する惣菜屋《デリカテッセン》として、ある一定の幅の品揃えは満たしながら、あとは街ごと地方ごとの個人商店としてちょっとした個性を出すのだった。都内のサイケデリカ密集地ならば、当然、よりバリエーションは増える。

その密集地の一例が鷺ノ宮だ。

サイコは高梨に連れまわされながら、一つひとつ、感想を蓄積していった。探訪前のプレ感想は「にょきにょき出たわね」だった。応答が、にょきにょき。高梨からは「ざわついてるぜ」と言われた。当たり前だわ、サイコは思う。餌を垂らしたわけだもの。茸をあんな具合にアピールして、何がざわざわするかだわね。高梨は「反撥《はんぱつ》もあるんだよ、サイケデリカからはな」とも言った。

「それ、当然でしょ？」

「そうだな」

「あんまり鷺ノ宮で茸、茸って宣伝したら、商売にさわっちゃうからでしょ？」

「という一派も、ある。どんなパブリシティも良いパブリシティ、なんて格言《モットー》掲げる一派もある」

「あ、ウェルカム系？」

「商売を加速させますからねえ、とか言ってな。ま、P、目の当たりにしなさいな。面談、面談」

「了解」とサイコは台詞を書いた。プロンプターと呼ばれるディバイス用の台詞を書いて、それを実体さんが口にした。サイコの乗っている分身が。あたしのものではないあたしの声、あたしが高速で叩き出している台詞。ああ、あたしって脚本家でもあるんだわね、とサイコは実感する、なんだか山ほどになりそうな肩書き。そして肝腎の感想はといえば、サイケデリカ探訪の手応えに関しては台詞化はしなかった。高梨に伝える必要はなかったし、実体さんに読まれるのも望ましいことだとは思わない。だからだ。だからサイコは「つまらない」だの「予定調和ね」だの「ただの小物じゃない」だのとは言わなかったし、「鷺ノ宮のサイケデリカって、ううん、惣菜屋《デリカテッセン》ならぬ鷺ノ宮のサイケデリックって、にょきにょき頭を出したところでこんな程度?」とはコメントしなかった。それらの感想は、黙って蓄えた。口に出したのは、つまり台詞として書いたのは、たとえば高梨や店主を相手にした、こんな類いだ。

「茸の、麻薬原料植物に指定されてるのって」

「ああ、昔流行《はや》ったマジックマッシュルームのことかい?」と某店主。

「専門家のあなたとしては、どう思いますか? 菌類なのに植物に指定されているって」

「はあ?」

まだまだだ、とサイコは感じる。

あたしが面談しがいがあるって思うのは、誰で、どんな勢力？

丸一日、高梨が同行者だった。次の日も半日。さらにサイコはその翌《あく》る日も鷺ノ宮に出現して、しかも、鷺ノ宮の圏外《そと》に出ることになるのだが、その前にミズ代理人の事務所があった。サイケデリカのいちばん終《しま》いのを訪れた日の夕方、高梨とともに事務所に足を運んだ。サイコがそこに入るのは、実体さんを乗りこなしながらということだが、妙正寺川を四十メートルほど眼下に見る若宮三丁目の楼上の事務所に肉体で入るのはこれが二度めだった。前回確かめたが、ちゃんと水槽があって、ちゃんと蛸がいない。しかし蛸が飼えるだけの大きさはあった。訊いてみたところ、ちゃんと海水だった。

「あなたは、そういう点にこだわるわけね」とミズ代理人はサイコに言った。

「駄目ですか？」

「かなりいい」

そのミズ代理人が、サイコを招《よ》んだのだった。高梨は、そのついでだった。ついでの高梨は北海道ワインの赤をふるまわれて、少しすると席を立った。ミズ代理人が合図したのだった。隣りに別の銘柄があるから、ほら一昨年にイギリスで人気が急騰したブランドね、ホッカイドーZ《ズィー》、あれ、あなた試飲してて。ピンチョスはどんどん食べていいわよ。それからミズ代理人は、「ねえチケットがあるの」と一人になったサイコに言ったのだった。正確には実体さんを通して一人のサイコに。

「チケットですか?」

「これはインビテーションね。あたしたちの造花論に反応して、ほらＺＯＫＡのね、『世阿弥理解がよい』とかって言って。ちょっと業務提携の話もするかもしれない。大きいの。資本が。とっても大きなところが動き出したの。そのためにステージを鑑賞する。切符の一般発売はされていない公演。そのインビテーションが、あなたに来ている」

「あたしにですか?」

「フィルムもたいそうお気に召されて。あれなのね、要するに茸ね。こっちの事業にも、音楽の世界のほうにも反応済み。そして、プロジェクトの『茸の方《かた》』にもインビテーションを、ぜひって」

「あたしですね」とサイコは言った。

　サイコはそう台詞を書いた。実体さんが読んだ。

　サイコは書かなかったが、その心中に思った。応答だ、と。

　鷺ノ宮に三日続けて出現する最後のその日、サイコはミズ代理人を同行者に移動した。用いられたのは車だった。あたしの上京物語のパート2だわね、とサイコは思った。いざＰ、初めて鷺ノ宮の外へ、と思った。チケットは前日に示されて今日は手渡された、その、前日の、単に示された時からそうだったのだが実体さんが真剣にチケットに視線《め》を落としている。そこに刻印されたデータを注視している。視界の枠《フレーム》の取られ方からそのことが明らかだった。サイコはもっと窓外の、鷺ノ宮の辺境からその圏外《そと》にいたる情景も見ておきたかったが、実体さんは頭を上げない。車内ではあまり。会場は新宿区、鷺ノ宮のずっと東で、しかし何十キロも距離があるわけではない。実のところほんの数キロだ。会場に入ろうとするとセキュリティは厳重だった。丁寧だが、しかし威圧感が凄い。ミズ代理人もサイコもともにボディチェックをされた。サイコの視界が揺れて、つまり画面が予期していないふうに揺れたということだが、実体さんが動揺しているのがわかった。場内に設《しつら》えられているステージは、形状が変わっていた。屋根が付いていている。柱がある。つまり家なのだ、家なのだけれども吹き抜けになっていて、壁は正面の奥にしかない。それは能舞台だった。ステージの床は檜《ひのき》だった。

それからサイコは、「え？　ちょっと。ちょっと、ちょっと！」という台詞を書いた。書かざるをえなかった。人に呼びかけるために。実体さんの視界に、その枠《フレーム》に、同時中継されている視覚情報の端のほうに従弟を認めたからだった。従弟でもあるけれども弟を、精神的な息子でもある喜多村泰雄を認めたからだった。従弟で弟でいささか息子もどきのヤソウを認めたからだった。

サイコは、（小声で）と注を付してから、「ねえヤソウ」と台詞を書いた。

そしてヤソウが、いま己《おの》れに呼びかけたのが喜多村冴子なのだ、サイコなのだ、と理解するまでには当然ながら間《ま》があり、なによりも説明が要った。それとこれは大いに従姉で姉でいささか母親もどきのサイコを驚かせたのだが、ヤソウは最初、シーチャオだかなんだかアーィダイーだかなんだか、ベトナム語で挨拶した。サイコに向かって、否、ヤソウが認識したところのベトナム人の実体さんに向かって。こ、ん、に、ち、は。「──で、誰？」

「サイコよ」と言うと、「え……」と答えた。

それから、「やっとベトナム語の日常会話、い、ろ、は、だけ憶えたんだけどな」と残念そうに言った。

十分後に舞台は始まった。そこには謡《うた》われる詞章があった。たとえば、こんな。

長閑《のどか》に炎が　焼きまして候《そうろう》
諸仏に　人を　焼きましたる仕儀にてござ候
爾後《じご》は長閑に　沈みましょうぞ
これこそが修羅
ああ　これこそは修羅よ

実体さんであるベトナム人のその少女は、それが日本の古典芸能であることはわかった。しかし聞き取れない。何を言っているのか。少女のリスニング能力は相当高かったが、能楽の言葉はどうにもならない。ゴザソーロ？　日本語として聞けなかった。そこには正座した合唱団がいるのだが、また伴奏の楽団もいるのだが、単にヨォ、ハア、ヨォ、ホーッ、ホッ、ホオ、ハァーッと言い、横笛の音《ね》は刺すように響き、ひたすら恐い。役者には面を着用している人間と着用していない人間とがいる。舞台装置がない。座席にはパンフレットが置かれていて、そこには演目が『南都　現代語』とあった。どこが現代語なのか？　少女は、ひたすら恐かった。そして能は、異様につまらなかった。能という芸術は。サイコに台詞を書かれないで鑑賞している間、少女はそのつまらなさに耐えるしかない。黙っているしかない。考えているしか。

考えているといっそう恐かった。ここがどんな場所か、調べてきたのだ。ここは純血を作っている場所だ。括弧付きの「ここ」は、日本人の純血というものを。作る。「ここ」は一般の能の流派その他とは無関係の結社。結社あるいは愛国結社。つまり移民たちなどいないのだし要らないと見做《みな》しているところであって、顕《た》ちあらわれた能楽堂はその閉じた《クローズドな》結社のシンボルなのだ。シンボルとしての捏造流派、ここだけにしかない一座の舞台、幻の能《Noh》。幼少期から何度もケッシャかケシャと耳にしてきたものに今、少女は触れていた。ケッシャにだけは気をつけろ、注意しないとケシャに殺されるぞ、このあいだケシャは中国マフィアを潰したぞ。移民にとって結社は鷺ノ宮という実在の場所どころではない脅威を持つ。危なさの桁が違う。そこに少女は、仕事だからと来てしまった。お金になるからと来てしまった。ここまでのPとのコンビネーションが楽しかったから断われなかった。日本語を学ぶのに読書を大切なツールにしていて、そういうこともあって、同世代らしい小説家Pとのコンビネーションは楽しかった。Pに吐かされる台詞も。

でもケシャはまずいの。無理なの。ああ、ケッシャは。

それに、と少女は思うのだった。このステージが始まる直前に、二人が話していたあれは何？　Pがサイコと呼ばれて、相手はヤソウというらしい、私がそう呼んで、ヤソウと呼びかけて、そのヤソウおよびサイコの二人には母親がいて、でも本物の母親だったり本物じゃない、だから義理？　その手の母親だったりして、その母親が、死んだ年にはどうだったとか殺す前の夜にはどうだったとか、生物部隊の自衛隊員がとか、あの異様な会話は何？

あの——ママたちの物語。

異常だ、と少女は思い、今日限りでこの仕事からは逃げる、と決める。

23　属領の実母――米料理のレシピ。年下の姉

主食は並び立たない。ルカは、両雄並び立たずということわざみたいに、と思う。フランスではパンが主食なのだから米はそうではない。それでもフランスでは、いいえ、ここカマルグではと言うのが正確だけれども、たっぷりと米が生産されている。それでは主食ではないのだとしたらこの米はなんなのか。

野菜だ。

当たり前だけれども、稲は植物なのだから、稲科の一年草なのだから、そこから穫《と》れる米は類別するならば「野菜」のカテゴリーに入るのだった。米という食材を使ったものは「野菜料理」なのだ。その認識は、渡仏してまもない時期のルカには驚き以外のなにものでもなかった。それから当然、あのRとLを連想させた。喜多村留花が、その下の名前が日本語では、るか、と読まれるだけなのにRukaともLukaとも綴ることができる、そして後者のLukaと綴って日本語にはないLをきちんと発音してルカと名乗れば、それだけで喜多村留花という人間は「日本語名を持った日本人」のカテゴリーから は秘《ひそ》かに――しかし確実に外れる。もちろん喜多村留花はいる、いるのに別人になる、そもそも理屈で考えれば花を留《とど》めるの、その、花、すら今のルカにはない。フランス語

で花は女性名詞のフルール、花束ならば男性名詞のブーケ、しかしルカのLuだけをFleurに変えたりkaのほうを花束っぽく工夫したりといった漢字名には容易にできることがアルファベットにはできない。花は失われた、それこそ華やかな主食の座からの転落に似て――。

しかし副食には副食の力がある。

ここではパンが食卓の主《あるじ》、とルカは思う。そして米が「野菜料理」として副《そ》えられて、それが美味しかったら何か圧倒的な豊饒さが生じる。刈り入れられる麦から生じるものと、刈り入れられる稲から生じるものが単純に競合したのでは現われなかったであろう創造性。クレアティビテ、とフランス語で考えた。それから当然、クレアテュールと連想した。私たちは創造物、クレアテュール。人も、それから菌類も、私たちはクレアテュール。この世界が。

数日前の夜だが、ルカはこんな食事を摂《と》った。主食はもちろんパンだ。種類を挙げるならばバゲット、この日の朝に焼き立てをまるまる一本、パン屋《ブーランジュリー》で買っていた。そうして朝食として齧《かぶ》りついた残りの分を、オーブンで焼き戻す。鯖のリエットを添えた。軽さを前面に出すためにサワークリームをたっぷり使ったリエットだ。これは副食には数えない。ちゃんとした副食が、米の、しかもサラダだった。フランスでは米は「野菜」なのだから炊かない、茹でた、オリーブオイルで炒めてからわざと固茹でにする。

それから冷まして、パプリカや胡瓜やアーティチョークと韲《あ》える。レモン汁と塩で味を調《ととの》える。おしまいに微塵切りのパセリを散らす。ルカはフォークで食べた。このサラダを突《つつ》くのがフォーク、リエットを取ってパンに塗るのがバターナイフ、パンをちぎるのが手。いや、ルカの手はじかにバゲットにも触れてバターナイフも握って、フォークも操る。ルカの歯はバゲットを齧《かじ》り、米を噛み、その他の「野菜」も噛む。

調和していた。シンプルに、強靭に。

豊かさ。

その自ずと起《た》ちあがった豊饒というものを感じられるのは、もちろん、自分が日本人だからなのだとルカはその考えを咀嚼する。ルカは、「日本語名を持たない日本人」に入った今も、今だからこそ、この事実を嚙《か》む。それからまた思う、この創造性、転落を知るからこそのクレアティビテ、と。私たちはクレアテュール、と。人類、菌類、この世界。何もかもがル・クレアトゥールつまり創造主のクレアテュールで、と連想を続けながら、でも、あのレプリカの獣《けもの》たちはと考える。

南フランスの各地を一座が回る。サーカスだ。アルルにも来る。アルルには三日間いて、合計四度のステージを行なう。そうした情報をルカは耳で得た。車載スピーカーからの、割れるというよりも多少霞《かす》んだアナウンスから得た。音がもともと籠もっていたし宣伝車は車道を走りつづけていたからだ。興行の宣伝車だ。一座のテントがアルル市内に張られるのに先んじて、そのピックアップ・トラックを改造した宣伝車は、市街地、それから近郊の村々を訪れていた。そしてピックアップだ、荷台だ、そこに虎や象が乗っていた。さあ躍りかかるぞと前肢《まえあし》をふりあげる、そのポーズで凝《こご》っていた。作り物の猛獣、珍獣だった。レプリカの獣たちだった。それをルカは見た。耳ではアナウンスの情報を得、目ではその画《え》を。ルカは思い出す、この四日間に、四度？　いいえ五度？　けっこうな遭遇率よねと思う。そして生きてはいないのに走りつづけているのねと思う。アルルという古都、この城塞都市の周囲を、そこから縦横にのびている幹線道路を。表情は虎だったら厳《いか》めしげに、象だったら愛らしそうに、そんなふうに固定されて駆けまわりつづける。テントそのものはアルルのいわゆる歴史地区からは離れて、ローヌ川の向こう側、やや閑《しず》かな、しかし十分に発達した市街のほうに建てられる。ルカは思う、私はテントだけは見たいかも。猛獣、珍獣にはもう何度も遇《あ》ったから、あとはテントが見たいかも。もちろんルカは理解している、遭遇したのは人の創造物である獣たち、私たちのクレアテュール、つまりクレアテュールのクレアテュールなのだと。ルカはそれから生きていて走る動物のことを考える。身近な、もしかしたらそれほど身近ではないかもしれない、これから身近になるのかもしれない仔馬のことを。仔馬は、生まれたらすぐに立てる、前肢と後ろ肢で立てる、歩ける。でも、いつ走れると感じるんだろう？

仔馬のために米を炊いた。

茹でる、のではなかった。ちゃんと炊いていた。鍋で。こうなると主食扱いだけれども、しかし、どうなのだろうとルカは考えた。これをふるまわれるのはエレンで、エレンには米は「野菜」で、そのことを考慮に入れると、どうなのだろう？　それから、仔馬のために炊いているこの米は、実際にはエレンのためだと思った。口にするのがエレンだけだから。それから私。私には、これはきっと副食にはならない。私はパンでこれは食べられない。パンには副えられない。だって米や、数日前に料理したお米のサラダや、そうしたものとはこれは違う。私は、炊いたものは「ご飯」と思っている。

ほら、「ご飯」の匂いが、厨房から。

私は炊きあがるのを待つ、とルカは思う。

オリーブはさっき刻んだ。パリからカマルグに居を移して、オリーブは樹だ、とルカは思うようになった。それまでは、オリーブは実だ、と当たり前に考えていた。食材の、その熟した果実こそがオリーブ。もちろん油もあるけれど。しかし栽培されているオリーブをあちこちで見かけるようになって、ああ樹々だ、との認識が勝るようになったのだ。そして、オリーブの樹々が元来この地のものであったわけではないことも学んだ。それはローマ人の手で持ち込まれたのだ。南フランスに。もっと歴史的に正しい言い方をすれば、プロバンス地方に。なぜならば支配者のローマ人がもたらしたのだから。帝国の属土《プロウインキア》であったそこに、根付かせたのだから。

そう、属領に。

米について学んだ時も、同じ感慨がルカを衝《う》った。こちらは二千年以上の歳月をさかのぼったりはしない。しかし八十年はさかのぼる。もちろんカマルグに稲作という農業の形態は見られた。数百年前から、見られた。だが、大規模化したのは前世紀なのだ。前世紀の、二度めの世界大戦期なのだ。フランスは深刻な食糧不足に見舞われた、そこでインドシナ人に声がかかった、現在のベトナムとカンボジアとラオスの三国、そこはフランスの植民地〝インドシナ連邦〟だったのだ。インドシナ人とは今のベトナム人とカンボジア人とラオス人を総称する。いずれにしてもインドシナ人が、渡仏した、カマルグに来た、呼びつけられて、稲作に従事したのだ。専門家の集団として。

戦争と関係するのね、とルカは思う。

やっぱり関係するのね、とルカは思う。

植民地、それも属領、とルカは思う。

属領の連鎖。それからルカは、オリーブの枝は平和のシンボルだったと思い出して、その思考を、再び千年の単位でさかのぼらせる。世界帝国のローマ、西暦紀元一年を跨《また》いで訪れた「ローマの平和」。あのパックス・ロマーナ。そして、私は、私たちは、とルカは思考を走らせる、もちろん「菌類の平和」を追求している。

それはパックス、何？

いつ、どんな歴史家が名付けるの？

それとも環境学者が名付けるの？　十億年後の、古《パレオ》……環境学者？

ルカはその軍人に答えたのだった。試験場の訪問者に。しかし、答える前に問いがあったし、答えてからも問いがあった。おまけに男が軍人だとは断言できなかった。フランス軍の関係者なのに民間人に見える。表情は豊かだが、表情はどうしてだか感情を表わしてはいない。思っていることが決して顔に出ないのだ。そのことだけは瞬時に察せられた。

「人は平和のためにしか戦争をしない。わかるかな」

「平和を維持するために、ということですか？」

「平和を創出するために」と男は、ほとんどイノセントといえる声音でルカに告げた。

「そのために大概の戦争は行なわれる。戦争は秩序を擾《みだ》しているのだ、と考えがちなのは、順序がわかっていないからだと思うよ。擾された秩序を回復する、新しい秩序を構築する、これが前提にある」

「普段は、そのことが誤解されているって、そう思われてると？」

「思いはするが、気にはしていない。単にね、あなたに訊いてみたら面白いかと思ってね」

「どうして？」

「生き物は何を維持しているんだろうね？ あなたは専門家として、『平和を』と答えますか？」

「維持するもの、の対象の概念であるならば、『安定を』でしょうね」

「それだ」

愉快そうに男は言った。口調でも目でも。すなわち楽しんでなど全然いないのだとルカは見通した。農業環境技術研究所の、その試験場のオフィスには引かれたカーテン越しにも強烈な太陽光が射し込んできていて、男を時おり輪郭《プロフィール》だけの影に変えた。オフィスにはルカの同僚も二人いたが、最初から男はルカばかりを選んで話している。それは引き渡されたはずのレポートが、ルカ、苗字がKITAMURAで名前はLukaのそのルカの手でまとめられたからだし、あと一点、理由がある。

「生き物は安定を維持するわけだ。うん、しっかりと裏付けをプレゼントしてもらえた気分だ。自然科学の分野からね。種の安定、我々だって同じ筋道において活動する。混乱させられた秩序を回復するためにも、あるいは新秩序を樹《う》ち立てるためにも、ほんの一時《いっとき》だけ戦争が大鉈《おおなた》をふるう。しかし、戦争そのものは不安定を支持しない。安定主義です」

「平和主義だというんですか？」

「本当はね。内緒ですよ」と男は微笑んだ。

表情はまやかしだ。

言葉はまやかしだろうか？　吟味する余地《スペース》を与えずに男は間《ま》を置かないでルカに言った。

「それで茸とはなんなの？」

「菌類ではなしに？」

「そう。うちの母親が、祖母、つまり母親の母親から手ほどきを受けて、野生の茸を採るのが上手《うま》い。半日のピクニックに出かけて、収穫はどっさり。いろいろな茸を食べたものだが、たとえばトロンペットが冬という季節の入口のものとして記憶に残っている。そう教えられたしね」

トロンペット、黒喇叭《くろらっぱ》茸《たけ》。

ルカは反射的に和名に換える。

「しかしながらトロンペットという茸は、後ろの修飾句のほうを略さないでその名前を続けるならば死のトランペット《トロンペット・ド・ラ・モール》だ。あれほどの香りを持ちながら、死。柔らかさと味わいに満ちながら、もともと食用でありながら、裏切るように、死。それが不釣り合いな名前かといえば、いや、厳粛さは実に似つかわしいとも感じられてしまう。説得させられてしまう。茸とはなんなの？」

「本体ではないものです」

「茸は、本体ではない？」

「だから子実体《しじつたい》と専門的に呼ばれます。担子菌《たんしきん》類の子実体と、それから子嚢菌《しのうきん》類のそれの一部がいわゆる茸です。子実体は、要するに菌類の生殖体だと定義できます。胞子を生じさせて、飛ばす、それを役割にしている器官です。その時機が訪れなければ子実体は形成されません」

「時節が到来し、形成される、それが茸が生えるということ？」

「その通りです。本体は、担子菌類であっても子嚢菌類であっても、あるいは黴《かび》もそうですが、菌糸です。糸状の細胞である菌糸です。これが地中にのびています。あるいは倒木の内側や。そうしたところに拡がっているわけです。養分を吸収しているわけです」

「わかりやすい」

「ありがとうございます」とルカは言った。

「こうした素人に」と男はふいに眉根を寄せた。「レポートを提出する、こうした素人の所属しているところに最終的に扱いを委ねる、機構に、部署に。そのことはあなたに危惧を抱かせたりはしないのかな?」

質問ではない、とルカは悟った。

男は顔をしかめてなどいないのだ、そうした感情はない。

試しているのだ。

「専門にも段階がありますから」ルカは答えた。

「なるほど」

「ここまでは研究所の私たち、ここからは――」

「こちらの私たち。この試験場の警備も担い、外部からは把握できないように厳重に、極めて厳重にと変えはじめた私たち。そう、あなたたちは菌類の専門家で、それも新しい菌類を誕生させる専門家で、私たちはその段階には無知で、そこまでは無知でさしつかえない。次は、私たちのほうが経験、智慧《ちえ》、そうした事柄にあふれた存在になるから。完璧だ」

「そう思います」

「そして、レポートの、最新の」

「はい」

「結論だけれど、あの実用に、なる、なるとの結論は、途中の分析はまるまる省いても、素人にも読める。理解力を問われずに、ちゃんと。ところで、あなたはシマの出身だね」

ルカは、男の目を射た。

「あなたは日本人で、しかもシマを故郷《ふるさと》にしている。あなたのこの努力は、破局《カタストロフ》の二〇一一年にはフランスに来ていたのだから、十五年間か、フランスにいながら日本の、シマを救おうとするものだね？」

ルカは、微笑みだした。視線の鋭さは少しも変えずに、しかしにっこりと笑いはじめて、男に言った。

日本語で。

「私の前であそこを『島』なんて言わないで。そんな権利があなたにあると思うの？あるかどうかを考えたこともないの？ ねえ、もうお黙りなさい」

それからフランス語で、感謝を口にした。


地図を用意する必要はない。ルカの頭にはもちろん入っている。アルルの北、リヨンの南、そこを「点」と見定めた鳥瞰図《ちょうかんず》がちゃんと入っている。今、ダイニングテーブル上のどこでもいい、任意のところにその「点」を想像する。それから右手をひろげて、五本の指先で包むようにする。親指から小指まで、爪を立てて、第一関節までは垂直にして、その「点」を包囲する。

内側だ、ルカは思う。

ほら、包囲の内側に「点」が。

取り込まれた。

あらゆる外を、内に。あらゆる外を、内に。ルカは、これはおまじないの文句みたいと思う。そして釈《と》いてみる、なにものの内側にするのか、もちろん生物のだ。ルカがじかに携わっているのだから、もちろん菌類のだ。ただ一種類の菌類の内側に、その「点」を。もちろん「点」とは、発電所だ。一つの「点」におおまかに纏めてはいるが、実際には複数の所在地にわかれた原子力発電所だ。それも、有事――備えられていた生態学的あるいは菌類形態学的な有事が起きた、出来《しゅったい》してしまった原子力発電所だ。

ルカの基本的な生き方は、仮説を立てて、それを実験によって検証するというものだった。ルカの職場での姿勢はその徹底だった、基本的な生き方の。延々と実験は繰り返される。その延々とのスタート地点は八年前にある。農業環境技術研究所に勤務するのに先立って精神面《メンタル》のテストまで課された。農業環境技術研究所には表向きの顔がある。四割ほどの職員は実際にオープンにされた職務をこなす。オープンにされていない職務は、いわば機密だ。あるいははっきりと機密だ。家族や友人に対して「伏せる」ことが可能か、その資質は採用前に厳密に問われた。しかし機密なのかそうではないのかは、そもそもルカの実験に臨むスタンスには影響しなかった。胞子を培地に植えることは胞子を培地に植えることだ。ルカは確認する、菌糸が伸びる、あるいは伸びない。伸びないならば栄養源をどう選ぶか。胞子を用いずに切断した組織で培養を試みる、これは単に、切断した組織で培養を試みることだ。寒天培地を準備する、育てる、試験管に移す、いっきに増殖させる。ここまでの分離培養の手続きに倫理規定はまるで与《あずか》らない。ただし、身体的な制約はしばしば生じもする。防護服の着用が必須となるシチュエーションが多いからだ。放射線の遮蔽《シールド》、それが顔も手も覆っている。動作は緩慢になる、ならざるをえない、スローモーション化した時間にひたることを強いられるのだ。ルカと、ルカの同僚たちは。しかしルカと、ルカの同僚たちの目は俊敏だ。見逃すまいと軽捷《けいしょう》に動いた、細胞または組織の急速な増殖、生長、彼らが作出《さくしゅつ》した菌類のその繁殖手段の分化、どのように生きようとするのか。

　右手はひろげられている、ダイニングテーブルに、爪が立てられている。それが「点」を包囲している。もちろんルカはもう一つの「点」と包囲を想起する。ルカが決してShimaとは、シマなどとは呼ばないところ。そこでは「点」はもしかしたら二つだ。大雑把に纏めることはきっと難しい。なにしろ同一の週に爆《は》ぜてしまった原子力発電所は直線距離で一二〇キロ離れる。

　でも、とルカは思う。

　手は一つ。

　二つの「点」があるかもしれないけれど、それらは森の内側。

森。

そこも現代の属領だとルカは思う。そこに植えつけられた環境があるのだとルカは思う。ルカは、欧米のメディアがすっぱ抜いた環境戦争《エンバイラメンタル・ウオーフェア》がらみの報道を思う。被曝によって環境がいかに変えられるかの実験場。生態系の植民地。そう、植民地だ。しかもアメリカ領ともフランス領とも断じることができない、ロシアも、イギリス等も進出している。各国のラボがある。科学者たちと軍人たちとが活動する足場が築かれている。その構築の最初から一切は「人道的支援」と謳われた。事実、フランスがさしだしたものはおおむね医療関連に類別されるとルカは知っている。公的には、と。

森がどんな具合に変容してきたかを、ルカは、九年間の記録としてならば把《つか》んでいる。小さな定点観測の記録。家族の記録だ。それはルカが二十四歳で日本を脱《ぬ》け出してからの、とびとびの九年分、ある。

森と喜多村家だ。

それが家族。

コンピュータを開いた。まだ米は炊きあがらないから。それに、炊きあがっても十二、三分は蒸らしたいから。

再生する。

ルカが再生するのは姉の手紙だ。それはファイルだが、もちろん手紙だ。それは動画ファイルだが、基本的には姉の声、姉の言葉以外は音としては収められていない。その意味ではボイスメールなのだけれども、しかし映像はあるのだからルカは見た。見させられた、ともいえる。姉の声はナレーションのように感じるし、ボイス、という単語をこの異様なボイスメールにも適用させるならばボイスオーバーだとも感じられた。画面には登場しない語り手の声、被さる声《ボイスオーバー》。ただし、姉がその画面内にいることもある。そんな時、映像はありがちな家族ムービーの様相を呈する。若い母、幼い娘、もっと幼い息子、たぶん他人の目にはそう映る。

嘘だ。

たとえば二十六歳の母親と、四歳や二歳の子供。嘘だ。

たとえば二十八歳の母親と、そこに二年分の年齢を足した子供。嘘だ。

若い、とはいえないだろうけれども、三十三歳の母親と七年分の加算した年齢を持った子供。

娘は、十一歳。

姉の娘はもう十代の、少々風変わりなほどに尖った眼差しを持った少女。二〇一八年には。

大嘘だ。

これは私の娘だ、これが、とルカは思う。ファイルを受信して、初めて開いた瞬間にも思ったのだし、そう思ったルカは二〇一八年の、三十一歳の、パリからカマルグに移った直後のルカだったのだし、姉からのファイルは、手紙は、いつだって唐突に送りつけられてきたのだし、しかし受信を拒否するだのメール用のアドレスを変えるだのとの手段を講じる気持ちがルカにはなかった。いや、一度はアドレスは変更したのだった。しかし姉は捜し出した。ルカを。妹を。

手紙はこの九年間に十二度、来た。

ルカは、何度めかの再生になってもそのたびにやはり思う。これは私の娘だ、これが、冴子。

喜多村冴子。

「留花。るぅぅか。留花ちゃん。こんにちは。時差は七時間？　サマータイムというのがフランスにはあるんでしょ。いつもだったら八時間の時差も、サマーは、夏には、変わるんでしょう？　けれどもサマーは英語だから、きっとフランスにあるのはサマータイムじゃないのね。そもそもサマーは英語だから、フランスにはサマーはないのね。大変ね。フランスには、日本語の夏《ナツ》も、サマーもないんじゃ。あなた、春の次にはどうしているの？　……ええ、冗談よ。留花ちゃん、あたしよ。姉さんよ。このあいだ距離を測ってみたわよ。パリとここ、この森、この森のあたしたちが暮らすところ、一万キロは隔たってないのね？　でもね、九六〇〇キロは離れているわよ。きゅう……せん……ろ……っぴゃ……く……キロ。ほら、今、遠いなあって感じたでしょう？　そんなことを説明するのは、ここが空港だからです。あたしは偏見が大嫌い。森には逃げ場がないだの、逃げる手段がないだの、被災地のあいつらはニッポンの異民族だだの、そういうの、全部、全部、全部。あたしたちを切り捨てておいて、よくも言うなあって。ねえ、留花ちゃん、あなたは日本を脱出する時に、羽田だっけ？　成田だっけ？　そこからジェット機に乗って飛んでから、あとは、飛んでるの？　海外だったらやっぱり飛行機三昧だったりするの？　移動手段は。ほら、ここにも空港があるのよ。ただ、国際空港じゃないんだけどね。でもいいの。国際空港は、いっぱい、伝手《つて》さえあれば見学できます。それはね、ふ……」

笑い声。ルカは、この箇所でぞっとする。つねに。ふ、の音が弾けるだけで、言葉にはならない、意味にも。しかし、ふ、があふれつづける。あふれるというかこぼれる。そして映っているのは、確かに飛行場で、その滑走路とターミナル。いつもルカは不思議に思う、どうやって滑走路に出たのだろう？　そんなことも許されるのだろうか。森では？　その一家が滑走路で行なっているのはピクニックだ。遠景には駐機した旅客機がある。ジェット旅客機が。管制塔も見える。それから空港用の特殊車輌、昇降機付きのトラックや、あれは電源車？　しかし、一家はピクニックをしている。犬もいた。ビーグルだ。ルカの、甥《おい》がいて、たぶん九歳か十歳、ルカの娘よりも一歳七ヵ月年少だったから、撮影時期にもよるが九歳前後だ、じゃれている。もともとは獣猟犬でもあるビーグルと。フランスでは野兎狩りにも用いられるビーグルと。芝生なのか雑草なのか、そうしたものの上で。一匹と一人は、やたら快活だ。ルカはそのビーグルの名前を知っていて、もちろん甥の名前も知っている。泰雄だ。

喜多村泰雄。

その喜多村泰雄を、しかしルカは観察するのではない。ルカは、姉の声や、その膨張し破裂した姉の「ふ」を聞きながら、少女が、十一歳の少女が、カメラのほうには視線を向けず、地面の、ピクニックシートに並んだ食べ物やら飲み物にも関心を示さず、しかし時おり、その甥、泰雄のほうに注意を払い、何か的確なことをふた言《こと》み言その従弟に言ったと思うのだけれども音は収められていないから聞けず、想像もできず、それ以外は、あたかも飛行機や特殊車輌を誘導するかのように鋭い視線をしゅっ、しゅっと周囲に放つ様を、観察した。追った。ピクニックの情景にあまりにそぐわない。あまりに不適格で、しかし飛行場の生き物には見える。実にぴったりと、そう見える。姉の笑い声が収まろうとしている。画面に付いた被さる声《ボイスオーバー》が。そのボイスの主は三十三歳で、現在のルカよりも年少だ。六つも年下だ。それからルカは少しばかり異《い》を挟む、この手紙を届けられた時には私はもうパリを離れていて、フランス国内をもっと南下していて、と訂正する、だから森の、姉とその一家の、一家の暮らすところとは、ほとんど一万キロ隔たっていた。隔たっていたのよと訂《ただ》す。

「……ふ、ふう。ごめんね、留花。ああ本当にごめんなさい。こんなに笑っちゃって。あたし。だって、国際空港、ねえ。あるわけ。軍事上のっていえる施設が、太平洋にはもちろんあるし、沿岸の海にね、それから陸《おか》にも。納得はできるでしょ、留花ちゃん？ほら、アメリカの航空母艦のデッキ、そこ、滑走路がそのままデッキの、こういうの国際空港じゃない？　軍事施設が、そこに航空機を持っていたら、そうねヘリコプターでも、ヘリコプターより機動力のある垂直離着陸機の、あれ、ほらあれ、オスプレイでもいいのよ、それを持っていたら、もう万全なる国際空港。でも、あたしたち、そこではピクニックできないなあ。そこまでのコネは、コネっていうか手蔓《てづる》？　ちょっとないなあ。だめだなあ、あたし。この姉さん、だめだなあって、留花ちゃんも思うんじゃない？　こんなんじゃあ預けられないわ、冴子は、なんて、思うんじゃない？　けれどね、あたし、預かってないわよ。あたしの所有《もの》だもの」

姉は冴子の名前を口にしながら、さえこ、とは発音していない。母音が一つ、ずれている。あるいは崩れている。エがイに。声が谺《こだま》する——こんなんじゃあ預けられないわ、サイコは、なんて、思うんじゃない？　と。ルカはファイルを替える。

「**留花ちゃん。**るぅぅぅぅぅかちゃん。あたしよ。留花、留花、あたしなんだから。さあ、このムービーはじーっと眺めてね。もう驚いているかな？　この森でも義務教育は当たり前にあって、子供たちは全員ちゃんと学校に通っていて、それどころか二つの町に一つは高校もあって、あ、被災地の全域を考えに入れると、総合大学が三つも、三つも！　あるのよ。そういうの、了解できていたかな？　できてなかったら、あたしはかなり頭に来ちゃう。だって、あなたが進学したところ、あの大学、まだあるんだから。あなた、大学生なのに産んじゃって。赤ちゃん。産んだでしょう？　冴子を。二十歳《はたち》で。あなたが着床を完了させたのは十九歳。違った？　さて、そんな冴子も八歳になりました。もう八歳。ここは小学校でーす。弟も同じ校舎に通ってまーす。あ、そうなの、取り繕えるところでは弟ということにしてあるのね。しょうがないのよ、冴子が、あまりにあたしの娘々《むすめむすめ》過ぎるから、もう必然！　それに、よんどころのない事情は、皆さんご存じでーす」

　二〇一五年の手紙が再生される。語る声は三十歳の姉、そして小学校の、グラウンドが撮られている。最初は被写体に寄らない。一人ひとりの被写体には、カメラというか画面は接近しない。何かのセレモニーなのか、七、八十人の児童がまとめて映る。運動着ではないから運動会ではない。ルカは、たった今ボイスオーバーとして流れた姉の、むすめむすめ、との文言を心の裡《うち》に反響させながら、次に現われる文言にも備える。言われるのだ。ルカは三十歳の姉から、問われるのだ。さあ、見分けられますか？　どれが喜多村冴子でしょう？　どの子が？　それにね、あなたの甥もいるのよ。どの子が喜多村泰雄でしょう？　クイズだった。その問題が出されてから、カメラは被写体に寄る。クローズアップされる画面になる。まずはルカの娘に、冴子に。それからルカの甥に、泰雄に。

「はい。当たった？　この子が冴子です。かわいいね。かわいいわね。あのね、四歳の頃からずっと言われているわよ。ううん、もっと前。もっと前から。あたしが面倒を見続けてきた最初の最初の最初から。大震災とか、関係ない頃。ベビーカーを押しているとね、言われたのよ、『ままに、ままに』って。わかる？　ママ似。それは、あたし似ってこと。他人はみんな、あたしが冴子の母親だって疑わない。だから、褒めるわけね。あたしにそっくりですって、言うわけね。それでね。今だから告白するんだけど。留花ちゃんに。あ、カメラを移動しまーす。はい。こっちはどう？　当たった？　これが泰雄です。あたしがね、この姉さんがね、本当にあたしに似ている子供を作らなきゃと思って、あなたの着床劇のほんの二年後には、ええと二年かな？　十ヵ月に九ヵ月足して、そういう時期？　そういう時期に、あたしも演じた着床劇の、結果でーす。留花ちゃーん、あなたの、甥でーす。どう思う？　あのね。本当に似ているためにはね、あなたの子に不用意に似ているのは、まずいわけ。あなたの子には、そして、あたしの旦那さんの要素が入っているわけ。もと旦那さんの。だったら、それはさっぴかないと。遺漏なき引き算をしておかないと。引き算。ね？　そのためにね。あたしは、旦那さんじゃない男の子供を、あれしたのよ。あたしの卵《らん》が、その男の精子を受け容れた卵が、しっかり着床したのよ。そういう、ね？　妊娠。あたしは、そのために、したわけなのよ。留花ちゃんが旦那を、寝取っちゃったからねー」

ファイルを替える。語る声が、二十八歳になる年のものに。二〇一三年。映像には仔犬が映る。ビーグルだ。ゼロ歳のビーグル。それから六歳の小さな女の子と、もっと稚《いと》けない男の子。犬を飼い出した一家。喜多村家。

「**留花**。るぅぅぅか。留花ちゃん。フランスはどうですか？　留花ちゃん、フランスにいるんでしょう？　どうですか？　あたしはね、いるわよ。ここに。あたしたちはいるわよ。これは森のお便りです。あなたには、いろいろ教えたいのね。いろいろ……変化を……変化なんていったら単純過ぎ？　移り変わりね、四季みたいに。森の移り変わり、それから、あたしたちの。こちらの家族の。ほら、これは犬ね。名前があるの。跳《と》び丸《まる》っていうの。わかりやすい名前でしょう？　あんなに跳ねちゃって。冴子とも泰雄ともダンスをするのよ。そして……ここは……。ドッグランじゃないわ。見える？　あっちの。バス。あのバス。馬たちを輸送したバスの、その脱け殻ね、いうなれば。今は使われてないわ、だから廃車になるみたい、それでも保存されていて、ここの人間は流行語みたいにカンサーブって言うんだけれど、保存《カンサーブ》運動だって起きてる、それなりに存在の知られた記念物ね。第一次牧場開拓、その最前線の、記念碑のバス。そしてね、それよりね、留花ちゃんはこっちを見て。ほら、地面。ただの地面。ただの地面だって、思う？　ううん。前はね、水田だった。二年前まで。あ、そうじゃないか。三年前の、秋までか。憶えてる？　本当はあなたも、目に入れているのよ。この場所。この田んぼ。今は放牧地。あんまり、めったに、こっちまで牛は来ないんだけど。ただ、牛はけっこう気儘だから、野生？　半野生の状態？　カウボーイたちに『そっちに行け、そっちのフロンティアの植物を食《は》め』って促されても、まあ従わない離れ牛たちはいるわね。もちろん子供たちは近づかせない。そんな離れ牛にはね。近寄らせない。この跳び丸も、ちゃんと成長したら番犬にするわ。冴子と泰雄のガードよ。護衛役！」

バスが馬たちを運んだ、と姉の解説は続いた。馬たちが来て、牛たちが牧されて、牛たちは除染装置に変わった、とシンプルに説かれた。

米が炊きあがる。鍋を火から下ろす。ルカは、立ちあがって、それをした。再生音は聞いている。二十八歳の、つまり十一歳も年下の姉が説明するのだ。撮られたものを。姉の言うところの森の移り変わりを。もちろんコンパクトに変容はまとめられていた。なぜならば、家族の記録、という構え《フレーム》からは逸脱しなかったから。るぅぅぅぅぅぅか、ここは、当然ここも低放射線量地域よ、あ、あの食堂はいい感じ？　あそこには医療支援の足場があって、交流ロビーを映すわね、犬もオーケー、跳び丸もオーケー、見て、ほら、アメリカ人、あれはオーストラリア人、それからフランス人。留花ちゃんは見馴れた、ふ……ら……ん……す……じん……。この辺は村。あたしたちの町よりも森林の際《きわ》、大丈夫大丈夫、食材のモニタリングは徹底してる、他に変わったものは、ああ、こういう出発隊、これはアメリカのね、アメリカとどこかの協同かなあ、あの車輌の多重防護が凄いでしょ？　森に入るの。あたしたちは「バイバイ」って手を振るの。除染装置が、牛たちから、茸に代わるの。森林の内奥には、内奥にはね。

内奥には、るぅぅぅか。

「聖地があるんだって、あたしたちは言ってるわよ。留花。留花ちゃん。二十ヵ所も。三十ヵ所も。あたしたちは、もちろん巡礼しないの。留花、留花、しないのよ。専門家だけがするのよ。していいのよ。聖地だから、寺院があるでしょう？　寺院があるから、ほら、仏像……ご本尊？　あるでしょう？　あるけれど、拝めないでしょう？　あるのに礼拝できないから、ひぶつでしょう？　わかる？　ひ、ぶつ。秘められた、仏。秘仏。それがね、きっと、森の奥にはあるのよ。もしかしたら、今、彫られているのかな？　だから、ご本尊が。森の樹々から、木彫《もくちょう》の仏像が。二十体も……三十体も……いろんな種類の。そんな、ね？　何グループもの秘仏が」

作出されているのかな、とは姉は言わなかった。人為的に発生させられているのかな、とも、高等菌類が、とも言わなかった。既知ではない事柄に人は言及しない。まだ二〇一三年なのだ、これは、とルカは思う。戸棚からオリーブオイルの瓶を出す。調理用バットも。そして蒸らし終わる頃合いを待ちながら、ルカは、コンピュータを開いたダイニングテーブルに戻って、四つめのファイルに替えた、変更した。ただし音は消した。無音《ミュート》を選んだ。

見るためのファイルだった。ルカの目のための。耳は傾けないで、ひたすら注視するための。二〇一九年。直前のファイルからいっきに六年が経過して、大写しになる甥はもう十代になっている。十代の戸口《とばくち》、まさに十歳に。背景には、蒼穹《おおぞら》。その喜多村泰雄は高いところにいる、実際の身長よりも高い、乗っているからだ、カメラが引いて、馬に乗っているからだとわかる。馬は、サラブレッドだ。甥は鞍《くら》に尻を落としている。内腿を閉じて締め、手綱を握っている。握る、というよりも操作して、じきサラブレッドが駆け出す、甥がすっと前傾姿勢になる、追う、牛たちを追っている、ガルディアンだ。ガルディアン、とフランス語で思ってから、ルカはカウボーイと訳す。巧みで、その乗馬技術がすでに高度で、いつ見てもルカは驚かされる。そしてサラブレッドを馭《ぎょ》する甥が画面の外に行ってしまい、主役がいない、と感じられる刹那の一、二秒後には、カメラは右に、右にと流れて、牧場に立った少女を捉える。ブーツを履いていて、デニムの裾はその内側に入れている、隠している、もしかしたら靴底の厚みの分、身長がのびている。十二歳だ。ルカの娘はこの映像の内側では十二歳、この年頃の平均身長はどの程度だったろう？　ルカは思い出せないが、ブーツのその底の厚みを考慮に入れないとしても喜多村冴子は〝上背のある少女〟の部類には入れられない。きっと同世代では大きいほうでは決してない、とルカは思い、でもこの視線が、と続けて思う。大きさを上積みさせている。前の年の、飛行場のピクニックで見せた印象《いろ》よりも尖りは数段増して、重さ、実存の深みのようなものを感じる。当たり前にかわいいとは言えない。しかし美がある。上半身が大写しになると、その美は際立つ。獰猛なのだ。十二歳で、もちろん非力極まりないはずの少女で、獰猛なのだ。無音《ミュート》にしていなければルカはここで、この箇所で、姉のナレーションを聞いた。「頭の中に三つ分の脳が入っていそうな、ね、この顔立ち。才能がね、あふれているのよね」と姉は言うのだ。「何かを考えて考えて、でも黙っているタイプ。利口って、そういうことなのかなあ」と。その冴子の、その視線が、いや顔そのものが、右に。カメラは、すると再び右へ右へと流れる。十二歳の少女の視線が同じ牧場内に捉えた対象をカメラも捉えようとする、捉える。やや遠景、何頭かの馬が走っている。人を乗せて走っている。七騎。しかも甲冑姿だ。全員がそうなのだ。その全員がいわゆる侍たちなのだ。的を狙っている。矢を射るための的を。

流鏑馬《やぶさめ》だった。合戦をイメージする騎射の稽古が行なわれているのだった。カメラはしばらく騎馬武者の疾駆する様子を捕捉しようと努める。努めている。番《つが》えられた鏑矢《かぶらや》のアップ。矢の先端——。

ルカは再生を中断する。

手に、オリーブオイルをつける。それから握った。ルカのレシピはこうだ。刻んだ塩漬けのオリーブと、塩少々を加えて米を炊く。もちろん塩はカマルグ産、地中海のその海水を塩田に引いて、天日で濃縮した塩《セル》。これだけでオリーブの美味しい炊き込みご飯ができるから、適度に蒸らしたら味見をして、自分に「完成だわ」と言えばいい。でも、さらにひと手間だ。ルカはこの炊き込みご飯を、握る。お握りにする。

仔馬のために。

「今日、生まれそうよ」と言っていたエレンのために。

カマルグ種の馬は、半野生馬は、白い。

けれども生まれた時は、黒い。

黒馬として産み落とされて、それから成長とともに明るさを得る。明るさ、白さを。体毛に。斑《ぶち》を残しながら。

「生まれそうよ。見に来る?」と友人の女性ガルディアンは言った。ガルディエンヌは。

ルカの友人の、エレンは言った。

「もちろん」

これから車を走らせるルカは、そういえば、と振り返る。私はこれからエレンと会うのだというのに、茸を食べていない。調理したいとの衝動も抱《いだ》かなかった。本当に稀なことに、そうだった。

しかし米を主食として、ほら、扱ったの。

差し入れにするならば、お握りと思って。

そして、頑張るエレンにとって、これは主食？

世界が淆《ま》じりはじめた。混淆の日、仔馬は生まれる。

24　ボーイ・イーツ・ガール

「ヤソウ君。あたし、いつか馬に乗りたい」

歩きながらウランは言った。その返事を求めていたはずだが、ヤソウが視界にコンビニエンスストアを発見して、あったあった、コンビニ、ほらウラン、と声をあげたので、話題はいったん引っ込んだ。そもそもコンビニエンスストアが途中にあるといいねと言ったのはウランだった。まだ虫がいるかもしれない。螫《さ》す虫、蚊のような昆虫が。だから虫除《よ》けを探そうと提案したのだ。店内に入り、二人は蚊取り線香を買った。渦巻き型のものを。まだ売ってるんだ、よかった、とウランは言った。もう十月も二週めで、ちゃんと販売されているか不安だったのだ。ライターも買った。用意は万端、と思いながら店を出た。帰りには再びここに寄り、アイスクリームを手に入れられるかもとウランは思った。それがデザートになりそうだと感じたのだ。

再び歩き出す。レジ袋ひとつ分の荷物が増えたけれども、それほど多いわけではない。巻いた敷物はヤソウが持っている。バスケットも。ポットだけはウランが提《さ》げた。そこにはガスパチョが入っている。冷たいスープだ。ゆうべ作って、しっかり十数時間寝かせたのだ。トマトジュースをふた缶使った。それから本物のトマトと、赤ピーマン、胡瓜、玉葱、ちょっとだけ大蒜《にんにく》。これこそ野菜スープだ、と調理しながらウランは思った。それからヤソウに携行してもらっているバスケットには密閉容器が幾つか入っている。密閉容器にはラッピングされたお握りと卵焼きが入っている。お握りは栗ご飯のそれだ。ウランは、まず、栗ご飯を炊いた。今朝、下拵《したごしら》えのために一個一個の皮をむいて、塩と味醂《みりん》をまぶしている時に、あたしって秋を作っているみたいと感じた。あたしって手作りの秋を支度して、今日はこれからこの後、ヤソウ君にそれを、その秋をあげようとしているみたい。卵は厚焼きで、ほんの少し甘みを強め、そしてフライパンで焼いては巻き、焼いては巻きを繰り返して形を調《ととの》えた。最後に焼き色がしっかり着《つ》けられたのでうれしかった。初めてだったのだ。厚焼き卵を作るのも栗ご飯を炊くのも、ガスパチョなんていう野菜スープを調理するのも。それからまた、レストホームの共有キッチンをちゃんと使うのも。けれども味見した感じはばっちりだった。集中力のためねとウランは思った。あたしには集中力があって、それは真剣になっているからで、と思った。あたしはロボット料理人としても最高度に精密なのだ。

木材の匂いがする。コンビニエンスストアに立ち寄る前までに二人の間にあった話題をいろいろと忘れてしまうほど、はっきり、樹々、という匂いがする。その事実にはヤソウも楽しそうに言及した。あっちには水中に貯木場があるんだよな、丸太の、だろ？　木場《きば》っていうのは貯木場のことだろ、そのまんま？　それから、ほら前のほう、道路と反対側の、あれは材木市場だろ？　ウランとヤソウは今、江東区の埋め立て地の先端をめざしている。先端、というのは感覚的な言葉だ。実際には幾つもの埋め立て地があって一々《いちいち》の埋め立て地に幾多もの先端があって、どこがフロンティアなどとはいえない。けれどもウランはわかっている、ウランたちにはわかっている、江東区の西端あるいは北西端をめざす散歩を二人で繰り返して、ある日、自分たちが最初に遇《あ》ったのは江東区のその形に照らしたら南のほうだった、南東のほうだったという話になって、南端、というものが意識され出して、いわゆる南端あるいは南東端では二〇二〇年のオリンピックで会場選定が杜撰《ずさん》に二転三転した果てにセーリング競技が行なわれたことが思い出されて、思い出したのはウランだったがそれに関連するねたをヤソウが少し前に聞きつけてきた。ネタだよ、とヤソウは言ったのだ。俺とおんなじ東京ネオシティ競馬インクのさ、騎手と騎手候補生のさ、宿舎にいる先輩のさ、地元情報通の人のネタだよ。湾岸なら品川区のも大田区のも港区のも、それから江東区のも千葉県のもいろいろ精通してまっていう、休日は馬には乗らずにクルマ命《いのち》だって先輩騎手の、ネタ。そのマリーナの陸《おか》側の跡地が現状どうなってるとか、いやそれよりもマリーナの背中をしっかり派手に立派にするために仕込まれてた隣接区画の跡地が凄いんだとか。

「背中？」

「違うか。背景？」

「ああ。背景を彩っていた、そういう地域？」とウランは補いながら訊いた。

「それそれ。オリンピックって、映像だろ？　放映するにしてもさ、それから写真に撮るにしたってさ、カメラ写り？　写真写り？　そういうのがいちばん大事で」

「画《え》、だね。つまり」

「それだ。画が映えるかどうか」

「だから、マリーナは当然きれいじゃないといけないんだけれど、マリーナの周りがきれいかどうかが問われた、そういうことなの？　ヤソウ君」

「うん。周りがな。背中が、じゃないや、背景がな」

東京都が威信をかけて設《しつら》えたオリンピック・マリーナは、その日本の首府の海の、湾岸の美しさを全世界にアピールするために、テレビ放映時の映像などに写り込む部分の景観作りにも手間暇をかけた。予算を投じた。そして予算を投じるのは、オリンピックの開催時まで、せいぜい延ばしても開催年度末の二〇二一年三月までだった。あとは、切れた。管理の手間暇はかけられず、予算はゼロとなった。ヤソウは、あのさ凄いお花畑があったんだって、とウランに言った。ワールドフラワー・ブロック、だったかな？　そういう名前の地域、埋め立て地のひとブロック、地上でいちばん美しいお花畑です、って宣伝して、「東京湾岸はこんなにもきれいです」って演出して、実際、世界の何人《なにじん》が見ても感動したらしいよ。そして実際、二〇二〇年には最高に、その、ラブリー？

ラブリーだったらしいよ。そして東京オリンピックが閉幕したらただちに放棄、放置されちゃって、今、いい感じだって。凄まじい荒れっぷりで、なんとも趣き深いって、先輩言ってたなあ。

そこだった。そこが真に感覚的な、江東区の埋め立て地の先端なのだった。手付かずの、というよりも手付かずになってしまった、墜《お》とされてしまったフロンティア。見たいな、とウランは言った。見ようか、とヤソウは応えた。そこで戸外ランチをしよう、とウランは提案した。なにランチ？　とヤソウは訊いた。食堂じゃないところで、ヤソウ君と食べる、だから屋外《そと》のランチ、とウランは言った。

「ああ、ピクニックか。いいな」ヤソウは笑った。

そしてウランとヤソウは、今日、歩いているのだった。ちゃんとフロンティアの所在はわかっている、わかっているから歩いているのだった。確信を持って、初めての土地を、道を、二人は南へ南へと歩を進めているのだった。目的地まではJRの駅から二キロ未満だ。もちろんウランは歩ける。十八歳の現在のウランは。ヤソウはこの日、訓練も厩舎での仕事も全休だった。その予定を教えられて、ウランは「ピクニック日和になれ、ピクニック日和になりなさい」と数日前から祈っていた。ロボットだって祈るのよと思った。前夜、それから今朝、ウランはお弁当作りに時間を費やした。今朝は、あたしは秋を準備している、手作りの秋をと感じた。そして、今、実際に秋の湾岸を歩いている。秋だ、強めの木材の匂いがちょうどイメージに適う、しかし材木市場を過ぎると、いかにも樹々という特徴的な匂いは消えた。入れ替わりに潮がわずかに匂い出した。海だ。海は、見えたり見えなかったりする。視界に海面が入ったり、しかし高いビルディングや倉庫群であっさり遮蔽されたりする。それに埋め立て地にも起伏がある。大地には凹凸があって、それは海との距離を変えるのだ。目に捉えられる海との隔たりに関しては。それだけは。ウランは顔をあげた。穹《そら》に鳥がいて、鴎《かもめ》だった。それから視線を落とすと、西のほうに観覧車が見えた。お台場の観覧車だ。それから視線を反対側に動かすと、東のほうにも観覧車が見えた。葛西臨海公園の観覧車だ。東西の観覧車、そんなものが見えた。なんだか世界が二つに割れているみたいで、本当に江東区の先端に入るんだとウランは感じた。そして気づいたときには空気が変わっていた。人通りはもともと少なかった。車道にはそれなりに通行量はあって、主にトレーラー・トラックが中心だったが、しかし、それもある段階から減った。なんだか音の質が変わったみたいだとウランは認識した。実は「静かになっただけ」とも言えたのだが、にもかかわらず静けさは空気そのものの変質をウランに体感させた。ヤソウ君はどうなんだろう、と思った。ヤソウ君はどう感じてるんだろう？　そのヤソウはウランを案内する、先導する、こっちじゃないか？　あ、ここからは全部海が見えるぞ、前に前に、海。あれは、テトラポッドだろ？　テトラポットだっけ？　テトラボット？　それでさ、ウランほら、あっちの金網に仕切られてる、あの、あの立ち入り禁止のブロック。

あれだ。跡地だ。来た。

「ピクニック」とウランは言った。

「ピクニック」とヤソウは言った。

壮絶に美しい曠野《こうや》だった。東京港に臨んだお花畑のなれの果て、あらゆる名花が雑草化している。弱い品種は滅んで、人の手が入らないから淘汰《とうた》されてしまって、もっとも勢いを感じさせるのは秋桜《コスモス》だ。一・五メートルほどの高さに白い花が揃って咲き、あるいは淡紅色に咲き誇り、しかし秋桜だけが支配できる領域はさほど続かない。ウランは息を呑んだ。野草がいっぱいだ、と思ったのだ。その直感は正しい、そもそも秋桜も二〇二〇年の夏を過ぎてからの侵入種で、ほとばしる生命力は管理の美をとうに、というよりも端《はな》から離れていた。端から管理外だった。野《の》。金網の裂け目を、フェンスの切れ目を探して、たちまち見出した。そこからは獣《けもの》道《みち》のようなものも続いている。しかし踏まれていない土もある。草がある。踏まれていない匂いがある。それを嗅ぎながら、踏み、歩いた。ヤソウが先に立って、ウランが導かれた。金網から四メートルか五メートル離れると、離れて内側《なか》に分け入ると、もう道路の気配は感じ取れなかった。そこは、もう、ただの野草の王土だった。しかも咲き乱れる花々はといえば、多種で、多彩で、華やかでありすぎる。ヤソウが、やっぱりラブリーだなあと言った。ちょうどいい具合にラブリーだと言った。ウランはにっこりしてしまった。敷物をひろげて、ウランは蚊取り線香を担当した。焚いた。四方に焚いた。ヤソウがひろげた。ライターの火をつけるたび、短い歓呼というか、「きゃっ」と声を出したい気持ちがした。もしかしたら出していた。バスケットから密閉容器を出し、蓋を取る。携行用のウェットナプキンも出す。栗ご飯のお握りには、胡麻塩がまぶしてある。気がつけばヤソウはもう頬張ってて、頬張ると同時に「おっ」と言う。感想ではないのに感想になっている。ウランのお弁当は賞讃されている。ウランの、手作りの秋は。

「猫とか、いるかな」とウランは言った。

「通り道があれば、いるだろ」

「雑草の間に？」

「草ってさ、ほら、猫、カプカプするから」

「噛むってこと？」

「あれはなんだろうなあ」

「なんだろうねえ」

「卵焼き、最高だよ」

「よかった」

「そういえば俺、年少の、年少っていうのは俺より年下の、ずっと若い友達から、俺は

『二つの卵だ』って言われたなあ」

「ねえ、ヤソウ君て」

「何?」

「何歳だっけ?」

「十七」

「学年は——」

静寂が思いがけない破られ方をした。天空が騒《ざわ》めいた。飛行機械。ババババババと飛んでいるのだった。ヘリコプターが頭上に、ウランとヤソウとそれから丈高い花々のずっと上方に現われて、過《よ》ぎり出す。ウランは思い出した。ウランは付近にヘリポートがあったことを思い出した。そうした施設も湾岸に、東京の、というよりも江東区内の埋め立て地に置かれているのだ。ヤソウが、ウランの問いに答えようと耳に口を寄せる。ウランの右側の耳に、そして答えようとして、実際に答えかけて、しかし動きがふいに停まる。動きと声が停まる。停止だ、とウランは思う。ウランは、ヤソウの息を聞いた。まだヘリコプターの飛翔音がうるさいので、しっかり聞こうとした。そのヘリコプターは高速に移動していて、あっと思った時にはもうババババという騒音は去りはじめて、たちまち消えた。消え失せていた。再びこのピクニックのための場の、ある種の聖域の、ウランとヤソウが生み出したばかりの四方の蚊取り線香と敷物とによって顕現した聖域の、沈黙《しじま》が戻ってきて、ウランは、ヤソウを見て、あまりにもヤソウの目が間近いところにあるのに笑って、ヤソウも、にっ、として、それからヤソウは口をウランの右耳にべっとりと付けて、耳朶《じだ》を突然吸って、ウランは笑って、喉が渇いて、ウランは心臓のことを考えて、どきどきしちゃだめ、あんまりどきどきしちゃだめだからと自分の心臓に言って、優しげに命じて、頑張れあたしのエネルギー出力装置、とも応援して、ヤソウがはっきりとキスをしてきて、それから寝かせて、しかし密閉容器類はちゃんと隅に退《ど》かしてくれて、ヤソウの動きは紳士的とはとてもいえないのに乱暴ではない、あたしは当たり前に扱われていると感心して、おっぱいはそっと触られて、そっと、そっと、それからヤソウが「大事な原子炉——」と言って、あとはシャツを引きあげる、ブラジャーを外さないで、ずらす、撫でる、撫でられる、ウランは呪文のように心臓に語りかけつづける、どきどきしない、どきどきしない、うん、あたしはうれしいから動悸を感じない、感じないはず、そうやって意識を凝らしつづけて、そのままウランとヤソウの時間は過ぎる。過ぎる。聖地で。

あたしは、ロボットなの。

あたしは、語り部の、ロボットなの。ガボのプロジェクトの。

あたしは。

あたしは、こんなに海の側《そば》にいる。

あたしは。

波をイメージすると、ヤソウが自分のズボンを自分で脱いで、下着もおろし、それから同じようにウランの下着をおろしはじめた。ウランは、足し算だ、と思った。一足す一が、一。痛みに刺しぬかれると同時に喝采をあげた。ヤソウも笑った。「うっ」と言い、「ううう」と言い、吠えていた。吠えながら、もう射精していた。

25　その骨々のオベリスクが

ガブリエルはメールを確認する。スペイン語のメール、英語のメール、日本語は引用部にのみ挿入される。英語は、それが使えなければ世界のアート・サーキットには参入できない。もちろんガブリエルは、読める。読めるし書ける。ここ数週間、ある日本人との英文メールでの応酬《やりとり》が集中的に続いている。その日本人はミュージシャンで、かつデジタル・アート関連の技術者でもある。技術者としてはチームを率いている。ラボ信州。シンシュウ、というのが拠点の置かれた土地の名前で、長野県をほぼ指していることをガブリエルは学んでいる。松本市に、そのラボ、〝研究所《ラボ》〟というよりも芸術的なアトリエはある。長野県の文化振興課が敷地の提供等でサポートしている。

ラボ信州の代表のミュージシャンと、一度ガブリエルは東京で会った。そして、いける、と思った。鯨の音についてては、やはり日本人と組みたかったのだ。その音を、自然保護運動やら往時のニューエイジ運動やらと否応なしに連動させてしまう西欧文明の癖、いわば軛《くびき》からまずは脱しておきたかったのだ。そして一切がウランの想像力から発したことも大事にしたかった。ウランという日本人の少女の。あるいはウランという日本製のロボットの。「そんな製造背景を持ったロボットだ、小型原子炉が動力源だ」と断じ切れている十八歳の娘《こ》の。ウランは鯨食《げいしょく》という要素についてすら触れた、いちばん初めから。人間と鯨がそのように関わったとのポイントを外さず、しかし繊細に認識しつつ、あっさり物語を先に進めた。むしろ堂々としていた。その事実をガブリエルは見逃さない。だから力を借りるならば日本人のミュージシャンでなければならないしデジタル系のテクノロジーを駆使することになるチームの構成員に関しても条件は同じだ。

「ええ、鯨の肉は食べたことがありますよ。学校の給食で出たから」と初顔合わせの際にミュージシャンは言った。食べたことはある、の部分を英語の現在完了形で。給食のことは school lunch と言った。ガブリエルは学校《スクール》と言われるたびに、近頃は反射的にアサミの顔を脳裡に閃かせる。このプロジェクトの「書物」方面のディレクターである熊谷亜沙見の、顔、とりわけ目元、そこに瞬間的に顕《あら》われもする強度の憂いと知性。それが自分のエスクエラ——学校でもあり学舎《まなびや》そのものを指す名詞でもあるスペイン語の、escuela のさまざまな映像を封じて、まず出る。記憶の何かが、どこかが、強勒に日本化しつつある。プロジェクトの片腕である日本人たちに染められている。「ただね」とミュージシャンはガブリエルを相手に続けた。「昔、誰でも煙草を喫《す》っていた。アメリカの中の禁煙大国ニューヨークでも。それから、もしも人類がまるごとイスラム教徒になった未来には、誰も豚の肉を食べない。すると昔は、食べていた、となる。もしも人類がまるごとヒンドゥー教徒になった未来には、誰も牛の肉を食べない。すると昔は、食べていた、となる。そういうことも考えないとね。さて、十万年後には霊長類ヒト科は何を食べているのか。また、その嗜好品は。僕はね、今は鯨の肉は口にしないですよ。そして昔のことには、感謝している。美味しい給食でしたね」

　この東京でのミーティング以来、知識は共有された。ガブリエルとそのミュージシャン、のみならずラボ信州の間で。それは鯨の音、その鳴き声についての具体的な知見だ。海豚《いるか》と俗称される小型種も含めて、八十種あまり現生するヒゲクジラ類とハクジラ類には一種残らず声帯がない。しかし鳴いている。その音は呼吸孔、いわゆる鼻の内側の襞を振動させることで出している。だから「声」ではないのだ。これは専門的には鳴音《めいおん》と呼ばれる。英語では単純に、sound と。ミュージシャンはしかし、ガブリエル宛てのメールで、それをぼんやりと音《サウンド》と記すよりも mei-on と書きつけるほうを好んだ。鳴音は餌となる魚類などを探すためにも用いられる。手法としては蝙蝠《こうもり》の超音波といっしょだ。反響定位《エコロケーション》だ。そして、むろん、仲間内の交信にも用いられる。コミュニケーションのためのものだ。つまり言葉だ。

　しかも多言語がある。

　ミンククジラの鳴音は鼓動に似る。ミンククジラはいわば、その母語が「人の搏動《はくどう》に通ずる響き」なのだ。この認識はガブリエルをはっとさせた。もちろんウランの心臓のことを連想したからだ。それからミュージシャンのほうを驚かせて、メールに

「はっとしました《アイブ・ビーン・スタートルド》」と書かせたのがシロナガスクジラの鳴音だった。ダイレクトに録られた鳴き声にもかかわらず、未加工とは思えないほどに催眠的で、蠱惑《こわく》的な、低音のノイズ。「この手のNOISE MUSIC（と大文字ですべて記されていた）には一九八〇年代、九〇年代って昔から愛好家がいますよ、世界中に。けっこう先端の音響だな。二〇一〇年代の僕に聞かせたい」

その評言を目にして、ガブリエルのその音に対する印象も変わった。ノイズだが、無機ではないノイズ。ガブリエルは、まるでオーガニックなANTI-MUSIC、との一節を返信に記した。非《アンチ》と。

では音楽は？

鯨たちの鳴音という多言語にも歌はあった。歌、と名指されている一言語があった。旋律を有しているがためにsongと呼ばれるのがザトウクジラの鳴音だったのだ。専門家もそれを歌《ソング》と形容するのだ。雄の、求愛のための鳴音。

二人はこの歌《ソング》の感触を多面的に語り合った。多面的、むしろ複眼的に。美術家と作曲家、演奏者、技術者として。文化背景の、なかでも歴史的背景の大いに異なるメキシコ人と日本人として。思いつきに等しいものから簡易または堅牢な論を持ったものまで多様なコメントを応酬《やりとり》した。

どうして、それを「歌」だと感じるのか。人間が。この人類の耳が。しかも日本人の耳と、メキシコ人の耳が、同様に。たとえば、ザトウクジラではないシロナガスクジラやマッコウクジラやツチクジラは、すなわちナガスクジラ科の鯨やマッコウクジラ科の鯨やアカボウクジラ科の鯨は、その「歌」を海中で聞いて、どう感じるのか。この異言語を、歌っている、とはたして感じるのか。そして感じている器官はどこか。

鯨には鼓膜はない。しかし人間でいう鼓膜の内側の空洞、鼓室《こしつ》に、特別な骨がある。鼓室骨が。あるいは耳包骨《じほうこつ》と呼ばれるものが。

それが聞いている。骨が聞いているのだ。

骨に関しては、ガブリエルは東京都公園協会との交渉を前進させていた。順調に進展した。もともとβ版サイトを準備するためにガブリエルとこの協会の間に美術館が入って動いていた。β版サイトが現在置かれている都市緑化植物園は都立公園の敷地内に開設されていたからだ。ある公園の一部だったからだ。今、ガブリエルは文化財庭園課と話を進めている。実際には日本でガブリエルの代理人であるこのプロジェクトの招聘元の公設美術館サイドがその相談を行なっている。いわば都と都の交渉、東京と東京の懇《ねんご》ろな折衝、それが物事を大胆に推し進めた。ガブリエルはこのプロジェクトの着地点を変えた。変えるというか、この大型プロジェクトの、ほんの二ヵ月前までは考えてもいなかった意外な着地点を見出したのだった。なにしろ掘らない。人々にその鯨を、超巨鯨を掘らせることはない。β版サイトは「発掘テントのβ版」だったわけだが、その構想力に富んだ着想が廃された。いや、もちろん発掘にまつわる主題は核《コア》になる。美術館の内側《なか》での種々の展示はその主題のまわりを回る。しかし発掘の擬似体験のような参加型インスタレーションはもう要らないのだ。

なにしろ、骨は、最初から剝き出しに飾られる。

美術館の外側《そと》に、それも各地に。

東京都の二十三特別区の各地に。

それは肋骨ならば肋骨で、その一本分の、実物大の骨だ。

原寸大《リアルサイズ》である骨のレプリカだ。

一つのサイトに一本、立つ。

このプロジェクトは、発掘された「東京の産みの親たる鯨」の、その輪郭を瞬時に炙り出すコンセプトを具えるのだ。具え直す。ここまでの企画および制作のプロセスを経て、すでに遺蹟レイヤーという機能を内蔵した詳細な地図がある。地図のソフトウェアはある。超巨鯨の、骨々の位置はあらわだ。3Dにも2Dにも出力できる。そこから選ぶ、複数の、というよりも二桁のサイトを、しかしどこでもかまわないはずがない。これが現代美術のプロジェクトで、美、が問われるならば、しかも東京の成り立ちに対してオルタナティブな文脈を呈示しようとするならば、共闘がいる。いわゆる日本性とのだ。だからガブリエルは、代理人を通して文化財庭園課と交渉を進めている。前進させている。東京都公園協会の一部門《ブランチ》としての文化財庭園課、そこには史跡といわれる庭園、名勝といわれる日本庭園が「管理される公園《もの》」として属している。いわゆる侘《わ》び、閑寂な風趣をその前景に押し出した美、トラディショナルな和の美。そこに重ねるのだ、東京の「神様」である超巨鯨の、骨の美を。骨のレプリカを、あたかもオベリスクのように立てる、屹立させる、そして調和させる。美と、美を。

サイトに一本ずつの骨は、その土地を護るものに見えるだろう。守護者のシンボルに。

そして目に見える美があり、見えない美もある。骨には。

骨は、鳴るだろう。

鳴るのだ。それは音響アートでもあるのだ。そして東京の各地に複数立てられた骨は、たぶん数十本は立てられた巨大な鯨骨《げいこつ》のレプリカは、一本が鳴る時、その全部が共鳴するのだ。特殊なサウンド・システムで。骨の台座に付着しているマイクロフォンと骨に内蔵されているスピーカーの連動で。

そのようにして、神話の生き物が、音で復元される。

東京の上に、この現在の、現実の地面上に、復元される。

原《げん》……原東京人たちのいた原東京を産み落とした十万年前の、百万年前の、あるいは一億年前の水棲哺乳類が。

しかも、それが鯨の音の一種である以上、骨は単なるノイズとしては鳴らない。また、単なる電子音響や、単なる非《アンチ》雑音、すなわち音楽としても鳴らない。それは「歌」として鳴る。誰が聞いても、ああ鯨の歌だ、と納得してしまうsongとして鳴る。それもザトウクジラのsongを単純に真似たのではない、もっともっと、多種類の鯨たちの鳴音を抽象して、それがラボ信州のミュージシャンがmei-onと形容するものから大文字のイニシャルを有したSongに変じたものに。あらゆる鯨たちが歌だと感じる歌。あらゆる人間が鯨の歌だと感じる歌。きっと原初の、その鯨が……その超巨鯨が響かせていたであろう鳴音と、同じ歌。

しかも骨が鳴るのだから、それは単なる求愛の歌ではない。

それは骨に内蔵された、記憶の歌だ。

巨《おお》きな巨きな、記憶の。

だからガブリエルは、準備したのだ。ラボ信州を率いるそのミュージシャンに依頼して、人間の語りを、コード変換し、その「歌」に変えてしまうプログラム体系を。鯨は歌う、何十本もの骨のレプリカがうち揃って鳴って、歌う、それは圧倒的だし、圧倒的に美しい情景だけれども、歌は単なる鯨の歌でしかない。そうとしか感じられない。が、そうではないのだ。その歌は、本来は物語なのだ。それもウランが生んだ物語、現代の東京が産み落としたロボットの少女が語った物語なのだ。それはコード変換を経た音楽であるから、逆変換《デコード》すれば読み解ける。ガブリエルは考えている、このメキシコ人美術家のガブリエル・メンドーサ・Vは、今、白紙の本の配布を考えている。アサミと――その方面のディレクターである熊谷亜沙見と、すなわち自分の片腕とガブリエルは打ち合わせを始めている。

ガブリエルは思う、それは電子の本《リブロ》だ、と。

そこにはデコードの装置が埋め込まれている、と。

その本《リブロ》が耳を傾けるとき、鯨の歌に耳をすます時、白紙に文字は現われる。まっさらで真っ白でしかない画面に、ページに、文字は現われる。音が解析されて、あわせて文字たちが、言葉が、異様なまでに類のない記憶が書き込まれる。太古の生き物の記憶が、その本《リブロ》には順々書き込まれるのだ。

ガブリエルは思う、原東京が、この二〇二六年に、と。

二〇二六年の、世界に。

26　十九歳。父親を産むストラテジー

サイコは不思議に思わないではいられない。誰もが『きのこのくに』を知っている。その題名は知らずとも、音楽で。映像で。つまりリビング・レジェンドのプロモーションフィルムを通して。サイコの小説は、小説であるのに小説とは異なる媒体《メディア》を介して拡散していた。これはなんだろう？　今やフィルムは爆発的に成長していた。このことはイコール、視覚化された茸の種類が爆発的に増したことを意味していた。アニメーションの茸だ。手描きの線が美しい、儚《はかな》い、そうした菌類だ。高梨の情報によれば一〇二七種が、すでにオフィシャルに露出している。たいしたもんだわね、サイコは感心した、馬鹿げた数だわねこれ。まさに茸の大発生だった。しかもそれは鷺ノ宮を足場にした大発生なのだ。足場といおうか培地といおうか。一都市の規模《スケール》の培地といおうか。しかし栽培種の菌類でなければ培地という用語を使うのは不適当だったから、サイコは茸のための環境すなわち茸のための森、と考える。小さな森だ。サイコのいる森に比すれば、全然小さい。けれどもそれは東京にある森なのだ。いわば東京に侵出した森、森の飛び地、……飛び火？　このことの意義は計り知れない、とサイコはもちろん洞察していたけれども頭でわかっていたわけではない。理性とは異なるものがサイコにそれを見抜か

せていた。そのためにサイコは、自分が何を洞察したのかをきちんと意識することはなかった。何をわかったのかをわかっていなかった。だからこそ、他の行動でも、自分が「何をしているのか」をわからないで、しかし動き出してはいるということがあった。

高梨はリビング・レジェンドの最新アルバムのプロモーションフィルムの進捗を把握し、それを「茸の数」情報でサイコに知らせるのみならず、他にも重要な情報を知らせた。

調査を依頼したのはサイコだったが、それを高梨は、オレリュー捜査と形容した。

「オレリューって？」

「俺の流儀。ほら、ミヤリューみたいでしょ」

「ミヤリュー？」

「忘れたのかよ、P。空手家たち、いただろ。宮は鷺ノ宮の宮に、それから流派で宮流。あんまり印象ない？」

「あ、リビング・レジェンドの護衛？　あの強そうだった男の人たち？」

「実際強いよ」

「素手で熊、殺せそう？」

「どうかなあ」

「それで、高梨は俺流ね。あたし流じゃない捜査ね？」

「そうなのだよ」

高梨は答えた。P流ではないのだよと言い添えて、それを進めた。俺はもともと鷺ノ宮に実在してるからね、代役に乗っかって出現してるわけではありゃしませんからね、通称56の高梨ごろの、又の名タカナッチャンであるのだからね。高梨のその出生地にして根拠地たる鷺ノ宮には茸のイメージはすでに植菌された。ミズ代理人のもとへは結社から資金が流れ込んでいた。新しいスポンサーだ。表向きは〝スポンサー〟ではないが、ことリビング・レジェンドのフィルム制作に与《あずか》るかぎりは一大スポンサーだ。そして結社についてミズ代理人は語らない。サイコに何ら詳《つまび》らかに語らない。サイコにも編成されたチームの他の面々にも。そもそも結社という言葉をサイコは知らなかったのだ、これはベトナム人の少女がおしまいにサイコに伝えたのだ、――「ケッシャは無理です。ケシャは」と。おしまい、とは分身として起用されるのを以降拒んだその理由の言《げん》のようなものだったということである。実体さんは消えた。ほとんど雲隠れした。今、サイコは実体さん二号を用いている。今、サイコは〝結社〟〝能〟〝ZOKAとの業務提携〟、そうしたキーワードで高梨に調査をしてもらっている。ネットワーク上でも、また現実世界の鷺ノ宮がらみの伝手《つて》を辿る側からも。

そして、おりおり、実体さん二号に乗って鷺ノ宮に現われる場面でサイコと高梨はその行動をともにした。これまた不思議に思わないではいられないのだが、サイコは顔役ともいえる存在になっていた。その悪い場所の、その危険《ヤバさ》あふれる鷺ノ宮の、だ。なにしろ今日日《きょうび》の鷺ノ宮に憑《つ》いた新手のビジョンの源泉は、それもありとあらゆるビジョンの源泉は、この十九歳の少女だったからだ。森の、というよりも世間的に認知される「島」の少女だったからだ。ただしサイコをサイコとして認識する者はいない。Pという名前すら知られていない。が、それでも「島」の誰かが鮮烈な菌類をここに下ろしたのだ、実に圧倒的に鷺ノ宮に降臨させたのだとは遍《あまね》く認知されていた。意図的にリークされる情報だの仄めかしの噂だのがあったから。Pという名前すら明らかではないのだからむろんPのその性別もまた不明だった。サイコが鷺ノ宮に出現するに際して高梨が同行者でありつづけたのも、この点に関わる。結局「高梨ごろと一緒にいる人間がP（とは名前のつかないP）であるらしい」と鷺ノ宮の方々のシーンの重要人物たちは目星をつけた。こうした共通認識が弘《ひろ》まった。「鷺ノ宮にこの二〇二六年の後半から新たに覆いかぶさった『世界観』の供給者《プロバイダー》が、高梨ごろの、連れだ」と。この供給者《プロバイダー》、すなわちPとしても知られていないサイコは、多少ならず驚かされてしまう事実なのだが今やミズ代理人に並びかねない大物となっていた。サイコはそれとともに、実体さん二号の乗りこなしにはまだ慣れないから高梨に側《そば》にいてもらっていた。単純に「日が浅いから慣れない」のとは違った。理由が複数あって、それがゆえに違った。たとえば身長。

視界の高さだ。サイコは、その頭頂までは一メートル五十四センチ、目は、そこからマイナス十センチの位置にある。初代の実体さんも同じ高さに目があった。椅子に座るような状況でなければ、座高というものが問われなければ、だったが。身長というのは分身を遠隔するに当たって考慮するべき、最初の、かつ最大の要素なのだ。しかしサイコは今回これを顧みていない。身長は揃っていない。それも数ミリ揃わないだの、二、三センチ揃わないだのではない。実体さん二号は、サイコよりも二十センチ弱、長身だ。

それだけではない。初代、すなわち実体さん一号とはいわゆる人種も異なる。ベトナム人ではない。そして他の東南アジア諸国の出でもない。日本人だ。ここには大いに利があり、なにしろプロンプターに表示させる台詞の読みが、速い、澱みがない。日本語ネイティブだから難字もきっと読めるだろうといった頼もしさがある。にもかかわらず、乗りこなすのに手間取っているのは、その台詞の書き方に注意を要したからだ。

サイコは普段の口調では語らない。そうした言葉はいっさい打ち込まない。打鍵しない。異なるタイプの台詞を打鍵して、実体さん二号に口にさせる。

なぜならば実体さん二号は男だからだ。性が、本体のサイコとは不一致だからだ。

こうした起用にヒントを与えたのは他ならないミズ代理人の存在だった。ミズ代理人が、彼女であるのに彼であること。三十代半ばの魅力的な美女なのに、もちろん整形手術《プラスティックス》の跡は歴然としているけれども美女であることは誰にも否定できないのに、実際には美男であること。そこからサイコは、「Pは彼女であるのに彼である、鷺ノ宮に出現する時に。鷺ノ宮に、東京に」という、以前は思い及びもしなかった様態のヒントを得たのだ。そして、この分身に乗るためには、まさに慣らし運転が必要となったのだ。試用期間。しばしの手慣らし、そして口慣らし。とりわけ口だ。高梨がかたわらにいることを意識し、高梨が男であることも意識しながら、あたしは、と書かずに、俺は、と書いた。それから語尾を、なのよね、から、なんだよ、に修正した。または、あるわよ、から、あるよ、に。ていうのはね、から、ていうのはさ、に。打ち込んだ文章の一部を削って直した。それも瞬時に、高速に。

実体さん二号は、年齢は三十歳よりは下で、しかし二十代の前半の外見《ルックス》ではなかった。要するに高梨と同年配だ。鏡像から確認するにそうだ。サイコは鏡を通して「自分ではない自分」を見る、装着されたサングラス様《よう》のプロンプターが必ずある顔、一号のベトナム人の娘《こ》もそうだった、そのプロンプターを引き算して判定する。サイコは考える、まずは高梨のように語らせるの、高梨が語るように語らせる、そうすれば男になる、しかも年回りが高梨と同じ男に。でも、それだけだとNG。それだけだと高梨になるだけ。だから、台詞を、ずらす。

サイコは推敲《すいこう》した。

瞬時に。ほとんど反射神経で。

何事かが調律されているという実感がサイコの内奥に生じた。調律だった。なぜならば、推敲のたびに「こちら側に合った」と思い、「ちょっと逸《ず》れた」と思い、「ここが高梨の言い方のまんまだと、間違い」と判断できたからだ。しかし軸が不明だった。自分がどのような軸に合わせて、この修正を推し進めているのか？　瞬間的に、本能的に？　サイコは思った、あたしは何を何に調律してるのいったい、と。わからなかったのだ。最初、サイコにもわからなかった。しかし作業は進んだ、加速した、サイコが「この調整は適切」と判断できると打鍵はほとんど疾走した。

それからある日、はっきりと声がこぼれた。

声だった。こぼれ落ちたのだ。

完璧に調律された時に。サイコは書いてしまっていた。その台詞を。高梨が席を外したおりだった。喫茶店で、サイコは（小声で）と注を付して、実体さん二号に呟かせていた。ひと連なりのその文章は、独り言用《モノローグ》に打ち出されたのだ。

「俺は、森から出てきたけれども」――間《ま》。――「森にも居場所はある。もちろん俺のいう森とは、森だ。茸の国だ」

サイコは顫《ふる》えた。

その声を聞いて。ぶるりと顫動《せんどう》した。鷺ノ宮にいる実体さん二号はしかし微動だにしていなかった。それが枠《フレーム》の定着した視界から明らかだった。映像データから。しかし音声データがサイコを動揺させたのだった。文章を打ち込んだ、誰かが声に出した、その誰かは男性だった、それが拾われた声として、戻ってきたのだ。サイコの耳に。現実の鼓膜に。

声は、そして、おりおり続いた。おりおり、打鍵する指先からこぼれ落ちたし、すると実体さん二号にただちに読まれて、サイコ自身の耳に聞かれた。ある時はパーティの会場で、序盤は高梨といっしょだったのだが、じき離れて行動した。何人かに会う、挨拶を交わす、鷺ノ宮出身だという女流棋士と話す、碁のプロフェッショナルだ、メディアにも頻繁に取り上げられている、生い立ちに話題性があるからだ、いわば鷺ノ宮の圏内《なか》で影響力がある、この女に自己紹介を始めていた。

こぼれ落ちた声がだ。

流れ出した声がだ。

「そうだよ。俺は、森に家族がいる」間《ま》。「それからな、俺は、その森に、そうだな……」沈思の時間。「……ドッグランを所有している。俺が伐《き》り開いたドッグラン、そういうのを。牧場みたいで、いや、牧場じゃないんだ。なにしろ牛はいない、馬もいない、そんなのは飼われていない。けれどな、犬が走るんだ。それから猫も。他にもいろいろ駆けまわっている猫をいちばん念頭に置いたら、そこはキャットランだな。他にもいろんなペット名を冠《かんむり》につけて、なんとかラン、にすればいいさ。ペットだ。家畜じゃない。その茸の国にいるペット……」女流棋士が、サイコを見据える、実体さん二号の目を。プロンプターを。「……廃棄ペットだよ。『不要動物だから』って棄てられた。放射能に汚染された森にな。あんたたちのいう、島、にだ。俺はそういうペットを救出する。いわば回収する。回収するための探偵だ。そしてな、いろんなペットをひとまず放し飼いにできる、ひとまず憩わせられる土地をちゃんと確保してる。森の内側に、な。それがドッグランだし、なんとかランだ。そして俺は森に家族がいて、そうだった、俺はまだ結婚はしていない。女がいて、子供がいる。子供はまだ、女の腹の中にいるんだ。七ヵ月。妊娠七ヵ月」

今度は、人物がこぼれ落ちた。

サイコは、やっと、それが誰だかわかった。

高梨の調査が進行する。例のオレリュー、俺流捜査が。結社からもらったインビテーションのことをサイコはしばしば振り返った。あの能舞台、そして遭遇したヤソウ。ヤソウはジョッキーをやってるですって？　しかもあたしと同時に辿りついたですって？　ここに、結社に？　異人種たちがおののいて避けている愛国のケッシャ、ケシャ、だから結社に？

高梨が説明する。

結社は通信衛星を三つ持ってるぜ。

結社は、日本の軍事的な生き残りを、民間的に支援してる。

そこがやばいな。

結社は、与党にも最大野党のほうにも、つまりどっち側にも最大の政治献金をしてる。その名義の数が、団体と個人とだけど、まあ凄《すげ》ぇな。調べがついただけで、四、五千ある。

結社はさ、いちばんはさ、世論を形成しようとしてるんだよ。ほら、大衆の……煽りっていうの？　ポリティカルな煽動。ありゃあ広告代理店だな、裏の。

表社会に出っこない、裏の広告代理店。

結社は、なあP、お前の……森で、森だよな？　そこで、つまり俺も含めたこっち側の人間のいう「島」で、十五年前から何が起こっているのか、わかってる。全然わかってる。俺も、この俺流捜査をするまで、わからんかったよ。そこが国際政治的にどんな坩堝《るつぼ》かなんて。

なあ、あの連中は、茸がどうなってるか、わかってる。BとCの戦争の、最終兵器あるいは最新兵器、だろ？　つまりバイオロジカルでケミカルな、しかもアトム……アトミックが起点でもあるからAでもある。Aを終点にしちゃうかもしれない。そうだろ、P？　それが開発されている。海外じゃなくて国内にある。自国内にある。でもほとんどの日本人の認識じゃ、そこは自国内じゃないんだ。

「そうよ」とサイコは言わなかった。高梨の現段階でのレポートを受けて、「その通りよ」と声に出して是認したりはしなかった。つまりサイコは言わなかったのだ、「日本じゃないわよ、だって茸の国だもの」とは。

きのこのくに。靭《しな》やかに戦闘的に柔軟にサイコは題名を並べる。その小説は、そうなのだ、音楽を通して映像を介して今では現前している。この二〇二六年の日本に、とりわけ鷺ノ宮に。そして、そのような現状があるのならば、そこには登場する人間もいるのだ。サイコはこうして遂に理解した。今では理解しているのだった。あたしは、何を、何に調律していたのか？　あたしは台詞を通じて誰を作っていたのか？　父親だ。あたしのフィクションの母親と結ばれたフィクションの父親だ。陶。あたしはこのトウという名前の小説内人物を実際に顕現させようとしているのだ。この世に。

あたしは父親を作っている。

じき産む。しっかりと産み落とすのだ。鷺ノ宮に。つまり東京に。

これだ。これがあたしの戦法なのだ。そして父親が生まれたら、あたしはその世界では七ヵ月の胎児に変わるだろう。未《いま》だ母親の胎《はら》にいる。

27　王位継承前夜譚

その男はヤソウからの電話を受ける。そしてヤソウはひと息に話す。その男が、ヤソウのいわば養父だからだ。その男が、ヤソウを東京に派遣したからだ。その男は自分の領土を森の内側に確保しているという意味では王だ。しかし駒王《こまおう》という名前ではない。ぴたっとハマりすぎる名前をその男は避けた、そして本名を単純に英訳しただけの名前を受容した。牧夫だからカウボーイ、堀内牧夫だったからカウボーイ、こうした文脈こそを承服した。それから思った、そういえばヤソウにも本名の泰雄がある、ヤソウじゃないヤスオが、そのヤスオのオは強引に漢字を宛てたら王か？　ヤソウが、野草で野葬だとしたら、王のヤスオは何の王だ？

「俺、たぶん、いちばんサイケデリックな東京は見つけたよ」

「そこに行ったのか」

「行った。でもさ、意外だったよ。そこってさ、場所じゃないんだ」

「場所じゃない？」

「あのさ、地区とかさ、ほら駅の名前のついたエリアとかさ、その手だろうって思ってたら、違った。場所じゃない。でも会員制だったよ」

「会員制」とカウボーイは咀嚼する。「興味津々にさせられるフレーズだな」

「会員にならないとノーガクが観られない。ノーガクが観られたらもう会員だ。純文化、って言われたよ。日本の、純文化。あのさ、ノーガクの、変声期前の、子供、男の子でチゴっていうの、子役なんだけどさ、それには花がある。『花があるってわかれ』ってさ。変な連中だ」

「稚児《ちご》か」とカウボーイは答えた。

「世阿弥が、そう言ったたって」

「ノーガク……能楽のことは知らないけどな、子供には花があるっていうのは、感じるさ」

「それ、俺のこと？」

「お前たちのことだ」

「変声期とかは、とっくに過ぎたけどなあ」

「声変わりは関係ない。それに男の、お前のことだけじゃない。お前の従姉もいるだろ」

「来てたよ。サイコも。会員制のそこに。鑑賞会に。俺を後ろから……後方から支えるつもりだったのに、『追いつかれちゃった』って、なんだかプリプリしてたなあ。いや、顔はベトナム人だったんだけどさ。顔とか体は」

「さすがだな」と言いながら、カウボーイは、くく、とも声を洩らした。くく、と笑った。「だから花があるんだよ、お前たちには。お前たちみたいな二十歳《はたち》前のやつらには。だから俺は、委ねられるんだ。俺が委ねられたものを、お前や、お前たちにな。生まれた時にはもう、ここが実験場だったに等しかったお前たちにはな。実験場、そして生態系の植民地。いいか、俺は判断しない。俺は第一世代だから、判断しない。しかし第二世代なら？　なあヤソウ、だから俺はお前たちに託したんだし、しかもだ、お前たちに判断しろとも命じちゃいない。だろ？」

「うん。判断するのは、東京だ。それと、なんだっけ？　森をまるまる切り捨てた、その——」

「被災地を、まるまる取り除《の》けた、ニッポンなる国家だ。偉大なる国家様だ。それが判断する。させるさ」

28　森の指導者および神事のための少々の条件

カウボーイには三つめの夢がある。明晰夢の三つめが。見ながら「これは夢だ」と自覚可能なものの三つめが。一つめには馬たちが出るのだった。二つめには複数頭の動物は現われず、しかし一頭の馬だけは人間の下半身に融《と》けて出るのだった。登場する人間とは額田真吾なのだった。もう十七歳ではない額田真吾。詰襟《つめえり》の学生服ではない真吾。そして切腹した真吾。ここまでの第一と第二の夢に、真吾は出る。三つめの澄んだ夢には出ない。第三のそれには牛たちが出るのだった。

動物だ。これも動物の夢、とカウボーイは思う。動物、あるいは生き物。

けれどな、とカウボーイは疑念を挿《はさ》む。生きていないものもやっぱり生き物っていうのか？　その呼び方、かまわないのか？

見るたびに目を凝らしてしまう夢だった。細部に。反復があるたびに、すなわち夢寐《むび》で、この、一連の情景の濁らない再現が認知されるたびに。目を凝らす、もちろん夢を見ている目はないはずなのに、夢は視覚器官で感知されるのではないのに、凝らす。カウボーイには目を細めているという体感があった。夢の内側でスーッと細めて、そして反芻《はんすう》するのだ。しっかりと嚙み反《かえ》す。それこそ牛たちのような反芻だ。牛には四室の胃袋がある。第一胃で、食《は》まれた草すなわち植物質はバクテリアによって醱酵《はっこう》する。第二胃を通過して、それが口に戻る。噛み直される。この唾液との混合の過程で繊維素《セルロース》の分解がさらに進む。再度嚥《の》み込まれた食物は第一胃と第二胃は迂回《うかい》して、第三胃から第四胃と順に通り、その間に胃液によって消化される。第一から第四までのこの「反芻胃」があるから牛たちは反芻する。

そしてカウボーイが第三の明晰夢に見る牛たちの何頭か、いや何十頭かには、その「反芻胃」がなかった。

内臓がなかった。まるごと。ゴソッと抉《えぐ》られていた。また二十頭以上は首から上がなかった。要するに胴体だけだった。地面に転がっている。そうやって胴体だけになっても牛は牛に見えた。

そういったことをカウボーイは注視した。切断面からどの程度血が流れて、どの程度地面に吸収されて、どの程度乾き、凝《こご》っているかを。反芻とはその種のディテールの観察だった。眼前の情景のあまりの凄絶さは十分に理解しながら、しかし衝撃を受けず、カウボーイは眺められた。それがホットではない経験、冷まされてしまった経験だからだ。ひんやりと、ひんやりと、落ち着かされた過去だからだ。感情は揺るがない。時おり、この三つめの明晰夢の尺を測りたいとカウボーイは思う。二つめの、騎馬武者の装いの額田真吾の夢が六十一秒と計測されたように、長さを。しかし機会がない。

それなりに長尺であることは同じだ。しかも心理的な長さというよりも、場面の、実際の、展開の長さ。夢はまだ惨状の現場に向かっている途上でスタートし、重機が動き出し、死骸を二頭、三頭と大地に埋めはじめるところで終わる。カウボーイが「待った」と言おうとして、その指示の途中で切れる。プチッと切れる。出来事はそこまでしか再現されないのだ。しかし数でいえば、牛は七十頭出る。牛の死骸がだ。数の半ば以上異様な死骸がだ。カウボーイの他にも何人かの牧場がらみの人間が出る。馬は出ない。現場にはカウボーイは四輪駆動車で駆けつけたから、サラブレッドは駆っていない。そして四輪駆動車以外の車輛が、トラクター、そのトラクターに牽《ひ》かれる平台トレーラー、その平台トレーラーに載せられた重機の内の、ブルドーザー等々とある。牧場は開拓のために掘削機もコンクリートミキサーも所有していた。いろいろな建物や施設をフロンティアに築造していた。だから内部でブルドーザー程度は即手配できる。

車中からは惨況の、いわば全景を見る。

接近する。

車を降りる。率いた車輛群が背後で停まる。

そこから暫時の展開に、音声はあまり付かない。つまり交わされる言葉が少ない。もちろん牛たちは鳴かない。死に果てた大型草食動物たちはモウともグウとも言わない。ブブブ……とも声を洩らさない。無惨極まりないのに、静まり返っている。その静寂こそが修羅場であることを強《したた》かに印象づける。

カウボーイは防護服は着ていない。報《しら》せを受けて最初に赴いた時には、着ていた。今はマスクだけを着用している。今は作業のことだけを考えている。この明晰夢の出所《オリジン》となった、その過去、その生《なま》の体験時に、そう考えている。そして、出所《オリジン》から離れて反芻するカウボーイは違うことを考えている。やっぱり生き物じゃねえな、と考えている。死骸はもう、動物とはいえても、生き物のカテゴリーからは除名だ。死に物。それとか、生きず物。場面にはそれから言葉が付され出す。人の音声、すなわち会話が。誰もがマスク越しの、多少くぐもった、しかしながら内容はつねにクリアに再現される会話だ。毎度、一言一句違《たが》わない。

「頭だけは残ってませんね」

カウボーイの右脇に立って長岡が言った。長岡はこの後、パワーショベルのオペレート担当を務める。明晰夢がさきにさきに進むと、必ず――。

「頭だけ？」

「数えたんスよ。全身が残るのと、いや、臓器は抜かれたりしてますけどね、とりあえず頭も胴体も残るのと、胴体だけのと。それで、胴体だけのに合わせて、頭だけのが見つかったら、けっこう俺困りますよ」

「どう困るか、もうちょっと説明しろ、長岡」とカウボーイは返す。本当は、この夢を見ているカウボーイには説明はもう不要なのだが、とうに相手が言わんとしていることを理解しているのだが、しかし不可避に言葉は出た。「大事なことか？」

「もとが一頭かもしれないし、だから別々の頭と胴体が、その、実はバラッと切り離されてるだけかも」

「切断」とカウボーイはまとめた。明晰夢の内側に再生されているカウボーイが。そちら側のカウボーイが。

「頭だけ盗《と》られたみたいに頭以外のほうを盗られた牛がいたら、もとは二頭で。そうなると違わないスか？　全然？　数、変わっちゃうんで」

「犠牲の。その頭数」

「はい」

頭だけが残っていたら、それは牛頭《ごず》だな、とその時のカウボーイは考えた。地獄の番人にそんなのがいたんじゃないか、そういう鬼がとカウボーイは考えた。そんな化け物ならしゃべりそうだな、何が起きたのかを、と当時の自分が考えたことを、今の、この反復される夢に臨む反芻者のカウボーイは思い出している。首だけになった牛が、ネムイヨ、ネムイヨなんて言いそうだ。コワイヨ、殺《ヤ》ラレタヨなんて。まして首が、二十個以上もここに並んでいたら。殺ラレタヨ、殺ラレタヨ、実験カナ、実験ノ新段階ナノカナ、ソウダヨソウダヨなんて、口々に。

しかし俺が、実験、それも相当に前進した《アドバンストな》実験という側面に絞ってこれを考え出すのはもう少し後になってだ、と夢に臨んだカウボーイは訂《ただ》す。ほんの少し、何分か後、この長岡とのに続いて巻上や横井との会話があってからだ。それまでは絞らずに、あえて先入観に染まらないようにして、最初に防護服を着用して惨状をざっと調べた時から、俺は、まずは観察だと言い聞かせていた。オブザーブ、流行語の観察《オブザーブ》主義。そして巻上が言ってきたのだった。

「腸《はらわた》を抜いたのは、五臓六腑《ごぞうろっぷ》をまるまる取ったのは、サンプリングじゃないですかね」

「サンプルとして、持ち帰りました、そういうことか？」

「なにしろ綺麗に抜いてますよ。どういう医療器具、使ったんだか。鮮度ばっちりのまま、保存《カンサーブ》でしょう」

「なあ巻上」

「なんですか？」

「首のほう、どう見る。お前？」

「首の、サンプルとしての採取、ですか？」

「そうだ」とカウボーイは言った。この夢裡《むり》で何度も言っている。

「あれですよ、ＤＮＡ損傷を受けた、目。眼球。そういうのはどうです？　そういう仮定。ほら白内障が出るでしょう？　そのあたりをサンプリングするなら眼球をゴロッと大雑把に抉るよりは、素人考えになりますけど、やっぱり頸部で切っておいたほうがいいんじゃないかと」

「白内障か。それは、低線量の話題じゃねえな」

「ですね。大放射線量」

巻上は以前は造船所で働いていた。大震災以前は。組み立てラインの管理側にいて、牛にも馬にも、もちろん鶏豚《けいとん》にも縁がなかった。しかし二年でいっぱしに馬を馭《ぎょ》せるようになった。俺、いわば動物的な理系なんですよね、と言っていた。いやあ牧場に来て、初めてわかりましたけど。

夢の、その場面は展開し、それから横井との会話がある。横井は左横から語りかけた。横井は、牧場関係者の間では一八七センチの身長があるカウボーイに次いで上背がある。一八一センチある。だから側《そば》から声が聞こえる。ほぼ真横から。カウボーイには珍しい相手だ。そして夢の中でも、声はほとんど真横からする。

「なんだか核実験みたいですよね」と横井は言ったのだった。

「どこが?」とカウボーイは訊いた。

「円、ていうか、爆心地があって、それで牛の被害が広がった、同心円状に、みたいな」

「しかし爆風は、その跡は、ないだろ」

カウボーイが断じると、もちろんもちろんと横井は応じた。汚染状況を詳細に調査するのがそもそも横井の担当だった。だから一帯の放射線量は測り切っている。被害の詳《つまび》らかなところを把握し切っている。

「ただ、この牛の倒れ方」

「死んだ、並びか？」

「そうです」と横井は言った。「あとで、俺、図を描きますよ。なんだか同心円なんだよな。なんだか、こう、爆発しない核爆弾が試されたって、そういう……」

「矛盾してねえか、横井？」

「言葉が？」

「ああ」

「ですよね」

何秒か、横井が口を噤む。横井は漁師だった。津波に漁船を奪われた。ほぼ第一期の開拓期から牧場に加わっている。古参と言えた。そして再生される、一言一句。

「生物だけを絶滅させる核実験、とか」横井は言ったのだった。「ありえないですけどね。期間限定で、カプセルみたいに、場所を包んで、だからこの、牛どものいたような場所、これを包んで、重度の放射線被曝を……一日二日だけ味わわせる、みたいな？ うわあ、ありえねえ」

カウボーイは答えない。この瞬間は。横井が自ら答える。

「ありえねえな。そもそも痕跡、ねえもん」

第三の明晰夢はまだ続いた。この横井との対話以後も続いて、展開する作業をカウボーイは注視する。牛たちの処理だ。牛たちの、異様であったり一見したところは普通であったりする死骸の処理だ。カウボーイは前者のディテールを観察する、そこにこそカウボーイを反芻者たらしめる点がある。もっと咀嚼して、もっと、もっと場面のゴリゴリした繊維素《セルロース》を分解して、消化して、と、そう図る。七十頭の牛たちの死骸は順々埋葬される。順々、あるいは八頭九頭まとめて、場合によっては一気に。これは供養だとカウボーイは思う。いや、その時に思った。弔いだし、ここから築かれるのは塚だ。牛塚《うしづか》。長岡のパワーショベルが頭部のかけた死骸を続けざまに搬《はこ》びはじめた。片付けられる地面があり、大地があり、すなわち地表にある種の眺望が生じて、カウボーイが見通した。その時のカウボーイが見通したのだし、今の、反芻者のカウボーイもまた同じところに目を凝らす。夢を見ている視覚器官はないのに、凝らすのだ。

カウボーイは歩き出した。

横井の仮定でいう、同心円のその中心に、俺は、そっちのほうに、と反芻者のカウボーイが正確に跡をたどる。生《なま》の体験時には意識していなかったことを。

何かがポッカリとしている。ポッカリとした地面がある。そこへと歩む。不自然だ。

草が潰れている。圧《お》し潰されている。やや遠目にもわかる。そこに、とカウボーイは接近しながら思う、思った、ここにデカいのが置かれてたな。デカい、何か。装置。三メートル四方か？

それからカウボーイが識別する。過去のカウボーイも識別したし、明晰夢の反芻者たるカウボーイも識別した。混じっている尾があるのだ。一本の尻尾。それから、その尻尾の付け根に当たる臀《しり》。臀部《でんぶ》の一部分。それがポッカリの周縁の地面にというか、これから牛たちの死骸がゴロゴロ転がり出すぞという箇所の手前に落ちていた。しかし牛のではなかった。すなわち牛の尻尾でもなければ牛の臀部のその切れっぱしでもなかった。毛でわかった。臀の、肉に付いた体毛で瞬時に「他の獣だ」と判別できた。しかも肉というのが腐っている。すっかり腐敗している。カウボーイはその時、死骸の尻尾だときちんと看《み》て取った。死骸から千切りとられた、あるいは落ちた。

猪のだ。ニホンイノシシ。あるいは猪豚《いのぶた》か？　過去のカウボーイは、そう考えた。

そして、もっと観察した。腐敗した猪の断片にさらに腐ったものが付着している。形が崩れてしまった茸……茸が。菌類の子実体《しじったい》が。きっと、とカウボーイは思ったのだし、現在を含めたそれ以後も思っている、確信している、もともと死骸から生えた茸だ。猪の死骸から発生したやつ、それが死んでいる。役目を終えて、要するに、胞子を飛ばし終えて。しかしどの茸だ？

カウボーイはまだ現場を重機で荒らしたり、崩したりしては駄目だと踏み、その直感に衝《つ》かれ、長岡や、それから巻上や横井といった連中に「待った」と指示を出しかけて、その「待った」を言い切ってもいないのに、夢はそこでプチッと切れる。いつものように第三の明晰夢は再生を終了する。

断絶によって完了する。

たいていは覚醒がそこに伴う。「これは夢だ」と思いながら明晰夢を見て、しっかりと意識は冴えていて、そのために連続して次の夢に移行することはない。次の、曖昧だったり息吹だけだったりする明晰夢とは種類の異なる夢に落ちることはほとんどない。覚めるのだ。覚めるとカウボーイはそこからシームレスに物を考える。明晰夢に臨みながら思考していたものを、すなわち眠りながら半ば目覚め、反芻して検証していた物事を、十全に目覚めつつ深める。直感の分析はとうに済んでいた。「待った」と言わせようとした衝動のいわば根拠の解析だ。たぶん、俺は、分担が崩れたと感じた。森と平地の役割分担だ。実際には森の菌類と平地の動物の。つまり茸と、牛の。スローガンは象徴的に生まれていた、「平地には牛、森林には茸」というあれが。だから俺たちは牛たちを牧した。牛が、牧草であれ雑草であれ植物を食んで、その代謝作用によって除染を進行させるからだ。これは最初の数年間、本当に有効だった。いっぽうで森にも除染を担う生物がいた。それは動物ではなかった。植物でもなかった。汚染物質を選択吸収する菌類だった。そのうちの放射性物質を専門にする茸だった。実験場として残された被災地は、総称としての「森」は、その研究を進めさせた。要するに核分裂生成物のセシウム等を土中で菌糸から吸いあげる手法を研究者たちは見出したのだ。その研究者たちが、あるいは研究機関が日本以外の各国に属していることをカウボーイは知っている。アメリカ、フランス、イギリス、それから、たぶんロシアもだろうなとカウボーイは読んでいる。ただしロシアに関する信頼度の高い情報はあまり回ってこない。それでも国外機関は、ある意味でカウボーイと提携していた。この広大な「森」の内部《なか》で、平地側のシンボリックな除染をこの男に委ねていたからだ。情報の交換はあった。有益なものがあった。だからカウボーイは、カウボーイたちは唱えられたのだ、「平地には牛、森林には茸」——と。巨視的に見れば牛と茸の共存だった。平地と森林の共存だった。総称としての「森」の内側での。

棲み分けが行なわれているからこその分担。そしてカウボーイの直感とは、それが崩れたというものだった。カウボーイは思ったのだ、「森が、ここに」と。いわば森の運び出しとしか言い表わせない何事かをカウボーイは感知したのだ。それも、茸を見て感じた。腐敗した茸を。かろうじて残った形状あるいは形状の残滓《ざんし》からでは種名不詳の茸を。

カウボーイは感じたのだ。

感じたことが、今では検証できている。

カウボーイは、「何が起きた?」と感じたのだ。あるいは「何をしてる?」と。

だから「待った」と言いかけて、実際、明晰夢のストックの幅には収まらない続きの部分では、すなわち現実には「待った」と言い切っている。ちゃんと指示した。

牛たちの出る夢。馬たちの出る夢。人馬一体の額田真吾しか出ない夢。カウボーイが四十歳の現在、明晰夢はこの三種類で保たれている。次なるストックの挿話が出現して人馬一体ではない額田真吾の出るあの夢、最古の、震災直後の馬たちの夢が削除されないかぎりはこの三種類とカウボーイは付き合いつづけるだろう。そして考える。まだ思考を深めるのだ。この現実に、この世界に、どう対するべきかを夢から教わるのだ。

もちろん現実の側から材料をいっぱい引っぱってきて。

たとえば真吾の遺書を。切腹前のそれを。

その内容に照らして、明晰夢の側を嚙み反《かえ》して。

第三の夢で牛たちは処理をされかけて、全頭がされかけたところで「待った」と言われ、言われかけて、もちろん最終的には葬られた。その弔いにはカウボーイが責任をもった。牛塚。カウボーイは連想する。頭部のない牛を葬るのは結局は妙だったなと。幾度か馬頭観音を立てたことがあるから連想した。「馬頭観音」という碑《いしぶみ》をだ。馬たちを埋葬して、それから立てた。

いちばん初めは、とカウボーイは振り返る。牧場の馬でもなかった。俺たちが死骸を処理したのは津波の被災馬だった。それと篤《あつ》い手当てをしても快復しなかった何頭か。俺たちとは俺と、額田真吾だった。二十五歳の俺と、十七歳の真吾だった。真吾がいなければばとカウボーイは考える。俺はカウボーイにはなっていなかったとカウボーイは考える。いまだ牧夫だ、堀内牧夫だ、馬頭観音だって立てたりしなかった、馬の頭、牛の頭、そんな連想はするはずもなかった、している四十歳になってるはずもなかった。

二十五歳。それから四十歳。二〇一一年から二〇二六年まで。俺の個人史か。

個人史も、歴史か？　いやお話か？

そこにはいかようにもコンパクトにまとめられるお話がある。物語が。そうだ、物語の尺は伸縮自在だ、それが夢とは違う、とカウボーイは痛烈に認識する。六十一秒分の物語が、語るのに、また聞かれるのに六十一秒間を要求することはない。十五年分のこの物語は、ここや、俺の物語は、十五年間を要求しない。この牧場の発展史は、国内外に報道済みのデータを切り貼りしたっていい、きっと十五分の尺にあっさり約《つづ》められる。国内に出回ったオフィシャルな報道なら、もともと嵩《かさ》がねえんだから、四、五分とかの尺にだって。三分にだって。それこそ十五年間を、超コンパクトに二分間にだって。こうだ。

牧場は〝始まりの十数頭〟から誕生した。十数頭とは牛たちではなく、馬たちだった。被災地の太平洋沿岸地域の一部であるそこは、馬産地ではないけれども数百頭の馬が参加する勇壮な祭りで知られていた。この伝統行事は徳川将軍家の時代以前から、それこそ鎌倉時代から引き継がれているのだと郷土史家たちは説いた。徳川時代には藩主ともなる家系の、主君たる戦国武将に仕える武士たちの軍事演習が発展した神事であり、騎馬行列がある、甲冑競馬がある、模擬合戦もある。そこに出陣する騎馬武者たちの背には旗指物《はたさしもの》がひるがえる。おりふし法螺貝《ほらがい》が吹かれる。まさに演武であり戦国絵巻だった。そのために土地には数多の厩《うまや》があって、ビーチでは馬術の稽古に励む一般人の姿が海上のサーファーたちを背景に朝夕見られもし、蹄の音がアスファルトに響いても珍しがる人間はいなかった。馬が鍛えられること、馬が愛でられること、馬を馭するための術《すべ》を鍛える人がいることは日常茶飯以外のなにものでもなかった。学校にもクラブがあり、そうした乗馬部の一つに額田真吾は所属していた。所属するというか、自校の部長を務めるのみならず地域の高校の全クラブの競技連盟会の会長だった。祭りの期間、陣羽織を着て鉢巻きをして草鞋《わらじ》を履いて大小の二刀を帯びるということは十一歳からしていた。祖父と曾祖父は甲冑師で、すなわち鎧の修繕を生業《なりわい》としていた。それもあって祭りはあまりにも額田真吾に親《ちか》しかった、ほとんど親族同然に。侍の世の中からの伝承はその血に淆《ま》じって流れていた。もちろん馬は六歳の時から乗りこなせた。学童になるやいなやだ。リタイアした競走馬に跨《また》がり、ちゃんとした指導を受けた。ある意味では天分にも恵まれていた。馬を愛でるよりも先に馬たちに愛でられてしまう体質だった。生後一年に満たない仔馬たちは真吾が呼ぶ前にわらわら自ずと寄ってきた。そんなふうに八歳になり、十一歳になり、その十一歳で「元服したぞ」と父親や祖父たちから言われ、十五歳でその祭りに臨んでの装束をただの陣羽織から鎧兜に替えて、それから十七歳で、ここまでに説いた経歴をカウボーイに語り、その人生をカウボーイの個人史に接続させた。カウボーイと邂逅したからだ。巨大地震に壊滅させられた市街地で、厩舎の仲間をほとんど津波ごと攫《さら》われたのにほぼ紙一重で生き残った馬や、同じように一度は海水を呑んで意識なき状態となっていたのに奇蹟的に蘇生《そせい》した馬や、瓦礫《がれき》に圧し潰されて母馬をうしなった仔馬や、飼葉《かいば》もなしに人間たちの去った放射能汚染地帯を彷徨いつづけて痩せ果てた馬や、そうした馬たちといっしょにカウボーイに遇《あ》った。多様に苦しむ被災馬たちといっしょに、カウボーイに、いやカウボーイになる直前の堀内牧夫に邂逅した。

「大丈夫か」と訊かれた。

「大丈夫じゃない」と答えた。

その地震の最大震度は七、それが想像を絶する大津波を招《よ》び、国際原子力事象評価尺度におけるレベル七という深刻度最大の原子力事故をも招《まね》いたのだった。しかも二ヵ所で。直線距離にして一二〇キロ隔たった、被災地の、のちの「森」の、二ヵ所で。その震度の七と国際原子力事象評価尺度における七と、両方を掛けてダブル7《セブン》とこれらは呼ばれた。強制避難があった。それから「森」の、ほとんど戦時下の局面があった。職業軍人が、それも日本人ではない者たちが多数「森」に来た。乱世だった。

さあコンパクトに、とカウボーイは思う。あと一分間でこの歴史のお披露目は完了だ、このお話は。俺は誰を救うべきかを知る。今度こそ、誰を、どうするべきかを瞬時に知った。当時二十五歳のまだまだ坊やだった俺が。坊やだったからこそ。しかも一人の救済は馬たちを束ねての救助、五頭の、いや十頭の、十数頭のそれだった。正確な数字を俺は憶えていない、バスに積んだ頭数を、憶えられなかった、そんな暇もなしに動いたからだ。生き残りに倍する死骸《しかばね》を見る、探し出したから、埋葬もした、仮葬から日を改めての本葬、だが埋葬譚は端折《はしょ》ろう、例の馬頭観音だ、さあ一分間しかない、俺はボランティアをしていた漁協本部にかけあう、衰弱した被災馬をこのままにしておいたら、死ぬ、いや殺す、見殺しにするわけだから殺すのとおんなじだ、だから殺さない。漁協の幹部クラスに話《ナシ》をつける。罹災《りさい》の度合いがひどい、観光会社の、その敷地に入っていいと許可をもらう。大型バスがある、何台もある、まともには駐《と》まっておらず無惨に横転する、窓は割れ、瓦礫が入り込み、潮水をたっぷり浴びているし放射能もたっぷりだ。廃棄はいわば運命づけられている、持ち出せないだろう、こんな観光バスは毛嫌いされる、外では、被災地の外では、絶対。けれども動かせる車輛はある、あった、整備すればあって、それを改造する。俺が。俺と真吾が。俺と真吾とそれから専門の知識を持った、地元の、やっぱり漁協を軸《ハブ》に知り合った何人かが。「馬のことなら」とそいつらは言う。「手を貸す」とそいつらは言う。俺たちは馬を輸送できる改造バスを持つ、所有した、そのバスに乗せた馬たちを持つ。それが十数頭だ。最初の出発。避難、避難、内陸へ。太平洋の沿岸部を離れて拠点ができる。牧柵つきのエリアと簡易な厩舎を確保した。着いても死んじまった馬もいる、しかし大半は復調した、俺たちはもっと、もっと被災馬を救助に走る。バスを飛ばす、往復させる。シャトルサービスだ。「預けたい」という馬主も現われる。一人が現われると続々だ。獣医師も俺たちのもとに集まる。初めは二人、それからひと月の間に四人。俺たちのもとにうち集《つど》ってはきている、しかし具体的には俺のところに来ている、俺が真吾よりも全然年長で、俺が実際に仕切ってるからだ。あるいは俺の体の、この、巨《おお》きさもあるんだろ。俺がさっさと決断しつづけてることもあるんだろ。それとなにより、俺がカウボーイと呼ばれ出したこと。それがあるんだろ。主因なんだろ。馬たちが元気になる、どの馬も、少し元気になって、まあ余震が続いているから怯えは残るけれども快復はして、「で、どうするんだ？」と俺は思う。馬を、こうやって飼い、遊ばせるのか？　ここは乱世だ。どんな乱世なのかを具体的にちょろっと説けば、畜産壊滅の世界だ。牛、豚、鶏、そういう家畜は食用に養われていたんだったら被曝して価値ゼロになって、あわれ見限られた、餓死させられた、そもそもそれ以前に沿岸部や川沿いに二、三キロ内陸の畜舎だったら津波にも襲われていた。牛は、それでも逃走した。肉牛が、乳牛が、自ら逃げるか、あるいは日本政府の発した殺処分の命令に承服しかねる飼い主たちの手で、逃がされた。レベル七の重大事故を起こした二つの原子力発電所のあいだに。そう、直線距離にするだけで一二〇キロにも及ぶ汚染地の内部《なか》に。「生きろ」と解放された。「露天が、今から牛舎だ」と束縛を解かれた。だから俺は、決めた。

「馬で、牛たちを追うぞ」

第一次牧場開拓はそんなふうに始まった。初期のほんの三ヵ月間に、俺はどんどん判断した。半導体の線量計を、牛たちの群れのリーダー格につけた。そこにはGPSも内蔵させた。俺たちは管理した。俺たちが「森」と呼び、そうしている間《ま》に外では「島」と呼称されはじめて、しかも国際的にShimaとの表記で通用可になってしまっている被災地で、徹底的に管理した。そうだ、未除染の大地を選んだ。俺や、俺のように牧童《カウボーイ》となる人間はそうしたヤバいところではいわゆる半面マスクを装着した。口と鼻の部分を覆い、粒子フィルターで吸い込む空気を濾過《ろか》する。俺たちはそんなマスク顔の騎手だった。半野生状態の放牧ではあっても牛たちには入ってはならない区域を遵守させた、させられた。人間の居住地は荒らさせない。しかし、核の力がたっぷり蒔《ま》かれた大地はちょっと掃除させてもらう。ちょっとばかし丹念に。原野を駆けさせると群れは今にも地面を裂きかねないと感じさせるドドドドドッという轟音《ごうおん》を立てた。だから牛たちは〝「島」のバッファロー〟の異名もとった。陳腐なコピーで、だからこそ有益だった。コピーは煽情的であればあるほどいい。役に立つ。俺はどんどん取材を受けた。海外のジャーナリストたちを、俺の、俺たちの牧場に迎え入れた。義捐馬《ぎえんば》も歓迎した。拒まず、どんどん受け容れて、なにしろカタールからも届いた。その義捐馬のことを真吾は「カタール藩の藩主殿の馬だ。駿馬《しゅんめ》だ」と言った。「俺は侍で、ここの藩士だから、また絶対に祭りをやるんです。催す」と言った。支援物資はどんどん届いた。俺の宣伝戦略が、たぶん巧かったからだ。人もどんどん揃ってきた。騎手すなわち牧童《カウボーイ》役の希望者も。この俺、カウボーイに率いられるカウボーイズの志願者も。俺は誰だって受け容れた。どんな馬もそうしたように、どんな人間も。しかし中心になるのはなんだか俺と匂いが似通った連中だった。

第二次牧場開拓は、もっと計画立てて、やった。

そろそろ一分間を超えたか？　端折ろう。あと十五秒間。獣医師たちは馬を繁殖させた。ぶじに出産に導いた。衛生室と堆肥舎と給水所とサイロは完備された。牛も増えたが、バッファロー状態はもう熄《や》む。囲い込んだ。牧場は町を内包するようになり、フロンティアには建築現場が置かれることがしばしばだった。俺が指揮した。俺はいろいろと資金源を持った。俺がこんなふうに、森に……「島」にいることが好都合だって考えている勢力が、外部《そと》にいたし内部《うち》にもいた。後者は、ほら、俺が平地を担当するなら森林のほうを担当して、俺が牛を担当するなら茸を担当していて、つまり、あの、菌類を筆頭にした生物の「被曝環境における最適化」を追究していた。その解答を究めようとしていた。幾つかの勢力で、競って。その様《さま》は乱世だ。そして、真吾だ。真吾はどうしていたか？　俺の個人史に接続した真吾は？　真吾は馬たちを助けて、生き返らせて、埋葬もして、増える牧場に関わって、その後に祭りを生き返らせようと奔《はし》った。しかし障害があった。あの戦国絵巻の壮麗な催しは、明治維新後は神事でもあった。演武の神事、それは神社に奉納されるものなのだ。しかも旧藩領の複数の神社に。だが今は乱世だ、「最高度汚染地帯だから」といって米軍が確保してしまったエリアに神域が入っていた。その神社には奉納が望めない。そこだけではない、フランスの研究拠点内に入ってしまった神域もあった。真吾は俺に言った、「境内がまるまる森に返る、樹木の繁茂に返っている、わざと返らせられてる」って。真吾は、祭りの再開にはもっと甲冑が要るとも判断して、独自に人脈をひろげた。俺に倣ったのか、外部《そと》にもひろげた。俺に学んだのか、地下世界《アンダーグラウンド》に人脈を。

「絶対に神事は、再現されないと」と言って。

あと五秒。端折る。牧場が町を抱えれば移住が起こる。そういうのはいわばコミューンになる。集団移転のコミューン運動だ。自治体は存在する、それこそ市町村税も存続する、住民票も、しかし移さないで、実態としては数千人、数万人単位で移っていて、俺たちはとうにコントロールを離れた。つまり、日本の。誰も、誰も、あきらめていなかった。俺たちは、誰も。ああ、そうだった、犬も。あのビーグル犬の跳《と》び丸《まる》も。俺が、俺の足場もある町に喜多村家を迎えたのは、何年だ？　だんだん不正確になる。俺の記憶がだ。それは俺が、たっぷり、あいつらと動いたからだ。そして二〇二六年に、俺は託したさ。ヤソウに、サイコに。第二世代に。

ま、こんな歴史だな。超コンパクトにはなり切らなかったか？　オーケー、余裕。

29 武士道とは死ぬこと（額田真吾の遺書）

[redacted]いよいよ討ち入りする次第です。血判書はすでに用意しました。藩士、九人です。俺は、もちろん、腹を切る心積もりです。武士のメンタリティーはここにあるんだって存じ——存じ候。誰かには謝罪しなければなりません。俺は、それはわかっています。しかし誰に？　俺は間違いは許さない。□□□間違いを犯してはならない。しかしこの討ち入りも間違いかもしれない。□□□□□□□は大きな間違いに目をつぶらないための小さな、必須の間違いじゃないかなって。どうしても要る、阻むための間違い。そ[redacted]このように出陣してよいのか、という問いに俺は責任をとらねばなりません。そこまで踏まえて俺と、俺に呼応した八[redacted]

俺は厳のように決断いたし候。

神前に誓う者でござ候。

そうです、俺は神々に詫びを入れるんです。謝罪すべき[redacted]でした。

そうして謝罪して、それを同じ神々のために為し□□□□血で穢してはならない聖域を穢したとお思いになるかもしれない。奉納すべきであった□□□を模擬とかいうんじゃない合戦として用いたと叱責□□□□□□□い。お叱りは、俺は、ご先祖からも受けます。だから俺は祖にも詫びる。けれども理解はあるはずで[redacted]これじゃあ神々は捕虜だ。

[redacted]

ここは属国にて候。

しかし化学攻撃と生物攻撃のための□□□□□□□□□□□□ごすのは武士道に反する。神域に試験場があるのだとしたら、ただちに祓う。しかも白刃で祓うのです。出し抜けばい□□□す。違いますか？　森に生まれた□□は奪って当然です。いよいよ争奪戦に□□□□□□□□□□□□□□□□還しますし、俺たちの神々[redacted]

森を、その種の兵器の供給地には、させ[redacted]

[redacted]

神々を蔑してはならず。
筋を通します。
ここまでが俺の、役割です。

武士道とは死ぬことと見つけた次第にて候。　　真吾

（水に濡れたテーブルに残され、墨は滲《にじ》んでいる。一枚めは読めない）

30　たてがみを蓮茶《はすちゃ》で洗え・第一章

練習馬場からヤソウと馬は戻った。ナイター用の練習だった。午後十時を回っている。二歳の牡馬《おとこうま》であるインディサンタは疲れを見せない。体力が増すばかりの成長期で、さらに毎日、徹底して鍛えあげられていた。高機能脚馬として高速で疾駆しつづけ、全身から獣《けもの》臭というよりもマシンじみた冴《さ》え冴《ざ》えとした肉の匂いを発散していた。汗がオイルのように澄んだ。しかし同じことが騎手であるヤソウにもいえた。その十七歳の少年の肉体の匂いは濃い。数ヵ月前に比して、あるいは二、三週間前に比しても。お手《て》馬《うま》の成長と、それを世話し馭《ぎょ》する少年の成長がぴったり一致しているように思われた。より雄《おす》になる。

厩舎に戻って世話をしながら、ヤソウは何度も馬に声をかける。なあインディサンタ、と言う。おいインディサンタ、と言う。呼びやすいようにインディやサンタや、はたまた「インさん」等と縮めたりはしない。なぜならばヤソウは承知しているからだ、インディサンタという名前それ自体がすでに省略形であることを。馬名の登録には字数制限がある。そのため、本来ならばインディペンデント《インディペンデント》トサンタという名前であったこの馬は現在の七文字のそれとなったのだ。一本立ちのサンタクロース、そうした意味なのだと馬主にじかに説明されて、ヤソウは愛着も持っている。不必要に縮めすぎは、どうもな、というのが率直な思いだった。

「だろ、インディサンタ？」

呼びかけられると、馬は聡明な瞳でもってヤソウを見る。見返す。

返事をしているのだ。

高カロリーの飼葉《かいば》を与えて、厩舎内を調《ととの》える。面倒な世話は多かったが、それが億劫だと感じられた例《ため》しがない。馬と同じ空間にいること、屋外でも屋内でも馬と、特にサラブレッドと時間を過ごすことは、ヤソウには自然なのだった。午後十一時半、もろもろの作業が了《お》わる。仕上げに施すのはインディサンタのたてがみの洗髪《ケア》で、ただしヤソウのいうところの「まじない」も混じっていた。インドシナ半島のとある地方の俗信、招福のためのそれに倣い、蓮茶でシャンプーするのだ。適温にした蓮茶で、撫でるように梳《す》き、洗ってやる。インディサンタは心地いいという顔をする。同時に、インディサンタはいよいよ覚醒するぞといった鋭利な意思表示のようなものも、その二つの尖った両耳から頬にかけて表わす。ヤソウは、そうだ、と思う。レースに備えておけ。ちゃんとした出走にな、いよいよの時間に、備えておけ。

俺たちの、それに。

東京ネオシティ競馬場の敷地を出る。車道を渡ったところにあるコンビニで大きなパックのオレンジジュースを買い、店前《みせさき》で半分飲む。宿舎には戻らない。東大井二丁目のそこには帰らず、ずっと西に歩を進める。立会川《たちあいがわ》駅に程近い京急本線の高架下、そこにも移民街の盛り場がある、東南アジア系だ、立ち寄ろうとしているところをめざす。行列に並んだ。ほぼ深夜といっていいが十二、三人がヤソウの前にいた。眠らない街ならではの熱気、それは食に対する飢えにも反映する。電話が鳴った。

「どした？」とヤソウは言った。

「お兄さん、何しているの？」かけてきたココピオが訊いた。

「パンを買ってるとこだ」

「パン？」

「ほら、『立会川メルシー横丁』の、あのベトナムの」

「わかった。それってバインミーだね？　ベトナムのサンドイッチのさ、バインミーでしょ。そのテイクアウト専門店」

「さすが情報通」

「ていうか、僕、もう常連だよ。種類はどうするの、ヤソウのお兄さん？」

「何を選ぼうかなあ」

「ええとさ、今、行列してる？」

「いや、そろそろ俺の順番だ」

「サイズは決まってる？」

「決まってる。超ロング」

「一人で食べるの？」

「他人《ひと》にもご馳走《ちそう》する気だけどな」

「じゃあさ」とココピオは言った。「カウンターの前に来たら、お店の人と代わって。グエンさんって店主《マスター》と。一瞬」

そうした。ココピオがなにやら電話で指示を出しているのがわかった。店主《マスター》が、オーケー、焼き鳥ね、鶏《とり》のレモンリーフ焼きね、それを入れてあげる、スペシャルねと答えるのが聞こえた。一本丸ごとのバゲットが用意されて、そこにオーソドックスに豚レバーのパテが塗られ、大根と人参の膾《なます》が挟まれ、調味料が振られ、胡瓜や赤唐辛子や香菜が挟まれるのだが、しかしハムが省かれた。代わりに鶏肉がころころころと置かれるのだった。

はい、特製、とそれがヤソウに差し出された。一本丸ごとのバゲット・サンド、長さ三十センチはある、それが新聞紙に包まれている。ヤソウは礼を言い、代金を払った。

ココピオとの通話は続けた。

「美味そうだなあ」

「もちろん」とココピオ。「今週はね、他にね、ミミガーとミント韲《あ》えのが裏メニューとして出せるんだって」

「ミミガーって、あれか？　豚の耳」

「正解。でも、誰かにご馳走するには、もしかするとハードコアすぎるかもしれないでしょ。その相手って日本人？」

「世界でいちばん日本人だな」

「あっ」何かを察したという声。

「わかってて、かけてきたのかと思ったよ。そのタイミングで」

「霊感だなあ」

「なあ、面白いもんだな」と歩きながらヤソウは言った。「この大井シティでさ、俺はフランスパンの、なんだっけ？　バイ……バインミーを調達する。いっぱいの移民たちといっしょに行列して。それを、俺は、お前からアドバイスを受けて特製のにして、誰かに届ける。やばい誰かに。なんだろうなあ」

「なんだろうね、それ」とココピオが引き継いだ。「そうだ、ヤソウのお兄さん、僕は尋ねそびれてたんだけどさ、お能ってどうだった？」

「ノーガクか」

「そう。お能」

「サイケデリックだったよ」

一秒の半分の間、ココピオは沈黙する。それから「うふふ」と笑った。

再び三秒、沈黙した。

「なあココピオ」

「何」

「お前は俺の味方か?」

「僕はね」とココピオは快活に言った。無言《しじま》など一瞬もなかったかのように。「僕は、卵の味方だよ」

第一京浜に出た。国道15号線だ。ヤソウは視線を走らせる。徐行して路肩に寄ってきたリムジンがある。あっという間にヤソウは拾われる。こういう呼吸って、どうやって合わせてるんだ? 自分に監視が付けられていることを理解しながら、あえてヤソウは自問する。にやりと片笑《かたえ》みもする。車内は広かった。ミニ応接セットもあり、小さな方形の卓も出ていて、その卓の向こう側に老人がいた。シートに腰を沈めていた。インディサンタの持ち主の、馬主の、三本松老人が。

「こんばんは」ヤソウは挨拶した。

「いらっしゃい、喜多村君」深い声が響いた。それに共鳴して眉毛がフワッと揺れたように思えたが、そうではなかった。視線をヤソウの携える新聞紙に、新聞紙に包まれたサンドイッチに向けたのだった。「夜食か?」

「手土産ですよ」

自分と三本松の間を分かつ卓上に、ヤソウはそのバインミーを置いた。

包んでいる新聞紙をひろげた。

一本のままだ。ヤソウはナイフを出した。銀色のナイフを。いつのまにか、カーゴパンツから。

切り出した。その場で。四等分した。走行しているリムジンの車中で。

「カットが巧い」と三本松は褒めた。

「どうぞ」とヤソウは勧めた。

「いただこう」と三本松は応じた。

バインミーに使われているバゲットは柔らかい。三本松が嚙むと、やはり眉毛が揺れた。見事な白髪の、左右ともに両端がほとんど伸びすぎているという趣きの、印象的なそれが。嚙む、フワリと揺れる、嚙む、フサッと揺れる。しかし可笑《おか》しみは醸し出さない。ヤソウは断わりを入れずに、四等分のうちの一つを手にとって、端から齧る。そして、美味いとも鶏肉がどうだともコメントせずに、ただニーッと満面の笑みを浮かべる。それから一分とかけずに全部頰張ってしまう。

三本松は食べかけの一カットを卓に置き、「さて」と言った。

「ええ」とヤソウは答えた。

「結論からいえば、培養には成功した」

「凄いなあ、それ」

「こちらには基本情報は、ある。それにだ、専門家も多いしな」

「菌類の専門家」とヤソウは補った。

「必要だったのは現物で、それは手に入らなかったし、入るはずもなかった」

「だから、俺の申し出も」とヤソウはさらに補った。「最初は信じられるはずはなかった」

「私は、馬乗りは信じるよ」

「馬主だから？」

「それもある」

「あとは？」

「馬はね、もともと、愛国的な家畜だよ」

「アイコク」

「国を愛するための、ツールだ。馬は本来、戦争のために開発された動物だと、こうひと言、説いておこうか」

「なるほど、なるほど」と答えながら、ヤソウは笑みを消さない。

「戦場でちやほやされたのが、馬だったんだよ。そして騎手だ。騎馬兵士」

「あ」と言って、そこでヤソウは初めて笑顔を消した。「そういうことかあ。今わかった」

「菌糸は着々と培養されつつある。眠りから覚めて」

「うん。凄い」

「しかし足りない。たとえば化学式」

ヤソウが、二つめのバインミーに手をのばす。ヤソウが、ひと瞬《またた》きの間だけ車窓のほうに視線を向ける。ガラスは着色フィルムで覆われている。外からは車内が覗けない。

ヤソウは、右手にバインミーを持ち、左手で、自分の頭を指す。しかもコンコンと頭骨を叩いた。毛髪と頭皮越しに。

「それはね、頭に入ってる。こっからは、うん、俺と交渉だね。俺たちと」

31　ミュージックすなわち鯨歌《げいか》

控え室となっている庭園のその四阿《あずまや》で少女はメキシコ人に説明した。

「今日から久寿等《くじら》は消えます」と言った。「あのね、ガボ、もうスケッチの季節は過ぎたから。その季節は終わったから。そうでしょう？　全部、音だけに変わるから、あたしの久寿等もここからは鯨です」

「クジィラ」とメキシコ人は日本語で応じた。「クジィラ」

「うん、そう」

「そうだね、鯨《バジエーナ》の話だね。日本語では鯨《バジエーナ》がクジィラ。僕はすっかり憶えた」

「そうやって耳で聞いていたら、ほら、あたしが久寿等と言っても、それから鯨と言っても、おんなじでしょう？　あたしが、この頭の中では使い分けていたって。だから、今から語り部として人前にデビューするあたしは、うん、魚偏《さかなへん》がどうのってこだわりは捨てて、いつも単純に鯨って言います」

「そうだ、ウラン。決意表明だ。なんだか君の目は……変わったな。どういうんだろう、強い？　頼もしい？」

「あっ、あたし、褒められてますね。ガボに」

「頼もしい、のほうかな？」

「自信を持って、ただの鯨って言いますね。なんだか、もう思い切って」

「うん《シ》、うん《シ》」とガブリエル・メンドーサ・Vはスペイン語で同意した。

「語り部の季節だから」

「その頼もしさは、削ぎ落としたことにあるような気がするな、僕は。君はシンプル《シンプレ》になることで強さを得たんじゃないか？」

「シンプレ？」とウランがスペイン語で返した。

「そうだ。君がシンプルで、君が鯨だ」と言ってからガブリエルは、日本語で「クジィラ」と再度言い添えた。

「シンプレって、シンプル？　鯨が、ジにジィってアクセントが置かれたクジィラになるみたいに、ガボもやっぱり思い切ってあたしがシンプルになったって、そんな肯定ね。だよね？」

「なれるさ、うん」

「あたし、じゃあ物語ります。音で。シンプルに」それからスペイン語を添える。

「違う《ノ》、シンプル《シンプレ》」

「それが構図だよ」

ガブリエルは微笑んだ。四阿には七人、八人とスタッフが集まりはじめていた。スペイン語の通訳者もいるので、趣旨をあえて約《つづ》めるようにガブリエルはまとめた。

「ウランが物語る。すると鯨が歌う。巨《おお》きな巨きな古《いにし》えの鯨が、その神話的な水棲哺乳類の骨が、歌うんだ。レプリカの骨だよ。今日はその一歩めで、最初のトライアルで、それから、いずれ骨たちはいっせいに合唱する。その構図は、いたってシンプルだ。ウラン、骨、歌」

「そう、語り部の季節」とウランが添えた。

リズミカルに対話は終わった。亜沙見は少し前から四阿に来ていて、二人のやりとりに耳を傾けていた。スペイン語は不明なところが多かったが、大事な会話がなされていると直観した。亜沙見は、今後は制作ドキュメンタリーを手掛けることになるライター、および先ほどガブリエルに視認されたスペイン語の通訳者も伴ってきていたのだが、後者は唖然《あぜん》としていた。唖然としたために、口を閉じ、傾聴せざるをえないでいたのが察せられた。通訳は今日のこの庭園でのトライアルのために契約された人間で、四十代の男、かなり場数を踏みアート関係の知識もそれなりに有し、事前にガブリエルとは顔合わせしていたのだけれども、一人の日本人の少女が的確に拾ったスペイン語の単語以外はほぼ日本語だけで会話を成立させてしまっている事実に驚歎していた。ちょっと今の……、と亜沙見に耳打ちした。感心しますよね、嚙み合っていたんじゃないのかなあ、あの、その、話が。

そうよ、いつもよ。亜沙見は笑った。あれは超能力ね。それから英語で、お取り込み中に、失礼、と言って、いかにもガブリエルともウランとも呼吸の合ったタイミングで進行の確認に入った。

そこは国の特別史跡にも指定されている日本庭園だった。普段は一般公開もされている。江戸時代には徳川家の庭園で、江戸城の出城《でじろ》としての役割も果たした。そうした歴史的にモニュメンタルな土地に、東京の第二の歴史を上塗りしようとするモニュメントが立っていた。こちらの歴史では、東京は「江戸」という前身は持たない。東京はじかに原東京から生まれている。すなわち「江戸」など虚構なのだ。モニュメントは梅林を背景にしていて、白い、柔らかさと鋭さを兼備している、実際の素材はそうではないのだが脆《もろ》さを感じさせるところもあった。どう見ても骨だからだ。巨大すぎるが、印象として生き物の骨だからだ。高さは七メートル超、土台はどっしりとしていて、上のほうで尖る。鯨骨《げいこつ》であり、具体的には下顎骨《かがくこつ》の一部であり、つまり巨鯨の下あごだ。その断片が垂直に屹立している。ガブリエルは、下顎骨は断たれたのだ、割かれたのだ、しかし発掘されたのだと設定した。あまりにも巨大な口の、先端の、七メートル分が取り戻された。その寸法はリアルなんだよ、ここは巨鯨の口のいわば起点だよとスタッフに解説した。ウランや亜沙見以外の、作業過程の随所に参加するボランティアも含めた全員に。だからこそ最初の一本でもある、とも。管理用にと事務的な番号も振られた。そのまま、オベリスク1、と。その数字の1はもちろんワンと読んでもいちと読んでもよかったが、現場にいる者たちはみなガブリエルに倣ってウノと読んだ。現在、大規模なインスタレーションとなる骨々のレプリカは2から8まで準備中で、これらもオベリスク2だのオベリスク8だの順番に呼ばれている。数字の2はドスと、8はオチョと、スペイン語で。全体をスペイン語にするならばオベリスクもオベリスコと発音されるべきだったが誰もそんなふうにはこだわらなかった。

この日、ボランティアの美術大学生が四、五十人のほか、東京都公園協会からは文化財庭園課の職員たちが来ていたし、国内でも指折りの工務店メジャーの技術者も同座していた。そこが史跡である以上、モニュメントは撤去可能でなければならない。しかも原状回復が絶対である。立体美術作品の屋外での展示にはもともと専門の、熟《こな》れた技が要るが、今回はそれに加えて「(一平方メートル単位に分割した)地面に対して、いかにモニュメントの総重量を均《ひと》しく分散させるか」等のテクノロジーも要求された。そこを担当したのが工務店の技術者たちだった。ラボ信州のメンバーもいて、図面をひろげながら技術者たちと真剣に意見を交わしている。すでに重低音のテストは完了していたが、そうした振動めいた音響がどのようにモニュメントの土台に影響を及ぼすか、あるいは聳《そそ》り立ったモニュメント本体に損傷をもたらすか、そうした点を仔細《しさい》に検討していた。トライアル前の詰めだった。ガブリエルは、しかし技術的な処理はこの日集《つど》った何人もの専門家たちに委ねて、空間そのものの処理に専念した。まずは通訳の手を借りて学生たちを動かした。いいか、君たちを基本的には三組に分ける、目と耳を、そのまま目と耳として使う班、これがいちばん大人数だ、それから目はそのままオベリスク1を見て、耳は、ヘッドフォンからの声に耳をすます班、君たちは語り部の言葉を直接頭に入れる、そう、頭に、外部《そと》の歌は聞かないで、それこそテレパシーみたいに、それから第三班、君たちはあっちに移ってもらう、映像モニターのテントだ、そこで、オベリスク1は見ずに語り部の女の子の画《え》だけを見て。でも、耳では、普通に歌を聞いて。そして歌を逆変換《デコード》するディバイスを渡すから、それは真っ白い本《リブロ》も同様なんだけれども、君たちはそのディバイスを用いて、興味があったら読んでもみよう。いいかい？　三組はぜんぜん異なる体験だ。そして、自分の体験にそれぞれ集中するんだ。よし、第一班、君たちを配置するぞ。この庭園の内部《なか》に、オベリスク1をいろんな位置から、角度から眺められるように、分けるぞ。七人は池のほうに、その六……いや減らそう、五人は、その対岸。そう、遠方。それから丘のほうにも。あの丘は、名前は、フジを眺望だよね？　そうだ、富士見《ふじみ》山のほうに。さあ、移動だ。このわずかな時間に、ただごとではない大移動だ。庭園全体に動きが生まれる。動きには緊張感がある。ガブリエルは人々の「動線」の指揮者であって、それらは直感的に判断されているのだが、すでに何かが美しかった。空間はこの美術家に美学的に測られ、処理されていた。

美大生たちの、第一班の、それから第二班の、その、誰の立ち位置からもオベリスク1が見える。

低い丘陵の富士見山に登っていても、仰いでいる。仰いでいるというよりも拝しているという印象がある。礼拝の印象が。

そして時間が訪れる。トライアル開始の少し前、ウランは四阿で装備した。服を着ているのに、もっと着た。たとえば音声すなわちウランの語りを拾う装置。それは単純にマイクロフォンとは言い表わしがたい、むしろ華麗な襟であり、ウランのための異形《いぎょう》の首飾りだった。喉もとの皮膚にも接しているために、突然その声のボリュームが極端に落ちた瞬間にも語りをピックアップする。囁きを、囁きのままに救出する。ウランの装着したヘッドフォンは耳飾りだ。しかし、このヘッドフォンはどのような「他者の音声」もウランに聞かせない。ウランが語った言葉を、そのままウランの耳に届ける。外《そ》部《と》を遮音して、ウランに、自分が語っていることを即時、もっと純度を高めて返すのだ。戻すのだ。そして監視《モニター》させる。ウランはその意味でいわゆる録音スタジオにいるのに等しかった。ウランは今、着るスタジオを装備していた。

四阿を出る。

歩いた。一歩、一歩。

あたしは歩けるから、と思った。この東京を。

走ることだってできたんだから。きっと、いつかは馬に乗ることだって。モニュメントをめざした。オベリスク1を。その数字がウノと呼ばれる、巨鯨の下顎骨のレプリカを。

園内放送システムのスピーカーから、ガブリエルの声がした。合図だった。数字だった。ガブリエル・メンドーサ・Ⅴはスペイン語で数をかぞえた。

「トレス」

三。

「ドス」

二。

「ウノ」

一。ウランは、まだ声を出さない。ウランは、あと数メートルの距離に迫ったオベリスク1に、向かっている、歩いている、歩いていて、もちろん息が吐《つ》かれる、その気息が首飾りのマイクロフォンに拾われて耳飾りのヘッドフォンから鼓膜に送られる。それほど激しいわけでもない呼気と吸気が、クリアに、クリアに、だから激しい息吹として。いつのまにか眼前にオベリスク1がある。オベリスク1のどっしりとした基部の、縁《へり》が。いた、とウランは思う。いる、とウランは思う。これが下あごの、骨、とウランは思って、それが「巨大な口の、いわば起点だ」と以前からガブリエルに説かれていたことを思い起こして、視線を上げる。そうすると、骨があって、白い白い畝《うね》としてレプリカの骨は蒼穹《おおぞら》に立てられていて、それが、でも、口で、と思った時にはウランは視線を下ろしていて、正面に向き直っていて、それはまるでレプリカの下顎骨とちょこんと並んで庭園の地面にいるような感じで、うん、ちょこんと、とウランは思って、すると言葉は出ている。言葉は、どのような勢いも兼ね備えずに自然とウランの口から滑り出している。

「こんにちは。私たちは祝福を歌います。私と、骨がです。私は語っているんだけれど、骨のほうは歌っています。歌っていますね？　私は聞けないのだけれど。そして、私の声を聞いている人たちは、やっぱり聞けないのだけれど。ねえ、骨は、歌っていますね？　この骨は。それで、今から解説します。私たちというのは、一人と一頭です。もちろん一人のほうは語り部のこの私、一頭というのは骨がこうして、ほら、ここにある鯨です。骨はもちろん、もっとあります。もっと立ちます。東京の二十三区の、あっちこっちに。だって、もともとそこに埋もれていたからです。尻尾の骨、それは尾鰭《おびれ》の骨ではないですよ、脊椎の末端の尾椎骨《びついこつ》です、そんなのや、肋骨や、舌骨《ぜっこつ》や。あ、もちろん、舌、つまりベロですね、ベロにも骨はあるんですよ。人間にだって舌骨はあるし。知らない人も多いけれど。それで、これらは全部、一頭の鯨の骨です。もしも舌骨が何かを語れるなら、それが語ったほうがいいのだけれど、鯨は言葉は使いません。鯨は、歌うんです。だから、骨は歌を担当します。それで、私が言葉を担当します。あなたたちに東京の記憶をちゃんと所有してもらうために、もしかしたら取り戻してもらうために、私たちは来ました。見えますか？　見えますね。いえ、私だけをアップの映像で見ている人もいましたね。その人たちは、この骨は見ない。見えないのね？　そして、骨の歌は聞いている。聞こえているのね？　骨にはスピーカーが内蔵されていますからね。私の声だけを聞いている人もいますね。その人たちは、私がこの耳に嵌めているヘッドフォンとおんなじ通信ラインを共有しています。その人たちは、骨の歌は聞いていないのね？　でも、骨は見ているのね？　この下顎骨を。これはね、鯨の巨《おお》きな巨きな口の、始まりですよ。私はその口の、代弁者です。そして鯨は、東京の、産みの親です。だから私は、東京のその産みの親の、代弁者です。いいですか？　伝えます、東京は一つの、巨きな巨きな祝福から生まれ落ちたんだって。さあ、ここまで、しっかりと旋律として受け止められましたか？　旋律は、歌にあります。それから、物語られる言葉にもあります」

ウランは聞いていない、遮られている、外音から。

しかし鳴っている。骨が。

かたわらに峭立《しょうりつ》する骨が。オベリスク1が。

「じゃあ、行きましょう」とウランは言った。「まずは深海に、深海に、行きましょう。

だって、そこから鯨は来たんだから。一〇〇〇メートルもの深海から来て、津波に翻弄されて、それから」

鯨歌《げいか》が続いている。

32　たてがみを蓮茶で洗え・第二章

港区港南五丁目。その男は台詞をしゃべった。

「コンテナ埠頭には行ったか？」

「コンテナ？」とヤソウは問い返した。

「立派な埠頭がある。まあ、一般人がそうそう無許可で立ち入れなそうな場所だ」

「だったら、入れないなあ」

「そうなんだよ。俺も、残念だ」

ヤソウは観察する。男は、身長は一メートル七十センチともう少しあり、年齢はたぶんヤソウより十歳ほど上で、つねに乏しい表情で語った。その乏しさの要因には身体着用型のディバイスの存在も挙げられた。顔に、サングラスにも見えるものを掛けている。屋内で使用されているそのサングラス様《よう》の情報端末は、一瞬、視界が暗そうと思わせたが、もちろん光量は補われているはずだった。そして言語データの枠《フレーム》を同じ視界に具えて、そこに台詞を表示させているはずだった。たとえば今であれば、俺も、残念だと。

「埠頭とか、そういうの、いろいろ見たい？」ヤソウは訊いた。

「暇があれば」

「ないのか」

「ないな。そしてコンテナ埠頭は無許可だと駄目なんだとしたら、その許可もない。まあ、無断では立ち入れないっていったら、ここも同じだ」

「この倉庫」

「ああ。厳重に管理されているウェアハウス」

「俺には許可が出たよ」

「出したんだ。許可をさ、下ろさせたんだよ。ヤソウ君」

「君、って付けられると、けっこう妙だな」

「俺がこうして俺であることは？」

「完璧に妙だよ」ヤソウは笑った。「あとは、ほら、あれとかあれとか。この倉庫んなかの、何て言うの、生け花？」

それらは生け花ではなかった。ヤソウが指したのは造花による装飾だった。数ヵ所の設《しつら》え、機能的な倉庫の内部に、デスク類やソファが処《ところ》どころ配置されてミーティングの空間を用意し、かつ欠かさずイミテーションフラワーがある。天井まで積まれた大小の梱包品と半透明のビニールに覆われた床置きの室内調度品に混じって、多種類のイミテーションフラワーがひっそりと、ものによっては堂々と自己主張している。

「俺、最初に目についちゃってさ。ここに通されて、ほら、セキュリティ・チェックをこなして、内部《なか》に入れてもらって。その途端、うわあ生け花だなあって」

「生きていない」と男は言った。

「花がね。うん。だから、それだよ、生きてないのに、華やかっていうの？　そうなってるのが、おかしいんだって。やれやれ。枯れたお花畑だな」

「そうであるからこその幽玄なんだよ」

「え？」

「ヒア・カムズ・ユーゲン」

「英語で言われてもなあ」

「ここは家具屋の、湾岸のウェアハウスだ。それだけ了解してもらえれば、もう万全だ。しかも企業秘密は守れる。セキュリティが二重、三重に仕込まれている」

「安全な場所、ね」

「いろいろな意味で」

「たったひと駅で、落ち合えるところがあったなんてな」

「そう。東京モノレールで、ひと駅。だったな？　東京ネオシティ競馬場前からほんの数分か？」

「だね。各停を待つ時間がかかるけどね。東京ネオシティ競馬場前は、ほら、急行とかは通過するから」

「そして、この港区港南五丁目の埋め立て地には、コンテナ埠頭があり、つまり東京の国際物流の拠点があり、入国管理局もあり、それから運河に面したエリアには倉庫街がある。おまけに埋め立て地の南半分は品川区東品川五丁目に分類され、つまり品川に入れられていて、そちらの区内には火力発電所がある。同じ埋め立て地に」

「発電所」

「そう、発電所。合い言葉みたいだろう？」

「だな」とヤソウは、ふいに口調をゆったりとしたものに変える。重々しい。

それから続ける。

「天王洲《てんのうず》アイル駅を下りるとさ、モノレールでさ、俺はこっちの、この倉庫街のある埋め立て地のほうに入るのに橋を渡らなくちゃならない。橋だよ。橋は、運河に架かってる。埋め立て地の、東京湾に向いていないほう、西側だっけ？　その西側のほうは運河に向き合ってるからさ。その運河、名前は、京浜運河っていうんだ。あのさ、昔はここで海亀が目撃されたらしい。俺、友達に聞いたんだよ。伝説の海亀がいたんだって」

「昔のことか」

「ちょっと昔」

「俺たちは」と男は言った。「ニュースを分かち合わないとな」

「最新のニュースだ」とヤソウは応じた。「それと、ああそうだ、俺にも暇はないよ」

「ヤソウ君にも暇はない」と男は繰り返した。

「うん、ヤソウ君にも」とヤソウが言った。「やっぱり、君付けは相当に妙だけど、まあ慣れるように努力するか。するしか、ないよなあ。こんな状況だし」

「俺が」

男は言って、二秒ほど間《ま》を置いた。

「自己紹介をすれば、慣れられるんじゃないか？」

「そういうこともあるかも」

「実は、俺には名前がある。陶だ」

「トウ」

「俺はさ、昔、これもほんのちょっとの昔だ、死人だって言われていたことがある」

「えっと、……え？」

「死んでいる人間。生きているのはあんただよ、ヤソウ君。あんたたち森の人たちだよ。それ以外の日本人はみんな死んでるってな、そう糾弾されたことがあった。俺もそこに入っていた。俺は森の外側の人間だったからな」

「へえ、そういう設定？」

「そうだよ。ああ、そうだ、俺の名前、陶って、耳で聞いただけだと音しかないな」

「そうだよトウ」

「漢字を教えておこう。陶器の陶だ。焼物の、陶芸品の。セラミック。それで、俺は死人だって言われてたけど、今は生きてるさ。森に、女がいるんだ。俺のパートナーだ。そして、妊婦だ。ほら、俺の子供を身籠もったんだから、俺は生きてる、生きてたって、証明されただろ？」

「変な証明だな」

「『死者に子供は作れない』——」あたかも台詞を読むように陶は言った。奇妙な抑揚を付けて。そのように指示されたのかもしれない、とヤソウは思った。

　そして、あたかも台詞を読むように読まれたことで、急に陶の実在感が高まった。

「その子供だが」と陶は続けた。「あと二、三ヵ月で生まれる。三ヵ月はかからないだろう。ヤソウ君、その子供は、とっても、とってもヤソウ君に関係あるんだが、じゃあ誰だと思う？」

「これから森で生まれるって？」

「そうだ。森で。茸の国で」

「なんだか真剣に難問だなあ」そう言って、ヤソウは黙った。答えを促した。

「ああ、難問だ」と陶が引き取った。「なにしろ生まれるのはあんたの従姉だ。喜多村冴子。つまりだ、まとめるならばあんたはまだ生まれていない俺の娘の、従弟に当たるんだよ」

「そうか」

「複雑で悪いけれどな。ヤソウ君」

「そうなのか」

ヤソウは陶を見つめた。直視した。今までも見ていたが、込められる力が変わった。

「つまり、トウ……陶だっけ？　呼び捨てにするけど、陶も、喜多村家に混ざったんだ。そうだな？」

六秒ほどの間がある。

それから陶が答えた。「そうなるのかもしれない」

ヤソウがうなずいた。それから、俺にさ、あのさ、暇がないのは、と訥々《とつとつ》と切り出した。デビュー戦が控えているからだよ。公式の騎手デビュー。これが、なあ、俺がらみの最新のニュースだ。そして、このデビュー戦っていうのが、俺の交渉の切り札だ。あいつらとの。俺は、言ってるのさ、化学式がほしかったら俺に賭けろって。けっこう派手な名前のレースに出るんだよ。「勝島モンスター特別」っていう。いよいよ騎乗なんだよ。起用されたっていうか、させたっていうか。

「それでさ、なあ、陶、全部はこのレースからだよ。いろいろ、全部が。そこにサイコの、じゃないか、そっちの、鷺ノ宮の、だから陶のさ、最新のニュースを重ねあわせる。どうしてさ、あいつらは鷺ノ宮に金を落としてるんだ？　言ってたぜ、『日本の、死活的国益のために、それは要るんだよ。畏《おそ》れ多き菌類のＢＣ兵器が』って。もちろん手に入れたら、あいつらは試すぞ」

33　たてがみを蓮茶で洗え・第三章

鯨には家族がある。哺乳類だから、母が、子に乳を哺《の》ませる期間があり、そのあいだは確実に母子《おやこ》は行動をともにする。たとえばザトウクジラならば授乳期間は十ヵ月から十一ヵ月、これがそのまま「家族関係」の時間となる。ちなみにザトウクジラは一度の出産で一頭の子供しか産まない。同じように一頭の子供しか出産せず、しかしながら家族のその形態がまるで異なる鯨にマッコウクジラがいる。この種は十頭から二十頭で構成されるユニットを作る。そこには大人の雌たちと、大人にはなっていない子供たちが属する。専門的にいえば「未成熟の雌雄」がいる。マッコウクジラの授乳期間は十八ヵ月以上で、時には十年を超え、十三年にも及ぶ。このように長期にわたる育児が行なわれて、しかも、そのユニットには子供から見ての母ではない母、母から見ての子供ではない子供も含まれる。しかし大人の雌たちは扶助しあい、子供を保護しあい、ここには「家族関係」が生じている。雌には更年期もあり、それでも群れにとどまることは可能で、すなわちユニット内の祖母になる。

いろいろな家族がある、ヤソウはそう思う。なにしろココピオたちに至っては家族を商品にしている。本人たちは家族とは言わず、カタカナ語でファミリー、それも日本人のファミリーと言うが、これを供給する仕事をしている。需要があるからね、とココピオは説明する、それで僕たちみたいな商業的な人間がサーブされるわけ、ほら、サービス業のサーブ、僕たちって売りは「日本人的に純血です」って、まあ、それだけなんだけどね。

純血の国民か、とヤソウは思う。純血のニッポン国民か。

でも、ファミリーの内側《なか》ではほとんど血を分けない、ってか。

血を分けない家族。血を分ける家族。

ヤソウは、ココピオたちが商品としての父親を揃え、母親を揃え、兄を、妹を、祖母を、祖父を揃えることを実際的で見事だと思う。同時に、人が家族というものを求める時に、そこには父親が入り、母親が入り、一人っ子をイメージしなければ兄弟姉妹《きょうだい》が、また祖父母も入るのだと自らの家族に比較して不思議にも思う。なにしろ、と思う、マッコウクジラにもお祖母《ばあ》ちゃんがいるんだからな。あのウランの話は、面白かったな。そしてウランは、哺乳類なんだからお乳を飲ませるのは当然って俺に言ったな。俺が、え？　鯨っておっぱい吸うの？　と驚いたら、哺乳って授乳って意味だからヤソウ君って、そう説明してくれて。それで、俺は考えた、ウランがあのメキシコ人のおじさんとずっと取り組んでるデッカイ鯨の物語の、その鯨って、母親だって可能性もあるよな？　雌で、子供を産んでたり、今、子供がいたり、なのに津波に襲われたんだとか、ほら、だから百万年前や一億年前にさ、そういう可能性もあるよな？　すると今度はウランが驚きに目を瞠《みは》って、訊いた。つまり、その鯨にも家族がいたってこと？

「だな」

「それ、ある」

　ウランはヤソウに物語の断片を届けて、ヤソウはつねにそれを食《は》み、ウランには意外であるらしいディテールを添え返した。ヤソウは、俺ってもしかしたら役に立ってるなあ、と笑ったこともある。そして、現実にウランたちに貢献したらしいぞと実感できる時、純粋に喜んだ。それは自分の手柄のようにも思えたし、そうではない、俺なんかじゃないとも感じられた。今だったら、口には出さないがヤソウはウランの胸のことを考えたのだ。胸の、乳房のことを。裸の胸と、コロコロと小指の先端みたいに尖っていた乳頭のことを。そして傷痕のことを。過去に幾度も開胸手術を施されたその痕跡、皮膚の畝《うね》としてそれはある。それをヤソウは、俺のものだ、と感じた。そうした全部が、俺の――。だから物語に添えられる細部や、物語を刺激しているのかもしれない問いの幾分かはやはりウランから来ていた。ウランを経由したり、あるいはウランを発端にしていた。いずれにしても物語はいっしょに捏《こ》ねられ、膨らませられるものであって、そうした部分がはっきり認められて、そのことは喜びだった。しかもウランは今、ウランとあのメキシコ人の美術家のガボは今、鯨の物語を歌にするっていう作業をしている。もしかしたら東京を生んだ巨鯨が、雌で、しかも母親で、だから授乳もして、とかって情景も含めて、歌になる。

歌に、なるのか？　ヤソウは目を細める。

鯨には家族がいるのだ。鯨にも。

それから、とヤソウは思う。馬には血統があるのだ。レースに関わっていると意識する。父母の馬の名前はデータとして管理されている。もっと前の代のもだ。どこまで遡れるのか見当もつかないほどにしっかり管理されている。インディサンタだったら、父親はキングオブアニマル、母親はレッツキック、二頭の名前はヤソウにもちゃんと把握されている。でもさとヤソウはインディサンタに声をかける、お前、父親には会ってないだろ？　そのキングオブアニマルって、お前には家族じゃない、だろ？　母親のレッツキックからして、お前を妊娠してからはもう、一度だって種牡馬《しゅぼば》のキングオブアニマルには会ってないだろうし。だからお前が暮らした家族は、ザトウクジラみたいに、レッツキックって母親だけなんだなあ。ヤソウは厩舎にいる。そこの本来の臭気、すなわち馬糞《まぐそ》臭や尿臭はもちろん消えずにあるのだが、しかし薄めるというか雑《ま》じって攪拌するようにいい匂いもした。いい匂い、と判断するのはヤソウだし、たぶんインディサンタもだ、ヤソウはそう考えている。それが蓮茶の香りだからだ。数リットル分の煮立った煎茶が少し前から蓮の花と葉のなかに注ぎ込まれて、冷まされている。たてがみのシャンプー用にと準備されている。その、たてがみの洗髪《ケア》こそが「まじない」なのだ。いつかは、とヤソウは思う、いい匂いに続いて、いい音楽もここに持ってこよう。かけよう、音楽を。なあインディサンタ、お前の三角形に尖ったその耳のためにさ、いいのを。それ、もしかしたら鯨の歌になるかもしれないぜ。東京の産みの親の、その骨、何十本って骨に鳴らされた歌かもしれないぜ。ちゃんとメキシコ人のガボおじさんにお願いして、録音してさ。

どっちにしても、お前には、とヤソウは思う、血統がある。レースに出るサラブレッドだから。だから、いない父親にも名前がある。

競走馬には血統があるのだ。

俺も父親はいない。しかも俺には、血統の台帳《ブック》みたいなのもない。だから名前もない。なにしろ俺の母親は、その男はこの家族には関係ないの、って言い切った。この家族っていうのは、俺、母親、サイコ、そして犬の、三人と一匹からできてた家族だ。そういう形態の家族。ビーグルも含めて構成されたユニット。そして、俺の父親に関しては「関係ないの」って一刀両断にされたのに、サイコのほうの父親はそうじゃなかった。サイコのそれに関しては、俺の母親は、その人はあたしの愛しい愛しい旦那さんだったからとってもとっても関係があるの、と数え切れない回数ぶつぶつと説明した。けれど、こう添えもした。だけれどね、この家族にとってはもう過去の人なの。ちなみにサイコには母親は二人いた。一人は実際の母親で、サイコが俺の従姉なんだから、その女性は俺の親族だ。おば。しかし、親族であろうとなかろうと、いっしょに暮らさない人間は家族のユニットには入らない。勘定されない。だから俺とサイコは母親を共有した。サイコのおばが、この家族の内側《なか》ではサイコの母親の座に就いた。

俺たちは一人の母親を持っていた、とヤソウは思う。

俺たちの家族には犬もいた。

いっしょに暮らしていれば犬でも家族だ。勘定される。

もしかしたら苗字もあったかもしれないな、とヤソウは思う。跳《と》び丸《まる》は、もしかしたら喜多村だったのかもしれないな。だからフルネームは、喜多村跳び丸。享年は七歳だった。そんときに俺は十一歳だった。そんときを過ぎると、俺の家族のその形態っていうのは激変して、もしかしたら柔軟すぎる形になって、もしかしたら今でも柔らかい変形っていうのは続いてて、だからあれか、サイコが陶なんて奇妙な父親を出してきたのか？　ああいう出現をさせたのか？　陶芸品でセラミック？　そうかもな。そして、そういう父親がこの家族に混ざってきたんだとしても幽霊になる資格まではない。

とりあえずはまだ、ない。

跳び丸はそれがあったから、出た。俺の母親に、母親の幽霊に連れられて、もしかしたら引きずられて出た。しかも感触だけで。そこに跳び丸がいるっていう、手の、俺の手の、触っている感じだけで。そういう幽霊。けれども俺は、全部触った。毛に触ったし、ねばねばってした血にも触った。

それを探り当てたのは当然だ。

それは瘤《こぶ》が開いて出た血だ。

あふれた鮮血だ。

俺は、切り開かれた跡なんだって、当然に、当たり前に当然に必然的にそうなんだって、知っている。

なぜならば十一歳のヤソウが誰よりも早く気づいたからだった。癌。その腫瘍ができていることを。獣医が触診するように発見した。誰よりも早かった理由はシンプルだ。ヤソウが、毎日そのビーグルと戯れて、四肢でも頭でも背中でも尻尾でも、どこでも触っていたからだ。そして瘤は足の付け根にできていた。左の後ろ肢のそこと股間のあいだに。最初、小さかった。最初、ポコッとしていた。「あれ？」とヤソウは言ったのだった。「なんか硬い。ポコッとする」そして、ははは、と笑ったのだった。なんだか愛らしい気がして。しょっちゅう撫でた。それがあることを確かめた。二日をひとつの単位に、大きさを増すようだった。つまり二日ごとに。だんだん笑えない感じになった。ほんの一、二センチの幅でポコッとしていたものはボコリとした。五センチ、六センチ、球体じみてきた。だんだん跳び丸の動きが鈍った。しばしば蹌踉《よろめ》いた。だんだん跳び丸がやつれ出した。いっさいは一ヵ月間で急速に進行して、タン、と何かに叩かれたように終熄《しゅうそく》した。ヤソウの思考が、当時のものに戻る。一ヵ月、十一歳、癌、とその三つの言葉を繰り返すだけで。あるいは脳裡にちりばめるだけで。スイッチが入る。それこそ思考から漢字がうしなわれて、キーワード以外はひらがなに支配される気がする。一ヵ月。ははおやが、これはだめよという。おとといよりおおきいわよ。ふつかごにもいう。おとといよりおおきいわよ。十一歳。とびまるはまだ、ななさいなんだからおかしいわよという。これはなにかがうまれるのよという。これはたまごよ。癌。ははおやがいう、はじけるとうまれるわよ。はじけると、この、こぶがうむんだから。一ヵ月。もういっかげつになっちゃうなとヤソウがいう。ホコリタケというきのこはほうしをうむわ、と、ははおやがいう。そのきのこに、にているわ。これはおかしいわよ。十一歳。サイコはじゅうさんさいだねとヤソウはおもいだす。おしまいのひの、いちにちまえ、サイコはオリンピックの、かこうされたえいぞうをみている。ネットワークでさがしてきて、それをみている。ほらオリンピックのかいかいしきとヤソウにいった。せんしゅだんのにゅうじょうだけ、リミックスされてる、ほら、いったりきたり、いったりきたり。ほら、オリンピックって、ばかみたい。ほら、しゅしょうがあいさつしてるわよ。ほら、あいさつしながらうたったり、おどったり、ほらリミックス。おなじひに、ははおやがいう。癌。けんきゅうしゃのところにいったわよ。じえいたいのスペシャリストがいたわよ。きのこの、がくしゃが、いたわよ。ほうしをうまないっていったわよ。でも、おせん、っていったわよ。一ヵ月。十一歳。癌。あとからはいってきて、おせんだなんて、とははおやがいう。だんだんとそのこえが、今もきこえている声になる。汚染だなんて。一時間のあいだに母親は四度刺す。しぜんにはじけないなら、弾《はじ》けさせるの、当時聞こえた声と今も聞こえる声が交錯する。ほら、ひらいた。跳び丸の悲鳴。絶叫。ほら。それから人間が、二人刺される。母親のいった自衛隊のスペシャリストたちが、母親の手で。それから、もう一人刺される。母親自身が。自刃《じじん》。ヤソウはひめいをあげている。ヤソウはとびまるの、ち、に、まみれている。塗《まみ》れている。馬に乗って現われる男がいる。駆けつける、助けに来た、まるで父親のように迎えに来た、事態を収拾しようと。しかし生命《いのち》を失った者たちはもう失ってしまっている。

「気にするな」カウボーイは誰かに言った。牧場運営の、片腕のような誰かに言った。命じた。「片付けていい。そいつらは、米軍の専門部隊とこっそり提携した。そのこっ、そりを守らなかったら大問題になる。名前は、身分は、ＩＤは永遠に出ない。だから、永遠に――始末しろ」

そしてヤソウに言う。

「こんな、糞。真吾にも可愛がられてたお前が。森のために馬に乗るんだって、あんなちっちゃい頃からいっぱしに言ってたお前が。ヤソウ、お前の家族が。いいか、ここからは、お前もサイコも俺がなんとかする。こっからは俺が、お前たちの家族だ」
家族の形態は変わった。

34　続きのこのくに起動

サイコはPという名前を捨てる。なにしろ高梨にも今では陶と呼ばせていた。実体さん二号はもはや陶の言葉でしか語らなかったからだ。十九歳の森の、あるいは「島」の少女では全然なかったからだ。性別の逸《ず》れがいちばん大きいが、いずれにしてもキャラクターが異なりすぎる。そんな存在を前と同じようにPと呼ばせてしまっては高梨が戸惑うだろう。そもそも鷺ノ宮という現実の土地のレベルにおいてはサイコをPという名前で認識しているのはほんの一握りの人間だった。そこはPという名乗りが滲透したネットワーク世界とは違うのだから、支障はない。

鷺ノ宮に出現する時、サイコは陶だ。

否、森の外部《そと》に出現する時、サイコはつねに陶だ。

だからヤソウとも、湾岸のZOKAの倉庫で、その生身で会った。陶の生身で。

あたしはあたしの父親だ、と宣言したのだ。

あたしは、「あと二、三ヵ月で生まれる」と説明されたのだ。あたしの父親に。

こうした捻《ひね》りをしっかりと検討しよう、とサイコは考える。あたしが、あたしの父親になり、あたしの従弟にむかって、あたしはもうじき生まれるだろう、と言ったこと。

そうだ、あたしはまだ母親の胎内にいる。あたしは身籠もられている。もう、相当に大きい、でも産み落とされてはいない。出産までは、あと三ヵ月はかからないけれども二ヵ月はかかる。たぶん、早産にならなければ、それだけかかる。ほら十月十日《とつきとおか》っていうから。その間に、あたしは何をする？

「今と同じことを」とサイコは自答する。

その筆頭が、父親の台詞をさまざまなインターフェイスに支援されるキーボードで打つことだ。しゃべらせることだ。父親に、陶に。そして行動させる。どこで？

鷺ノ宮で。

ということは、東京で。

ということは、森の外部《そと》で。

あたしはどこにいる？　あたしは身籠もられているから、あたしは母親の胎《はら》にいる。

その母親は、森の内部《なか》にいる。つまり茸の国にいる。きのこのくにに。つまり、あたしはまだ胎児で、あたしは執筆している。あたしは父親の台詞を書いていて、でも、それだけじゃない。あたしは父親を行動させている。そう、森の外部《そと》で。それはいつまで？

最低限、あたしが生まれるまで。

あたしは、あたしを母親に産ませるために、執筆している。

陶はこれから、どうするのかって。

あたしの父親は、何を、どうするのかって。

あたしの父親なら。

そうか、これは……。

「『きのこのくに』の、続編？」

サイコの頭は整理された。あの陶が、いったい、東京で何をするのか、あたしはそれを書けばいい。東京に戻った陶の、その後だ。そして陶を取り巻いている状況は？　とっても刺激的だ。たとえば鷺ノ宮では、あるサイケデリカがこういうびらを撒き、それがあまりにアナログな手立てでの告発だったために何日も何日も見過ごされ、しかし弘《ひろ》まって波紋を呼びはして、誰かが文面をネットワークに引用したその日の夜には、店主が消された。そこには、森、とも、島、とも記されておらず、同じ地域が多少ならず珍しいことに「被災地」と記されて、そして見出しの部分から名指されていた。サイコは、陶の目を通し、それを読んだ。びらを入手したのはもちろん高梨だ。

「**被災地はＢＣ兵器の供給地です**　本店は糾弾します。コンディションのいい茸だけを一生懸命に仕入れ、またグロウし、鷺ノ宮での地産地消を謳ってきた本店こそ、いわば茸の友人です。茸とは、いったい、どれほど奇蹟的な生物でしょうか？　そもそも茸は、人類を救済する善なるものです。ご承知のように食用です。美味しいのです。それから人体の健康にいいのです。難病に相当なる効果を持つ妙薬として、何種類もの茸が、古来、アジア世界では知られていたのです。また、もちろん、アジアから中南米世界、そして欧米でもまずまず経験的に、何種類もの茸が、偉大な幻覚作用を持つもの、精神にいいものとして知られていたのです。どれほどの宗教が茸から生まれ、どれほどの修行者が茸によって教えをさらに前に進めたか、その数は信じられないほどです。そして茸という生物はつねに人類を試します。茸を食用にする者は、それが毒性ではないことを自ら主体的に判断できねばならないのです。選べない人間は、茸狩りには出られないのです。患いも癒してもらえないでしょう。またドラッグとしての茸も同様です。選べず、勇気という対価を払えない人間は、幻視はできません。本店のような優良デリカテッセンに足を運ばなければ、それこそ単に意識障害に陥るようなジャンク茸を売りつけられる可能性もあります。お店選びは慎重にいきたいものです。

さて、茸がどこまで人類を救済する善か？　その証左は、十五年前の震災にも見られます。何種類もの茸が、放射性物質を吸収しました。すなわち世界を綺麗にしてあげようと、自身が犠牲になったのです。茸たちは菌糸を生け贄に捧げたのです。原子力発電所の事故の火種であった私たち人類は、まさに茸を崇《あが》めて、それから謝罪すべきでしょう。それなのに、実情はいかがか。みなさん、本店は弾劾します。奇蹟的な茸という生物が、今、この二〇二〇年代、人為的に兵器に変えられようとしています。いいえ、もう変えられてしまったのです。暴力的に、とことん人為的に、なんと人類を滅ぼす道具に変じられてしまっているのです。すなわち悪なるものに。あれほどの善なるものが、人の手で、悪に。

それは単独兵器ではありません。茸は、いわば、任務の片棒を担いでいます。その任務とは大量殺戮です。科学者たちは（それがどのような科学者たちか、とても書けません）震災後に被災地に誕生した特異な環境から、もっとも**核に親しい**菌類を選別し、あるいは発見し、それを死滅させず、それを進化させせて、いうなれば産出しつづけてきました。茸とは、専門的には菌類の子実体です。菌類には三種類のフォームがあります。まず第一に、菌糸です。それから第二に、子実体です。そして第三に、胞子です。いわゆる茸が胞子を撒きます。みなさん、兵器として開発された菌類は（それはもう開発されているのです）、子実体の形成までは放射性物質を外部に出しません。封じ切っています。しかし、胞子というフォームの段階に至って、かなり広範囲に放出します。それは、いっきの噴射だとも言えます。ここまでがバイオロジカル兵器の範囲です。B兵器です。そして胞子のふり撒かれた地表や、建物の表面等、そうしたエリアに時を置かずに特定の化学物質を撒布《さんぷ》すると、線量はその桁を三倍、四倍に増します。まさに化学反応を利用したケミカル兵器の、それら同様の機能と効果です。C兵器です。みなさん、この許しがたい人類の暴挙を、どう思われますか？　この茸に対する狼藉《ろうぜき》を？　本店は、それこそケミカルな薬物にもバイオロジカルな麻薬にも誠意をもって向きあい続けてきた優良デリカテッセンとして、今こそ告発します。

　茸の軍事利用、反対。

　その茸の国内での開発、反対。

　被災地をBC兵器の供給地とし、利益を得ようとするアメリカ、フランス、イギリス、ロシア等の幾多の大国の動きに、反対」


　びらは漫画のようだ。そのロジックと説明の飛躍が、どこかそうだ。しかし、そう感じられるのは自分がその兵器の実態、さまざまな事実に近いからだとサイコは了解している。サイコとヤソウと、カウボーイたちが。そこには落とされた九つの命が与《あずか》っている。藩士と名乗った者たちの生命が、無惨に、と同時に華やかに有益に散り、その討ち入りがあったからこそ、たとえばサイコは次のような知識を得ていた。一九四〇年代から七〇年代にかけて、ことに六〇年代、幾度の大気圏内核実験が繰り返されたか。十度ではない。二十度ではない。一九六二年だけ採りあげても一四〇度かそれ以上。この間、どれだけの量の放射性降下物が地上に、海上に降ったか。それらは当たり前だが稀釈《きしやく》されたが、しかし、それを「反・稀釈」させる手段を得たら、どうなるのか。そうしたメカニズムを発見したら？　合成された多種類の化学物質と、その……その茸の胞子の反応が、これを実現するのだとしたら？　しかもメカニズムの発見のために、広大な、森が……被災地の森が、国際社会が呼称するところのShimaというものがそのまま実験場に使えるのだとしたら？

便利で、よかったわね、とサイコは言う。

冷戦《レーセン》の遺産？　それが有効に活かせて、もう最高に大喜びみたいだわね、とサイコは言う。

そしてあたしは、執筆するのよ。執筆しているのよ、父親を主人公とする小説を。この、『きのこのくに』後日譚を。あまりにも刺激的に展開している状況と、その一つひとつへの陶のリアクションを。

人間模様が変わる。それぞれの勢力の動静を、サイコは想う。高梨が、鷺ノ宮のあらゆるアーケードの自警団と連絡網を編んだこと。それぞれの自警団の代表とのホットラインを構築したこと。ミズ代理人が、結社の顧問と交わりはじめたこと。その場に、陶も同席したこと。そうなのだ、陶も。あたしも。サイコはしっかりと考える、あたしは胎児で、あたしはあたしが産み落とされるまでの、父親のことを書いている。父親の今を書いている。今。

「そもそも」とサイコは言った。「この世界は誰かが書いている小説のようで、あたしは、でも、それを上書きしちゃうんだわ。あたしの小説で」

すっきりと見通した。

35　たてがみを蓮茶で洗え・跳躍章

騎手に必要なのは頭だ、と改めてヤソウは思う。しかも、その頭を何個持てるかだ、と思う。俺はもしかしたら、一個だけ他人《ひと》よりも多い。いいや、もしかしたらなんて言ったら駄目だな。俺は多いんだ。その、多い頭を、これから出す。世間に露出させる。

三日前に大きな訓練が終わった。本番に参加するサラブレッドたちのほとんどが参加した。それ以外の、本番には選抜されなかった高機能脚馬たちもおよそ三十頭が加わった。そして数班に分けられて、実戦さながらにゲートに入れられて、出走したのだ。一つの班に三頭から四頭の「本番に起用された馬」がいた。乗っているのは、本番でもそれぞれの馬に騎乗が予定されている騎手たちだった。彼らにはテーマが課せられていた。当然だが、他の「本番に起用された馬」と競って、仮に負けたとしてもかまわない。これは単なる練習だからだ。模擬競走だからだ。しかし本番には出ない劣位の馬たちにゴールに先着されることだけは、あってはならない。その部分は真剣に試されていた。だからこそ、相当に本気の、温《ぬる》さのない駆け引きが行なわれた。そうした競り合いのたびに、ヤソウは思うのだ。読めないとあっさり負けちまうな、と。読む、とは他の馬の、他の騎手の心を読むことだった。どういう出方をしようとしているかを察知し、それを一頭と一人分のみならず、前と後ろ、横に駆けているたとえば七頭と七人分やら十三頭と十三人分やらをも同時に摑むことだった。そのレースの流れ全体を読み取るのだ。この能力のことをヤソウは戦略力の講義の時間に指導教官から「展開の推理、そういう力だ」と教わった。展開推理力。まさに頭が、頭の良し悪しっていうのが試される、そう感じた。ヤソウとしては、まあ上出来だった。模擬競走では、一着が二度。二着が一度。そして頭には汗はかかなかった。まだまだ余力を残していて、本番ではそのポテンシャルを発揮しそうだった。しかし馬のほうはすっかり汗まみれで、気持ちも昂《たか》ぶらせていた。ヤソウの乗ったインディサンタもそうだったし、他の選抜馬たちも同様だ。だからこそ、今はこれらの馬たちは調整に入っている。多めの休養、炭素繊維製の蹄鉄の状態の確認、蹄の状態の確認、人工腱の徹底したマッサージ、関節のストレッチ。足首にバンデージを巻いたまま二日間ほぼ動かないことを強いられている馬もいた。

それだけ猛烈に駆けたのだった。それぞれに思いっきりパワーと闘争心を引き出して。なぜならば、存分に駆けてしまえるほどに騎手たちが軽かったのだ。どのサラブレッドの、どの鞍上《あんじょう》にいる人間も普段より軽量だったのだ。一人としてプロテクターを装着していなかった。騎手の頭部や胸背《きょうはい》、胴部等を護るプロテクターは二ヵ月以上前から軽負担《ライトドゥーティー》仕様のものに換えられていたが、それでも重いことには違いなかった。しかし三日前の訓練では参加者たちは騎手服を纏った。勝負服とも通称される騎手服、いわばただの衣裳だ。ゲートの枠番号に合わせた色彩の騎手帽をかぶった。ヘッドギア類とは異なる、いわばただの帽子だ。いずれも軽い。馬たちにとっては猛烈に軽かったから、一種の解放感とともに馬たちは走ったのだった。自ずと全力で。

ヤソウは、あれが実戦にかなり近い速度だ、と振り返る。俺たちはプロテクターを脱いで、軽さと、危なさ？　そういうのを得て、でも乗ってる馬のスピードを得た。以前にはなかった速さ。じゃあ、もっと体重を減らしたらって考えもあるな。俺たちは……俺は、もっともっとサラブレッドを加速させられるんじゃないか、って。

今、洗面所の鏡の前にヤソウは立っている。ヤソウは三日前よりも体重をわずかに減らしている。食事制限をしたわけではない。単に先輩騎手からバリカンを借りたのだ。ヤソウは鏡面を見る。そこには五分《ごぶ》刈りの自分がいる、久々の短髪だ。ヤソウはにやりとする。競馬学校出身のその先輩は、以前、校則から毬栗《いがぐり》頭にしていた。だから電動バリカンを所有していて、毛髪を刈り込む知識があった。ただしヤソウは、教わったらあとは自分で刈った。

「まだまだだな」とヤソウは言った。「五分って、一センチとその半分ぐらいか。頭皮も、見えない感じだな」

それからヤソウは、頭に剃刀《かみそり》を当てる手振りをした。練習した。シミュレーションだ、ヤソウは頭髪専用の、四枚刃のシェーバーを手に入れている。頭にシェービングフォームを塗って、それから剃るのだ。そうすれば、完全に剃髪姿になる。髪の毛は全部、全部落ちる。

しかし、そこまで落とすのは、レース当日だ。レースのための計量の、その、直前だ。それまで俺は、練習する。こうやって、剃刀を当てるふりで。

シャリ。シャリ。サーッ、シャリ。ザッ。

俺のための練習。実戦は、やっぱり三日後だ。三日後の、夜に、レースがある。俺の騎手デビュー戦が。そしてインディサンタの、あいつのデビュー戦が。三日後？

「いや四日後か？　真夜中の出走って、どう数えたらいいんだ？　十二時過ぎたら、翌日か？」

つぶやきながらヤソウは考える。俺の武器といえるのは三つだ。インディサンタと、剃るための道具一式と、先を読む……例の「展開推理力」と。二つめと三つめは、俺の頭に関わっていて、インディサンタにだって頭がある。そして、俺たちにあるのはそれだけだ。で、これで何個の頭だ？　さあ、何個分だよ？

ヤソウは猛烈に、強《したた》かに笑う。鏡に映っているヤソウも笑う。

高梨は中間地帯を設定した。鷺ノ宮にはそれぞれの勢力のいわゆる縄張りがある。しかも「ここからここまでが、赤色」といった、２Ｄの地図を色分けするような単純さとは縁がない。勢力は階層の高さや深みごとに分割されて、時間帯ごとに塗り分けられて、すなわち超3D状態となる。高梨は、まず、その会合に関係する七つのアーケードから等距離となれるようなエリアを探った。そうした場所であれば真の中間地帯になれる、そう考えたのだが、しかしながら適当な場所は見つからなかった。だが高梨は落胆しなかった。発見が難しいであろうことは予想の範囲内だったからだ。こんな、混雑のどグレードの、ど混雑のスラムにいかにも掘り出し物の緩衝地帯がある……わけ、ないんだよねえ。高梨はすかさず意識を切り替えた。等距離という当初のこだわりを捨てて、二つのアーケードからは大胆に隔たるが三つのアーケードからは相当に近い、という地域に視線を落とすと、あった。適切な街区《ブロック》が見出された。高梨は、鷺ノ宮のガイドとして知られている自分の人脈と、鷺ノ宮の不動産業界にほぼ公然たる影響力を奮《ふる》っている父親のチャンネルを駆使して、廃《はい》コンビニエンスストアを確保した。鷺ノ宮の住人たちの間でいわれているところの「ハイコン」だ。路上のグラフィティ・アーティストたちがしばしばHIGH conと落書きする。二週間に一軒の頻度で生まれて、しかし数日か数週間後には別のコンビニに生まれ変わる。もちろん新生時にはHIGH conのグラフィティは消される。七つのアーケードの自警団のいわば歴史的会合の前に、高梨は、その確保したハイコンを清掃した。ただの掃除ではない。コンビニの内部、のみならず外側の壁、屋根裏の配線、駐車場の敷地の、これは金属探知機を用いての地下数センチから一メートルの隈《くま》なき探査。設置される可能性のある盗聴や盗撮用の機器類、なにより破壊的装置類を洗った。いうまでもないが店舗に架線する電柱周りと排水溝の寄生虫も駆除した。高梨は、オーケー、これで安全《クリーン》だぜとなってから、連絡した。〝関係各位〟に。この一ヵ月間に自力で築きあげたホットラインを機能させたのだった。会合の当日、高梨は、いつもの倍の量の消耗抑止剤を服用した。しかも直前には、もう一回分《ワン・ドース》。服《の》んだ。

「みなさま。関係各位の」と挨拶した。俺は、こっから四十八時間は副作用でグラグラだぜ、と自嘲しながら。しかし腹を括りながら。落ち着いた声で。「ご足労です」

　ハイコンの商品棚には欠品が目立っていた。缶詰はあった。けっこう多種類が揃っていた。日用品もあった。なぜかマスクが豊富に残されていた。カップラーメン類はなかった。菓子類も。新聞も雑誌もない。もちろん廃業中の店内にＢＧＭはなかった。レジ係もいないのだが、しかしレジのカウンターには日本円の札束が積まれていて、どうやら七つに分けられた山が休戦協定の証しのようだった。店内では可動式のラックが動かされて、中央付近に大きな話し合い用のスペースが設けられ、また一部のラックは入口に対してバリケードを形成した。こちらには当然、警護がついたし、破壊的装置も設《しつら》えられた。店内の隅に保冷ケースがあり、アイスクリームや冷凍食材等の商品はないのだが電源はオンにされていた。そして氷塊が入れられていた。いずれかの段階での、乾杯のために。七つのアーケードの自警団の代表者たちの顔合わせは、手温《てぬる》さのない話題からスタートして、高梨の「こちらの情報源によると……」との報告にただちに移って、集合から十数分後には不発弾の話題に入っていた。実のところ、誰もがそこから始めようとしていた。どの代表も。高梨も。びりびりと緊張感を帯びた発言の応酬が続いた。

「俺たちのアーケードのほうで、事前に、――いんにゃ」その自警団の代表者はいいんにゃと否定の言葉を吐いた。「直前に、だな。わずか直前に、今度掘り出されるはずの不発弾を押さえてな」

「掘られるはずの不発弾だから、地中に埋まっていたわけだ」

「前世紀の戦争の、不発弾が」

「鷺ノ宮の、地中に」

「それもヤバさでは天辺《トップ》なゲットーの地域に」

「ただし、いんにゃ、その弾《たま》は埋まっていなかった。これから埋めようとしてた」

「今から」

「今世紀も二十六年めになった、今から」

「擬装、擬装」

「とはいえ単純な紛《まが》い物でもございません、と、こうきた。ちゃんと致死性の毒ガス弾の体裁《ていさい》になってた」

「その毒ガスは、検出され得た、と。剣呑《けんのん》、剣呑……」

「第一段階ですよ」と高梨が言った。

「第一段階」と誰かが受けた。当事者となったアーケードの、ごく近隣に勢力圏を有したアーケードの自警団幹部が。「東京で、第二次世界大戦時の不発弾が発見される。その由来は？　毒ガス弾、そうした類いのものは東京の空襲では使用されていない。アメリカ軍は落としていない。それは旧日本軍が開発し、製造していた毒ガス弾である。こうした化学兵器はもちろん存在する。道路工事や宅地開発時に掘り起こされることも、ままある。通報される。そうなると、自衛隊の化学部隊が出動する。その前に周辺住民に避難命令が出る。これは強制的な力を持つ」

「化学兵器禁止条約は、一九九七年に、発効。日本は前々年に批准」と誰かがさらに受けた。

「その通りです」と高梨が言った。

「そして、不発弾を掘り出した、との通報は、本物なのにいんちきで、偽の通報で、旧日本軍による毒ガス弾そのものが、捏造」

「第一段階ですよ」高梨は繰り返した。

「それは潰した」といいんにゃの男が言った。

「不発弾の、仕込みを」

「あんたのところで」

「四、五人、裏を走りまわってた連中を殺《や》って」

「さすがだ」と、口々に他のアーケードの自警団代表が褒めた。

「第二段階。問題は避難させてからですよ。避難させてから、何かをやろうとしてた。俺たちを、鷺ノ宮から追いだしてから」と高梨が鋭い口調で言った。落ち着いていて、切れる声だった。普段の高梨らしからぬ声であって、しかし高梨そのものかもしれない声でもあった。「あの結社は」

「やろうとしていたわけだ。テロを」

「擬似テロを」

「また擬装。擬似」

「いんにゃ」と、やんわりとした否定が入る。「不発弾に毒ガスがちゃんと入ってたように、擬似テロでも、ちゃんと茸は用意されてる。本物の被曝が、猛烈な放射能汚染が、起きる」

「犬猫の死骸を使うんだってな」

「へえ」

「ほう」

「そこから茸を、わんさか発生させるんだってさ」

「鷺ノ宮の犬通りの、いかした大型犬とかを獲《と》るつもりか。バカタレ」

「菌糸はもう、島から持ち出されてるんだよな？　高梨」

「培養も済ませたって、言ったよな？　タカナッチャン」

名指されて、高梨はうなずいた。

アーケードの代表者の一人がこいつの情報は信頼できると言う。他の一人が、タカナッチャンの情報は必ず裏がとれてるからなと言う。その賞讃を聞きながら高梨は、これらに関する情報源である陶の顔を脳裡に浮かべる。Ｐには人としての顔がないから、陶の顔を。むしろ陶を陶として想い浮かべる。誰かが言う、とはいえ俺たちの情報だって全部信頼できるだろ？　互いにできるだろ？　違うかと言う。これを受けていいんにゃの男が、うちのアーケードでも殺《や》る前には吐かせたからな、ちゃんと一から十まで、血管に薬物《ヤク》飲ませてな、と語る。自白剤注射まで持ち出されていることを強調する。サイケデリカの店主が一人消されてから、そう、例のびらを撒いた店主が消されてから、鷺ノ宮では事態が劇烈に動いた。そのことを高梨は思う。どうして、オリンピックで有名になってしまった鷺ノ宮で、テロが、擬似であろうとシミュレーションであろうと、再度のテロが仕組まれようとしているのか。どうして、鷺ノ宮は茸の聖地なのか。茸のイメージが植菌されていることが利用されるのか……されつつあるのか。これはもう、仮説だとか、状況証拠しかないんですとか、そういう次元じゃねえな、高梨は思う。全部、具体的証拠だ。証明だ。つまり一、二の次は、三……第三段階があって、それが計算されていた。いや、いる。ちょっと不発の化学砲弾がコケたからって熄《や》むわけがない。

第三段階。

高梨は説明する。

「それから、自作自演のテロが実行に移されるんですよ。これって国際テロです。もちろん結社がやるんだ、移民たちがおののいてる愛国のケッシャ、ケシャが、だから国際のはずはない、でも『某国がやった』ってすっぱ抜かれるんですよ。そのために、ほら、結社の雇われの外国人が、もう鷺ノ宮にいっぱい入ってるでしょう？　入りはじめてるでしょう？　しかもサイケデリカの顧客、みたいなふりで。茸の聖地になったから、ここ、我らが鷺ノ宮に住み着いておるんですがってふりで。仮にこれを〝鷺ノ宮アタック〟って名前にしましょう。茸の聖地にそれを起こす。島から盗み出してきたのを、たった今、試したみたいなふりで。そうすると、どうなります？　某国が、仮想敵になります。仮想敵ができると、どうなります？　こっちも、同レベルの兵器を持たないとって、そう考えます。こっちって、日本です。日本がです。なにしろ菌類がらみのその最新兵器は国内で産み出されているのに、どうしてだか日本の防衛機関の手には入らない。これは軍事的に、まずい、まずい。しかも仮想敵もいて実際に〝鷺ノ宮アタック〟を仕掛けたり、今日《こんにち》的状況は大変に逼迫しているんだから、まずい、まずい。だから、こっちだって持たないとって、世論はそんなふうに動きます。煽られてです」

「煽動」と誰か。

「広告代理店みたいに」と誰か。

「そのバイオロジカルでケミカルな最新兵器での武装の必要を売り出します。全国民に」と高梨。「そのために、生け贄が要って、生け贄は、できれば最小で……って、でも、それが俺たちなわけで。この鷺ノ宮なわけで。もちろん第一段階の例の不発弾だって、まあ住民避難とかはプランニングに入れてる。それでも、いずれにしたって俺たちを選ぶわけだ。ここならばもう、一度はテロの犠牲になってるからって、それに国際テロも似合うからって、そうするわけだ。放射能に、限定されたエリアでやら、、、れるようにするわけだ。はいはい、ありがとさん。さて、だとしたらです、俺たちは何を選択するか？」

その中間地帯で、七つのアーケードの自警団の、代表者たちの視線が高梨に注がれる。

「結社に宣戦布告ですね。それはつまり、非国民になるってことです。あいつら、言いますよ。『やれやれ、日本のためになることをしようと思ってるのに、逆らうのか？』とかって。そうしたらね、ちょっと笑ってやりましょう。『ははははは、うわははははは！』って」

陶が執筆されている。陶という人物が。サイコがそれを書いている。まだわからないわね、全然わからないわね、とサイコは思う。ミズ代理人とともに結社の顧問とは一度ならず会った。弁護士だった。サイコは「茸の大役ご苦労」と言われた。いや、陶が言われたのだ。ねぎらわれたのだ。陶が、茸の国とその国外《そと》であるところを往き来して、東京に、具体的には鷺ノ宮に、イメージを植菌しているから、褒められたのだ。陶こそが、ミズ代理人の目《もく》するところのPで、つまりあたしだから。しかし結社の顧問がねぎらったのは他ならない陶で、だとしたら陶は、その称揚をどう捉えるのか？　笑ってしまえ、ってきっと思うわね。誰に感謝してるんだ？　お前はいったい誰に、何に感謝してるんだ？　そんなふうに思うわね。なあ、俺はバスジャックしようとしてるんだぞ。東京をバスジャックしようとしてるんだぞ。東京っていう、この、馬鹿げて巨《おお》きな、乗客満載のバスを。

そのために利用してるのは、俺のほうだ、そう思わないのか？

「もっと手を貸してもらいたい」顧問は二度めの対面で、口に出して陶に求めた。

結社は、いわばZOKA経由で鷺ノ宮の買収に入っていた。鷺ノ宮という土地の、街の、主にそのブランドのだ。めったに現物の用地や不動産には手を出さずに、しかし確実に「鷺ノ宮なるもの」を掴まえようとしていた。そうしたものは人々の頭の中にあるのだとわかっていた。一つのコンセプトとして。顧問とミズ代理人はどんどんと懇《ねんご》ろになった。ビジネス的に親密になった。陶は、いや、ここではサイコだが、しっかりと定理を理解していった。すなわちZOKAとは、a、企業なのだ。それからミズ代理人がZOKAに渡しているのは、b、企画なのだ。その定理では、aはつねに資力を必要とする。bはつねに影響力を必要とする。それらが足されたり、掛けられたりする時、どうやらSとしての快楽が生じる。甘い《スイートな》S。この定理は、「ある種のビジネスパーソンは、Sの増大を求めずにはいられない」と証している。

でもね、とサイコは思う。

あたしはPよ。Pはどこに代入するの？

そして陶は言うわよ。「俺は陶だ」って。あたしの父親が、言っちゃうのよ。

ミズ代理人は陶に語った。これから鷺ノ宮はもっともっと売り出されるわよ、と。鷺ノ宮はね、世界に知られるわよ、と。そうよ、世界に通用する名前を持つのよ。その音だけで通じてしまう、鷺ノ宮はそのまま文字ではSaginomiyaって書かれてしまって、その表記でどんな国でも大丈夫、オーケー、そうなる。もちろんミズ代理人は、言外には何かを匂わせている。つまり、鷺ノ宮もあの「島」── Shima みたいに、と注している。

「もっとトレンド化よ」ミズ代理人は言う。「より注目を集めれば、より時代を支配する。この二〇二〇年代の後半を。たとえば、これから市場にいっきに押し出そうとしているスクールSAGIの、リビング・レジェンドに続いた鷺ノ宮発の次世代アーティストたちの、多メディア展開のコンピレーション。どうしたって看過《スルー》されない。だって、そこにいたミュージシャンが、そこに起きたことを、そこの声で、そこをドキュメントするように歌うんだから。そこって鷺ノ宮で、鷺ノ宮は音だけでも通じるSaginomiyaで、その最初の四文字だけをとった省略形のように、スクールSAGIは国外《そと》に出たりする。できるんだから。ボーダーレスに」

そうなのだ。十一月に入ってからリビング・レジェンドの高弟たちの活躍も著しい。鷺ノ宮には主題歌がどんどん増えている。何種類もの主題歌が、どんどん、どんどん。流行の萌《きざ》しを見せている。サイコは、想像する。確かにそうした主題歌は、あたしが書いているあたしの父親が、陶がその耳に聞いている。その耳に入れている。実際に鷺ノ宮の内部《なか》にいて、しかもミズ代理人と交わるし、事務所にも通うから。でも、じゃあ、あたしのほうは何を聞いているの？　十一月になって、この世に陶がこんなふうに出現してからひと月経って……いいえ、四週間？　じゃあ、あたしは……あたしは八ヵ月めの胎児だ……あたしは、母親のその胎《はら》にいて、きっと八ヵ月めに入った。そんなあたしの耳には、何が？　どんな音楽が届けられるの？

サイコは、想像する。

あれ？

これ、ビート？

心音ね。だから、子宮越しに轟いてる、母親の、心臓の、音だ。それが搏《う》つ。
カウントすると、一分間に何回？

風が吹いている。どちら側から吹いている風なのか、正確にはルカには摑めない。しかしエレンが「グレ」と言った。たぶん、それが風の名前で、方位も示している。フランス語というよりもプロバンス語そのままの名称なのかもしれない。きっとそうだ。プロバンス語というのはさまざまな南フランスの地方語の総称でもあって、これらは十三世紀以前には北フランスの言葉とはかなり相違し、言語として独立していた。けれども徐々に「北」に圧倒されて、呑み込まれ、現在ではフランス語の一方言という扱いになってしまった。それでも南フランスの、あるいはプロバンスの独自性が強調される時、主張される時、その響きが、あるいは音声の綴りがしばしば人々の暮らしの内側に起《た》ちあがる。グレ、と声には出さずにルカは繰り返した。頭の中に響かせた。明るい感じがした。軽快な感じがした。その風は乱暴には吹いていなかった。だからテラスも、快適だ。

ルカたちは馴染みのカフェの、ほとんど定位置となっているようなテラス席にいるのだった。エレンが煙草を喫《す》っている。犬も連れている。白黒の毛色のボーダーコリー、ムラン。落ち着いてテーブルの下にいた。しかしカフェの雰囲気そのものは普段とは違っていて、やや燥《はしゃ》いでいて、ムランは二分に一回はふっとその耳を動かしたり、ぱっと顔を起こしたりしていた。店は、通常営業ではなかった。特別に開放されていた。料理を作るのが店外のスタッフなのだった。具体的には四、五人のベトナム人で、いつもはリヨンやその他のローヌ県の都市《まち》でレストランを営んでいるらしい。このカフェの主人の末の娘がちょうど今リヨンの大学に通っていて、そこで繋がりができ、彼らが〝プロバンス旅行〟に出ることになった。そして末の娘が、私の父親のところで一つふるまってみて頂戴、美味しいカマルグの米で、米をいっぱい使う、ベトナム料理を、とパーティを企画したのだ。いわば地元で款待《かんたい》し、と同時に地元を款待するパーティだった。その趣旨が会をとても開かれたものにしていて、当然のように常連たちにも声がかかった。「あたしを誘ったら、この一匹も外せない」エレンは笑った。「ムランは顧客代表」

ワインはもっぱらロゼが供されている。ルカやエレンはそうではないが、他のテーブルに目をやると少量の水でグラスの中のロゼを割る者たちもいた。ロゼの色彩のそのピンクがさらに淡く、儚《はかな》く薄まる。その色彩は米麵に、ライスペーパーに合う。もちろん味わいも合っていたが。米麵には二種類ある。平たいもの。丸いもの。前者がフォーで、後者がブンだ、給仕をするベトナム人が説明して回っていた。熱いスープが注がれている。それらの汁麵に添えられるのはバジル、スペアミント、細葱、もやし等で、こちらの色彩も淡かったり、緑が鮮やかすぎて儚かったりしている。米が麵や極度に薄いライスペーパーには加工されずに純粋に「ご飯」になった料理が出て、コムガーだと名前を教えられた。いわゆるチキンライスだった。鶏《とり》の出汁《だし》で炊かれたご飯。これはムランも相伴《しょうばん》に与《あずか》った。そのチキンライスの、チキン、つまり出汁をスープ用にと取られたあとの茹で鶏がひと片《きれ》テーブルの下に落とされて、犬は嬉しそうに頬張った。

「ちゃんと冷めてた？」とルカは訊いた。

「大丈夫」とエレン。「自然界には、冷たい肉はないのよ。火にかけたような熱すぎる肉もないけれど、でも温かいというのは肉として普通だから」

「そうなの？」

「死肉を常食とする獣《けもの》以外は、捕まえたばかりの獲物を食べる、でしょう？　そうしたら――」

「そうか。温かいわね」

「そういう道理。それに、この味付けなら、ムランにも濃すぎない。というか、このお米の麺は最高だわね。ほら、平たいほう。こういう食感、本当にオリジナルね」

「フォーね」

どこかでワインのコルクがぽんと抜かれた。その音がいっそう祝宴感を高める。あちらにも米があり、こちらにも米があり、しかも料理ごとに違った形をしていた。ルカは、どうしてだかグレと思った。あらゆる方位の風に、それ専用の名前、そう思った。

「エレン、私ね、ちょうどこの間、インドシナ人のことを考えててね」

「インドシナ人って？」

「昔、フランスの植民地だったインドシナ半島の連邦《ユニオン》の。その人たちが、戦争の時に、第二次大戦の時に、ほら有名な史実なのかもしれないけれど、ここカマルグで大規模な稲作というのを——」


突然、劇的なことが起きた。口論だった。しかもフランス語ではない口論だった。ルカは珍しい野鳥たちが叫び出したと感じたほどだ。厨房にいてシェフ役を務めていたベトナム人同士が、理由はなんなのか、烈しい言い争いに入っていた。別のベトナム人が割って入る。より騒然とした。どこかでガラスが割れた。カフェの主人が大声をあげる。テラスにいたエレンもルカも、そしてムランまで身を起こした。だが、さすがに暴力行為に発展しようという気配まではない。ない、と瞬間的にエレンが察して、「あらあら」と言った。実際、じき騒ぎは収まり、ベトナム語は消えてフランス語での謝罪がもごもご、もごもごと口に出され、店内にひろがって、満ち、苦笑いする声や励ましのそれに取って代わった。パーティと新しい料理の給仕が再開した。二十分か三十分が経って、「さきほどは失礼しました」とテラスにいるルカたちのところにも諍《いさか》いの当事者の片割れが陳謝に来た。これはお土産です、とビニール袋に入れられた茶葉が渡された。

「あら、蓮茶？」ルカは言った。「うれしい」

陳謝するベトナム人はエレンとも言葉を交わした。エレンの職業を尋ねた。ガルディアンだ、女性ではあるけれども牧童なのだ、ガルディアンの一員、牛追いもするし、半野生馬たちの管理もする、エレンがそう言うと、ベトナム人は驚いた表情を見せ、それから笑って、ではこの蓮茶で馬たちも可愛がってやってくださいと言った。たてがみを洗えば、まじないができます、と続けた。この蓮茶は、善を到来させます。
　ルカは、ベトナム人のフランス語を、「善きことを招き寄せます」と釈《と》いて、聞いた。

　ヤソウ君が有名になってる、とウランは思う。レストホームの部屋にいて、テレビを観ながら思う。もちろん競馬番組だ。数分間に一度挟まれるCMでは、未来は大井シティに、とのフレーズが躍っている。「勝島モンスター特別」にスポットが当てられている。なにしろ新シリーズの第一回めの開催なのだ。それも、マニアックな人気を博している「東京ステロイドS（ステークス）」の後継シリーズなのだ。CMは、歴史は今ここに、と謳っている。三つの言葉が画面に出て、それらは順に、ステロイド、リボーン、モンスター、だった。CMの前後には番組の本編があって、この日の夜のレースを特集していた。もちろんこの日のきらきら《トゥインクル》レースの目玉とは、ミッドナイト発走の「勝島モンスター特別」だった。話題は満載だった。JRAすなわち中央競馬から日本有数のトップ騎手が参戦するのだが、落馬事故に備えて、なんと史上最高額の保険をかけていた。

「それほど危険なのだ」と訴え、「しかし僕はモンスター斬りを果たすのだ」とも胸を張った。それから従来の東京ステロイドで人気絶大だった馬が、再度の支援筋の強化手術を経て、「再サイボーグ、出陣！」を売りにしていた。番組はこのレースには人も馬もモンスターばかりが揃っているのだ、果たして真の覇者となるトップモンスターは、と解説していた。そして本戦がデビューとなる十代の騎手にも注目した。喜多村泰雄。どうしてだか、馬券発売開始の直後にいきなり四番人気となった。その奇妙な馬券の動きが、この新人ジョッキーに関する報道を増やした。競馬新聞もそうだったしオンラインメディアもそうだったし、そして週末のテレビにも露出があった。本人は出ない。だが本人サイド提供の資料から、再現ドラマまで制作された。題名は『カウボーイ二世に生まれて』、いかにして完全未来化した十七歳の騎手は誕生したか、実は悲劇の主人公、被災地の出身、しかも海外でも著名なあのShimaの救世主《ヒーロー》カウボーイに英才教育を施されたのだ。それだけではない、とドラマは続けて、馬の、インディサンタの取材映像を挿《はさ》んだ。この馬の父の系譜は？　なんと、父親であるキングオブアニマルという馬の系譜には、震災直後のカウボーイの牧場、すなわちShimaに届けられた義捐馬《ぎえんば》が一頭しっかり連なっていた。感動のドラマだった。インディサンタは育成デビューを果たそうとする期待の新馬であり、これと人馬一体なのが喜多村泰雄なのだ。こうしてヤソウはどんどん売り出された。オッズは現在進行形で下がっている。ヤソウ君、なんだか凄い、とウランは思う。

そのレースがまさに今晩、あと数時間後に開始のファンファーレを鳴らす。けれどもウランは競馬場には足を運ばない。このレストホームに留《とど》まり、テレビの前で中継を観戦する予定だ。ヤソウからそうしてほしいと言われたのだ。「俺もウランを呼びたいんだけどさ、できたらＶＩＰ席とか憩《やす》みやすいところを用意して、でも、今度のは駄目だ。来ないほうが俺、安心だから、ウランはそっちにいろよ」と。あたしはあたしのボーイフレンドに気遣われたのだとウランは察した。そのほうがウランが安心なんだ、つまり危険がないいんだって言われた、と気づいていた。デビュー戦には何らかの不穏が、大きな波瀾があるのかもしれない。だとしたら、とウランは思った、あたしはヤソウ君の指示に順《したが》って後ろにしっかりと待機しよう。こっちに、つまり江東区に控えよう。

おまけにウランにはもう一つ、これからチャンネルを合わせる番組があった。

真夜中《ミッドナイト》以前に。

そういう予定が、そもそもあった。

午後八時から、スポーツ専門ではないその放送局のチャンネルにガブリエルが登場した。国内外のアート・シーンの動向を報じる流行《トレンド》発掘のシリーズ、そこに今回メインで採りあげられる。ガブリエルの、その経歴と現在進行形の「東京滞在型」のプロジェクトにフォーカスが絞られる。画面越しに観るそのメキシコ市《シティ》出身の美術家、ガブリエル・メンドーサ・Vは魅力的だった。あ、今、一九八二年生まれって紹介された、とウランは驚いた。ガボって全然二十七歳じゃなかった！　その、二十七歳ではない、今年九月に四十四歳となったメキシコ人は、ウランの注視するテレビ画面の中で東京について語っていた。すなわち制作の真っ最中の作品の、その核心を解説していた。

「異邦人の僕が、東京を作る手助けをするんです」

目もとをいっぱいにアップにされて、ガブリエルは説いた。その言葉には字幕が付いた。当然、日本語だ。ウランはいつものガブリエルの声に耳をすましながら、しかし目は「手助け」という文字を拾い、認識し、あたし今、スペイン語を聞いてるのに日本語を読んでる、いつもよりずっと変、そう感じた。

でもガボがしゃべっている、しゃべっている、あたしたちのことを、あたしたちが力を協《あわ》せる作業のことを。

「生まれるのは大きな歌です。たとえば、東京の人口は一三〇〇万人か一四〇〇万人ですね？　オリンピックを境に増えていますね？　それから地域は、行政用の特別区であれば、二十三区ありますね？　こうした事情に照らして分割してしまっては、生まれるのは小さな歌ばかりになるでしょう。二十三種類が求められたり、もしかしたら一〇〇万、二〇〇万の、コミュニティ用の歌が求められたり。しかし、それではいけない。僕が思うに、そういうことじゃないんです。東京をすっぽりと包めなければならない、大きな歌で」

一つの、巨《おお》きな歌、とウランは思う。

鯨歌《げいか》のことをウランは想う。

それが東京を包み込む。ねえガボ、それって繭みたいに？　やわやわとした糸の、繭の、だからカプセルみたいに？

「僕たちは鯨を見せます。聞けば、その歌に身を委ねれば、東京そのものであった鯨が見えるんです。起《た》ちあがりますから。実のところ、その歌というのは、東京の、何て言ったらいいのかな、偽物だからこそ自発的に選べる記憶なんですから。これはね、過去の記憶の奪還でもあるんですよ。それは、言い換えれば、過去の東京をともに創造することです。創る。ええ、いっしょに、東京を。それを僕は手伝っている」

それからガブリエルが、もう一度「さあ、いっしょに」と言う。ウランは、その瞬間、字幕の文字を拾っていない。読んでいない。ちゃんとvamosと聞こえた、バモス、それが呼びかけだとウランは理解していた。とうに理解していた。さあ、さあウラン、と言われたのだ。もちろん画面に映るガブリエルの表情でも同時に言われて、促されたのだ。さあ、東京の記憶をウラン、バモス。

口にする。番組が終わるとそれをウランは口にする。いったんテレビは消していた。だからレストホームの自室の静寂に、声が、言葉が吸い込まれる。「あたしたちは」とウランは言う。「潮が引いて少し経ってから、たぶん干潮から一時間かそこいら経ってから、汀《みぎわ》にあしあとを見つけます」と。もともとはプリントされた文章を目で追って、ウランはそれを読みあげていた。ところどころ改変を加え、おしまいには相当の度合いで語り直しながら、そうしていた。けれども今は紙片《ペーパー》は要らない、すっかり憶えているから。記憶されているから。そう、記憶だ。ウランのであるのと同時に、ここには存在しない東京の、かつ誰もが選びとることもできる記憶。ウランは続けた。「あしあとは、海側から続いています。あたしたちは考えます。この生き物は、干潮の時、ぎりぎり陸の最前線まで行ったのかな？　その濡れた砂浜までが東京の領土で、そこから先は海のものであるところへ、行ったのかな？　あたしたちの一人が言います。『そして戻ってきたんだ』って。それじゃあ、何のあしあとなんだろう？　鳥よりはずっと大きいんです。蹄があって、分かれているんです。つまり割れているんです。『鹿？』って誰かが言います。その瞬間、あたしたちの脳裡には一匹の鹿がうろうろってしている画《え》が浮かびました。『追わないと！』って一人が言いました。あたしたちは子供ですから、ほら、好奇心はいつも旺盛。あたしたちは追跡に入りました。すると、変なことが起きるんです。あしあとの間隔が開《ひら》きはじめたんです。『歩幅が開いたんだわ』って誰かが言います。『跳躍したんだよ』って誰かが言います。あたしたちは走ります。それからあたしたちは、とても混乱します。突然あしあとの種類が変わるんです。指のようなのが幾つも付いているんです。『これ、猿？』って一人が言います。『じゃあ、鹿が猿と入れ替わったの？』って、他の一人が戸惑って言います。あしあとはどんどん続いていています。あたしたちはそれから、砂浜の奥を、あしあとを追ってめざします。砂丘のようなものを登ります。あたしたちは、全員で。すると砂丘のその頂きで、あたしたちは下《くだ》りの斜面に目をやって、みんなで『あっ』って言うんです。そこでは再び、あしあとが入れ替わっていたから。人の子供のそれに。裸足《はだし》のそれにです。五人分はありました。いや十人分。もっと？　無数の子供たちのあしあとは、先へ、先へ、先へと続いていて、巨きな模様を描いていていました。輪郭です。それも生き物の輪郭です。まるで流線型、顔は尖っていて、胴はちょこっと膨らんでいて、それから尻尾は、尾鰭《おびれ》です。あたしたちは、わかりました。全員その瞬間に、わかりました。『鯨だ』って、声をあたしたちは揃えて言います。あたしたち、東京の子供たちが。あたしたち、スニーカーもミュールも知らない裸足の子供たちが。だってあたしたちは、一億年前の子供たちだから。だってあたしたちは、この東京が一頭の神様のような海棲の生物から産み落とされたんだって、まだまだしっかりと憶えている、その当時の子供たちだから。ええ、これは一億年前のお話なんです。それであたしたちは、言います。『供養しようよ』って。『鯨を供養しようよ』って。そのためにあたしたちは、描いているんです。あしあとの、鯨の、模様を。あたしたちは、そうなんですよ、ここで海と陸とが出会ったことを忘れない。ここが東京湾なんだということを忘れない。ほら、そうして一億年が過ぎて、あたしたちが死者になっても、あたしたちは弔い返すでしょう。あなたたちがあたしたち東京の先住民を、忘れないかぎり」

ウランは、そうやって、熊谷亜沙見に「これって『あしあと』の続編なんです」と伝えた物語を、「続編のほうが百万年前に、一億年前に、あるいはもっとでもいいんだけれど、時間のそちら側にあるんです」と説明した物語を、円《まる》い環《わ》にして閉じる。

十時。十一時。ウランはまたテレビを点けている。競馬チャンネルに合わせている。ウランの心の裡《うち》で骨が歌っている。そうなのだ、歌うのを担当するのは骨で、数々のオベリスクたちで、言葉を担当するのがロボットなのだ。この続『あしあと』も歌われる、もちろん。否、もう歌われた。下顎骨《かがくこつ》のレプリカによるトライアルの数日後に尾椎骨《びついこつ》のそれによる第二のトライアルがあって、その時、ウランはさっきと同じように続『あしあと』を物語っていたからだ。だからオベリスク2《ドス》と呼ばれる尾椎骨を軸としたインスタレーションは歌い、そして、それは現場で録られてもいた。録音され、音源データとなったものは、実はヤソウにも送られていた。本人が求めて、ガボが承知して、「馬もモニターになるのか。東京在住の馬も！」と喜んでいた。ねえヤソウ君、とウランは思う、それ、もう聞いた？　ねえヤソウ君、大井シティの厩舎でさ、お馬といっしょに聞いた？

子供たちの物語なんだよ。

その旋律って、丸ごと全部。そうなんだよ。

十一時四十分。それから十一時五十分。じき馬券購入が締め切られると画面がアナウンスする。ネットワーク経由の購入の場合、あと二分。ほとんど最終オッズといえるものが表示され、出走馬十五頭の状態が本馬場《ほんばば》入場後の映像とともに次々レポートされ、ゲート入りが待たれる。本来は「勝島モンスター特別」は十六頭出走のフルゲートとなるはずだったが、今日の午後になってから一頭が競走除外されていた。十五頭。もちろん騎乗するのは十五人。ゲート前に騎手と高機能脚馬たちが出る。ウランは、テレビの画面を注視する、ヤソウは見つけられた、ヤソウのその馬、13というアラビア数字のゼッケンを付けたインディサンタが。なんだかヤソウ君の印象が違うなとウランは思う。オレンジの帽子をかぶってて、ゴーグルをかけてて、手には鞭を持ってて、そうか、こういうんだと全然違って当然だな。でも、鞭はわかるけれども頭の、襟首のあの感じって、当然なのかな？　え、あれっ？　十二時ちょうどにファンファーレが鳴る。

日付が変わった。

全馬がゲートに入る。

ウランは、注視する。

二頭が少しゲート入りに手間取り、しかし、数十秒の遅れで、収まる。

インディサンタは七枠にいる。七枠の13番、それがインディサンタで、それが、あたしのヤソウ君。ウランは目を凝らす。

凝らす。

出走。ボン、というふうに聞こえる音。同時にドドドドッドドッといっせいの蹄の音。大地の響《どよ》み、コースの砂地が鳴動している。ウランは、さらに強烈に、強《したた》かに目を凝らし、するとヤソウのところに行けた。いっしょに走った。

テレビの内側にヤソウはいる。実際には中継用のカメラに撮影されて馬場にいる。ダート上にいる。それも特別なダートに。このダートに出る前、真夜中《ミッドナイト》を日付的な境界線だと厳密に考えるならば前日に、ヤソウは、ウランの期待にはしっかり応えていた。厩舎に鯨の歌を流していた。その鯨歌だ。インディサンタと一緒に聞いた。その日で十数度めかになる、不思議な音楽だなあと感じて、でもいい音楽だなあと思って、インディサンタにも、そうだろ？　と尋ねた。それから、その日は、剃髪もした。若干切り傷を創ってしまったが、きれいに毛は落ちて、頭皮があらわになった。それから「まじない」もした。こちらのほうは房々《ふさふさ》と残っているインディサンタのたてがみに、蓮茶で洗髪を施した。なあインディサンタ、と囁きかけた、今日はちょっとお侍の出陣感があるな、やっぱりあるよな、CMだか予想番組だかでも出陣って言ってるらしいぜ、それでこの蓮茶なんだけどな、俺のつもりとしては、一等賞になれるまじないなんだぞ。一等賞。しかし今、そのダート上では疾駆する十五頭のサラブレッドと騎手たちがほぼ全員、同じ栄誉をめざしていた。同じように高機能脚馬で、同じように尋常なサラブレッドに比したら化け物《モンスター》で、それを馭《ぎょ》する騎手たちもこの瞬間は超人化、怪物化を果たしていた。それでも七枠という外側のほうのゲートに配されたヤソウは、有利だ。ヤソウは、まずはインディサンタの意思に委ねたまま、乗る、走る、インディサンタを走らせてインディサンタとともに走っている。ともに。ともに。最初のコーナーが近い。傾斜が凄まじい。乗っている人間の視野に捉えられたそれは、崖だ。斜度は二五パーセントに設定されていた。断崖だ。高速で登る。高速で抜ける。ヤソウは、まだ堪《こら》えている。まだ馬群を抜け出そうとはしない、インディサンタにそうさせない、仕向けない。音がする、空気が切り裂かれている音だ、インディサンタの汗が飛んだ、顔にかかる、それは問題がないとヤソウは思う。他の馬の汗を浴びるわけにはいかないし、他の馬に打《ぶ》ち当てられるわけにはいかない、ヤソウは思う。最初のコーナーを下りる時に十五頭のうちの七頭が跳躍する。パァンと。タァーンと。すると大轟音が来て、その正体がヤソウにはわからず、じきスタンドの大喚声だとわかって、これほどの圧力か、圧か、と身に沁みながら、インディサンタには嘶《いなな》かせずに代わりにヤソウが吠えた。次のコーナーまでの直線を大外《おおそと》へ。それから感じる、俺の下半身はインディサンタだ、俺の半分は馬だ、俺たちは人で馬だ。

コーナー。

直線。

コーナー、直線、コーナー。まだまだ。ヤソウは読む。展開を推理する。それも二重に推理する。どう展開してもいいんだ。どうなっても。俺は。馬群は三つに分かれて、後ろの二つは関係ない。ヤソウとインディサンタは先頭集団にいる。いる。まだ旋《まわ》る。それからヤソウはついに鞭を入れる。他の、先頭集団の馬たちも、ぴしっ、ぴしっ、鞭を入れられる。それまで前へ前へと掻き回されていた空気が、後ろから斜めに、ガッ、と曳《ひ》かれたように。それから。

ゴール前。

数百メートル。

ヤソウが衝突される。インディサンタが。接触される。

後方の馬から騎手が落馬する。スタンドの巨大な響《どよ》み。

いや、ヤソウの直前の馬も。その馬からも。人が飛ぶ。ヤソウのほうに。インディサンタが首を振る。膝が折れる。折れる。こける。ヤソウが吹っ飛ぶ。吹っ飛びながらヤソウは、ヤソウは、その直前に騎手を落として、落馬させて、鞍上《あんじょう》に誰も乗らないからこそ「軽い、軽いぞ」とさらに速度を上げて無人のままに疾走している馬に、飛び乗る。

跨《また》がった。

隣りには一番人気の馬が。競《せ》る。ゴール直前。

抜いた。ゴールした。

ヤソウが。ヤソウが一着だった。ヤソウは両腕を振りあげた。ヤソウは帽子を脱いだ。オレンジ色の騎手帽を。剃られた頭が現われる。丸々とした頭部、そこに何かが刻まれている。刺青《いれずみ》が入れられている。記号がある。元素記号の連なり、縦に、横に、斜めに。その構造。そういうのが頭皮いっぱいに展《ひろ》がっている。それは化学式だ。

ヤソウの、取り引きの材料だ。

その時、場内アナウンスがある。落馬の騎手と、馬のゼッケン番号、名前が呼ばれて、競走中止を告げられて、「無効、無効――」というアナウンスがある。

え？　ヤソウは言う。

ヤソウの頭がテレビ中継のカメラに大写しにされて、しかし三六〇度のパノラマ撮影ではないから、いまだ部分しか映らない。映らない。欠落だらけにしか。

なんだよ、俺の頭に入っている化学式、この頭皮に彫ったそれ、まだだった？

「俺、追われるなあ」ヤソウは言う。

しかし、ヤソウは馬上でにやりとする。事態のこうした推移《シナリオ》をこそ待望していたのかもしれないと認めてにやりとする。叫ぶ。インディサンタ！　するとインディサンタは、来る、ヤソウのところに駆けて、鞍上に誰もいない状態で。そちらにヤソウは、飛び移る。

そこまでが画面に映っている。中継されている。ウランはこれらの実況放送に呆然とし、と同時に、まだ走っている。まだインディサンタに乗って、ヤソウとともに走っている。するとヤソウが、どんな展開を読んだのかがわかる。ヤソウは二つを同時に推理していたのだ。レースでの展開、それからレースを包囲している「現実」側の展開。ヤソウを訪ねて、何者かがほんの少し前に大井シティに降り立っていた。ヤソウに連絡を入れていた。ヤソウの、従姉の、父親が。その男は言った。東京をバスジャックするつもりだが、そのために人質がほしい、と。俺は、この東京をどうしてやろうかと徹底的に真剣に考えたんだが、それで、お前に人質になってほしい、と。

「この交渉を受け容れれば」とその男、ヤソウの従姉の父親は言ったのだった。「あんたを、鷺ノ宮に迎える。結社にちょっとでも敵対したら、それを渡さないと告げたら、たちまち結社に追われるであろうあんたを。匿《かくま》う態勢は、これから生まれる俺の娘の、その友達の、生粋の鷺ノ宮っ子が調《ととの》えてる。ほとんど敗《ま》けも覚悟でな。しかし、どうだ、来るか？」

この時にはまだヤソウは返事をしていなかった。

ヤソウは、まだ。代わりに言ったのだった。「賭《レース》け次第だな。全力で挑んだ一戦のさ。

運命の天秤《てんびん》って、そうじゃない？」

　ウランは、いまだ半分、馬上にいる。そしてヤソウが囁いたのを聞いた。こういう勝ち方を、無効にするわけかあ。東京、駄目だなあ。そもそも肝が据わってないんだよ。だから森も大震災も、原《げん》……原東京とかっていうののことも忘れたんだろ？　なあ、この東京は駄目だぜ。

　ウランは、にこっと微笑む。その画面に向かってポジティブに思いっきり感情を伝える。ポジティブに、スペイン語だったらポシティボに、だから肯定的に。と、ほんの数秒後に、その競馬番組の画面の上部にテロップが走る。

　ニュース速報、と流れる。

フランス南部にて、およそ一時間前、現地時間の昨日十五時に、原子力発電所の重大事故が。


　ルカはその馬のたてがみを蓮茶で洗う。馬はもちろんカマルグ種の白馬だし、蓮茶は冷やして、適温にしてある。時間は限られている。しかし、ルカはそのおまじないを信じ、馬のためにも、何より騎手のためにも魔術だか祈りだかを施しておきたいと思う。

「ねえ」と騎手に言う。その女性のガルディアンに言う。「こうしておけば、善が来るわ」

エレンはうなずいた。そのエレンは、粒子フィルターで空気を濾過する特殊なマスクを着けているし、白馬の口にもまた防護マスクが嵌められている。

「来させるわよ」エレンは言った。

馬上には装置が載せられている。その装置の内側《なか》には、菌類がいる。ルカの勤める農業環境技術研究所がずっと開発に勤《いそ》しみ、実用可能、とした菌類だ。有事に備える菌類、もともとはルカの生地で軍事用に育まれていた。ルカの生地の、日本の、その森で。フランス軍の関係者に言わせれば「素材はシマから来た」のだ。島、すなわちShima。しかし方向は違った、開発の方向はまるで違った。

あらゆる外を、内にしてしまう「個」って、私は言ったでしょう？

ルカは思う。誰かに向かって。もしかすると世界それ自体に向かって。

この菌類で包んでしまえば、被曝環境を包んでしまえば、その「個」のボールがちゃんと内面に放射性物質を封じてしまう、そんな第三の、第三の生物である菌類の、しかし人の手による創造物。

避難の車列があらゆる道路を渋滞その他の大規模な混乱に陥れ、軍用車輛の到達を妨げ、さらにヘリが二機墜ち、いっさいはテロであるとの情報も飛び交い、そんな中、ルカがエレンに託した。さあ、馬で行って。駆けて。届けて。

「これを食い止められなかったら、きっと、あと十億年かかるわ」

ケミカルに、バイオロジカルに、地上は〝敗戦後〟の様相になってしまって。あらゆる大地が、必ず。でも、これさえ有効だと示せれば。示すことができれば。今――。

エレンは北の方角を、フランス第二の都市であるリヨンの南を見据えている。風はまだ吹いていない。ここカマルグには吹き寄せていない。

解説　いくつもの重層的な〈動き〉を孕んだ希望の物語

仲俣暁生

小説が与えてくれる幾多の喜びのなかでもっとも大きいのは、それを読む者が〈自分は自由だ〉と感じられることだ。優れた音楽、優れた映画、優れた舞台芸術、優れたアートが与えてくれる感覚と、それは等しい。

よりストレートに言い換えるなら、小説とはたんなる「面白い物語」ではない。それ以上のものだ。小説は散文によって作り出された言語芸術であり、だからこそ、それを読む者に自由という感覚を与えてくれる。

そして自由の感覚は、人の精神と身体になんらかの〈動き〉を促さずにはいない。よい音楽がオーディエンスの身体と心を同時に震わせるように、よい小説が読む者に与えるものも同様である。小説は、動きを促す。そのようなムーヴメントに襲われた人の状態を表現するためにこそ、〈感動〉という言葉があるのだ。

古川日出男は、「小説を書く／読む」という行為を動詞的に、つまりアクションとして明瞭に把握している稀有《けう》な小説家の一人である。その古川が二〇一六年に、発表時からわずか十年後の「二〇二六年」という近未来を舞台とする長編小説として発表したのが、いまあなたが手にしている本作、『あるいは修羅の十億年』である。この作品はいくつもの層からなる〈動き〉に満ちている。以下、〈動き〉という観点に則して見ていこう。

物語の前提にあるのは、二〇一一年に起きた東日本大震災である。震災後に書かれた多くの小説作品がそうであるように、本作も一種のディストピア小説の形態をとっている。ディストピアとは反ユートピア、つまり否定的に描かれた未来社会のことだが、この小説に描かれる世界が真の意味でディストピアなのかどうかは、この解説の最後にあらためて検討したい。とにかく、この作品世界のなかでも、原子力発電所は「爆《は》ぜた」。

こうした舞台設定のもとで、最初に登場する主要な登場人物は、谷崎宇卵《ウラン》という十八歳の「少女」である。彼女を「少女」とカギカッコをつけて表現するのは、心臓のかわりに小型原子炉を体内に仕込まれた「ロボット」でもあるからだ。震災後の世界で、核エネルギーを〈動き〉の起点として持たざるを得ない両義的な存在が、『あるいは修羅の十億年』という小説の一方の主人公――こういって差し支えなければ、ヒロイン――となる。感動というムーヴメントが人の心を動かすものだとしたら、彼女はその部分をテクノロジーによってあらかじめ上書きされている。

彼女はオリンピック後の東京で、ガブリエル・メンドーサ・Vというメキシコ人アーティストと、〈鯨〉をモチーフにしたアート作品を制作している。土地の「神話」を求める公募に応じてウランが書いたシナリオが採用され、二人は〈言葉が直接には通じないまま〉作品の共同制作にとりかかる。さらにこのプロジェクトを取材し、レポートするジャーナリストとして、被災地で教員をしていた過去をもつ熊谷亜沙見という女性が配置される。これをひとまず『あるいは修羅の十億年』という小説を構成する〈鯨〉セクションと呼ぶことにしよう。

古川日出男の多くの小説がそうであるように、『あるいは修羅の十億年』もまた、ボーイ・ミーツ・ガールの物語である。ウランというヒロインに対して、ヒーローとして配置されるのは喜多村泰雄という十七歳の少年だ。「泰雄」という名は「ヤソウ」と発音されて人から呼ばれるため、彼も「野草」などに通じるその音で自身をアイデンティファイしている。

ヤソウの故郷は東日本大震災で二つの原子力発電所が「爆ぜた」地域に含まれており、そこはいまや孤絶した場所＝「島（Shima）」となっている。ヤソウはその Shima から東京にやってくる。ちなみにこの小説のなかでは、原発事故は現実の日本で起きたものよりさらに重大な結果を招来しており、Shima はアメリカ、フランスといった国による災害援助の名を借りた化学実験の場と化している。つまり新たな〈占領下〉にある。

ヤソウは「カウボーイ」と名乗る養父、堀内牧夫の指示を受けて上京し、東京ネオシティ競馬の騎手となる。カウボーイは馬上で切腹して果てた額田真吾という青年を繰り返し幻視するのだが、真吾のルーツは騎馬を得意としたShimaの武家の伝統にまで遡る。真吾―カウボーイ―ヤソウと受け継がれる騎馬＝乗馬のダイナミックな〈動き〉を担うのが、この小説における〈馬〉セクションだ。

馬をめぐるエピソードが男たちのものであったのと対照をなすように、この小説には女たちが主に担うエピソードがある。それはヤソウの従姉（にして、母であり、姉でもある）、喜多村冴子《さえこ》によって語られる、〈茸《きのこ》〉の物語だ。冴子の名は郷里の言葉で「サイコ」と発音され、彼女はその音を自らの名として背負う。

サイコはPsycho、すなわち精神を意味するその言葉のとおり、身体を欠いた存在だ。だからサイコはヤソウとは異なる方法で、震災後の東京に現れる。中野区の〈鷺ノ宮〉地域は、東京オリンピック後に再開発が進み、一種のサイケデリックな解放区となりつつある。サイコは「実体さん」――身体を依《よ》り代《しろ》として彼女に提供し、プロンプターのような電子装置を借りて彼女の意志通りに行動する者――を利用して、東京に姿を現す。そんなサイコの存在の仕方は、前衛的なパフォーミングアーツを思わせるところがある。

Shimaと鷺ノ宮は〈茸〉によって媒介される。動物でも植物でもない〈茸〉は、菌類特有の爆発的かつネットワーク的な増殖という〈動き〉を象徴する存在だ。サイコはShimaに留まりつつ、その物語を外部に向けて語り続けることを決意し、「きのこのくに」という小説を書き続けている。彼女は〈鯨〉セクションのウランや亜沙見と同様に「書く人」であり、この小説が孕《はら》むさまざまなアクションのなかに、「書く」という動詞が確実に含まれている。サイコが中心的な役割を果たすこの部分を、〈茸〉セクションと呼ぼう。

このように『あるいは修羅の十億年』という小説は、〈鯨〉〈馬〉〈茸〉という三つのキーワードによって象徴される、重層的な〈動き〉によって統御されている。もっとも華麗で俊敏な〈動き〉を見せるのは〈馬〉であり、他方、〈茸〉は目に見えない菌糸的なネットワークの〈動き〉を孕んでいる。そして〈鯨〉は原子炉を「心」とするウランによって、東京という都市の原型（アーキタイプ）として幻視されている。数千年、数万年、さらには本書の題名にあるとおり「十億年」というヒューマンスケールを超えた長期にわたる、ゆるやかな変動を象徴するのが、この幻の〈鯨〉だ。ある種の放射性物質が半減期としてもつ、気が遠くなるほどの時間を包み込むため、ウランが綴《つづ》る東京の「神話」は〈鯨〉の存在を要請する。

こうしてみるとわかるように、この小説は東日本大震災後の現実を「前提」に、さまざまなレイヤーでの〈動き〉を仕込むことで緻密にシミュレートされた、もう一つの世界についての物語だ。だからその初期設定には、二〇二〇年に「現実の」日本社会で開催されるはずの「東京オリンピック」も含まれる。

〈東京〉という都市は、古川日出男という小説家にとってきわめて重要な場所であり、これまで数多くの「東京小説」が彼の手によって書かれてきた。なかでもその代表作『サウンドトラック』を、本作はかなり色濃く受け継いでいる。

『サウンドトラック』では、二〇〇九年の「ヒートアイランド化した東京」が描かれていた。現実には過ぎ去ったこの年を舞台とする『サウンドトラック』は、けっして未来予測小説ではない。現実と比しても作品の強度とリアリティは損なわれないとの自負があるからこそ、古川日出男は繰り返し、近未来を物語の舞台として設定する。だから物語の背景に指定された年が過ぎても、彼の小説の魅力は決して失われない。

『サウンドトラック』に描かれた東京のなかで圧倒的なリアリティで読む者に迫るのは、〈レバノン〉と呼ばれる一種のエスニックな解放区である。本作で〈鷺ノ宮〉という場所がもつアナーキーさは、まさにこの〈レバノン〉に相応する。しかしテクノロジーの急速な進化や原子力災害という現実によって、たとえ同じ解放区であっても、そのあり方は一変せざるを得ない。『サウンドトラック』の東京は、海と陸と空という三層からなる〈動き〉によって描かれていたが、『あるいは修羅の十億年』で古川はさらに超長期にわたる時間の流れ、目に見えないもののネットワーク、テクノロジーによるヴァーチャル・リアリティを付け加えたのだった。

ところで、『あるいは修羅の十億年』にはもう一人、まだここでは触れていない、きわめて重要な登場人物がいる。サイコとヤソウにとって決定的な存在であるその人物は、震災後に日本を脱出し、いまは〈属領〉と名付けられた海外のある地域にいる。しかしそこもまた、Shimaに由来する〈茸〉と〈馬〉が孕む複雑な〈動き〉に組み込まれているのだ。

古川日出男には〈家族〉を主題とする一連の作品の系譜があり、現時点でのその最重要作は『聖家族』である（この作品と本作の間の密《ひそ》やかなリンクとして、ヤソウが「冷たい牛乳ラーメン」を食べる場面に気づいた読者は幸いである）。一族史における男系の流れと女系の流れを対比的に描き、設計者アントニオ・ガウディの死後も建設が続けられた大《だい》伽藍《がらん》にも似た荘厳で繊細な構築物として『聖家族』という小説は仕立てられていた。この堅牢《けんろう》な作品に対しても古川日出男は本作でアップデートを仕掛けているのだが、本作で〈家族〉の新たなあり方がいかに描かれたかは、ここでは語らずにおくことにしよう。

あらためて冒頭の話に戻る。小説は、たんなる「面白い物語」ではない。それ以上のものだ。小説が孕む〈動き〉は、前へ、前へ、と物語をドライブさせる力だけではない。だから『あるいは修羅の十億年』というこの小説に仕込まれた、ときに俊敏で、あるときは緩やかで、あるいは気づかないほど超微細な、幾重もの〈動き〉を受け止め、感じてほしい。

それらを感じとれたなら、この小説は途轍《とてつ》もなく大きなムーヴメント、つまり〈感動〉を、読む者に与えてくれるはずだ。希望のない未来を描いたディストピア小説を思わせる初期設定で書き起こされたこの小説はそのとき、圧倒的な希望の物語として姿を現すだろう。

（なかまた・あきお　文芸評論家）

本書は、二〇一六年三月、集英社より刊行されました。

初出「すばる」
きのこのくに　二〇一三年一月号
一つめの修羅　二〇一三年十月号
あしあと　二〇一四年一月号
多年草たちの南フランス　二〇一四年五月号
鯨や東京や三千の修羅や　二〇一四年十月号
あるいは修羅の十億年　二〇一五年二月号〜十一月号

※単行本刊行時に右記の原稿を再構成

この作品はフィクションであり、実在の個人・団体とは、
一切関係ありません。

集英社文庫　目録（日本文学）

船戸与一　炎　流れる彼方
船戸与一　虹の谷の五月(上)(下)
船戸与一　降臨の群れ(上)(下)
船戸与一　河畔《かはん》に標《しるべ》なく
船戸与一　夢は荒れ地を
船戸与一　蝶舞う館
古川日出男　サウンドトラック(上)(下)
古川日出男　gift
古川日出男　あるいは修羅の十億年
辺見庸　水の透視画法
保坂展人　いじめの光景
星野智幸　ファンタジスタ
星野博美　島へ免許を取りに行く
干場義雅　世界のビジネスエリートは知っている　お洒落の本質
細谷正充・編　新選組傑作選　誠の旗がゆく
細谷正充・編　時代小説傑作選　江戸の爆笑力

細谷正充　宮本武蔵の『五輪書』が面白いほどわかる本
細谷正充・編　時代小説アンソロジー　くノ一、百華
細谷正充・編　野辺に朽ちぬとも　吉田松陰と松下村塾の男たち
堀田善衛　若き日の詩人たちの肖像（上・下）
堀田善衛　めぐりあいし人びと
堀田善衛　ミシェル城館の人　第一部　争乱の時代
堀田善衛　ミシェル城館の人　第二部　自然 理性 運命
堀田善衛　ミシェル城館の人　第三部　精神の祝祭
堀田善衛　ラ・ロシュフーコー公爵傳説
堀田善衛　上海にて
堀田善衛　ゴヤ　Ⅰ　スペイン・光と影
堀田善衛　ゴヤ　Ⅱ　マドリード・砂漠と緑
堀田善衛　ゴヤ　Ⅲ　巨人の影に
堀田善衛　ゴヤ　Ⅳ　運命・黒い絵
穂村弘　本当はちがうんだ日記
堀辰雄　風立ちぬ

堀江貴文　徹底抗戦
堀江敏幸　なずな
本上まなみ　めがね日和
本多孝好　MOMENT
本多孝好　正義のミカタ　I'm a loser
本多孝好　WILL
本多孝好　MEMORY
本多孝好　ストレイヤーズ・クロニクル　ACT-1
本多孝好　ストレイヤーズ・クロニクル　ACT-2
本多孝好　ストレイヤーズ・クロニクル　ACT-3
本多孝好　Good old boys
誉田哲也　あなたが愛した記憶
本多有香　犬と、走る
本間洋平　家族ゲーム
前川奈緒　深谷かほる・原作　ハガネの女
槇村さとる　イマジン・ノート

集英社文庫

あるいは修羅《しゅら》の十億年《じゅうおくねん》

2019年11月25日　第1刷　　定価はカバーに表示してあります。

著　者　古川日出男《ふるかわひでお》

発行者　徳永　真

発行所　株式会社 集英社
東京都千代田区一ツ橋2-5-10　〒101-8050
電話　【編集部】03-3230-6095
【読者係】03-3230-6080
【販売部】03-3230-6393（書店専用）

印　刷　大日本印刷株式会社

製　本　大日本印刷株式会社

フォーマットデザイン　アリヤマデザインストア　　マークデザイン　居山浩二

ISBN978-4-08-744047-8 C0193